石本隆一全歌集

短歌研究社

昭和 57 年 4 月頃

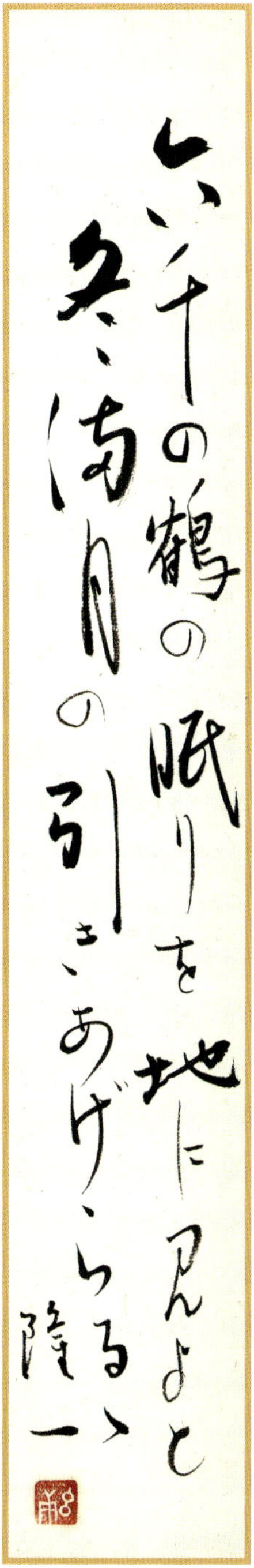

六千の鶴の眠りを地に見よと冬満月のひきあげらるる　隆一

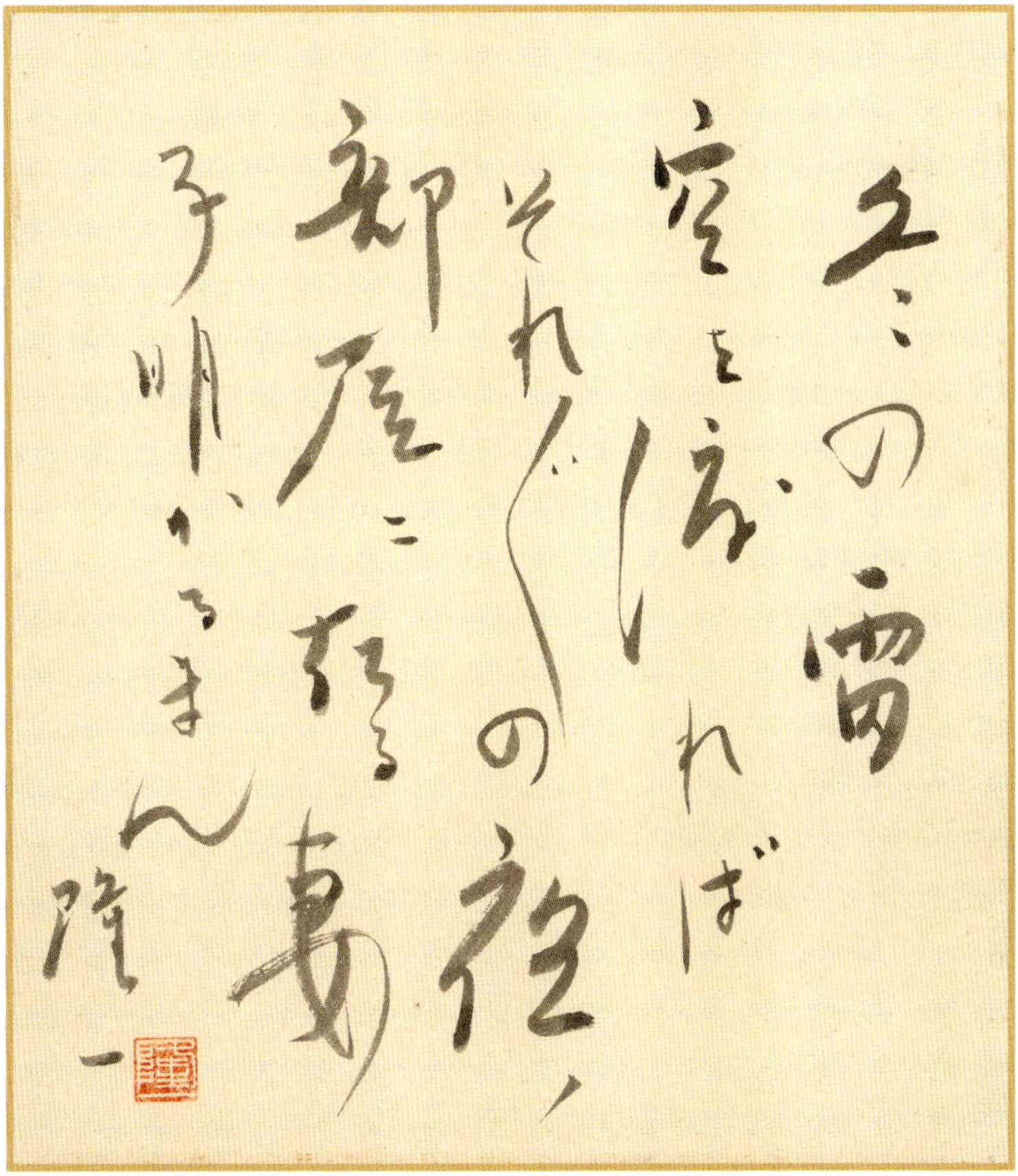

冬の雷空を渡ればそれぞれの夜の
部屋に在る妻子明かるまん　隆一

石本隆一全歌集　目次

ナルキソス断章　7
木馬騎士　31
星気流　65
海の砦　105
鼓笛　161
天狼篇　201
水馬　237
つばさの香水瓶　281
流灯　323

やじろべえ　353
いのち宥めて　399
赦免の渚　439
花ひらきゆく季　475

年譜　518
著書目録　522
目次細目　524
初句索引　538

凡例

一、本書は石本隆一の全歌集である。第一歌集『ナルキソス断章』、第二歌集『木馬騎士』、第三歌集『星気流』、第四歌集『海の砦』、第五歌集『鼓笛』、第六歌集『天狼篇』、第七歌集『水馬』、第八歌集『つばさの香水瓶』、第九歌集『流灯』、第十歌集『やじろべえ』、第十一歌集『いのち宥めて』、第十二歌集『赦免の渚』、第十三歌集『花ひらきゆく季』（遺歌集）の単行本十三集、四五八三首からなり、それぞれの初版を底本とした。

一、第一歌集『ナルキソス断章』は、第六歌集『天狼篇』刊行の際、初期歌篇として著者の二十三、四歳の頃までの短歌を自身がまとめ、同時刊行したものである。そのため、先に刊行された第二歌集『木馬騎士』中の十五首が重複する結果となったが、『木馬騎士』の全体の構成を鑑み、そのままとした。

一、作品の表記については、各歌集に用いられたものを原則とし、漢字、送り仮名、振り仮名などの統一は図らなかった。但し、おどり字は漢字に改めた。

一、各底本における明らかな誤植と思われる箇所については訂正したが、最小限の訂正にとどめた。

石本隆一全歌集

装丁　田宮俊和

ナルキソス断章

歌集 ナルキソス断章
石本隆一
Ryuichi Ishimoto

短歌新聞社

ナルキソス断章

昭和六十一年九月十六日　短歌新聞社刊　氷原叢書
装丁 伊藤鑛治　A5判・カバー装
一四四頁　二首一行組　二一九首
巻末に「後記」
定価 二五〇〇円

本集は既刊の『潟』（昭33、合著歌集）『木馬騎士』（昭39）『銀河揺漾』（昭50、「氷原」別冊）の三集、および歌集未収録作品中より二十三、四歳のころの短歌に限り采輯、構成したものである。

許されれば本集を以て私の第一歌集の位置に据えたい。

I

しろき感情

未来にもわれに向かいて走りつつとどかぬ星の光あるべし

檻におる獅子は眼《まなこ》をしばたたく温和なるものは侮られいて

くろぐろと水に沈みて動かざる山椒魚といえる生あり

印捺せる蔵書を売りぬマークして海に放ちし魚さながらに

星座をば指さし神話きかすべく清しき夜は一少女欲し

短命の詩人となるな光る空に見えかくれする言葉を追うな

地上なるものを信じて悔ゆるまじそはひき継ぎて継ぎてゆかれん

雷獣

語りつつ白いレースを編んでいるぼくの言葉もあみこむつもりか

揃えたるゆびを畳につきて笑むあるいはきみの罠かもしれず
踊りきてつととどまればば綾組めるシューズの紐の眼にしるくあり
ひと色の白に踊れば眼に触るる限りにてなかの一人を見詰む
ぬくき雨降りいるなかに傘ひろげわがささやかな城砦となす
バスを待つわれの孤絶を疲らせず心象としてきみは優しく
雷《らい》鳴ると勢いづくという雷獣に似たるものおりてわれを眠らさぬ

彗星

ゆうぐれにいまし切れたる煙突の尾のあるけむり空を流るる
戻り来んハレー彗星待つに足るいのちは父母より継がれしものを
暮れたり、もしある人を訪いたれば生きざま変わらん日にてありしやも
大道の叩き売り屋は人散りてうずくまるとき少年なりき
ひとしきりぼくのなかにて脈搏《う》てり無法一代あらそいの場面

雨いく粒か吹かれてきたる闇にむけあけたる瞳に痛みのありて
やわらかく眠りに落ちるときわれら受けとめる掌《て》を信じおらんに

アルバム

われをまつ少女《しょうじょ》が白く熟れんとする果物のごとき不安にぞいる
こぼれたる豆のごとくに祭より離れてわれら添いあゆみ来ぬ
率直になれと言いやりゼンマイを捲きて放ちし人形をおもう
少女たちのページをときには二三枚とばしてめくる僕でありたい
自動車のハンドルをとるそのときでもやっぱり僕は自分を見ている
地球にてなさるることがそっくりとぼくも含めて他の星にないか
完成をめざす未完の愉しさに撮り蓄めおればアルバムとせず
アルバムの整理は未来に任せおきひたすら若き日日を重ねん

視線

どぶ川にひょっこりぼくがえびがにでも獲《と》っていそうな初夏の日射しだ
花蜂は視線となりていっさんにわが胸もとを飛びたちて消ゆ
まるまると鋏の肥えし蟹を見て壊れしもののうしろにわがあり
クロースの本の乾反《ひぞ》りは風のなか枯れ葉のごとく舞い立たんとす
電柱が磁石のようにぴたりまたぴたりと雀を吸いつけている
橋に佇ち灯台を見ん多摩川の平たき海となるところをも
風は落ちあすへ傾く土手のうえシルエットをば切り抜きゆきぬ

Ⅱ

空港の見ゆる窓

水増せる運河に沿いて医院あり小さきドアをバネつよく押す

病む肺を赤きゼリーのごとくにも想いて今日を静かにぞいる
脛高き少年過ぎぬ自転車にてこの窓のしたは海へ抜ける路
するするとなかの一機が滑走路にいずるまで見ゆわれの病む窓
離陸機の音ずっしりとひびきたり病み臥すまなこに胴体見ゆる
風に乗りて夜の空港のアナウンスが札幌行と聞こゆる病室
病室にまどろむようなときありていつかマルテの手記に添いいぬ
わが船のみ沈む不安のきざすとき病床の夜を浅き眠りす
終戦よりまずしく過ごす妹ら放蕩に似て病むをゆるせよ
看護婦に借りたるルオー画集手に支うるに余りて読み捗らず
肺葉を除くともよしただ今の若き日が欲し直《ひた》にしきりに
窓掛けを閉ざす夜の更け空港の灯までの距離に雨ふりそそぐ
さらばよし静かに酒を飲むごとくこの侘しさを耐えゆかんとも

論じつつ神にはなれし痛烈を消灯ののちのベッドに置けり

夜のひきあけ

原子力に関する記事を切り溜めぬ呆けて病めと母は言うなれ
妹にキリスト伝説集を借りようやくぼくは眠れるらしい
この部屋が速度をもたば不安よりあるいは遁れうるやもしれず
わずかなる睡りなりしがあやまたず夜のひきあけにわれに朝あり
この界隈《かいわい》工員宿舎など多し午前の散歩をひっそりと終わる
沖縄を外国と言えば笑みいたる白衣のきみの故郷とおし
手榴弾の安全栓の引き方を知っておりたり沖縄少女《おとめ》
スーツ姿をわが眼に残し退院せし人ありひとの妻に還りて

書　架

ねそべれば疲労のこらず吸われゆく青草原をおもいつつおり

夜に入りてなびくひと筋のけむりありありしろじろとして街の灯を吸う
ほこり積む書棚をあすは払わんと回復期にしていだくたのしみ
人すべて目的をもち動く街に文庫本ひとつ買わんと出でつ
ひとり食う菓子のごとくに購いぬ岩波文庫の星のひとつを
のがれきし街にし見れば人群れて檻のごとくに馬券場あり
凩にふき磨かれて一斉に星のかがやく夜空となりぬ
「第九」いま終楽章を兄として弟として生きていて聴く
こころよく読み疲れたる文庫本しずくのごとく落としねむらな

新治村

見えている汽車をばとおく待つホーム雲きれのほか覆うものなし
わが汽車が鉄橋にかかれり手を伸べて落とすものがな川面《かわも》波だつ
車窓なる筑波はやがて見知りたる形となりて祖母の里に着く

かがやきに突きあたりたる思念あれば駅に入らぬに席たちており

灯をかざす駅員に汽車せまりきて激しく渡す夜のタブレット

タブレット投げて機関車いり来たるわが興奮も受けとめてくれよ

腸《はらわた》をゆすりて過ぐる機関車に働けるひとは顎くろく紐しめている

住み古りしわれならなくに栗の実のあおきを庭にまぢかく見たり

遅くとも四時にめざむる祖父母にて梅雨の長きを言いあいており

脚高き蜘蛛の逃げゆく畳には朝のしめりの残りておるも

わが胸に擁《いだ》かんばかりの幹欲しき小松の林をけさめぐりたり

なにゆえに黙しおるやと揺さぶりて訴えんものに太き幹あり

土にかえるが自然なる死とかく集う人らいずれもたくましき顔

久保山さん久保山さんとわが祖母は縁者のように日日口にする

畑なかをひた走りゆく気動車を珍しみ乗るあてはなけれど

ああおしき栗の毬見し夏のころすでに稚きわれならなくに
一行を読みあぐみいま慰まず農に疲れしわが少年期

野鳩と墓標

上着をば手にせるわれを通らしむ路地より山の樹の見ゆる町
芦穂山は平野の端のちさき山みねなりに濃き雲のおりいて
野鳩をば空に発たして少女を待つわれより若し墓標の兵は
バス天蓋の換気孔よりかがやける積乱雲の胴体がみゆ
先んじて社会にいでし教え子が学生われに煙草をすすむ
かにかくに教え子らいま処女《おとめ》にて岩波文庫を借りてゆきたり
木洩れ陽を額にうけて写さるる写真機のなかに眩しみ笑める
絨氈を巻きゆくごとく沖へ走る一かたまりの水面がある
船べりに少女らも掛け沖へいず海はぐらりと底よりうねりて

つぶらなる瞳《め》の引揚げの少年を放課後になお教えたりにき
先生と呼ばれためらわず応えおる考えなくてよろしいことか
野良着またすがしかるべし自転車にて家路へならぶ女学生たち
児童らにむかいてつよく説きおりて薄給をいう友にはあらず
繞《めぐ》らせて本を読みやる少女らに一少女おらぬ淋しみをせり
経本がたたまれるようセーラーの裾をさばきてわが前に座す
岩波文庫の似あう乙女となりしかなチェーホフの名も手紙にみえて
にわかにも字の巧くなる時期を経て少女らの便り遠のきにけり

火蛾

目の痛くなるほど遠き一点につづく堤をやがてはなれ来
とぼとぼと隣りの庭に入りゆくをわが家のしろき鶏と見つ
にわとりの餌をきざみおり一日の不安を額《ぬか》に貼りつけしまま

若鶏らざわめき怯ずる鶏舎にてわが冷酷を見きわめて来ん
蜘蛛の糸が吹かれてゆけりするすると伝わる光にそれと知られて
指先に翅をぱちんと割りてとぶてんとう虫を飛びたたせたり
風景はやさしけれどもきっぱりとわれをば容るる余地なきにみゆ
この昼をひくきに蛾をば追う雀みつめていたりつぶらなる眼も
照明の限る高さを通過する蛾があり燃える星のごとくに
人間のともす山頂測候所の灯にしてかかる距離感はなに
ホームの灯ははらりとおちることもあり暗き車内に読む本のうえ
だれかれと声をききわけ得ぬままに一夏すごしし村を離れぬ

Ⅲ

わが周辺

工事場の地下より鋪道に吹きあげし空気はひやりとセメント臭う
転子《ころ》のうえの鉄塊ひとつ滑らかな動きをなして蹴りに応うる
モーターを止め深夜業いま果てぬにわかに冷たき雨の音して
車前草《おおばこ》は地に低く生き鉄粉をはじきて開く白き花もつ
潮風に敏感にして切出しの一鉄片がしきりに錆びる
みがかれし鉄の面《おもて》に油《ゆ》をなして父の指紋のつきしを引き継ぐ
特需なくば倒産すべき町工場そはわが家なれど休戦をねがう
休日の工場にして下駄鳴らし体操をする父がおりたり
ウィスキーに切り落とすべきレモン一個あらぬところに市民として住む

洗われて庭の小石にさまざまの個性がみゆる夕立のあと
紅薔薇が咲けば咲けりと告げてよりまず教室へ持ちゆく妹
われ特に金つかいたきことありて人間の無駄が目につき易し
たまあざみ活けたるをいま開かせて旅行にありぬちさき妹
デパートの生花展の台のうえ蟻が歩めりああひろびろと
遠きビルの窓のひとつがこのわれを選びてか強き反射をよこす
電話にて声をききたり北国の訛を父の言葉にききたり
主婦たちの話題ともなり通俗のあかるさをもち火星近づく
頽廃の翳りとぼしき家庭にて妹らも日本の小説をよまず
雨紋る夜空のことに明かるきを中心部として東京がある

ナルキソス断章

火を点せば燃え尽くるべき蠟燭のごとくに冷たし汝はいだかれて

踏切りの警鐘ならん対岸の夜のいずくにか弾みて聞こゆ
はらわたにあたる花火の爆《は》ぜし音うずけば汝を抱きとめている
夜着のまま拐《かどわか》しきしかたちにて抱けばあわれ沁みてつめたし
湾をへだてて地平にひくく開きたる花火はここに音を伝えず
弾力ある肩をばそっと嚙みしとき匂いたりわが唇《くち》洩れにしものも
なれのからだの部分部分をひとつずつ汝にもどして帰しやりぬ
汝の瞳のなかに歪みてわれがいるまさかそのままに見てはいまいね
吸盤をもつごとくなる汝の指背《せ》より離してやがて帰しぬ
萍《うきくさ》の花のうえ漕ぎ去りしごと少女と杳《はる》か交渉をたつ
この都市をおおえる空に雲間いでぬ汝の視線も到りておらん
よどみなく受話器に汝のオフィスの声きこえやがてなれの声になる
誘《いざな》いを汝がこばみし招待券やぶれば紙の内部が白し

短歌について

われにくる郵便おおよそ短歌関係にしてときには忌忌しとも
東北よりとどきし切手めし粒にて貼られ胚芽の乾きたるあと
わがうちの涸渇をちかごろ怖れいてあれもこれも歌になさねばならぬ
あすとても全ききみに逢いうれば文字に詩歌はよまざるものを
大いなる流れに入りて詩となれるわれの部分は融けがたかりき
わが生に関る二律背反を迫られし夜半『たかはら』を読む
いただきし『氷原』があり署名があり手垢はなかなか付かぬものなり
南天に土星ともりて瞬かず色にごりたり俗のごとくに
ゴムまりを水に漬けんとせしときの抗いに似る眠らんとして
きたるべき手紙はのこらず来てしまい爪の形をつぶさに見ている
危うく気化せんわれを保たんためにも喋りつづけておかねばならぬ

Ⅳ

マチルデ

きょうよりの君の会釈をうけとめしわが地上なる生を確かむ

夢にては『赤と黒』のマチルデであり髪切りとりてわれにくれしか

わが意識みな向かいしに日記にはただMに逢うとのみにとどめき

マチルデと園のやさしき獣をば見てきし日より雨ふりつづく

ぐいといま筆をなすりて去りしがにデュフィの海の小品がある

野にひらく車窓のありてマチルデのかかる遠さよ髪吹く速度

マチルデの歩めばあとに投げられしあまたの視線を薙ぎて近づく

中世の騎士にはあらずマチルデを掩い無頼のなかに立つとて

ひとところ歯並の乱れ白きときわがマチルデは地のものとなる

電話より受けしデイトを収め置くちさき匣《はこ》欲しあすの朝まで

マチルデに近づき女性の香料を吸いこみしわれ何を訝る

外国の若き詩人のアルバムによき助言者として美少女ありき

驕慢とときには見ゆれためらわず老教授に語るマチルデすがし

明眸《めいぼう》のわがマチルデが岡本太郎の勝者意識を憎むと言いつ

回されし最後にありてきみと見ぬ Campo-Santo の死の勝利絵図

わが靴と掌に載るほどのきみの靴ならびてありし玄関を辞す

野の虫の衣につきたるを落とさせてふたたびきみは遙けき少女

棘のある雑草の実をつけいたる裾の布地の手に厚みありき

マチルデの肩にとまれる水滴をみるみる溶かすここの温度ぞ

わが書きし戯曲にきみは死にゆけりかかる殺意のひそかにさびし

De la Mere の詩集を購いて孤とならむ午前に帰宅するおりありて

広場には風ひかりおり写真機にちいさくきみを捉えておれば
かわいらしいグリンピースを片よせてスパゲッティを食べおえしきみ
かの友を話題となせば尊敬すただ、と言われて遠隔にあり
しずかなる書の室に入りいきいきときみは言葉を輝かせたり

余白

同時代をわかちて生きるイギリスの若き作家がわれに読まるる
紙質よく余白のおおき洋書にて香りをたてぬわが息ごとに
読みつぎて薄くのこりしページにはアンナの死せる描写もあらん
意志をして異性に遠くあるべきや重たき書籍ならべんとする
実情にわれは遠けれ語調よき若き学究とよばれておかん
鼻長く緑の貌のキリストを羨みおればルオーの絵あり
愛欲にかかわらぬ文章たとうれば This is a dog. というを読みたき

狂人の姉をまもりてLamb言いきSweet Security of Streets.
大隈侯銅像の頭上にちかき窓ひらく新緑はああおもてに満てり
ウィンドにスケートのエッジを見ていたり心の疼くその切れ味も
新しく出たる漱石全集の第一冊を買わん明日までを眠る
全集の売れゆき顧慮しつつ自殺せし『河童』の代には後世ありき
人生の妙味かもしれぬさだまりし確率を経てひとに逢うこと
装幀のコバルト色に吸いこまれビルの地下より洋書購いきぬ
絵はがきのあおき湖畔に住むおりに携えん書の一冊を決める

サボテン

頬あてて見入るケースの化石よりわが生命は継がれしかもしれず
誤れるギリシャ神話が耳に入る車内は午後のなごみをたたう
分限をわれに定めて陽のたぎる海に埋めん皮膚をかくせり

血のいろの月が木の根にあらわれてのぼるを見せたるのちに離れぬ
ありありとわが孤独あり友の手をぐいと握るがかく自然にて
サボテンに陽を吸わせやる一日が嘲るごとくわれに来たれり

粒子

電話機に涼し硬貨のおちる音かかる童話を過去にききしか
つややかな林檎のほうが重そうなきみをば乗せてペダルを踏めり
ヒロインを若さ即ち可能性に凭れてわれは見とれてぞおる
真蒼なる粒子が空にぎっしりと息つくすきまなきほどに満つ
石擲《う》たばぴしりと割れん冬空の青さの下にわがからだあり
やすやすとわれら太古に還りうるごとく石をばならべて炊ぐ
地にくだる光がありてセーターの毛わたが背《せな》に膨らむ感じ
うつくしき獲物を蜘蛛の啜るときそを愛なりとしりておらんか

克明に視力のかぎり彫りつけし像ありきわが生を置き換え

サフランの芽

人の死を抽象となし燃え落ちる夜の機体を息つめてみる
あのとおい凧のうなりがガラス戸にふれて聞こえるかもしれぬ午後
台風のきざしの雲が空にして彗星のごとく現れおるも
返事をば書きつつ心ゆるみきて緩みたるとき日かげがくろし
テーブルの布にインクをこぼしてより慌てるほどの素直さきたる
水耕のサフランの芽は青みたり掌にとるこれはひとつのいのち
日日見つつ忘れていたる緋の金魚つぶさに見たり苔くうさまも
ここにして生の拠りどをきずかんか必ずわれは孤高なるべし

後記

扉に記したように、本集は主として結社誌「地中海」に発表した作品のうちから二十三、四歳ころまでのものに限って抄出し編集したものである。

作り始めて間もない若書きは若書きとして、一つのかたちの中に収めおきたく合同歌集『潟』ほか三集に分散されていたものをいま新集『天狼篇』刊行に際しかたわらに添えて上梓することとした。

歴史かなづかいのものを新かなづかいに改め、一部表記その他を統一したが、おおむね初出または原著のままである。

『天狼篇』とともに版元の石黒清介氏および今泉洋子さん、並びに装幀者伊藤鑛治氏のお世話になった。あらためて深く感謝申しあげる。

昭和六十一年六月

石本隆一

木馬騎士

木馬騎士

昭和三十九年六月十日　地中海社刊　地中海叢書

装丁　著者自装　四六判・函入

一三六頁　三首二行組　三〇三首

巻末に香川進「巻末に」および無題で著者のあとがき

定価　四五〇円

くろき都会に

寒波来てくろき都会に娶りたり石に木を割る響きかえりて

沈黙をかばいあうとき水の面に視野ひろぐれば結びゆく雲

水質の銹をしずめて溢るると手巾の白をわれにわたせる

一切の排他を決めて妻とわれ住まえば爪より草許すなし

明け方の雨戸に気圧ひしめくを感じて冷ゆる肩に触れたり

玻璃小壜

驟雨が夜をぬぐいしあとの感触に探り来ぬこの発端の場に

石鹼の芯ためてゆく瓶のなか嵩《かさ》なし四季のみゆるがごとし

対称に妻おることの安定がわれに大きなガラスを拭かしむ

蒐めいる小壜の玻璃もやがて子にゆずりてわれと小市民たれ

屈まりて容器に米を量りいる妻かひかりのなかに無心に

指絞りこみたる時計ふたつほどめぐりにこの夜いざないし妻

風を捲きて空車のひとつ過ぎゆける舗道をわれは傍に持つ

夜の支柱

雨は瞼につけば粘りぬ電車待つ間に睡くなるわれも危く

縋りいし支柱にわかに掌《て》のうちに細りゆくごと夜ふかまりぬ

弟の生命のつづき思いしより活字を欲りて手のものを読む

血液の褪色のなかインクのいろ鮮かにしてここにし散れり

てのひらの焰守るごと妻しるし来たれる円の単位もはかなし

朝柔かし

初夏の朝なお柔かしかたことと牛乳壜の篏めこまれゆく

窓あけしままの目覚めにしっとりと朝は嬰児の匂いをもてり

カラタチをかきわけて取る朝刊の重みに白い花弁がついてる

芝にすむ地蜂かえり来わが持てる鋏のさきに脚垂れながら
陽のなかに土地を限れば弾かれて弧をなす雀ついばみしのち
わが町の起伏に触るる自転車の弾力性を鋲がうばえり
排水が溝をこまかに鳴らしいる夕べの門《かど》に戻り来しかな
耐えがたし急ぎ抱けばエプロンのかくしに鳴れる洗濯挾
暮れ方の門掃きよせてマッチ擦るわれらにさやぐものを伏せつつ
かたちなく熔けたるガラス塵ながら火に燿きて夕闇の底
託されて颪あり隣家の鯉のぼり夜をしろじろと音たてており

ロダンの像

影もたぬ陽のもと檻褸這わせおり碑を建てて川を埋めたる町
炎天のロダンの像にわれも群れ抱えしものを崩していたり
肉厚き古土器の縁《へり》をこぼれゆく街のひびきはわが携えし

トリトマの軸ながき花序しずみゆく砂塵より抜き提げていたりき

高速路を湾のめぐりに想うとき白きに痛し凝視かわきて

旅いくつか

湯の花の流れにからだ沿わせつつ妻あり島の南端に来て

海づらを掃きゆく雨のたえだえに夜の皺がいま灯《ともしび》を見す

一枚のひろきガラスに来し夜を眼下の風と濤とが支う

朝かげに目覚むまともに島ありて緑濃くなる妻を呼ぶまも

船底にガラスを貼りて潮流のかく刻みゆく紋も見せしむ

海面を曳き起しつつ駈けくだり千鳥を発てて砂に埋もれき

精油所に寄りたる町が暮れゆきて塔の高きに油《ゆ》が燃えている

タンカーの浮かびおる浦トンネルの寸断の間を繫ぎて望む

車窓には樹樹ほそく飛び熊野より乗りきし木樵掌をひらきたる

スライドを刳《く》りて夏陽を擬するとも髪一筋に潮《うしお》味わう
白浜　十首

＊

足裏に小石充《み》たして降り立ちぬいまは稚き妻と山の間

奥ふかく割腹の場を設けたる古城を花のさなかに見たり

城内の女性の部屋とおぼしきを巡羅せしむる閂《かんぬき》ふとく

風荒き濠をめぐれる波くろし脚下に水鳥の筏ゆれつつ
姫路城　四首

＊

台風を追い抜きゆくと声すなり車窓の山の壁木を見せて

石庭には Stone garden 茶席には Tea room とて案内ありき

雨ふくむ風のかたまりあるごとし燕の群が乗りあげていて

金箔のひかり年年たくわえし倒影の沼、融和のはたて
石庭　四首

＊

空濠に鹿は飼われて汚れたり黄金づくりの魚のましたに
靴音のひびく模造の城のなかガラスに満ちて影消えゆくも
単線の駅にとびらを開かざる特急電車に没日抜けゆく
耳鳴りの潜む高きをはしりゆく列車にありて山稜を見ず
近畿鉄道　四首

＊

滝ふかく抱く麓とおもいつつ妻とてわきの座席占むるや
網棚にあまりし荷をば据えてきつ膨れたる陽の位置ひるがえし
雲のした飛びゆく雲がありありと距離たもちつつ溶けてゆくもの
海よりの汽笛が空になすらるる街稜線をあざやかにせり
神戸　四首

＊

疎開地に妻ともなえば藁塚とオブジェのしめす擬調和をとる
こごりたる鼻血ノートに罅《ひび》となりひらけば気負う若者に遇う

写実して欠きし構図の山頂を誘いとして妻に見しむる
おさなきが尠くなりし村ときき麓よりせまる鶏のこえ
草負いて山くだりし日の平らなる石あり父とゆずりて憩いき
暮れぎわの遠きひかりを湛えつつ泳ぎし川の彎曲部あり
米を磨るほこり洩れおるひとところ往還のまた窪もそのまま
新治村　七首

北辺空席

腔にしてするどき歯あり白桃の肉に触れたる日より離れず
夕暮にいまし切れたる煙突の尾のあるけむり空を流るる

淡水魚

医院へと妻いでしのちこの家の日暮るるきわにすこし軋むも
病む妻に添い臥るとき夜汽車にて近づく義母のねむりに並ぶ
へだたりて膜ある夜のひそかなる祭をよぎり妻入院す

鮮紅の層みえ妻の皮膚あればメスにゆるみて未知なる動き
病妻という侘びはなしネグリジェを纏い淡水魚のごとくいる
月光の黄の浸潤を屋根にのせわれは刻めり妻病む厨
癒えてきし妻と覆いし地にちかく秋の樹の芽は聚りて萌ゆ

凍　え

岩曝れて匂わぬ冬の海のきわ傾くままに黙《もだ》を固めぬ
四手《しで》を刺す篝が燃えておちゆきぬ夜のうちいつも冬は崩れて

鋏と光芒

わが金魚この朝死に絶え安堵せるごときこころに鉢の水捨つ
まるまると鋏の肥えし蟹を見て壊れしもののうしろにわがあり
この部屋が速度をもたば不安よりあるいは遁れうるやも知れず
克明に視力のかぎり彫りつけし像ありきわが生を置き換え

譜のしめす情緒に一点より迷う巨軀《きょく》の帯びたるやさしさを欲り
ガラス片くだくる街衢《がいく》ぬけきしが狙われいたる個をとりもどす
放つより路面の瑕をわが顔に押しあてゆきし光芒ぞよし
分限をわれに定めて陽のたぎる海に埋めむ皮膚を匿せり

ゲシヒテ

痺るるまでわが磨きたる金属の曲面が日を擲げあげはじむ
弾性を樹脂にもとめて光りゆく昆虫ありき野の闊葉樹
掌にのせし瞳に合えば任されてわれの嗜虐も知るべくなりぬ
花蜂は視線となりていっさんにわが胸もとを飛びたちて消ゆ
仔牛の草食《は》む意志のひとりの態みつつしわれに適《そぐ》うものあり
土地売るにオゾン豊かと書きてあり麦くろぐろと熟れし香のこと
ひびきあう声のなかより咳《しわぶき》を選りしかば部屋たち去りがたし

砂丘より砂一粒のこぼるるにおののきて覚む夜の強靭を

短歌について

われにくる郵便おおよそ短歌関係にしてときには忌忌しとも
東北よりとどきし切手めし粒にて貼られ胚芽の乾きたるあと
わがうちの涸渇ちかごろ怖れいてあれもこれも歌になさねばならぬ
大いなる流れに入りて詩となれるわれの部分は融けがたかりき
いただきし『氷原』があり署名あり手垢はなかなか付かぬものなり

凩

予報では寒波がくるという今日のぼくの怒りを緥《ほど》いておこう
雪が舞う裏面で妻とものを煮て朝から食べる野性的に
年賀状そのいくつかが掻き消えてふたたび大河《たいが》東京となる
金色《こんじき》の帯を結んでやる時間みじかく指が生地につめたい

熱い湯に緊めつけられて凩が胸のあたりで溶けてゆくさま
天井の木目がぼくに語ること寄り添う妻の夢を覗けと
雲きれはたちまち月の輪廓に触れると濡れたひかりを孕む
モルタルの塔に滲んでゆく雨が妻との傘のひさしに低い
ただ bread-and-butter とロレンスの詩に苦行者の単調がある
絵画の群の絵画の幅を歩くたびぼくのこころが軋む踏まれて
日本画の滲透性をひろい壁とおなじに渇いているぼくなのだ
完全主義者ビアスの瞋《いか》りは哀れとも順う妻をわが罵《ののし》れば
凬のない大気は堅く地が揺れる視線をほそく星を見ていて

粒　子

光圧のない太陽が坂のうえから光線をすべらせている
電線に凩の貌がひっかかり喚いていると見えそうだなあ

流行の周期はぼくの太郎にも切手蒐めをさせるであろう
虚空では地球が火星を追い抜いてまた追いついた君と暮す間
裏側を月ロケットが見せるという新奇な意匠の銀貨のように

＊

冬海、空にまるくてはりはりと廻りつつ日が捻り出された
やがて、麓の地図が色づいて朝のひかりに動き始める

＊

ぼくの体内を通過する水の量があらわで、冬の朝さびしい
クルップ氏を受けいれてゆく流れ、刻まれずきた時間のように
刻刻と意識のもどるときにあろうか、漂流の果ての未明が
指にさして帰る星をもつ未開人の、死のことときくと何かたのしい
井戸を汲むと都市が陥没するという、この水がぼくを支えていたのか

ガリ版を指先に切る指先とぼくとの対話、妻おらぬ夜の
漆黒の夜の粒子が緩むとき始発電車が滑り出す、遠く

気流

土軽き真昼の原に風湧かず還ることなし木のブーメラン
ブーメラン載せざる気流追いゆきて籔に刺さるる親しきまでに

銀粉

悠然と鉄積み出でし町貧し作業所の口は路地にひらかれ
鉄を剝ぐ刃の迫力に皮膚うすき肉体を彼ら日日揉み合わす
一連のはだか電球かかげつつ高きに人のうごく黒南風《くろはえ》
夜もなお濁れる排気ガスの澱くぐりて帰る背となり低し
都心部の重たき街に異質たり雨に塗らるる頰あたらしく
噴水に寄りくる老いをもたぬ町ひとびとは水落ちぬ間に去る

銀粉に浮きし指紋が採られゆき昂りは利害にとおく卑しき
わが歩幅われを救いし街抜けて顧るとき灼《や》けおつる雲

新樹吹く風

解《ほぐ》したる土より虫の走り出で食に関りなきものを植う
風のなか葡萄を結えば雫せり溢るるもののかくて光りぬ
銭たかき洗濯屋など断ると若葉のなかに窓あくる妻
花とじし松葉牡丹に霧散らすビニールホースに脈うたせつつ
地にひそむ苗の根こまかく掌にひびく妻のかたちもかく確めて
たかだかと新樹を吹ける風も受く妻に閉さるる扉のかなた
地のひかりあかく含みてひろがれる夜の雲のもと坂登り詰む
広間の灯うち消しに来てもの言わぬ妻が静かに置きゆきしもの

梅雨停滞

泡だちて槽のもやしの芽ぶく朝つかれは緩き皮膚に集る

矮小の花ひらきたる球根をひそめて病めり雨季の庭土

環のなかの手首の黴を拭いおり吹き抜けしもの耐えつつ待てば

来たるべき手紙は残らず来てしまい爪の形をつぶさに見ている

窓枠を音なく過ぎる浮力にて一機がわれの内部つなげり

背信の酸えしページが繰られおり夕べの雲は雷《らい》抱きて去る

天窓に蝶の屍つもりときどきに翅くずれくる風到らぬに

ゴムまりを水に漬けむとせしときの抗いに似る眠らむとして

痛めし語彙

点《とも》したる蚊やりのなかに芝を刈る脛《すね》にふれくる一筋の煙

カタバミの実がはじけるに掌《てのひら》を搏《う》たせて土のやさしさを知る

語彙ひとつ痛めて帯びし日射あり離れきたりてのどを茶に灼く

截面を透けるうつわに沈ませて一輪あれば妻とどまらむ
灌木をつらねて売れる舗装路に伴いくればくろき打ち水
群鳥の押しひろげいし空ちぎれ暮れなば妻の声に入りゆく
サボテンに陽を吸わせやる一日が嘲るごとくわれに来たれり

沿線

緒のゆるき湯宿の下駄に到りしが金魚掬いの灯は囲まれぬ
吹かれきし雫を頬に樹冠には夜鳥こもりて一羽啼きいず
山腹を抑えながらに揺られくる瞰下の町となり断ちがたし
鉄道に沿いことごとく裏面にて触れなば土となる屋根のあり
意志もてる繁茂とおもう沿線の農家の庭の侵さるるさま

都市沈黙

黒黒とひろき車幅に越えゆきて都市がひらきし深まりに遭う

鋭利なるクラクション突如蓮池《はす》が吸いとりてビルの群を押しやる
上気せる祝花浸せば川ひろしつぎつぎに街のともしび消えて
ハミングを纏う少女に抜かれつつ掘割の闇われは見倦かず

カイム

あすのため読む一筋に滲みきて睡味となれり妻の受胎が
おくられて頬そぐ風にわが想う乳嘴の指に硬かりしこと
子安貝水にふくませ妻もてば冬しずみゆくわれの重心
産ちかき友に逢いきし昴りを語りつつ落すつぎつぎの帯
叱咤され寝入りし妻が周辺のメモささやかな数字を湛う
凪おちて星を均《なら》せる空を背に萌芽さそうる薬購いにいず
暁にしばらく胎児しずまれば壁に付きたる蛾が告げらるる
わが触れし掌にし響きて生命《いのち》成る繫がれ果てしかわれとわが妻

ある出立

一握りのコイン残せば発たせたる妻もどるまでわが拠らむとす
棲みなししわれらに増して廃れゆく過程を知らむ庭木聳つ
鰹節の目を探りつつ食事する妻の不在に馴れてはならぬ
わが家の排水孔の乾けるに飲みのこしたる湯を流しやる
飽満の圧おのずから煖となる或る夜のロシア小説のうえ
雑然たるわが抽斗のさま見えてひとりの家となりし隅隅
スチームの匂う客車に溶けそめし妻かと憶い夜明けをば待つ

長　子

陣痛の周期のすきま睡らせてわがもどかしむ闇を貫くまで
誕生にかかわらぬわれ空白のベッドを脇にしきりとねむし
新生児室より洩るる泣き声のなかのひとつのわが別個体

蹠《あなうら》の皮膚がつつめる液体のごとき肉をば掌にあてていつ
頭頂《とうちょう》に硬骨いまだ充たぬ子の未来といえど腕にし重し
乳の出ぬ妻の涙とおもうまで髪ほそく編む指を見ていき
手を触れず帰りゆきたる父母《ちちはは》とわが隔りをやがて持たむか
生れきし子を迎うると開け放たむ板戸を圧して雑草の蒸れ

衷意まばゆき

脚繊《ほそ》き少女を欲りて子をなすに巷にわれの衷意まばゆし
腕の子の呼吸に遅れわが経たる平坦をなお惜しとおもいぬ
子の象《かたち》なりたる日より意志ゆかずわが依りしものことごとく未知
父親の限界にわがむさぼれる眠りのそとに乳房ふくます
夜のうちの空哺乳壜つらねつつ妻は仮睡す陽の洩るるころ
着はだけし妻を覚まして昼ふかく眠る子いまいまし唇を捺す

みどり児の声おさまればただ睡しかくして親の魯鈍はじまる
絞り泣く子とこもりつつ夏期休暇いま夥しき蠅に怒れり

ゆたかなる

闊葉のかげ浴びせやる道にして光も気圧も子に堪えやすし
円形の爪のかたちを伝えくる空間なれど風あり匂う
子のねむる部屋に充ちたる饐えし香が妻とわがあるときに微動す
ふと粗野な表情もみせ眠る子に託すひ弱なわれの幼児期
蚊を打つにしげく哀れむ妻のもと背きてねむれ頰垂るるほど
定まらぬ視線を縒りてわが恣意を子に及ぼせば責めくるは何
ゆたかなる湯に抗いて浮力あり握るこぶしに爪萌えながら
みどり児の薄き湯垢を吹きのけて入るとき一日またも幻沫

就眠儀式

籃の子を覗けば笑みを返さるる充ちたることのかく危けれ
智慧づきしからだの支点さぐりつつ膝に跳ばせり鳴るは陽の音
ゆたかなる毛の人形を引きよせて就眠儀式みどり児ももつ
子の手形採《と》らむとしつつ過ぎしこと主情となせばみゆる退嬰
顔の皮膚に産毛の渦をあらわして失われゆく時あり子にも
佇みて通俗医書をめくらむと子を抱く妻とわが顔ならぶ
二十代終らむとせるわれを継ぎ生命ははげし壜にむせつつ
子の品を抱え歩みて夜に会えば青き架線の火花穂垂るる

平　野

人棲めば平野に植えて霞みつつ部落のかなた部落かさなる
部落より部落へ渡しかがやけど山巓にみて直き道なし
展がりし平野が捧ぐる積雪がひかりを吸いて離れむとする

山深く粗朶を刈りたるひとところ蔓をつなぎし縄が曝れつつ

春ちかく落葉せむとす櫟鳴り峯より谿に風がなだるる

細割りの木を焚きつけて鮮しき煙つめたし指にふれつつ

境木にとまれる烏かさなりて乏しき日日のわが姿態あり

山径が沼に出遇えば飛びきたる岩が漬かりて影ゆさぶりぬ

山肌の緻密なる土つきし掌を浸す谷間の流れは堅き

風湧きて山に吸わるる気配まで梢が散らす葉のおとを聴く

石切りの村

わが汽車が鉄橋にかかれり手を伸べて落すものがな川面《かわも》波立つ

あたらしき石山に入り鋭角に散りたるかけらが鎮む時みつ

砕け散る石の薄きが針葉樹の実生のうえにやがて埃す

おおよそは墓石《ぼせき》の嵩に鑿打たれ真夏日のもと果なくならぶ

眼をむけて徒為の歩みを咎むごとし石冷やしつつ鑿うつ青年
浮腫の脛くぼめて指を離すときわれの及ばぬ矜恃あらむか
発破孔ふかく穿ちし岩肌を曝す高きに風ありまぶし
石切りのトロの軌条の跡ならむ二株ずつの菜の畝つづく
御影石ふんだんに嵌めダムを竣《な》す山を部落に境なさむと
鮮烈の層あらわせる御影石ここに切りきて掌《てのひら》に磨れる
透明な水滲ませて石橇が緊めゆきし径たどりつつゆく
石切りの鏨《たがね》絶えしにちかづけば足にまつわる細流れあり
地の縞をあなうらに知り渉るときながれに石の人工破片
採石場の深みに佇てば露わなる樹の根はながし崖に垂れつつ
藷囲《いもかこ》う穴をうがちて人棲めり山よりくだるダイナモの音
石山が刳《く》られしまま西日に向く親しきかたちと見てしまいたる

食堂にウシガエル飼う神経も給仕少女の歩度もたのもし
石積める貨車のうごくは夜半ならんレールの涯に星負える山
灯をかざす駅員に汽車せまりきて烈しく渡す夜のタブレット

それぞれの

盛りあげて波は走れど猟銃音にぶく失せゆき真日充つおもて
吃水のあさき観光船はこぶ沼なりひそむ伝説もなき
マリンスノウ含み器に潮臭し水選《え》りて彼ら住みしにあらず
渇きまた空に激しく一団の車のあとの砂塵に捲かるる
去りし日のごとくに栗の花あおし部落を包める驟雨のなかに
流れくる雨水の皺ふみ砕き道をのぼれば背に草重し
それぞれの石にひかりを現わして驟雨の去れば山脈《やまなみ》せまる
貨車底に蒼き砂鉄の濡れし積み川越えてゆく鈍く真昼を

指紋

秋づきてひそかに迅き雲ちかしよく笑う児を抛《な》げあげしかば

新聞紙裂くおさな児の焦燥も妻の立ち居も充てりめぐりに

ねむりたる子より離れて眼鏡拭くくもりつくりし指紋ちいさく

肉色の肉みなぎれる蹠を風にさらしてねむる子あつし

残しきて

わが寝床につめたき積木おとしゆく子となり家のどこかに声す

子を抱く妻残しきて時計塔に雀こぼるるさまに向かえり

叱りしが頬おしつけて寝入りたる灯をかかげ見ぬ妻とならびて

未明より耳にし触れてみどり児のくちびる開花音とひそけし

一日のわが無為のなかかたちなす救いにも似て子は育ちゆく

惑

指ほそく揃えたるとき鉄塊の稜をつつみし油紙わたさるる
鉄燃ゆる臭いを呑みて痛むとも親に叛きえぬ子なるか脆く
惑いなお鱗のごとく纏いつつやがて知恵得ん子の瞳もかなし
冷ゆるきわ内部の色を吐くごとし落ちたるのちのダライ粉の碧
わがもてる違和《いわ》否みえず鉄を削ぐ鉄はバイトに巻かれて粘し
コロのうえ鉄塊ひとつ滑らかな動きをなして蹴りに応うる
夜となる工場クレーンのいただきに灯は限られて渦巻くは靄
家売らんときの賛意も確かめて庭芝そだてきし妻といる

蹠　も

放胆をわれに望みて病室の妻は手中に草を枯らすも
訪えば身をおこす妻の胸うすし朱の花の影すべり落しつ

家ぬちに声を忘れてひと日経《へ》ぬおもわぬときに口中かわく
わが幼児期と紛う写真のおくられて子の髪に知る翳りの部分
子のおらぬ砂場に枯葉のあつまりて陽に弾けゆくひびき聴きおり
橋をこえ妻に到らん蹠を搏ちてしずかに海苔舟がゆく
かたわらに身じろぐものを失いて夜の淀みにひとり圧さるる
膨れたる蒲団にささる陽の匂い吸いこみてこの夜は妻を見舞わず

腕　も

子のなきを羨しとはせず病みてやや肥えたる妻の腕むなしけど
家並みが灯をこめて閉す夜の嵩《かさ》われは帰らん母よりは妻
頸まげて抱きあげられぬ沈丁花の香に訝しむ子とおもわねど
母おらぬ冬を過して年輪の密なる部分おさな児が見す

航跡

ふとぶとと星走りたりかたわらの四肢軟かき稚子《ちし》の脅えに

視野のはしに子は摑りて望みおり瞳《め》にうつりつつ夜の航跡

病むことを知らぬわが子も睫毛ながく眠れるときよ憎さ薄れぬ

古着より釦を剝ぎてあつめいる溢るるものの筐にうるわし

宿酔のわれにならべて何か言う幼な児を妻が置きてゆきたり

血は重く

採木せし苗樹そのまま伸びさかる迷いてひさしわれの生きざま

屈折をおのが求めて淋しめど漲るものあり子と妻の肌

白靴を黒く塗りゆく子には絶たんわが声に入るわが父の声

雫なして静かなるもの胸に落つひとりし臥せば妻に子にやさし

血は重くついの憎しみとはならず辷りの悪しき夜を寒くもつ

悲しみの澱といいしは古人にやこころ疲れて妻を拒めり
おのがじし生きんとすれば父を去りふたたび白き息に朝をいず

雨の忌

身じろぎの孤りにかえる冬の夜わが子さめたりわが幻覚に
寒に耐うる木像のかたちして妻に離れし夕餉部屋ひろく食う
暗きより抜ききて読める灯のもとの葉書の肌はわが指に知る
掌のなかのラジオ冷たきまま鳴りて石うつ雨の忌に拘らず

水仙断章

人迎うると炭火を吹けば雪舞えりわれは断片のみ美しく
藻のなかの冬の緋鯉の反射なしとぎれし言葉しずかに溜る
子が指にその尖端の痛み言う塔ありき雪のあくる朝に
掌のなかに遙かな凧の位置ありておもわず乗れば竦《すく》みたり子と

夕星の冥きに焚きし火の終り子は帰りきぬ子等を泣かせて

冬堅きヤツデの葉より陽は反りあたらしき意思われに落すも

わが展開なおもふたたび明日あらん降りたるバスの排気に吹かる

巻末に

たとえば、ジュラルミンの光、——いつか、鬱蒼たるジャングルのなかを、歩いていたときも、わたくしは、そのようなものを感じた。

はじめて、わたくしたちをたずねて来たときに受けた石本隆一は、そうした光をたたえていた。それから、何年たつであろう。ずんずん成長していったとおもいたいが、そうではない。かれにおいて成長などというものは、ほとんど問題ではないらしい。この不世出な、天稟において、停止は、むしろ成長よりも、大事であり、どうにもならないものであるようだ。かれは、度胸をすえていたいらしい。芸術の、途方もない展開は、おそらく、このような人によって、なし遂げられるのではなかろうか。

彼には、まだまだ、幾多の習作が残されている。しかし、発表しようとはしない。ジュラルミンは、はかないジュラルミンであるとでも言いたいのであろうか。非凡のすがたなのである。

香川　進

*

短歌をつくることが、また短歌について考えることが熄まぬかぎり、一篇の歌集も、そのあとがきも出来上ってはならないような気がして、なお躊躇している。すべてを果しない流動のままに任せておきたいのだ。

ひとつひとつの作品は、制作されたとき、ぼくのなかの何ものかを解放してはその役割を了えてしまい、流れのなかに放たれている。しかし、歌集としての一掬も、またひとつの制作であり、ぼくの脱却を助けるものかもしれない。

ぼくは、いま、つぎの歌集をおもわなくてはならなくなった。ひとつの歌集を出すことが、こんなにも空虚さをかんじさせるものとは知らなかったのである。

一九六三年・冬

石本隆一

星気流

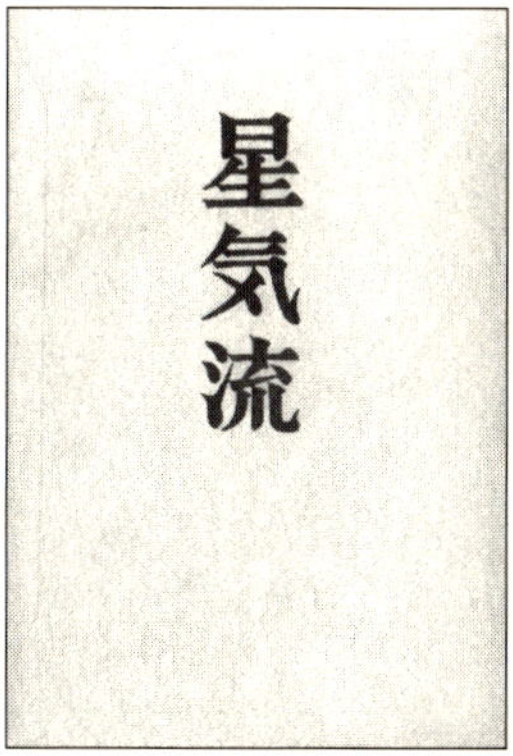
星気流

星気流

昭和四十五年六月二十日　新星書房刊　地中海叢書
四六判・函入
一五六頁　三首二行組　三五三首
巻末に「あとがき」
定価　八〇〇円

山麓の湖

湖《みずうみ》のおもていちめん輪を撒きて日の照りながら山の雨降る

鳶ふたつ啼きてめぐれり朽ちし樹のこずえのあたりやさし栖《すみか》か

奔《はし》りつつこの湖に流れ入る水嵩《みずかさ》あれどたちまち和《なご》む

山の雨あつめてけさは豊かなる湖《うみ》なり山のかげを崩さず

つるみたる灯心《とうしみ》とんぼ山の湖《うみ》のただなかにして水に触れおり

はたてまで夏日あふるる湖の一筋つめたきもの過《よ》ぎらしむ

みずうみの水のちからの上にいま浮かべば視野のかぎりひとりよ

獣の園

園にくる野生の鳩を子が追えば梅雨《つゆ》のつくりし水越えてゆく

わが幼時レンズなき子のカメラにて捉えられたり園にいたりて

よく眠りほそき胴せる獅子を見ず子は咆哮をもとめ馳けゆく

檻の間を行きもどりつつ子のすがた獣とともに遠くなりたり
獣らの園を抜けきし子の妻の往《ゆ》き来のひとの皮膚はあやうし

パンの包み

消ゆるとも光るともなき昼の月ながれの迅《はや》き雲浴びており
ふくよかなパンの包みを押しあてて妻はその胸もちて戻れる
ゆびさきの線香花火の火の玉の重さと烏瓜の赤さと
つきて来し幼《おさな》も佇ちてあすに咲くはなのつぼみのしろきに黙す
子が語るゆめの団栗《どんぐり》つやつやとわれも眠りのきわ漁りおり

みどりの魚

陽のくろき空にみどりの魚うかびシャガールの眼の高さより呼ぶ
ふとぶとと樹の根かたより三日月の出でてまはだかのきみ脅かす
愛ののち白き衣装に空をゆく少女と知ればわが唇《くち》に雅歌

一束のみどりの花のかげにして朱を滴らすあわき乳首に
靭帯のもろきところを知るゆえにシャガールの若き夫婦抱擁
扮装のまま怒りつつ青年のなかの道化はつねに傷つく
たたかいの煙そがいに刑場に安らぐものら手に足に縄
光への負《ふ》の走性にゆだねつつ手を垂るるのみ時に若さは

森の祭灯

いちはやく庭に降りたつ子が指せばなにに掃かれて星つぶらなる
子が裡に刻まれし地理ひるま見し祭りの方へたがわず向かう
弾みつつ馳せゆく幼ふりむかず祭礼の灯に紛れんとする
僅かなる木立のなかの祭りなり灯にしらじらと葉裏うかびて
サボテンまた雛てのひらに売られおり従順にして暗し灯のもと
火を消すに軽けれ回り灯籠を妻にもたせて子は勇みゆく

われら捲きて地をゆく風のとどきたる星か揺らぎののち緊りたる

植物のごとき触手に連れだちて夜を歩むも妻子《つまこ》匂わず

クレヨン燃ゆ

子はひとり窪地に溜る陽に遊ぶ父母《ちちはは》愛しあう家離れたく

クレヨンの肌にクレヨン汚れつつわれの記憶は子に覚まさるる

クレヨンは燃えおわりたりわが時間流れはじめぬ夜のしわぶきに

灯を消せばたちまち闇に子のかたち溶けると見えて寝息きこゆる

蒼の浄火

朝を経てくらしの澱《おり》を浄化せんこころ庭より蒼き火を焚く

ひろからぬ家にそれぞれ妻も子も動作をもてり朝の雷鳴

子が描くムンク叫べり叫びつつ朱《しゆ》にえがきゆく口も頭も

積みあげてすなわち壊す 幼児《おさなご》がこのごろ母を呼びきて見する

諍いのときは素直になりし子の息詰むまえにわれら佇たさる

人工の彩色に子はつながれて都会にもてり模型の山河

モンスター生《あ》るることなし少年も父親たちもプラモデル組み

われに消《に》し子は帯結び妻とゆけ花火の開く音のさなかへ

古代意匠

石の肌そのつめたきを恋いしゆえ砂漠に彫りしてのひらの像

古代の、 女性の指の環のそとと邪神ら寄りて息づかいせる

わが腕におさなが弾む重さあり古代の石の見凝むるなかに

黄金の副葬の品さらさるる髪饐《す》ゆき少女らの一群のまえ

ひといろの意匠のなかに石の彩《いろ》さまざまなればここにつらなる

われを守る聖なるホルトの眼《まなこ》ありやいまに魔神は伝わらねども

綴織《つづれおり》あつく壁なす室にしてひかる埃は呑みこまれゆく

彫像の踏まえし芝に子を放つ常凡なままいのち生きよと

光の重み

絨毯の目に砂運びくる子がありて朝のひかりこの家あまねし
貝釦剝ぎつつ蓄めて握りしむ営みもかくもどかしければ
陽のなかを戻りきし子は妻の手に悪童くさく嫌われている
ゆたかなる湯ぶね虚飾とおもわれずふりこぼれたる子のなみだあり
投げ入れし籠に紙屑ひらきゆく音すわれにもなにか解《ほぐ》れて

雪あかり

水霜の溶くるあたりを辷《すべ》りくる朝のひかりか動きはげしき
雪落ちて子とおどろくに銅《あかがね》の樋きらきらと軒にあたらし
遠吠のつくるひろさの片隅に妻編む妻は子にひたすらに
ねむりたる子が呟けば眠りたる妻つぶやけりこの雪あかり

子が去らばわれに還らん妻かとも老いはあこがれのなかにし妖し

冬の疎林

わが額《ぬか》に斑《ふ》をなして日は凍《こご》るかなふゆの疎林はめぐりに果てず

黄葉の渦ふと起こり季《とき》のあわいあゆみいたりしわれはあやうし

梢《うれ》おちしひかりが結ぶ虚像あり林のなかの日を蹴りゆくに

飛びやすきふとさに丘に樹ありたりはげしく風はわれをめぐれる

剪《き》りあとの枝の小口《こぐち》とのこりたる樹の断面の白きが呼びあう

冬心抄

尾根づたいに雪したがえて越えてきし車いつしか濃霧《ガス》に入りたる

礫《こいし》投げてこころ埋むる獲物なしかえれるものは谷までの虚《そら》

かさなりて空塞《ふさ》ぎおる紅葉《こうよう》のなかに掲げし鐘おおいなる

谷底となりしあたりに霧あふれ梢梢をくるみてゆきぬ

硫《る》の池の白濁のなかに魚飼えりうおは沈みてうごかず太し
半身をこごれる川に浸しつつ釣りしは見ざらん落日の鱗
夜のみぞれ空にもどれる気配して泊《は》つれば親し冷えの募りも
水をよび石のおもてを石に磨《す》る音そこごもり聴きつつねむる
山腹に陽に濡れておるブルドーザー雪のあしたの目交《まなかい》にして
雪球を握りかためて擲《な》ぐるとも空の蒼さにちから呑まるる
ほおばれば針のごとしも地の面のあさに凍りし雪ひとつかみ
湖《うみ》に風ありて目にみゆ逐いゆかばわが喪失のための歌とも
陽あたれる山の倒影はこびゆく波紋のはてに時うごかざり
いくたりの死のうえ舗《し》ける尾根の道なめらかにわが車はこばる

地の罅

壁くらく都市に狭間をなすところ流れを越えて芥ながるる

鉄のおと驟雨のごとく降りかかり海に解かれん街かわが負う
鉄色に火の鉄ひえてゆく過程あゆみ曳ききて雨に見ている
高級車おし潰したる方形の鉄なり磁石にちさく吊らるる
埋立てて敷地ひろげし工場の窪またふかし雨水たたえ
霽《は》れしのち雨を吐きおるアスファルトの罅より見ゆる地殻のふかさ
高速路個個に成りゆく街のうえ雲はうごかず繫がれしまま
昇降機にひとりを閉じることにも馴れおのが次元をたやすく離せり

異星の人

雨具着て子はことごとく黄よ降りたちてひそかにあらん異星の人も
陰影のなきに馴れつつ部屋に挿しホンコンフラワーこころにもさし
労働の無言恋おしく大いなる画集に閉じしゴッホの麦よ
蜘蛛の仮死とどめて焼くる西の空ゆたかに動く落日のマグマ

うつくしき夜の横顔と言いしほど遠き町ありやわが心象に

水銀の球

ロケットの発射の炎おさな児の日常なればわれにも日常

家じゅうに紙散らしつつ描いている子のめぐりはげしき消費は成長

肩にきて礼いうほどの重みありきょう購い戻りし絵本いだきて

湯あがりの裸形ならべて子と干すに倣《なら》われおりぬ書架ながむるを

溢れつつ零《こぼ》れゆく子のエネルギーねむりては水銀の球たり重し

あすへの木馬

遊園に妻子《つまこ》とありて動かざる昼ののりもの羞《やさ》しみつつ見つ

子はメリーゴーランドにきて怯ゆ何という赤き貌か木馬の

灯が入りて浮かび初《そ》めたる遊園にこころようやく解かれんとする

蒸れし夜をゆるく回《めぐ》れる観覧車のこせるままにあすとなりゆく

拱手ひたすら

棘纖《ほそ》きサボテン鉢に馴らされしをボアの襟より少女みて過ぐ
展《ひら》くべきマッチの軸木一本のはや湿りつつ雪の兆《きざ》せり
祈念して神囁《ささや》くを待ちおりし希臘《ギリシヤ》詩人の背の厚みこそ
終楽章いま発たせたる闇にしておのれ宥めん拱手《きようしゆ》ひたすら
かたくなに掌《て》のほてりにも萎《な》えずおる造花の占むる妻のいう呪咀

小さな庭

ウグイスのわが庭えらび来鳴くこととときめくごとし妻にも言わで
駆けてくる子の髪吹かれ額《ぬか》われに似たるとおもう妻を呼びつつ
日暮れつねに空鑵木切れ段ボール庭いきいきと子に従いて
わがうちの脆き部分に根を張りて伸びはやき木よ挿しゆきしひと
はつ夏の日射しあかるく凪ひと日鳴れるかぎりがわが家なるかな

花崩壊

足音《あのと》なきみち敷きながら崩れゆく城の蒼さよ花のさなかに

やがて路上に桜の萼《うてな》ちりしきり子の拾いたるほか風に消ゆ

ある回帰

うつくしき疑似故郷《ふるさと》とよびてきし川こうほねの花を底にす

伐りあとに実生の小松湧きいずる山に恃《たの》みし日もありしかな

羽蟻の光

空《うつ》ろなる材をのがれて羽化しゆく白蟻の群をそよがせる光《かげ》

陽の中にもろき羽蟻と噴き殺しこの朝守りえたりき妻を

カーテンに風ふくまれて梅雨のまの陽にぬくみたるガラス戸鳴らす

乾燥のなかに腐《くだ》ちし板塀ののこれるところ驟雨またるる

あじさいに侵さるる庭みどりして霽れ間あたらしき意欲をつなぐ

魚のこえ

霧退《の》きてこころひらけし川はらに瀬音をこめしまろき石あり

魚のこえ堰《せ》かれし水の大いなる束なすなかに乱れてきこゆ

川に沿いのぼれるわれと落ち鮎の会いのいのちを貪れるかな

しずかなる林のなかの日につどい少女のごとき魚なぶり食う

霧を割く

濃霧よりもどりし家の明るさにねむりおる子のこぶしかがやく

生垣のかげ倒れきて霧を割くけさも緋鯉の速度かわらず

鯉は稚くつぎつぎに死せり胴太き重量感をわがまぼろしに

冷却のもどりくるとき石匂う外灯しろく草照らしつつ

不治の子を今日死なしめし隣家より洩るるピアノを息ひそめ聞く

礁

子に白き紙を与えてかぎりなく書かしむ波にそだちゆく礁と
すでに子がものならぬ山の赤蜻蛉《あきつ》石にひそかに翅をおろせり
くさぐみの草のいきれに赤らむが子のくちびるに触るることなし
湖の回帰を地図にたどりつつ砂漠はちかしわれよりも子に
ドームの、疑似星空に酔うこともなかりき酸素足らざりしかば
父として論理しずかに子に語る難きかな幼きままに対峙す
子が捕えおきしコオロギ紙箱にひびきて夜のふかまれば鳴く
紙箱を掻きいし虫も子も眠りわが一日《ひとひ》のみかく閉じがたし

霜の鍼

艇の底かわらに伏せて塗られたり風にこぼるる冬日あつめて
霜の鍼《はり》目にみえながら還りゆく空に凍《し》みたる闊葉の黒

みぞるる

おとめの手はとるに砕くる少女の手とるかりそめの今よりはなく

いずかたに愛しき少女みぞるる夜なおうつくしき妻に戻れど

果物に刃物を添うるおもいにも似たり少女の怖れを愛す

カーライトの上向き下向き地の傷のやがて沁み入りかなしみとなり

道を得て車吸わるるごとくゆけこころ翳りのめくるめくまで

海の執

壁面にけぶりて青き灯の反射ひらたきビルのそびらは知らず

夕づきし氷雨のなかに丈ひくき焚火みえつつ構築すすむ

電光の文字に時刻は移りつつ人失《う》せてより表情をもつ

川折れてつくれる闇の濃きところなお街にして水息づける

海の 執《しゅう》ひそかに戻りきてひそむ低き家並《やなみ》を東京は持つ

焚く

わが繞りに剝ぎて棄つべきもの多し潜《くぐ》まりてちまたに住みしばかりに
火を焚くはたのしみに似つわがもてる空にしずかに煙を放つ
一日の反古《ほご》のたぐいの薄薄と燃え尽きて赤き冬の没り日よ
すなおなる髪ながるるにいろにぶき星を焚くとて子は凪にいず

気流いささか

庭くまにあかるく枯葉しずまるにゆまりしにゆく日にいくたびか
渇きつつ枯るべきつばきわが庭のひとところ土がしきりにかわく
ゆき来せる小菜園も畝のまに苔あらわれて冬に入りゆく
子がものの木の実ひしめき口答う語彙ふえてゆくやがて離るべく
あたたかき気流いささか庭にあり紙ひこうきを子が載せている

凧は子のもの

掌《て》のなかの子の掌は熱し冬のわが一日《ひとひ》をはじむ坂の道より

貫いたる小銭おのれのものとしてなくさば悲しむ子となりしかな

相補うことのすくなきわれとつま妻病めばわれも熱いでて臥す

こころよく寝《い》ねぎわに沁むてのひらのたこいとのきず爪は子のもの

鉢を割ればつまりたる根の温かし雪のおもてに土こぼれつつ

匍匐枝

押し花の透明にして脈浮けりいらいらと冬の平安におり

飽満のいく日ぞつづく乾きゆく花弁に脈の透きたりすでに

匍匐枝を土のおもてにとどめつつ枯れし草よりたつ埃あり

冬の雷われの思わぬ空隙にささりきたれり四肢くずれ落つ

野犬きて夜を騒ぎゆく枯芝生わがものとよぶほどの奢りぞ

夜に入る雪

ぼた雪は空の一点より至り少年たちの視線をしぼる

雪結びつつある空にちかくしてくろき窓枠くろき手が嵌む

ゆきやめば雪なき窓のまま暮れて揺り椅子の老《おい》をこの家はもたぬ

夜ながら雪溶くる音きこえつつ夜の咆哮もねむりてひさし

星ひとつ捺して都会の沈むとき魔人の樹あり道化の樹あり

小さな裸

子の病みて庭に庭下駄シャベルなどその位置変えず冬の陽うつる

ちさき病い子はするごとにこざかしき湯気たつ部屋にひとひ触れいて

病むおさな頬あからめて咳きいるが美しきものと離れてはおもう

ちいさな、裸の怖れレントゲン透視されつつわれを見上ぐる

妻の手に冬氷の冷え離れざり子をみとりつつ臥《こや》りおりしか

なかなかに眠り得ざりし子のあわれ五歳児にしてなに闇に来る
眠れざる子の性《さが》よ夜半ねむりえし子の顔みつつ哀れとおもう
てつぼうが錆びている子の掌《て》のなかにわが掌のなかにふゆ終わる日の

尾のごときもの

尋ねつついまを急がね人気《ひとけ》なき町を迷路のたのしさとしつ
夕映《ゆうばえ》のどこまでもはばひろくして追う胸いたくなるふゆの野の
つぼみなお固き丘にてきこえくる工業都市の遠澄めるおと
台風はいま地図のうえ尾のごときものわが庭の梢にとどく
雑踏を親しきとせば子にかたらん妻との逢いのとおき日ありて

都市刻刻

玻璃厚き夜の歩道橋そらにあり流れのひびき受けとめており
暗もたぬ都市のよふけに工事場の旗ゆれているせんかたなしに

いつまでもやさしきか大地いまも杭うちこむときの音のむぞうさ
雨のおとおきに忘れ都市のふゆなお果てしなき青空をもつ
乾燥の土に瞋《いか》りて待たざれば雲はわれより若き貌みす

廃　船

蝌蚪生《あ》れし水たたえたる岩窪に幼《おさな》は集う海にきたりて
広角に視界をうれば熔岩の端に砕くる波いちずなり
礫《こいし》敷けるごとくに固き海面か跳びゆく艇の底を砕くと
潮退《さ》りしテトラポッドに苔稚《わか》くいまより永き劫創《はじ》まらん
たんねんに海が磨《す》りたるガラス屑まろく掌にあり子の瞳《め》映して
蹠《あなうら》に子は記憶せん岩礁のするどさまた波の打ちよするひびき
廃船の波にほどけてゆくさまも目に顕《た》ち雲はひくく乱るる

不意の海

海鳥のあらし携えきたるときひくき泥田の泥かがやけり

醒めしのち受くる笞《しもと》か沿線の展けしところいなびかりせる

矯められし松をのこして海消えぬ雨は乾きし田にそそぐのみ

雨空と沼と平らにつきながらけむれり遠く汽車ゆくところ

灌漑の溝をめぐりて水うごき陽を吸いこみし稲の体臭

遁れきし石段《いしきだ》堅く下駄の音うつくしわれに付きて歩むと

築地塀とぎれてふいに匂う海われに与えて少女駆けさる

蓄積はすべて地のことひかりにて溶かれし空を海がひろぐる

脱却を希いてきたる汽車のまど夏の防雪林が触れゆく

両岸に家並ちさくなりゆかば呼びあわむ矮《ちさ》く人走らせて

奢りの峡

断崖《きりぎし》に紗を透くごとき陽をあつめつゝつゝじしだいにおもたくなりぬ

田を埋めて園となしたるひとところ沿線に遊動円木の赤
一本の高速道路くだるとき西ひくく霽る雷《らい》みえながら
人工の芝生の渦のあかるくて奢りの峡《かい》のわれには遠し
とおき田に落ちている灯を伴いつつ気動車のまど風みだれゆく

視野に一筋

わが視野のなかにひとすじ曳きてゆく航跡のうえ若きらのこえ
海ぎわの炎天のなか群れのなか芝に撒かるる霧をみている
浮き玉のくろきガラスの巨いなる廃退が漁業倉庫裏にあり
いさり火の沖にふえつつゆらめくを眺むる波の音のかなたに
海のこえこの夜やまず窓にありわれにきたれる魑魅《ちみ》の貌して

凩に駅

降りたちし駅あたらしく白き鳥一羽を追いて一羽たちゆく

のぼり路の駅よりもどる返照の雲の縞みゆあきのおわりの
凩《こがらし》に駅高きまま夜となれり浅きベンチに木の葉のかたち
頂にひとつともれる灯のかげのつまさきにある町なりしかな
旅立ちを忘れしわれの睡るきわ山迫れども山威《たけ》からず

渦のまにまに

あらわれし蝶こそ喪章わが庭に背よりつめたき翳りしのばせ
雨の投網《とあみ》あびつつ走るくるまにてなにに鎧うとあらねどさびし
緑色の蜘蛛ひとつ出でて凪ぬくし夜《よ》になりがたき窓掛けのうえ
夕ぐれにちかき台地に藪ありて押しこめられし椋鳥さわぐ
むくどりは無数なれども鳴くこえの渦のまにまにくろき影もつ

鉄の軋み

凩のひびきあいつつ空堅し戦火至らぬ須臾《しゅゆ》の地にして

ストーブの鉄軋《きし》みつつ冷ゆるとき少年たちとわれと真向かう
一塊《ひとくれ》の衝撃波いま壁うちて去りたりわれの捥《も》がれしは何
血を喀《は》きて人死にたりと今は遺著ぬくぬくわれが読みおりし夜半
子をなすは悲しみの戯画子一人のわれも多産のベトナム人《びと》も

砦に帰る

あさがおの種こぼしつつ風に鳴る塀のさびしさわが家をめぐる
四日ほど熱のまにまに眠れるを波のまにまに浮く匣《はこ》のみゆ
空のいろ重くこもれる耳鳴りのかたまり断ちて子のもどる声
こめかみに震う線のごときものわれと子にありときにしたしも
やわらかくなりしハンカチかくしには今日蹉跎《さだ》おおきわれを知らしむ
家ようやく近くあゆみをとどめたれ灯火のそがいのみ闇がある
ひつじ雲ひろがる要《かなめ》を見んとしてみえぬままなる一日《ひとひ》の終り

子の部屋の鍵は子が閉《さ》し妻のむねのぬくみに埋もれ髪ねむりたり

つぶらなる

ねむりたるまま子はたかく笑いいでしばらくわれの闇に遊べる
くろきつち子とわれと掌にほぐしつつ冬をこゆべきふたりを植うる
ガラス戸のむこうこの夜の月齢をかたちととのえ子はしるしおり
さんしょうのつぶらなる実の庭すみにくろく無数の目とみつめおる
ひとすじにまちなみを越えわが庭にいたれる鳥か諸羽《もろは》をたたむ
小鳥たちすなわち来たる庭の木の枝より枝へ零れしものへ
競輪を解かれし人のにびいろのながれに触れぬ妻と子と率て
みみなりのぬくき夜のふけ妻が点《つ》けすえふろの火のおとのくわわる

地の記憶

花しべの雪にまぎれて地にあればあした踏みつつみだりがわしも

綯《な》いまぜに日ざしに滑りゆくこころ少女のまろきひざがしらなど

手にむすび投ぐるさくらの花びらのもどかしさ何の記憶にひそめる

のぼりゆく高みに脱ぎてゆく春のたとえばくやしさなども肩より

ものなべてながるるままのあたたかき春のあらしといえば浴びゆく

つゆ落差

つゆのまを飽和してゆくわが四囲とわれとの落差あせにあえつつ

平板の街にするどき銀線を加えて雨が夏をしつらう

とりでともわれら孤絶のねぐらとも車のままに一家はかえる

目のふちにいささか風邪のねつあるを妻はとがむる朝のかがみに

灯ともししままの眠りにひとりして堕《お》ちてゆくなりまぶた灼けつつ

わが太郎

わが太郎あつむといいて購《か》いきたる切手いちまい海をえがけり

切紙の小学生のもぬけ殻くらみかけたる部屋に見ている
制服のおとめら道に撒かれゆくしろき時間の帯もてる夏
ゆうつかた校門いでし小学生ひとりの歩度をひとりつくりて
ひろびろといまは深夜の十字路をもてあましつつ車まがれる
子のおらぬいく日をびんに凝然たるてんとうを芽のみどりに放つ
一本の紐ほぐれつつ鮮しく子は妻に今日なにを学びし
子をおくる坂のひとつにみどりいろ高架電車にまむかえるあり
叱咤して寝に追いやりし子のスリッパ乱れはうかぶ灯の点るとき
子をなせば導かれゆく少年期ゆとり蚊遣りの壺匂わせて

銀のくさび

都市のうえうねる高速道路ありわれのこころの鋭《と》きかんなくず
ぬかるみにあおげば高き銀色のくさびとなりてたつ高架駅

装いの成らざるときの醜さにいのち溢るるビル工事場また

あおみどろ水田《みずた》によどむ冷たきににわかに触れぬ地下鉄を出て

地にくらきくだとくぐりてはるかなる都市に吐かるる人とその背な

敷きつめて人間むらがり残りしは十字架形のくもり空のみ

夕刊のはや解かれゆく街となる言葉はわれの頰に凍みつつ

地下鉄の終車まぢかく籠りたる都市のほとぼり新聞紙にも

址

てのひらに皮押しぬぐい食う柿の日ざしまばゆし明日香路われの

溝の水走りさわだちわが迷いきたる飛鳥《あすか》の土塀にひびく

斑鳩《いかるが》の秋ゆらゆらと過《よ》ぎりゆく自転車のあり表具師のりて

あしもとの飛鳥川そのほとりにて仔犬ら箱に捨てられてある

くさの実のかすかなるおと大津の宮址《あと》たずねゆく日のなかのおと

かげろうのなか揺れやまぬ人かげが口笛をせりひとふし鋭く
犬つれし少年がいう一本松ゆうべあかねし掘れば古《ふる》大路
いちめんの膜やぶりえず飛鳥村 Asuka V. 車にて過ぐ

秋

ちかく病むけはいのなかに登りこし古寺のひざしに甘き湯すする
古寺の秋の石段《いしきだ》ふみにつつわが息をきくゆうべにちかく
耳鳴りのごとく木の葉の金色《こんじき》はめぐりに降れりまなこ閉ずれば
くきながき山の草木《くさき》ら雨うけしひとえの桔梗なども大揺れ
対岸の踏切の鐘《かね》おりおりに風にきこゆる待つに人なく

影

夜の樹の肌ぬらしつつ秋すぎぬわが病い懶惰に似て極まれり
間歇《かんけつ》に啼き声たつるむくどりのこもれる木あり眠らえぬ夜に

あらあらと截りしぶどうのみずえだの風に燃えざりこころにもなお
灯ともせば抜きたるままのわれのペン凶をひそむるごとくありたり
わずかなる金をおろしに妻やりぬこまごまと配意せしがさびしく

われの朱線

霜ののち乾きたる土のおもてよりたつ風のいろわが冬のいろ
朝をゆく学童らやがて収まりて舗道ひそかに陽に息づくも
ねぎの香の冬の畑に折れ口の濡れしままなるさわやかさなれ
鉛筆の子のひらがなを直しつつわれの朱線に引きあえるあり
いつしか、しゃべりつかれし子の寝息ききとめし妻が寝顔にかたる
日日業務に追われしほどにあらざれど鋏文鎮のたぐい銹びたる
指さきに押してまなこを冷やしおればわがものならぬ痙攣も知る
寒風にガラス軋ませ切ることのにわかにかなし胸ふかく切る

情景のなか

あたたかき一月いつか崩れんに魚の緊りし身をつつきいる

眼球にたまれる疲れあるときは指にうずきて瞋れるごとし

妻とわれ家ごと揺られやさしさのよみがえりくるかなしみもまた

おおよその流れのリズムかいくぐり子は降りてくる駅のかいだん

車にて妻がもどれば啼く犬のわれにありしと気づきしばかり

子は子とて荒れのこころをねそべりて髪うずめいるうすき童話に

逆光にみているふゆのいちじくの梢は支う雲のひとひら

あけがたを閉じしまぶたのうえに知るめぐりの冷えと身のうちの熱

樹の衡

異常に、ぬくき冬夜を地震《ない》ゆりて樹にこもりいし鳥闇《やみ》に撒く

とびたちし小鳥ふたたび収めえて一本の樹の衡《たいら》をまもる

剝がれたる樹皮また朽葉あつめいし風がふとわがすぎこしを見す
足元に落葉まつわる距離ながら襟立てて去る友いま一人
沖をすぐる船しずかなる幻覚となして率《い》てきしものらに離《さか》る
末端の冷えいたみつつ聴きているラヴェルの曲もわが無言劇
朝かげに照りいる雪を融かすまで潤《うる》める熱き果肉とおもう

ひとつ敵意

ひとすじのちりの乱れにみだれゆく病むこころ持ちもちあぐみたり
かたまりとなりて萌えくる木木の葉のいろしたたらせ雨すぎてゆく
めぐらせるわが垣のうちこのとしも蟇《ひき》いできたり媚ぶることなく
この日ごろ瞋らぬ日日とおもいしが線の静かに張られしばかり
あつき湯にあつきこころをぬるき湯になにを沈めて浴びる湯しずく
めざましの刻音はやきあしたにてなにかはじまりゆく傾斜あり

ひとつ敵意はかなくなりてはるの気流めぐれる星のかがやきがある

夏越抄

あせあえて夏こゆるかな今われは働きびとのあゆみえたれば

ととのわぬ歯のひとところ掌のなかの果肉にむごきおもい兆せり

わが家とてしろきはなびらこぼしつつ不惑を澱のごとくあらすな

甃《しきいし》のひとつがうすくたたえたるよべのあまみず陽のなかに澄む

まつわりし蔓すがれたる明るさに鳴らしてたてる庭木ひともと

鎮み

塔までの坂ふかぶかと霧《き》らうあさしずむがごとく降りゆきたり

助走路をゆきもどりしてランナーのこころと励むわれはひとりに

グライダーは草のみどりに低くなりひくくなりつつ白くゆらげり

体臭のこもれる傘を壁にせる少年たちの背後灯ともす

跨線橋くぐれる電車くぐらせて夕日のなかに何を羞《やさ》しむ

冬の牧歌

竹竿をならし声あぐ若きらのなにゆえ朗らほろびてしまえ
瞻《まも》る者なかに気負いて叫ぶものわれは恃《たの》まずいずれの目をも
絢《な》いまぜに木枯しと声きくところ老教授あり悲しくもなし
掛けごえにかたき木切れをうつ音すゆうべおち葉を焚く池のはた
直線の地よりのぼれる塔に添いふゆ二日月《ふつかづき》ちぎるるばかり

白い沼

羊歯《しだ》ふかくかくるる道に越えながら汗に緊りし額《ぬか》の記憶は
わが山の配流《はいる》のおもいはるかには野よりのぼれる蝶を子が追う
沼はしろくいまは濁りに棲まぬ魚《うお》そらにもとむる雲の撓《しな》える
柿わかばかがやかにわが丘のうえ忠魂碑ある抜きてつめたく

芽ぶきせる枝えらびつつきりぎしは降《くだ》りゆくべし掌に熱くして
藪がくりみえたるわれは谷川の石剝がしつつ蟹とらえいる
ひとひらの雲のかげりの落ちている部落のさやぎ山ふかくきく
穂にくろきいいもちみえつつすてさりし刻《とき》のなかなるいちずなる揺れ
ひがんばな石をめぐりて赤き舌はなちていたりここより磧《かわら》
妻と子のねむるかたまりかたわらに瞑《つむ》ればひかりの斑《ふ》のごときみゆ

あとがき

一編の詩は、いつになってもできあがりはしない。それを終わらせるのは、すなわちそれを読者に与えるのは、つねにある事故の結果である――

いかなるおりに心にとまったのかいまは定かではないが、作品制作からその発表までの重たい逡巡を、このヴァレリーの言葉に助けられては、いつもやっとの思いでとび越えてきた。それは、もはや本来の意味をとうに離れ、私だけのための呪文となっている。

先の歌集『木馬騎士』もそうであったが、この集も個々の作品はすべて既発表ながら、編年によることをしなかった。そのため、一首を制作し、ひとの目に触れさせるのと同じい新たなためらいと、しかし、ときめきとを感じている。

この集の主な制作期間は一九六四年から五年がほどだが、職種上のゆえあって作歌数は少ない。また、いくつかの身辺の変動をも体認しながら、作品における展開変貌をそれに付帯することができたかどうか。

いかなる歌論や批評が「歌壇」を主導しようと私の関知するところではない。けれど、散文に還元しうる「意味」の部分だけで作品を読まれたくない、とのみねがっている。
陶淵明に「冉冉星気流　亭亭復一紀」という句がある。単に、時が移り変わったというほどの意のようだが、詩人三十九歳の感慨のなかに、私自身を引き据えておくべく、集名とした。

一九七〇年・初夏

石本隆一

海の砦

海の砦

石本隆一

不識書院

海の砦

昭和五十三年九月二十五日　不識書院刊

Ａ５判・函入

二四〇頁　三首一行組　五三一首

巻末に「跋」

定価　二八〇〇円

I

千の独楽

あたらしき年おもおもとめぐしゆく軸とおもえば独楽《こま》を貫く
抗いてすごす一生《ひとよ》とうちつけに回す木独楽の部屋隅に立つ
芯澄みてのち生まれたる意《こころ》とも独楽はもやがて頭《ず》をふりはじむ
整えし息にてひとり見んものか夜をかぎりなく鎮みゆく独楽
千の独楽夜半《よわ》打ちならしゆくものを稚き闇にあこがれとせり

貝塚の春

貝と砂こもごも遠く積まれ来し遺跡しみみに春ならんとす
わが指に木目《もくめ》触れしめ高坏《たかつき》のあわれ滅びに遅れし木片《きぎれ》
石棺のなかの木暗《こぐら》き時のまを実生のみどり点《とも》りては消ゆ

貝塚の貝にまじりて地表には櫟《くぬぎ》落ち葉の土となりゆく
乾《から》びたる小枝おり藉《し》き聴きている妄《みだり》がわしきわれの鼓動を
舂《うすづ》ける貝塚の野の夕日いま人を覓《もと》めて歩むならねど
頻吹《しぶ》きたる一日《ひとひ》の風を収めゆく丘よとおもう黒くすわりて

桜

杳《はる》かなる桜しみらに開くとき橋のひとつは包《くる》まれてゆく
邪《よこしま》なおもい鋭き夜《よる》を降る桜の花は灯に濡れて降る
夜をふかく桜ふぶける身の弛《たゆ》さ節ごとに骨くずれゆくがに
なにものの裾が捲きあげゆきしかと桜はなびら流るるを見つ
葉ざくらとなれる夜の雨こまかきに光あたえて去りゆく車

揺れやまざりき

木がくりに垂るる野生の藤のいろ透きてとどけり川の夕映

矯《た》められて静かにひかる川幅の反照とおく脛《はぎ》浄く佇つ
咲きおくれ一つ躑躅《つつじ》の白点《とも》るかたに寄りゆくひとひらの蝶
焦点のごとくに合いて蝶の白つつじの白の一つに消えし
潤えば道のほとりの 薺《なずな》 さえこころに落ちて揺れやまざりき

埼

碑の文字の遙かに海に還れるか岩より砂は溶け零《こぼ》れつつ
耳にしぶきしばし 聾《みみしい》 海ぎわに音なきことのこの明るさは
頰《ほ》に痛く砂捲きあげて海よりの風打つべくもひとりの立場
波がくり軋みて叫ぶ鳥の声ききて羞《やさ》しもわが内のこえ
岩肌のくぼみに乾く巻貝は蓋とじてちさき暗《やみ》をか守る
とめどなく海に小石を拾いたし遅れしわれが夜に消ゆるまで
蓖麻《ひま》に似し葉広の草におそれあり戦火なきことかりそめなれば

砦

期するものあれ言挙げのむなしきに一樹に夏の水打ちており
連帯のそとなるついの苦《にが》さとも踏みゆく砂利の雨にきしめる
かぎりなき泡にゆれつつ水槽の魚《うお》の疲れを身に受くるかな
くやしさの声のつぶてを蓄えしとりでときには白き壁とぐ
海に打つパイルの響きわがめぐり耐えつつちさき拠りど築かな
鉄塔のたかきに翅をふせてふと蜻蛉《あきつ》はこころ透けしままなる
原木《げんぼく》を曳きていでゆく水皺のくろき力の及ぶかぎりを
街ふかく電車によぎるとき見たり地にぬりこめし帆船ひとつ
叛意なお泡だちているあかつきの目覚めは昂《たか》し妻子《つまこ》らを措《お》き
月の暈《かさ》しきりにゆるるわがまえの気流に叛意ふるるともなく
したたかに霰うつ夜をまもりつつ停滞をこそ虞《おそ》れずにいよ

水車

ななかまど朱《あけ》をはやめて山峡のかなしき秋のかがやき来たる
紬《つむぎ》織る機《はた》のせわしさ一つ過ぎ道沿いにまた一つちかづく
魚の影きびきび走る細流《ささなが》れ触れし思いのときめきに似て
水車《みずぐるま》そのからくりの木の軋みしるくきこえて昼の雨降る
木のかげの一つを占めて時を消すさびしき姿《なり》かこの娯しみは
紅葉《こうよう》の谷をへだててくる車たちまち峠に逢う親しさよ
トンネルのはだえのくろく迫るときゆくえなる陽のそのなかに見ゆ
なめらかに秋まだはやき夜《よる》はある山頂とおき灯に息吸えば

巷

しぐるると空の険《けわ》しくしばしわが脱けし都市みゆ湾より低く
塔の高さかばかりにして臨みたれ関わりのなくもの動くかな

窓のそと水のごとくに人動く人は重たき頭《ず》をもちながら

ほむらだつ火中《ほなか》にあれば透かしみる 巷《ちまた》の往き来なべて美し

あゆみゆく人ら過去なく湿しく見ゆれ堤につづく工場街

軟《なよ》らなる風こそこころ傷ましむ堤の道に影曳きたれば

つき島の矮《ひく》き林の松の間ゆ都市の夕づくさびしさを見つ

朱の電車

生駒山《いこまやま》裾をめぐれる単線の朱《あけ》の電車の戻れるを待つ

単線の冬の踏切り石だたみ陽にぬくもるをいくたびか越ゆ

反《はん》景《えい》

死者は陽にはえつつ走る塔の尖かぎりなく湧く雲さきだてて

林より離《か》れし光がとどきいて塔の碍子《がいし》の蒼磨《と》がるるか

一叢のくらき森さえ空にして見おろす位置の虚偽のさみしさ

夕まぐれ森のはずれの観覧車はてしなく空となおめぐりあう
野のはしに森は動悸をかげろうとしばし続けて夕暮れにけり

稲妻しろく

手を曳かれ海にいでゆく帆にあれば穢《けが》るるなかれ日のまばゆさに
石段《いしきだ》の一段ずつの海の音きき分けながら何にちかづく
桜桃の核《たね》のするどさ断崖《きりぎし》をはるか音なき波に吐かるる
河跡湖《かせきこ》のにごりのなかに釣りあげて雫とまがう稚き魚《うお》は
苔のうえ生いたる草は抜かるるとあわれすなおに白根《しらね》を曝す
釣人の黙《もだ》のひたすらかたわらにわが賑いのおもいを拓く
地の隈《くま》にしろく流るる吹きながし従順にして見の怡《たの》しもよ
赤松の原とぎれたる雨のなか海のかけらと蟹は売らるる
冷凍庫道にひらきて魚を積む町ゆけば氷《ひ》のけむりあたらし

身を揉みて若木の樫の風のなかしきりに白き稲妻を浴ぶ

背《そむ》くことなけれ疎《まば》らな木立さえ夕日を籠めてかがやくものを

燧　石

ひたぶるに離《か》れしかぎりを艀《はしけ》より岸に篝の火の粉みえいる

沼ひとつ顕《た》ちくる日暮れ犠《にえ》としてほふるおごりに堪うるものあれ

燧石《ひうちいし》めぐりの草に火を返すおもい重たき掌になぐさめば

終《しみ》らには佇たね野を得しあくがれに視野はりつめて白き鳥あり

敗れてはならぬ地のいろ地の広さ夕べ創痍《そうい》の風にじめども

鋭心《とごころ》の風にあらわになりしとき波の秀《ほ》に顕つくれないの虹

II

石　膏

雪迅《はや》きまひる砂場の砂うごき粒のあわいを子は駈けてくる

父よとて撲《う》ちくるからだ荒あらとうち返しやるめくるめきさえ

石膏を習いし幼な愉《たの》しみて言うデスマスクわれに涼しき

弾力の子が挑むもの澄み透り受けとめがたしその球《たま》のまま

灯ともせばひかりに脆く妊りし妻の夜、背後に風吹くことあり

子を宿しくるしむ妻と満開の校庭裏の花浴びに来ぬ

妻のうちやどれるものと反目のかたちに眠る長子さびしく

月赤く蒸れている夜われと妻はがき受けおりキャンプより子の

渦文の時

病む妻のかたえの遺跡ふたたびをくらく水漬《みづ》きてわれは眠らな

妻とわれ掌《て》に落としたるかなしみのなお新月の心音をきく

山鳩のかならずの声いずかたに朝あけてわれの畚《もつこ》つるはし

反照に向きて曳かるる風のなか花一樹ふいにかたわらに顕つ
足もとの砂くずれゆき花時計淵《ふか》きに針をひからせている

移転前後

身に帯びし疼痛のわが家具といい家族といいて越しおわりたり
さいころの内なるごとき部屋ひとつかりそめなれど灯を入れて馴れつ
軒ちかく起重機夜ごと来て泊《は》つるあるときは黄《きい》の熱吐きながら
あたらしく家竣《な》りゆくに口広き郵便受の待つかたちはや
白塗りの壁めぐらせて家を建つ封じて熱き手紙らも来ん
灯を入れて三人《みたり》の城とあるときはあわれ悪意の文も読むべし
地を占めしおごりひそかに責むるがにわが新たなる宛名書かるる
あたらしき家に拡散したるまま手擦れ小物のなお集まらぬ
窓枠のひろきを開く梅雨晴の手紙の落つる音きくべくも

怠惰ともいたみに耐えぬわれかとも妻にわが歌書き抜かせおる

冬の蟹

ようやくにひとり児の子と定まりしこころは危う妻と分けもつ
朝まだき目覚めてながく身じろがぬ子の闇のなか何がゆきかう
飯粒のひとつはさみてちぎり食う沢蟹のかげ子の部屋のうち
子にさむくみすてられつつ部屋隅の壜にときおり走る沢がに
ひとり子を妻とかたみに叱りつつ冬日曜日ガラス戸のうち
売られいる銭亀ひとつわがうちに蠢《うごめ》きやまぬひとつのむくろ
子が投げし蓋の円盤消えぬまま屋根にし反す冬の日射しを
デパートに売れる小鳥の巣箱などさびしきものを今日見て来たる

凧

洋《わだ》なかにきらめく島ゆ凧を揚ぐ空に曳かるる少年も島も

動物の陶人形を愛着のかぎり並べて少年は撃つ
舞台には悪役演じいる声のひとすじいまだ絹糸《けんし》のごとし
雨のなか少年臭くかえりきし子を据えて夕餉また三人《みたり》のみ
やわらかき泥《ひじ》のごとくに纏《まつわ》れる時間のなかになにを書けとか
子の朝へ求めし緋鯉ひとりゆく車のなかに跳ねて音たつ
追弔のあわき花いろ提げゆきし妻とざされて生垣に凪
庭すみに撒かるる子の餌《え》子の留守にかならずぞ来て鳥は啄《ついば》む

声

子の部屋のひとり児なれば凪のなか箱ごとの菓子ひからびてゆく
ことごとくわれに肖《に》し子のさからいて妻と荒らげな声かわしいる
いきどおり打ちしかなしみ残るとき子の日記おのが短気を直さんとある
腕時計おもきに疲れおさな児を脱けしばかりのいらだち見する

争いてバスの座席をとらぬ子のすがた寂しともそれでよしとも
倦《う》みやすき子の午後の窓くらみつつ驟雨いたれば口笛きこゆ
谿《たに》に獲《え》てすばやき魚を水槽の時の流れのまま飼いいたり
卓のうえつめたき蟹の脚を割く妻の庖丁など見てきたる

城山

梧桐《あおぎり》の翳りの盛夏わがめぐり四半世紀の時なお少《わか》き
蟬のこえ高き潮と越えてゆく城山にしてこころ支うる
矢狭間《やざま》より見ゆる青葉の道ながら登り来し白きものへの殺意
楓《かえるで》の実のみどりなる翅のまま思いは飛べよ日のなかにして
真夏日の城山にきし少年のわが子なれ美しきその妹ぞ欲し
少年と少女もだして佇ちつくす城跡の白き道をへだてて
虹の根とおぼしきあたり城のあと松の太根の濡れて映えいる

野鳩

こわだかに言いつのることあるまじく庭に咲かせし睡蓮ひとつ
庭の土わずかなれども妻と子の日日それぞれの声沁みつつ
人はたやすく人に与《くみ》せりわがひとり固めんとして来し都市の涯
おろかなる速度とおもえ坂ひとつ車に賭けてくだりたるのち
高速路はてに見えいし音のなき花火さみしも近づきたれど
頂きとおぼしきあたり灯ともりてゴンドラひとつ闇に降りくる
容れらるることなかりしを堤より延びし街路の灯に沿いてゆく
未草《ひつじぐさ》くびのままにて水盤に花ひらきまた夜は花閉ず
仆すべき敵多かれど灯を消して妻病む今宵やさしく眠らな
あかつきの深き眠りの外に棲む野鳩のごときかなしみは来つ
ひたむきに

解《ほぐ》されてたやすく秋に入らむ日の扇風機なども妻のしぐさに

青年とありて静かなものまねび子の声洩れ来かぜに臥《こや》れば

若きらの囲む部屋ぬちほてりつつわが風邪熄《や》みぬいつか気づくに

ひとら去りてなおほてりある部屋のなか夜の棕櫚竹の鉢いれてやる

蔓ばらは垣に老いづき花唇《はなびら》の白に紅《くれない》さし混じりたり

あさの露したたるほどの柚子《ゆず》の実の幼きは息ひそめてぞ見よ

少年を脱けし子の鮒見えぬまま水底くろく育ちいるべし

ランナーの一周を子は継ぎゆけりひたむきにいのちつぎゆかむとも

Ⅲ

蓖麻の記憶

汝の問う蓖麻《ひま》咲く夏の油照り解放という語に遠けれど

警報に空剝《は》がれたる眩しさに蟬しぐれ生《あ》れ汝はあらずも

松根《しょうこん》に挑む苦しさむなしさと変わる予感の汗ふり零す

美しく雲を曳きゆく高層の敵機に稚き性兆《せいきざ》すかな

夜を低く覆う十字の機影にて怖るるまなく人は死に得る

高射砲弾の破片のきらめきに裂かれし一日《ひとひ》見の飽かずして

いつしかも赤き夕焼け汝の言う現《うつつ》にあれば蝙蝠《かわほり》がくる

乾されいし蜜柑の皮をほおばりて充つる即ち人の思慮とは

山越えてとどきし灰の紙幣さえ滅びの際《きわ》のなまなましけれ

焼けあとの無の明るさに炊《かし》ぎおりし祖父の豊饒《ほうじょう》そののちは来ず

玉音《ぎょくおん》のきのうを越えてたちまちに至る偽りなき世とぞいう

棒氷菓噛《か》めば敗《やぶ》れし日の真昼亢《たかぶ》りてなお死にたかりしか

変節を経しかなしみは語られず戦後の橋のとどろくばかり

指嗾《しそう》して少年狩りの教師たち今もむなしき言葉に励む
絶対を強いられしのち置き去られ遅れしわが汝を愛《かな》しむ
思惟思想一夜《いちや》に脆きとき過ぎて三十年汝《なれ》に説くべくもなし
谿川の石起こしつつ蟹を追う主義つぎつぎに脱ぎゆくよりは
葛の葉の茂るいきれに辿るとも汝が肩ついに匂うことなし
汝を率て指し語るべし新墾《にいはり》の陸稲《おかぼ》畑の茎の若さを
石切りの山にしばしば少年の裡なる老いを刻むがに来つ
不易なるひとつ仕種《しぐさ》に救われん汝をひそかな犠《にえ》とはなして
汗しつつ小鼻に溜めし汽車のなか訣れしばかり杳《はる》かなる日も
なに竣《な》して人はなぐさむ幾たびの滅びののちの野の獣こそ

喪　乱　　三島由紀夫の死

冬ちかきみどり濁世《だくせ》の掘割に紙おちてゆく須臾の白鳥

わがうちの白布《はくふ》はためき風鎮《ふうちん》の打つ壁の音いたく乾ける

爛爛のまなこ疲るることなけむ死にすればはや伝承のなか

惜しまざれロココ白亜をうつつには築くことなく昏みゆきたる

追悼のビラ隠しにてひらきゆく憎しみをこそわれには募《つの》れ

ひしめきて尾灯赭《あか》らむいきづかい坂いただきのたまゆらに見つ

鮮烈の一つ死ののち地上にはたとえば日暮れ子に帰る父

灯を入れて傍観の玻璃一枚の団居《まどい》まもればまがまがしとぞ

人さわに凶兆のへりゆき交いて虚像のつかれ抱きねむれる

風うちの鳴りのきびしきよろい戸にあわれ暗愚のわが塗りかさね

薔薇垣の 楉《しもと》 たちまち伸びさかる剪らざれば鞭《むち》生きのわたりに

苛責なき神話のなかの男よりきかず肩の荷抜きくれよとは

風のなか飛びきし礫《れき》が拡げたる死処なき日日の 獄《ひとや》 晦けれ

霜砕く隊伍わずかなわが前を少年ら没す軍神として

都市を経し屍のかげ残る堤にてかぎりなく湧くかぜ耳を磨ぐ

洲のうえにひろがりてある冬空の鈍き平和の凧の手ごたえ

対岸に触るるたやすく戦中の土ふかぶかと麦青み見ゆ

冬曝《ふゆざ》れの土手はるかより走りより飄《つむじ》のごとく親しきものを

老残の迅《と》くこそ至れ群雀《むらすずめ》かわら荒地の視野に撒きゆく

台　場

花つけし野生の水木あふれしめ揺らぎのなかに残れる台場《だいば》

みずすまし台場のなかの池水に跳びつつ生きの範囲さながら

白き蝶もるる吐息の草いきれ砲のまぼろし陽のなかに顕つ

まさびしく戦中とおしドラム罐並《な》めて錆びしむる砲台場跡

仰向けの空にまぢかく漂える台場のかぎり翔ぶあきつあり

艀

海蛆《ふなむし》のかくるる迅さ羞《やさ》しみてひとつ影濃く堤にさらす
岸ちかく漂いやまぬ水嵩のくらきを占めて水母《くらげ》あふるる
卒塔婆の風に乾きて鳴る音のしばし安けし湾のめぐりに
金属のひかりを持てる炉のけむり音なく噴きて対岸にあり
おりおりの空を染めつつ溶鉱炉なぎさを越えて火花こぼせり
火の粉もて夜の一角を乱しおる炉の群みつつ何になぐさむ
ひたすらに貨車を溜めおる港湾地線路ようやく夜にまぎれゆく

*

均衡のあやうきままのいつまでの戦後のうしお浮標《ブイ》を灯《ひとも》す
湾にいま夕暮れしろき浮標ひとつ波剝《は》がしつつうきあがる見ゆ
夜を削《そ》ぎて一片《ひとひら》湾のなかをゆく艀《はしけ》灯ともし波うつすらし

墟

いく世代すでに移りし記念堂そらに剝がるるひとむれの鳩

個個の死のわがものならぬ敗衄《はいじく》の砲たり雨に飾られている

赤錆びし人間魚雷回天《かいてん》の断面をしてなに語らしむ

有刺線めぐる廃墟を戦中の妖《よう》ありありと洞《ほら》にたもちて

夕映に黒緊まりつつよみがえる兵営跡の欅《けやき》のむくろ

戛戛《かつかつ》と鉄の階《きざはし》おりてくる拍車のすだま野の鳩と棲む

挙手の礼なぞえに風のよぎるときその切れ味の頰をかすめゆく

白い塔また塔

機上より夜を撒《ま》かるる宝石の粒粒《つぶつぶ》一時間ほどの国土

頭《ず》にちかく飛びゆく胴の巨いなる春の大気のその厚みみゆ

風のなか灼《や》くべき舌をもちてきて紙コップ一杯の情念

ひとりきて蒼きさくらの咲くところ思えば仮死のごとし平和は
骨組みのなか灯とともに吊られゆく箱みゆちさき疾風《はやて》のゆくえ
空中に吸わるる軋み身を過ぎぬ夜の高層エレベーターのなか
地を離《か》れし翼《よく》に映れる明滅のひかりそのまま暁となり

野の揺落

草かげに犠《にえ》焼かるるに任せたる権力の晴ればれと滑走路延び
埃して硬き髪すじ耳元の冥《とお》き悲唱を畑なかに聴く
キャタピラの轍《わだち》のふかさ地平より地平に鳥のかげ失せてより
均《なら》されし土のおもてにアスファルト蒼く煮えつつ層かさねゆく
あざやかな白のり入れて林のなか声もたぬ警官の一隊があり
工事用砂利のそばだつしばらくを雨の溜りに裾映しいる
荒草に打たれし杭のかげりつつすでに怒号の一途をきかず

工事の灯いれし管制塔みえて牧場《まきば》の夜を浸しゆくはや

紙袋のなか一本の傘に拠る空港となる野のかえり道

片側を剃《そ》がれし丘に夜は至りさかのぼりいる樹液の音す

海なせる闇のふかさにふりかえる一粒とおき灯に結ばれて

発つまでの無言のながさ古びたる客車のニスに鈍き灯おつる

夜のカンナ背景うごく黒き貨車くろき扉をとざしたるまま

アンテナを競い伸べつつ一部落車窓のあかりに過ぎゆくあわれ

Ⅳ

島へ

軋みつつ翼《よく》ゆれている雲のうえ満天の陽の火の矢かがやく

ひびきなき飛沫あびいる礁ひとつ耐うるかたちを機上より見つ

機の下を飛びすさりゆくちぎれ雲つぎつぎわれの胸にし詰まる

岬までゆきし離陸機翻然《ほんぜん》と駈け昇るなり島の樹のうえ

豌豆の花咲く畝は海沿いにこころ惑いの風薫りくる

肘《ひじ》のべて撃ちしかなたに仆れたる標的ならでふとはかなしや

枯草にまなこ埋もれし石仏の日あたりながら昏むやすらぎ

しばしばも雨ふり零《こぼ》す島のそら島の人らは傘もたずけり

雨おもく日すがら吸いし島の背《せな》その山深をバスに越えゆく

日の射せばすなわち和む歩みにて黒砂糖売る島の店のぞく

薄ら日をはこべる風か海ぎわの湿りあつめてはびこる海芋《かいう》

雑草《あらくさ》の花のほつほつ点《とも》りたれ民家の路地に湯けむり洩るる

日の落ちてたちまち闇となる島の漆黒の空額《ぬか》にかぶさる

波音を岬にきけば疲れたる人のねむりのあわれ安けし

糊かたくうすきゆかたに波の音くるみ眠らな人としあらば
額《ひたい》より頬《ほ》にすべりくる陽のしずく旅のやどりの目ざめのなかに
赤土のねばりのままに乾きいる靴はならびて枕辺にあり
蕗の薹ほろほろ苦き口中によみがえるなり山鳩の朝
島ありて眼下のくろき波ぎわに家かたまれり寄りそうごとく
地のあかり窓にへだつる機上には月ひくきかも顔をうつして

内海より

砂かたき海ぞこやがて露われて鳥居の裾にすがる貝あり
まなこなき生命《いのち》ひとひら牡蠣《かき》の身をすくいあげつつ食わんとすなり
身を緊めて冬海にありし魚の身はわが口中に熱くほぐるる
水面のひかりのうえに載る島のいずれも遠し目に吸われつつ
蠟人形立ちて裸形のつめたさを視線うごかぬまま保ちたり

滝

甲冑の武士のあえぎのしろき呼気この山城の杉の間に見き
消し炭の落首に廟を去りがたき愛《かな》しみあれば月の出となる
滝のおと風にきこゆる無人駅たちつつ闇に服濡れてゆく
水けむり滝のおもてゆ流れきて夜をひとりゆく身をば包めり
かぎりなく白き水かさ広げつつ夜をこめて滝の羽撃《はばた》く音す

貝殻

車窓いま日が弾みつつ枝のかげ折りて落ちゆく音のさびしき
断崖《きりぎし》は海よりの風に退《すさ》りつつみどりの靴にふまれてはかな
ブルドーザーの歯型をちさき靴に越え崖の黄いろき花つみにゆく
わたされし貝殻のうち照りかえりまぶしく白し飢えのごとくに
辷りゆく砂の足もと扼《やく》しつつひととしありし海をはなれん

燈台

不機嫌な夏の燈台守の語気すがしき花を庭ふかくして
夭折を身をひるがえしひるがえし避け来しほどの海の蝶みゆ
燈台の階のらせんを抜けしとき失意をちぎる一望の洋《わだ》
とどろきは燈台に沿い登りきぬ波に紛るる舟を見しかば
哨戒機しずかに岬よぎりゆく死の周辺の健やかさなれ
沖にして艦の黒きが兆す日の亢り風にとり巻かれいて
河の喪のごとき河口のはなやぎがはるか岬にあれば望まる

谿へ

銀漢の額《ぬか》にけぶれる野に至り触るればなべて毀るるものを
おろかにて山にやどりの夜《よる》の雨しろき腕《かいな》の魚《うお》池に浮く
ためらいて灯を点くるさえ鉈《なた》となる思いは断てよ谿《たに》のふかさに

むねにあつる髪つめたくて瀬の音のしきりに高くなる夜にいる
夜の橋いくつか落ちしゆくえには雨しぶくなか人の声あり
くび筋のかなしき紅葉《もみじ》いちまいか雨くぐり来し車につきて
こころよわく逃避のはての荒寥をみよとぞ土を摶《う》つ羽音ある

南島

剝《そ》がれたる魚のあら身を無雑作に沈めゆくなり海の透明
榕樹《ガジユマル》の根に根はからみ石垣の隙にくちなわ凝《こご》るとぞ見ゆ
一望の起伏に揺るるさとうきび穂にいでて目に招く死者たち
丁字路を街におそれて石の文字石敢当《いしがんとう》をわれも夜に見つ
温和なる実の酸果《しーかーさ》この島の風土に生いて味の稚し
あけちかき宿りのきわの熱帯樹葉ずれしばしば雨とし聴きぬ
塩あまき菓子包《ぽーぽー》を鉢に盛り画廊に客を待つ青年は

冬もなお木蔭すずしき海の風ひととの約をいくつ果たせし

杙

ひえびえと実をば包める霧の粉《こな》吹かれ流れく林檎畑《ばた》より
オレンジの実の見えかくれ枯木木のなかに光りてなみだぐましも
いくそたび河のながれを見るものか河には空が閉じこめられて
朝に割る卵黄のつや旅なればいのち身近かといとしみにけり
山稜のふいに迫れる日没を戦《おのの》きとして発ちしばかりに
川の底ひそみし杙《くい》をめぐりあう流れおもたくわがうちにある
流れつつ山襲い来し時を経てしんかんと舗道に日あたるばかり

伝説の裔

伝説の裔《すえ》の人らを住まわせて桃あえかなり軒ひくき家
語るべき炉辺あらぬをたぐりつつ淀むことなし老いの伝えは

子を去りて乳腫れたればわが妻もかなしき竜となりにけらずや

泪して海亀のくる砂浜と昼は女《め》童《わらわ》つどい転《まろ》びつ

並木路の蘇鉄《そてつ》枯れたる冬をこえ明るき日射しややつづくなり

珊瑚売る店をのこして町は更け灯はそれぞれの色かえしおり

竣《な》らざりし鉄道の跡はびこれる草は無言に花つけて立つ

波の背にとどまる翳り波の背にながるる光みつつたゆとう

露盗み

清浄《しょうじょう》の白木《しらき》の杖にすがるべくなお生ぐさき身をもてあます

小兎の抜け毛こぼるる腕のなか疼《うず》きのごときそのまなざしは

まぶしくば雪解《ゆきげ》の靄《もや》のあふれいる山岩肌に額《ぬか》うずめいよ

縊《くび》られしいのち笹生にさやぐとき手のなかに失せてゆくぬくとさや

隧道《ずいどう》の裂け目のつらら雫《しずく》して老いがたきかな山に昏《く》るるも

かげしつつ野を焼くけむり一筋のなびける底にやがて火の見ゆ
囚われしものの踝《くるぶし》はずめるがよみがえりつつ月の夕凝《ご》り

苜蓿行《もくしゅくこう》

募るなきおもいに鞭を当てながら内海《うつみ》を渡る船のかぜ浴ぶ
追うてなお叶わぬほどの旅としも人のゆくえに耳は敏《さと》かり
苜蓿《うまごやし》こぼれ咲きたる野のそよぎ時のあわいの移り惜しめよ
藤あらば藤を穢《けが》して翔ぶといえかなしみの眸《め》はぬれておもたき
頬《ほ》を搏《う》ちし若葉のほてり夜半にして甦るなり罪というべく
手鏡をかざせば入りて笑むかげの稚きままに島にめざめし
にごりたる池に番《つがい》の鴨游《あそ》ぶ人の驕りの羞《やさ》しくもあるか

帰程

地名ひとつひとつさえなおはかなきに車窓かすめて野の駅は飛ぶ

きり雨にけぶれる山の斜《なぞ》えにて朱《あけ》はやめゆく漆の一樹

定期便つらなり走る国道のにぎわいしましく沿うて夜に入る

電柱をかこむ草むら灯をこめてたちあらわるるなべてかなしく

二日ほどもの摂《と》らざりし宵すぎて車窓にうつるわが箸のかげ

隧道とおぼしき夜の闇ごとに睡りえざりしこめかみ痛む

いただきにちかく点るはおのずから潤みて見ゆる戸倉《とくら》湯の山

雨ふりし土地あめ降らぬ土地すぎてながながし夜をいましばし経ん

操車場にねむれる貨車の側板に光《かげ》うちながら特急よぎる

王子《おうじ》あたりすぎつつあらば紙を漉くいたき労《いたず》きおもうともなく

大都市に夜更け入りゆく列車にてわが鬚すでに伸びたるらしも

V

雪

子の肢《し》打てば鋼なせるよ悠然と育ちゆきふと目の前に佇つ

そとの雪わが指先に触れあいて響くがごとく冷えてゆくなり

冬の雷《らい》そらを渡ればそれぞれの夜の部屋にある妻子《つまこ》明るまん

雪道のわれを支うる声ひとつ稚しと聞きまた虚言《そらごと》ときく

おのずから歩みかばいて雪解《ゆきげ》道ゆくべくなりて河のときめき

花水木

わが戦後いま子の年《とし》にはじまると思えば酷暑の夏ちかきかな

ゆく末のすでに掌《て》に載るほどの見えわが家の廊のあかるさにいる

はなみずき花のすぎゆき青年のにおいのみ著《しる》くなりし家ぬち

はがねなす子の下肢ものを言わざれば思いたじろぐ夜のビートに

雑草《あらくさ》の層を起こしてあたらしくなみだぐましも陽に触《さや》る土

こころ今朝は妻の声にか開かるる池に育ちて初の睡蓮

指のさきほどの蟇《ひき》の子かえりきて梅雨みどりなる池に花さく

子が書きて文字滑らかな英文を見つつし愚か老い迫るにも

石本姓を継ぐただひとり脚筋に湯を弾きつつ子は立ちてゆく

子の夏といまはも重ね戦終えし少年われの変貌を思う

戦中の稚き張りを語りつつ妻とわれあり梅雨あくる夜を

灰燼《かいじん》のなき世生《あ》れ来し若者のわが子なれその思惟《しい》知りがたし

スパイクのするどき釘をみがきつつ子の部屋におう飽和の濃さに

あかつきにつね鍛うると脚筋の弾みをのこし子は出でゆきぬ

かたく嵩なす

耐えしより子は寡黙にて骨を継ぐ手術の経過ついに洩らさず

スプリンターたりし子の四肢萎《な》えしめて嬰児《みどりご》やわき肉を恋うなる

ゆえ分かず子を狂打せしかなしみは街に歩みて涙垂れいつ

子を撲《う》ちて何に堕ちゆくわが生《よ》とぞ妻に問わるるまでもなけれど

わが生の焉《おわ》りおそらく安からず神経の小鬼日日を虐む

柔道着かたく嵩《かさ》なす廊のすみ未来など子にも疎ましからん

双葉なる紫蘇《しそ》萌えそめて和みゆく幸いは爪の先ほどのことか

ぬれている貝を售《う》りおりわが家の壊《つい》えのなかに買うてゆけとや

むなしくばちまたに疲れ妻を撲つのちのおもいに堪うべくもなく

凪の日はにわかに近き山脈《やまなみ》をただに見放《さ》けてこころ保つか

山桜桃《ゆすらうめ》その柔かき葉に混じり花つけそめしたどきなきがに

玻璃の外

てのひらに薄き磁器など朝ごとの職場の異和を灼《や》きしずめ持つ

双葉にて霜に溶けゆく菜のみどり時の移りに遅れしばかりに

冬空に触れしガラスの鳴りながらあこがれに似つ女児なさぬ悔い

にくしみの発条《ばね》ふと折れしさびしさに火を焚きにいず霜をふみつつ

巧言の徒を行かしめて夕ぐれの駅に冷たき雨に捲かれん

頸筋に梁《うつばり》かたき思いつつ風吹く玻璃の外に触れあう

風邪の熱まぶたに溜めて稚しと妻に思いし夜半の灯を消す

鮒の弾性

抗いて詮なきことを歎くなよ子に滾《たぎ》るおろかごとも子のもの

撲つこともやがてはなけん手のひらの痣のほてりに子は愛《かな》しもよ

妻には妻のやさしさあらん青年の靴に手の指よごしながらに

妻によりくるわかき息吹きを美しとまたなつかしと思うゆえは何

霜のまま乾きし土の和む日や乏しき芹にみどり兆すも

読むものを余生のなかに限らんと思いしときに愛しみて読む

みどり藻の水にひそみてくちぼその鮒《ふな》の弾性ひととせを越ゆ
薔薇垣の風に仆《たお》るる重たさの負い目のがれてこの朝も出《い》ず

象

公園の柵塗りている春はやき緑の刷毛の含む重さは
朝刊にナウマン象の永久歯、腔《こう》にあふるるはみがきの泡
縁日の蒼き夜空のラッパ呑みラムネの罎の窪み冷たく
雨しぶく朝の演歌の窓ごしに去らばと思う傘をひろげて
ハモニカの音のせわしき昭和初期かぼそき道はいずこゆ来たる

展

たくましきはだかのピカソ九十の腕におうかな日日の渾身
聾《みみしい》の画家がこもりし黒き絵の黒き部屋こそ昼はときめく
犠としてきびしき貌をもつものか方尊《ほうそん》に飾る羊らの首

それぞれに頭の逞しくひしめきて羅漢群像鬩《げき》ふかくもつ
決闘のすがしさ手足しびれつつ冷えゆく夏の夜のプーシキン

橋桁

沿うて来し運河の高さ胸までの悔いにおぼるる雨のゆうべは
道路鏡土手にそいたる町を写しなかにぞ不意にわれを歩ます
下町を吹く風のなか気づかざれ砂のことばを口中に溜む
靴音のきびしき橋に越えてゆく艀《はしけ》だまりに起《た》つ水明かり
踵はかえし歩まん都市を経て川の崩《く》えつつ泡だつを見き
にごり水夜《よる》はも深くさびしめば橋桁の裾のぼりくるあり
川面を吹き磨きいる風ありて点りて繊《ほそ》し橋ははるけく

緋の花

仄あかく朝の吐息の蓮ひらく呼びて寄すべきそのひとりなく

朽ちるにはいとまのありや川原に傘をたためば人待つかたち
失踪のわれが佇む真昼間の運河のほとり緋の花ゆるる
わがすがた失せし時間をしばしばも護岸に沿いて歩むとぞ知れ
芽吹くもの弾みゆくもの掌《てのひら》に余りて罪に鈍くなりたる
日の残る川のおもては徐《おもむ》ろに揉みつつほてり吐かんとしおり
さざなみの光の屑と覚ゆるは魚の孵《かえ》りて群れ泳ぐなり

かげろう

鳥は雄、なれば一羽の雌を率《い》て草原をゆくいとしきものよ
過ぎこしを償う若さ失せしとも水を抱ける森の夜ぞ美《は》し

Ⅵ

紫陽花谿谷

浜にふるしぐれまじりのすがしさを身に浴びゆかな草洗うがに
外海《そとうみ》の潮を聴きて左千夫《さちお》の碑かくおおどかに雨をまとえる
波しぶき潮にくもる眼《まなこ》さえ四十路《よそじ》にもてば拭いがたしも
丈矮《ひく》き野生のあやめ花つけて湿りにそよぐ夕立のまえ
ゆずりはの芯ほのあかき雨のなか点れるおもいなしと言わなく
手づかみに蟬とりあるく童女いて捕えられたる蟬可憐なり
にごり水のなかに孵れる透明の魚《うお》ことごとく背にたもつ朱《あけ》
雨ののち泥を沈めてすきとおる池に湧きたる魚《うお》の子、虫の子
蟇《ひき》の子の小指のさきの重さほど載せて揺るるか草のこころは

雑草《あらくさ》の径かたわらに鈍色《にびいろ》の光をみせて沼は口開く
あじさいのいまだも若き色をもて谷を埋めし勢《きお》いねたまし
あじさいのいまだも堅き花芯にはすがしき虻の翅あそぶなり
山に噛む路傍のみつば繊《ほそ》き香は頭《ず》に徹りきぬ汗のあわいに
花の首かかえて白く闇をゆく紫陽花の谷いでしおとめは

花杪抄

昼をふる雨の葉のおと公孫樹《いちょう》より楠《くす》に変われり苑をめぐれば
斉墩果《えごのき》の花びっしりと含みたる雨のおもたさ耀くばかり
藤の花たぐりきたれる風の手の繊き香ふいにわれを搏《う》ちたる
縺れつつ花あるかたに消えてゆく梨の虻あり刻《とき》は眩しも
声高に野辺一軒の屋《おく》を洩れ人の寄り合う梅雨《つゆ》の霽れまを
白き藤は遅れ咲きつつよごれやすし熊蜂ひとつすがらせていて

蘆花《ろか》旧居くらき内部に写さるる顔は羞《やさ》しも硝子ゆがみて

溯　る

渡良瀬《わたらせ》の渡しを守りてのひらを棹に吸わせて老いたるひとは

棹に押す舟の粘りをいのちとも一世《ひとよ》のはてに人待つとなく

対岸に呼ばれ出でゆく耳ひとつ渡しにもてばなべて杳《はる》けし

草土手の泪のごとき飯《いい》の粒こぼす日射しの秋きたりしか

茫茫と川にはこびて皺む掌《て》に棹いくたびか新しくせし

草小舎を置きて露けく帰るとき渡しの老いに灯をともすもの

磧《かわら》には牛放たれて光るなり堤にかわく蹄のあとも

牛の背のくろきにちかく川原の萱にまぎるる道たどきなし

遊水地までの濁りも一村の消滅もなく渡しを守る

楠木立ちあればまぼろし雲竜寺くろき瓦に風燃えている

ふかぶかとダムに堰かれて真蒼なる水の怒りかめぐり犇めく
見おろしに意識吸わるる落差ありダムが竣《な》りゆくその右ひだり
落ちてゆく水さながらに身を捨てて吾は一筋はやる枯れ枝
渡良瀬のほそくはげしき上《かみ》ながら石をとどめて人愛《かな》します
萩けむる道にむせびし孤のこころ究めてはかな坂は尽きたり
ほしいまま荒れたる山の斜《なぞ》えにて虻はやさしき羽音を聴かす
廃坑の咽喉《のみど》にふかく塗りこめし黒の弾みに拒まれて来つ
赭《あか》曝《ざ》れし山がいだける坑内のふかきに魂はおちてただよう
閉山の日を浅くして板塀は夜来《やらい》の雨をふくみて立てり
閉山のなごりの径にくだけおる崩れ社宅のガラスの薄き
いくたびか季《とき》を生いいで矮《ちさ》くなりし花つけている坑区のカンナ
トロッコの鉄路の錆のはやくして尽きし銅山に日のかげるなり

いずこより漂い来たるくろき煤ほそき尾をもて紙に鎮むも
廃住居ふりかえるとき人を恋うまなざしをせり吾も人なれば
死にびとの葬りくだりし石畳つめたく澄みて水噴きている
山膚のすさびを流れきし川の早みとおもいやや疲れたり
公害史いずれの村の一行に加わりていま秋の日褪《さ》めゆく
鉱脈のながき虚ろを孕みつつ老いさらばえて山しぐれたる
谷埋めし廃鉱の土ひしひしと雨に固まりゆく気配あり
石段の雨にながれしおおよその隙に羊歯《しだ》など這いのぼるなり
赭《あか》はだら山そそりたつ夕つ方なにを埋めてわれは帰るか
護るものなくせし社《やしろ》いただきに朽ちゆく夜を狛犬《こまいぬ》が哭く
廃坑の闇にねむれるもの乗せて来しかな麓の町をぬけいで
わが一生《ひとよ》捨てかねて来つ望みとはうすき花弁の耳朶《じだ》のそよぎよ

Ⅶ

机辺

病みやすき桃の若木を西にしてもの書きなずむあわれわが額《ぬか》

炭酸のコップすずろな水滴に手触《たふ》れしほどの哀しみよぎる

青林檎割りししたたり若からぬ指をめぐりて光濡《かげ》れていつ

傘さざげ泥濘《ぬかるみ》をゆく酔いなべて放たれゆかん夜をもつにや

校正刷とどけねばならぬ妻の外出熱にたどきなく見しゆ眠りし

受話器をば打ちつけて立つ勢《きお》いこそあやうき象《かたち》なきわが業務なれ

己が性《さが》にさからい乱しおく机辺こころ逸《はや》りを保たんがため

業了えてもどるときめき新たなる一通の友ありとおもえば

背後より斬らるるなかれ墜ちゆかん闇はダリアの虫折れの口

老いたれば土俗をうたうほかなしに夏めくるめく海は迂《とお》しも

脚垂れてとびきし蚊をば目守りおり傷《いた》みに狭《せば》む生きざまにして

濠をへだてて

青竹の束をくずせる甲高《かんだか》き音のあかるさ街に出あえば

木場《きば》の木の水漬きてくろき昼ひとり見知らぬ橋を越えてなぐさむ

橋いまだ古きが架かる町はずれわがかたわらに過去の風吹く

めくるめくほどに短き隧道《ずいどう》を多くくぐりて陽に疲れたり

少年を追う白き犬ころころと磧《かわら》のなかにいつまでも暮れず

にぎわえる坂と人気《ひとけ》のなき坂と並ぶが見ゆる濠《ほり》をへだてて

大利根《おおとね》にかかれる橋の夕茜《あかね》風にちいさく身を渡らしむ

地下鉄の川にかかりて揺れはげし揺られて人を杳《とお》く瞋《いか》れる

しろき瑞枝

うつし世はおそうままなる禍《まが》ごとのありとなげけば三冬《みふゆ》づくなり
風ゆきしのちをしばらく光《て》る夜の一樹門辺《かどべ》に喪のさざめきや
木木の葉を揉みかえしては過ぎてゆく力かなしも喪のうえの風
霊《たま》なればいまはなげかうよりよりに庇《おお》いたまいしひとの厚らを
灯にしろき瑞枝《みずえ》のさやぎ降るごとしひそかに通夜の門《かど》守りしが

もはや眠らな

おのが手になにを失《な》くせるくやしさか街路灯の輪に入れば溢るる
しばしばも眼鏡をはずしものを読むしぐさは我に新しけれど
ねむれざる夜を遊べば吸殻とかなしき歌のいくつか溜る
空箱の煙草のいくつ屑籠のいろどりとしてなぐさむべしや
いろづきてゆく朝空と軒端としめれるこころ抱き眠らな

歳晩某日

有縁を離れんと来し年の暮れ吸わるるごとく寺の門あり
時を経て哀しき伝え探るにも下町はわらべの声のあかるし
七草のなかの蘩蔞《はこべら》囲いしつつひそかな時移らしむ
下町の広場に及ぶ夕日光《かげ》碑の戦死者の名を彫りてゆく
風のなかビルの間狭《せば》み日輪が楔《くさび》のごとくに没りゆける見ゆ

煙　草

くちびるは声なきときに荒るるかな紙巻煙草のなかの火の音
黒き花器厨《くりや》に置かれ湛うるは夜半を凝《こご》れる灯のひとしずく
気ぐるいてゆく日のいろかさむざむと石に茶碗の破片のひとつ
猟人のつぎつぎと狩る笑みをこそ還らざるものわが多ければ
百三《ひゃくぞう》の掻き歌を今に読む畢《つい》にひとりのものとし歌を

読みがたき活字となりし文庫本さびしむとなく車内に閉ざす
おとろえのしるき眼《まなこ》を人に言いたのしむほどの若さ残るか
起上り小法師のバネしたたかに朝かがやきのなかに背を向く

乾反葉

ときめきて夜半の水飲むうつし身は丸き蜆のつぶやく傍《かた》え
吹きよする桜落葉の乾きさえすがしきときはかなしみ襲う

鱗粉

草だんご舌に溶けゆく夕べにて人はかなしく家ありて帰る
妻は何にあかるくうたう行く末を狭めせばめてわれは強うるに
生き延びてわがてのひらの空しきに烟とたてり蛾の鱗粉は
収束の茜こおしく河原に佇つ残生をわが拒まずや
ねむり草もはやねむらず平坦に似し蹠《あなうら》のゆくえ冷えれば

もとおる

花屋敷その遊園の音ひびく遠きねむりの国のごとくに
鋭きに鳴くといえども鳥のこえ人の棲家に添えば親しき
ひととせの無にし等しく還り来しつつじの盛り色沁むるかな
藤の花風にくずるるひと日だに吾のいのちはとどめ敢えずも
棕櫚竹のわかき葉柄《ようへい》ほそだちにやがて開かむ襞もちており
しわみつつ芽を固めたる馬鈴薯ののこりの一つ地に戻しやる
土蒼き壺屋《つぼや》の壺を洗いつつ吾と古りゆく妻のしぐさか
外套の袖濡れながらおとめより擁きさし妻と老いて徘徊《もとお》る
風捲きてビルをめぐれば雨の粒おもわぬ方《かた》ゆ来て頰をうつ
こころ絞りしぼり尽くして空白の井戸のごとしも泡の音する

荷風忌

鞦韆《しゆうせん》のきしみを漕ぎて老年の時すごさばや恋得たるがに

菜の花の夜のうねりに顕つかげか少年の日も性は苦しき

火を付くる前の煙草の香りなどさびしきことを人は恋うかな

荷風忌の雷の暗さをなつかしみ寄りし少女《おとめ》か肩ほそくして

歯の骨のひと片分けて納めたる碑なれ荷風の皐月《さつき》の忌日

おのおのの荷風をもちて独りなり破倫は人に告ぐべくもあらず

一少女ゆえに廃《すた》れし老いにさえ躑躅《つつじ》荷風忌花をふるわす

忌に集う間あい短くなりゆきてはかなむべきや生ける人こそ

一鉢の皐月の終わり青空にあさき緑をかがやかしおり

一行の記録ものうき手帖にてかなしき日付のみ溜るなり

紫蘇の芽のこぞり萌えたつ庭の土この夏を越え吾《あ》も生きつがむ

狂荷風また老荷風なつかしみ繰りかえすなき生《いき》をうべなう

わが浮沈ゆくえのむごさあるべしとうつくしき夜は胸責むるのみ

跋

幕末期に東京湾のなかに築かれた砦、すなわち砲台場は現在ふたつだけが残っている。出入りする船のかげに隠れてしまいそうな人工島には訪れる人影もめったになく、夏は生い茂る草に覆われ、冬は潮風に曝されているばかりである。

むかし、高輪あたりに住んでいたころ、若い時代の祖父がよく遠泳の目標にしたと話していた「お台場」であったが、私の幼い戦時中には高射砲陣地かなにかになっていたため目にしたことはなかった。

戦後、おりにふれこの湾中の孤島に立ち、見棄てられた草木がひっそりと花をつけているさまなどを見るとき、対岸に峙つ大都市の賑々しい変貌にあえてひとり抗いたいような一つの意欲がいつも湧いてくるのである。

一九七二年一月、歌誌「氷原」を創刊したが、主宰誌はおのずから「場」の覚悟を私に強いることとなった。ひとえに作歌者が作歌者でありつづけるため、終生の拠りどころとしての雑誌だけは持続させなければなるまい。

仏教でいう結界《けっかい》ほどの意図があるわけではないが、私の容量はみずからの領域を固め、そこを間断なき出発点としてゆくよりしかたがないのである。
本集には一九七〇年から一九七七年にわたる制作のなかから選んだものを収めた。はじめて自作を一本として纏めた『木馬騎士』（一九六四年）、およびその後の『星気流』（一九七〇年）に次ぐ歌集であるが、途中、『木馬騎士』以前の作を採集した『銀河揺漾』（一九七五年）を刊行しているので、第四歌集ということになろうか。

石本隆一

一九七八年六月三十日

鼓笛

鼓笛

昭和六十年一月十五日　短歌新聞社刊
昭和歌人集成16　氷原叢書
装画 木村荘八　四六判・カバー装
一二八頁　三首一行組　三〇一首
巻末に篠弘「解説」および「あとがき」
定価 一四〇〇円

灰皿

天空へわが身抜けゆく花の白仰げば惜しき過去五十年

鬣《たてがみ》を燃して怒りを沈めたる馬か夕日のなかに立ちおり

地上には秋のかなしさわがもたぬ少女鼓笛の隊組む雨に

錯覚をたのしむ芸術《アート》索漠と見て戻りしがひとりはひとり

道化師のアリア白きを剝《はが》しつつ涙一筋沿《そ》う夜の頬

蚜虫《ありまき》をつけたるままの楉《しもと》生い夾竹桃の花花過ぎつ

灯のくらく崩《く》えし団地の階くだる妻を亡くせし人を訪いきて

しばしばも遅れて屈《かが》むランナーのふくらはぎをぞテレビは写す

残年にわが積みあぐる灰皿の灰の白さとなかの少女と

人というものの足音真夜にして急げる聴けばいのちかなしき

明日のため腹腔はあり今しばし海のごとくに生きよと思う

立石寺あたり

稲架《はざ》の影うずくまりいる朝まだき空の嚔《くさめ》の流れ星いず
閉ざされて雪に浄《きよ》まる山寺のなごりの秋に声集いくる
やや地軸かたむき鳥の去りしかば欅《けやき》は万の落葉《らくよう》ふらす
噴く水の水を叩ける音のした緋の鯉華《はな》やぐことなく潜める
幾百の人ら焚きけん山寺の香《こう》のけむりは麓より見つ
山襞《やまひだ》のふかき一筋もみじせず私《ひそ》かに夜を迎えんとすも
灯の連ね川に映りてたわやすく魂《たま》はも移りゆくか故郷へ
蕙しべを押切りに截つ手ごたえの夜なべたのしき思い出に似つ

光は匂う

ほつほつとまずしき庭に明るめる芽ぐみ見て立つおとめ子なくば
八重桜ひらく背《そびら》の青き空かぎり知らねど光は匂う

比重あわき血を身のうちにめぐしつつ妻はことしの花見ずに過ぐ
丹念なメモわれになし凡《おおよ》そはこころ漂い花の香あびつ
八重桜ちりがたく身の華やぎを寄せあいてつよき風のなかなり
ひとり見る花は苦しも花虻のひびきに震う空蒼くして
杳《はる》かなるおもい拒みて佇ちしかば花を浴びつつひと現れよ
花冷えの身を襲いくる季《とき》きたれ未来乏しきことに慰む

夾竹桃

馬鈴薯の花のむらさき摘み捨てて噎ぶばかりに日射し新し
春菊の畝やわらかき夕べにてかがめる母を老い呆けしむ
失える指輪いできつ妻の指嵌《は》むる空間かかげ見しむる
陽の高き湯の窓ながら憩いとはさびしきものかわが身緩《ゆる》めて
青年のかたき肉叢《ししむら》怯ずるにはあらね父なるわが避けてゆく

かろがろと軽飛行機の渡りゆく音消え胸の茜さびしも
毬となり原を駈けいし仔犬やや疲れしならんふと我を見つ
夜の繁み夾竹桃と覚えつつ川辺に隠すおとめごの酔い

祭り

大幟たててはためく川風を得れば祭りぞ佃島町
縒りふとき麻にし織れるのぼりにて潮《うしお》含めば歳月重し
川沿いの柳のさやぎ撒きながら祭りのまえの古き家並み
男らの汗のほてりに水浴びせ佃おみなのなか神輿ゆく
木箱ごと草木《くさき》育てて緑なる佃の町の打ち水匂う

書庫

岬より根扱《ねこ》ぎ来たれる浜木綿の咲かぬ幾とせ鉢ふるびたり
萍《うきくさ》の葉うら微かな巻貝のすがりてうごく梅雨の淀みは

飛躍なき生を苦しみ緑葉のうえに揉まるる尺取虫も
緑銀に苔はひかりつ 掌《てのひら》 の鉢の含めるみず重たけれ
未草《ひつじぐさ》みずに映りて花ひらく水よりも冷たき稚《わか》きその花
梅雨はやや明るむ空に戻れりと庭に鋏の音せり妻の
疎みつつなべて男と隔たれば青年臭うわが子最も
日かげれば風はすなわちしめり帯ぶ隣れる普請のひびきも止みて
うっすらと埃帯びいる書庫のうち予備の机は使わずなりぬ
古書と古書かたみににおい移しつつ梅雨すぎしかば窓あけ放つ
拾い読みしつつ想念さまざまに落ちくる書庫に暁あそぶ

濁り川

根津の杜《もり》咲き詰む躑躅《つつじ》憶えどもひと恋しくば人なきにゆかん
苑ありて紛るるときのひそけさや紫陽花の青罠《わな》のごとかり

折れ目より手にもてる地図ちぎれゆく蘆吹く風のにわかなる初夏

潮《うしお》ただ日の射しにつつ盛りあがり救いの青年ともどもに呑む

夏柑を爪にさきたる香の風に奪われながら車窓移りつ

なが雨のまま秋に入るかなかなの鳴き収まりて繊《ほそ》き夕映

花びらの開くたちまち紫のいろ地に散らし野ぼたんの息

悔いばかり岸に朽ちゆく流れなり遠き光の鳥を眩しむ

濁り川われより流れわれを呑む美しきもの汝に逆巻き

声というかなしきひびき両性をへだてて甘し受話器なかにも

こころ張り生ききびしくて人はあり昼ながら吾は花の香に酔う

かたき実の榠樝《かりん》截ちいて匂いなき或る病巣をわれは思いき

桔梗の花首の向きそれぞれに群れおるものの安らぎかなや

まぼろしの鷺草群るるやさしさの夢さめがてに引きよせていつ

磧

草の実は秋の実なれば捥《も》げやすく磧《かわら》日のなか服に移るよ
赤蜻蛉《あきつ》翅を畳める音ばかりめぐりに秋の日の匂いつつ
橅《ぶな》林すぎて明るき谺あり木のこえ人の声と分かたず
指弾の矢放ちしのちの小半日《こはんにち》黄色き秋の花と遊べり
枯草に置く表紙さえひえびえと風が磨きて白募りゆく
胸にかならず墜ちてくる鳥おちぬ鳥いずれかなしも蘆のあわいに
草土手を刈りゆくトラクターに沿い秋の日ざしをはるけく歩む
膝抱きて秋の磧の石にいる横顔をもて夢のわが娘《こ》は

芒がくりに

石蕗《つわぶき》の黄《きい》にあつまる日のぬくさ垣に漏らしてみちのくの町
松の葉のふときに太き雫あり古き碑《いしぶみ》丘に濡れつつ

簗《やな》のうえのおのが細身をたたきつけ鮎の怒りは光にてある
兵《つわもの》の息ききながら萩の花この山城《やましろ》に咲き零れしか
黒き軀《み》のいのち携え振りむける鳥と保つ二三歩の距離
さくら木の落とせる朽葉かわきつつ沾《ぬ》れつつ土となりゆく過程
秋のあらし日射しぬくけれそのなかに仔鹿のもてる目をば恋うなり
鵜は嘴《はし》の硬きをひらき叫びけりむしろ人ごえより悲痛にて
芒《すすき》みち芒がくりに化《け》のものとたわぶれてゆく少女《おとめ》とあらば
沙《すな》となるまぎわの石の赭くして谿のながれに尖りてぞ見ゆ
溢れくる闇のひびきをききながら谿水ちかく眠れうつし身
稲藁を焼けるけむりの底の火のあらわるるまで夕づきにけり
山里は溝にすずしき水鳴らしむらさきの夜を空にひろげつ
風のなか椋鳥収めおえたれば欅の一樹いちはやく闇

星の楽《がく》ききし　古《いにしえ》　満天にちかき峠に紛るるばかり

彗星の尾に搏たれいる遊び星その一粒にいのちありけり

野の虫を闇よりあつめひとつ灯のともる音《ね》きこゆ野の無人駅

北ゆもどれば

おく山のダムの機構にひとしきり雨ふりしぶき雪くずしゆく

うごきゆくは山か己《おのれ》かまなかいに雪斑《はだら》にて光をかえす

雪けむり風に奔《はし》りつ真夜は裾なびかせ歩む雪女郎にて

山ぐにの霙の速さ惨憺とわがこしかたの靴凍《し》みてゆく

山肌の雪の斑を写しいる駅の玻璃窓桟《さん》すがすがし

雪をもて窓を拭えり若きらは特急待ちのホームに脱けて

水道の栓の滴り雪ふかき駅にしあればホームいずれも

海くろく艶あるおもて窓にして北ゆ戻れば抱《いだ》くともなし

青きサドル

北陸を過ぎがてに雪ふり積める野の一つ屋根かなしみて来つ
除雪車は春かげろうのかなたにて黒き刃《やいば》を乾かしおりぬ
雪中に赤味あせたるなななかまど実のさびしさよ風に鳴るなり
雪晴れの朝を啄む鳥の声むねをひらきて聴く少女子は
山ひとつ雪にくるまれ春きざす真蒼の湖《うみ》に映りて泛《うか》ぶ
しら雪のけむれるほどに北国のながるる風も春をまじうる
踏みしめて雪の深さを侵しゆく身に吹く風は麓より来つ
春やがて雪解《ゆきげ》の野づらに待つという青きサドルの子の三輪車

中国の旅

小林檎の青き渋味を舌のうえ削ぎつつ水のなき国をゆく
太極拳ゆるりと朝のよどみなき空気を撫でて街角はあり

漆喰を少女二人が練りている日ざしのうしろ唐塔遺《のこ》る
冬瓜の黄の花かげの土の家粗布《そふ》を綴りてやまぬ老いあり
くらければ清き街ともおもわれて稲光りしばし北京を映す
夜半なれど舗道の端に灯をかかげ西瓜割《さ》きつつ列つくらしむ
半ば自生の蓖麻《ひま》の青実の棘さえも貧しきなかに逞しく見ゆ
十三の陵《みささぎ》山は匿《かく》しつつ雲渡らせて夏茂るなり
地を深く夏とどかざる王宮に服務の青年少女と私語す
后《きさき》らと母の柩を寄り添わせ専制の若き帝の地下宮
権力の暴戻《ぼうれい》ありて地下うつくしき玉《ぎょく》宮殿の闇遺りしか
風化せでかなしきものは葬列を守《も》る石獣の跪《ひざまず》く列
青年の細き身はやき身こなしに導かれつつ古塔に到る
仰ぎ見る空のひかりのただなかの小雁塔《しょうがんとう》の屋根なる薺《なずな》

たまたまに遺りしものを略奪の波引きて見る金器また玉《ぎょく》
夏の水しろきを湛え遊ばしむ清《しん》朝末の人工の湖《うみ》
みずうみを飾りて架けし橋という果てはるかなる大理石にて
ユーカリを並木にひろき広州の地のゆとり空のゆとりにビル建つ
色浅き翡翠なれどもはにかみて商うおとめあれば購《あがな》う
体育館の灯は乏しけれすれちがう少年は少年の髪匂わせつ
破れたる布のシューズに包めども弾みやまざる少女らの足
胸いまだ薄きひとりを美しと見つつ去りゆく武技の終れば
黄海の泥土《でいど》ひろげてゆく黄河なまなましけれ地球のおもて
水牛のやや頸ながく憩うときほてりたる軀を泥に沈ます
泥中の鈍き光は水牛の背《せな》の嵩《かさ》なり連なりて見ゆ
赤き巾《きれ》襟に巻きたる小孩《シャオハイ》の隊伍と石碑の林をめぐる

拓本の紙のふくらみ新しく古代の文字を湿れば伝う
大陸の暑さの厚み受けとめて碑林にかかる合歓《ねむ》巨《おお》いなり
夏風邪をもちて歩める大陸の宵宵ぞよく眠り継ぎたり

地名の旅

はつ夏の和田村の駅午後一便めぐり来たれるバス待つ日ざし
花ひらく気配の山に抱かれて村あり村に丹《に》の頬《ほ》のおとめ
崖《きりぎし》を刳《く》りて明るき墓地に添うさくらの若木蒼《あお》くかがよう
たちまちに雪積む橋をもちながら秋田川反《かわばた》通り灯の街
傾きて機上の窓にせりあがる男鹿《おが》の山山雪おとしつつ

集　落

左また右に移して溯る木曾川の蒼ふかし車窓に
冷房のなき急行の三時間ほどは山峡の風が抜けゆく

山の町ややにぎわいて自転車をそれぞれ脇にかき氷食ぶ
地下水の脈ほそぼそと触るるらし高きに集落ありて木を植う
吊橋の揺れをおそれずゆくいのち美しければ白き衣《きぬ》着つ
くろがねの鈴の現《うつつ》を聞きてよとおとめに渡す旅の焉りに
宣長《のりなが》の鈴さまざまに鳴るほどに町の灯とおき山の松籟
耳寄せて聴かば仄かな項《うなじ》ゆえ顫う鈴の音《ね》われは置きゆく

象潟

滅びとは一生《ひとよ》の起伏はやめつつ向かいし途次の象潟《きさかた》の海
岸ちかく舫《もや》う小舟は多けれど明るき渚魚《うお》は匂わず
水浴にいまだ早けれ砂浜は白遠浅に名のみ象潟
島島の名残の丘に分かれつつ老いたる松は雫をこぼす
水張田のなかなる島の名残にて象潟の松それぞれ暗し

はるかなる地異のかたみと山門のふかき罅《ひび》さす指ほそかりき
沿線に直ぐ立つ杉の若木さえ見つつくぐもる背をわれはもつ
砂丘帯ちかき笹原かけぬけて待ちたるバスの車輪は滑る

烏山

死びとばな河原へつづく路地ごとに咲かせてくらき烏山《からすやま》町
湿りたるくぬぎ落葉にさぐりつつ石段《いしきだ》あれば身を運ぶなり
梢より梢を伝いはるかなる谷に落ちゆき木の実音《おと》やむ
鷺の羽根ほそく夕べを降《くだ》らせて休耕田の水ひかりおり
蛇姫の墓とつたうる夜の石苔《こけ》の厚らは掌《て》にすべりゆく
すすき穂の招く坂道かぜに暮れ闇のなかにて招きてあらむ
夜の貨車いつよりかわれの窓に沿い走りていたり音を潜めて
銀髪の鬼と遊べるいとけなき少女か夜の車窓に写る

したたかに

単線のはたての駅舎日を浴びて秋は愛《かな》しきもの降り佇たす
踏切に堰かれ見さくる童あり童を待てる家族《うから》ありなん
神経の旅に昂る宿りにて身ゆ風邪の熱など落ちゆきぬ
知らぬ町ゆくさきざきの飯どころ昼をひそみてわがひとりあり
駅いくつ過ぎにし夜の鈍行か扉ひらけば砂利踏む音す
寝台に呑み落とさるる身ひとつをもてば業務の旅ぞはかなし
したたかに酔い眠るべくきのうより今日を旅寝の一枚毛布
乗降の扉つぎつぎ閉ざされて渇けるおのれ妻にし戻す

雪　吊

送電線撓《たわ》み垂れつつ山よりの重さを伝えくる雪のなか
性愛の兆せるときに歌生まれ海ちかき山は霧巻き易し

鰰《はたはた》のはじけし身をば積みあげて秋田の朝の市に雪落つ

雪吊の棕櫚縄の艶《つや》雪のくるまえの日射しに引き締めて見つ

雪吊に積もれる雪の浄らなり触れて落ちゆく鈍き響きも

除雪車の重き刃《やいば》にそぎてゆく光は雪のなかに黒かり

人を犯ししことなきごとく身軽けれローカル駅の構内を越ゆ

雪嶺のひかり届ける無人駅保線工夫の一群れと乗る

雪めぐらす湖《うみ》のほとりに思えらく小ざかし若き苦渋などとは

暴発の怒りをひとり投げ出して得たる個の身は異次元に遊ぶ

山脈はこころの手綱《たづな》見のかぎり雪けむりして季移りゆく

雪原

雪原のなか流れゆく熱き川あつき息吹に岸くずしゆく

粉雪を眉にためつつ路上にて山の茸を商う農婦

霽《は》れざれば山は輝くことなくて重たき雪を受け容れてゆく
山襞にとどまる雪の象形に町を占う町はやや凶
雪しぐれ空を閉ざせり雪に抱く部屋たちまちにまばゆき反射
人間は人間の貌《かお》ながめつつ日を経《へ》つ山のテレビ画像に
一月の終りなだるる雪嵩のおもいのゆくえ鳥を騒がす
陸橋は雪積めるまま夜を架《かか》りおとめとありし町を沈ます
淡き雪凍れる夜半に出でて来つ焉りまぢかき逢いの宿より
雪蒼き夜の底いに灯を点けて人あり杳《とお》く見れば浄しも
春となるきわの積雪こころやや埋《う》もるる列車の窓に高かり

杜にて　——早稲田百年

マクベスの韻こそ良けれ木の脂《あぶら》かたき演博館の床《ゆか》踏む
無名なる若き気負いに集いたる侯銅像まえ葉の吹き溜まり

うつくしく敏《さと》きひとりを待ちにつつ輪読会の草の香ききつ

戦後なお貧の学衣にとおきもの高田牧舎という喫茶店

わが早稲田辿《たど》れば古き森の道抜けたるあたり都電見えきぬ

葉　脈

深川の芭蕉庵址の石祠《いしほこら》はかなきものを町なかに守《も》る

掲げもつ熊手のなかを稲穂つくちさき熊手は胸に抱きゆけ

萩焼の萩まさびしき土塊《つちくれ》や運ばれきたれおとめと見入る

むぞうさに硬き榠樝《かりん》の積まれいて露店の凪に傷すりあわす

月の虹ほそくかかると聞きしかば下辺霽《は》れたる空を仰げり

信号の点滅 終夜《しゅうや》受けながら十字路ちかく眠る人あり

葉脈の朝の日に透く網のなか身は捕われてしばし揺られつ

逆上の手にある白磁はればれとせしことのなき一生《ひとよ》を運ぶ

絶望に打つ向鎚《むこうづち》甲高く響かせているうち安らげよ

耳鳴りの身に低気圧めぐるかと人を疎める樹とともにおり

沼空の終《つい》の嘆きの島一つ夭《わか》きいのちと換うべくもなし

貶《おとし》めて人と人とが生ききしをまた揺り戻し中国史あり

いささかの膂力《りょりき》ほこるにあらざれどかの軀は撓う撓いつづくる

蒼穹のなか糸くずのごとくゆく機に戴せしめて訣れきにけり

狩　場

日に白き玉砂利つづく垣のうち空にきこゆる鴨ののど声

渡りきていまたまゆらの水を浴ぶ鴨は狩場の濠の樹のかげ

網打たば網のなかなる鳥の目のつぶらを言いて縊《くび》る手をもつ

さわだちに水を離《か》れゆく鴨いくつわが疎まれて向くる銃なく

長身の銃に狙わばたわやすく羽音を砕く銃のあやうき

橋

いつよりか触手をなしてうねりつつ都市覆いたり無数の橋は
鉄橋のした潜りゆく船にして屋根に動かぬ鳩運びおり
木を足に響かせ来つれ錦帯橋こころの下《くだ》りのみが身に添う
橋あらば橋のたもとにわが戦後ことごとく夾竹桃ゆれている
みずからの橋断たんかな対岸に口ひらき言う影は颪のなか
燃え落つるひとかたまりの炎にて橋うつつには空に映えいつ
まえをゆく電車がふいにせりあがり街にかげろう橋ありし過去
満ち潮の舌さきとどく夕べには橋こえて駅に曳かれゆく群れ

街

地球より重たしなどという生命もてば詮なき日日の通い路
尾長鶏尾を垂れながら身じろがで木箱のなかに一生《ひとよ》おわるも

絵のなかに傘をすぼめて駈けてゆくその唐傘の雨音きこゆ

窓拭きのゴンドラひそと降りているビルの狭間に季遅《とき》れがち

昼寄席のしめれる蒲団敷くにさえ青年は声に淋しまんとす

三和土《たたき》には寄り添う靴のさまざまに浅草お好み焼き染太郎

スポーツの選手と言えば許されて泣く男をばテレビは見しむ

いたわりの拍手あつめて下りゆける戦後生まれの老旭国《あさひくに》

直ぐ立てる樹のしなやかに青年の軀は車内にて席譲りおり

終点に至り髯もつ老人と叱られし少年と並び降りゆく

甦りくるものあらね夜のはずれキング・トーンズもともに老いたり

ものを読む距離の自在を失いてしばしうつつの視野を遊ばす

なめらかに閉じひらきするヘンケルの鋏ひとつに軽みたる夜よ

吾《あ》はなべて充つるとぞ思《も》え美しく父に従う娘《むすめ》なきほか

仄かなる

雨しずく打つに聞こゆる夢のおと夢の街にて常《つね》逢うひとり

古鏡《こきよう》そのおもて見えねば唐草の青銅《からかね》の艶よぎるわが影

ガラス越し見られながらにエレクトーン弾く少女あり生業《なりわい》として

褐色の粉となりつつ風のなか消えし木乃伊《ミイラ》は和みたるらし

花屋敷ふかき思いをとめがたく笑まざる木馬みて過ぐるのみ

間歇に伸びゆくリズムもちながら沙に挿す月下美人育つも

わが生《いき》の証《あかし》といえどおおよそは短き歌に約されはかな

撃ち殺し合いつつこころ単純になりゆく兵を知ることなけん

幼年の語彙のひとつに甦る照国《てるくに》万蔵といえる幕内

歴史のなかにウイルス一つ終熄す瘡痕うつくしき腕に残して

疾駆せる車ばかりが過《よ》ぎる橋一石橋《いちこくばし》の迷い子の標石《しるべいし》

音もなく空に溶けゆく白羽根のグライダーなど目に逐うしばし
拘置所の塀の高きに沿う道をひとり少女が自転車に来つ
遠雷が空の片隅うち崩し打ちくずしつつ夕焼けとなる

埋立地

ひしめきて水平線に浮かぶもの原油タンクの光にたてば
水路より見えて潮の香ひとすくい起重機にぶく動くまひるま
ひとけなき工場群の梁《はり》高く鉄切断の響きまさびし
鋼材をはてなく運ぶ道筋の地のうまごやし花つけて震う
埋立てて未完の道に脚ほそき千鳥よぎれり逃げ水のなか
胸しろき鳥は波間になびきつつ風の向きその向きとして群れ
海はるか　檣《ほばしら》　みゆる日の反射ひろがりてちさしわれのこころは
腕ふとくテトラポッドのからみあい叫《おら》びあいつつ潮ひくに冷ゆ

秀麗の人

マクベスの森の動きや丘越えて丘たたなわるかたの嫉みは
透明なぬめりを沼に広げゆく蓴菜《じゅんさい》とおき世の侵入者
加速度におのれを載せて来しからに慣性われのうちに騒立つ
なべて吾《あ》は涯を好めば矢印の尽きるまで谷ふかきを辿る
秋冷は脛《すね》より昇り首筋に至るショスタコービッチのマクベス夫人
声ばかり聴きたる夜更けのパパゲーノ鳥刺しなれど秀麗の人
アリア終えしのちの喝采闇のなかに広げてタバコ型の受信機
身を損ね生きのてだてと離《か》るるとき安らぎあらむ野の菊ひかる
作動する予約ビデオの音のして蓄えられゆく人おらぬ夜が
夜の隈《くま》にわれの意《こころ》と関わらぬビデオひそけく作動しており
硬き酒やわらかき酒こもごもに満たせど広がり足りず夜の闇

漕ぐ

情念のつね安らぐと思わざれひとりの歌をわが記すのみ
耳朶になお残ることばのさやさやと細流《ささなが》れ吾は死してながるる
溺れ谷おぼれやすらぐ闇あるに咳《しわぶ》けばまた弾《はじ》き戻さる
ジャスミンの乾《から》びし花の茶のなかにたつる香ほどの惑いとおもえ
蘆花旧居ひとかげなけれガラス戸に枝押しつけて紅梅の咲く
菜の花を濠の堤に見放《さ》けつつ逢うとしもなく過ぎし幾日
ひとしきり青葉もみきし風の手のほてりとどまる碑《いしぶみ》の裏
わがこころの軋みにとおく夕映を巻きつけてゆく地軸音《おと》なく
錫いろの髪のうすさを羞《やさ》しむにあらね一目散の帰宅は
一つ渦かがやきながら過ぎゆくと頭《ず》の柔らかきところ昂る
朦朧と酔いゆくまでを書きゆかな眠れぬ夜半のグラス揺りつつ

電球にしきりに当たりいし蠅も睡りたるらし暁《あけ》のちかくに
あすへ漕ぐ肩の疲れの鬆《す》をなせり淀める空に紛れゆくまで
死亡記事きり抜き蓄めて漕ぎいでむ日日の一搔き重くはあれど

校了の道

湧きいでし紫羅欄花《あらせいとう》に染まりたるわれを運びつ朝の国電
黎明を電車たまゆら響く街靄にくるまれ掃く影のあれ
てのひらのなかに収まる目覚ましを購《あがな》いて明日のめざめを信ず
まどいなく人バスを待つ都市のうち惑いつつわが五十年経つ
錠剤はおおむね無毒溶《と》けながらさまざまに内部支えんがため
贈られし書冊しみらに読むほどの微恙《びよう》のあれと冬に入りゆく
終《つい》の花つけたるままの蔓引きて朝顔の種子《たね》採れば風花
腐葉土の冬ふくらめる闇のなか虫のごとくに塗《まみ》れ眠らん

指のさき寒気流るる朝光《あさかげ》の印刷の町ゆけば川沿い

人声を昼かきまぜてひびくなり活字鋳造機の文字の列

鯔《ぼら》はねて還る夕べの目黒川まなこ老いたる校了の道

身ごしらえ日ごと整え定刻に出でゆく吾をおのれ安らぐ

掛けかえてゆけども肩は慰まず壮《わか》き鞄の帯にしあらね

終バスに拾われてゆく雨のなか苺の熟《う》れたる色いずくにか

『鼓笛』解説

『鼓笛』私見

篠　弘

1

天空へわが身抜けゆく花の白仰げば惜しき過去五十年

これはこの『鼓笛』の巻頭の一首である。自分のからだを摺り抜けて、天空に舞い上がっていく桜の白い花びらを仰ぎながら、もはや五十年の人生が過ぎ去ろうとしている口惜しさ、その逃れられない存在のかなしみを噛みしめている。〈花の白〉をみつめていることによって、若やいだイメージとなっているが、新鋭といわれてきた石本隆一も五十代に入ったわけである。

著者は昭和五年の十二月、わたしが八年の三月であるから、二つばかり先輩にあたる。が、同じ二十六年に早稲田の文学部に入り、学生時代をともに過ごした。著者が英文科、わたしが国文科で「まひる野」にいたことから、さしたる交流がなかったのであるが、むしろ卒業近くなって、「地中海」の新人としての著者を識った。当初よりみずみずしい肌理の細かな感覚の持ち主で、粗っぽい歌づくりをしていたわたしどもを驚かせた。わたしや来嶋靖生が参加していた「早大短歌」に、著者が作品をよせられたりしたのは、あるいは「地中海」に入会される前であったかもしれない。

著者は胸を患ったこともあって、わたしよりも一年後に卒業し、さらに大学院にすすむ。いちじ疎遠になるが、著者が昭和三十九年に角川書店の編集者になったあたりから、深い付合いを重ねている。わたしのつとめる小学館と角川がほど近いところにあり、しばしば逢う機会にめぐまれる。コーヒーや酒をのみあうだけではなくて、「日本近代文学大系」の『近代詩歌論集』（昭和48・3、角川書店刊）の注釈を執筆したさい、著者にその編集者としてお力添をねがったこともあった。また、わたしの編集する百科事典や短歌講座に、近代歌人の項目の執筆を仰いだりしてきている。

ともに東京の山の手生まれ、そして同窓であり同業である。まったくの同世代者としてきわめて理解しやすい立場にいるが、それだけに論ずることはむずかしいものがある。

わたしが著者にもっとも敬服する点は、昭和四十七年一月に「氷原」を創刊し、熱っぽい雑誌を編集しつづけていることである。四十一歳からである。編集者としての多忙な日常は、従事するものにしかわかるまい。この『鼓笛』は、県別の『角川日本地名大辞典』にはじまり、さらに「俳句」の編集長をになった時期のものと思われるが、著者の「氷原」によせる熱情は、その誌面に溢れてやまない。果敢に挑んでこられたエネルギーには、おのずから頭がさがる。とくに新人の育成に力を入れておられる。このことは著者が、いかに短歌を深く愛しているかをあらわす証左にほかならない。

2

この『鼓笛』は、『海の砦』（昭53・9、不識書院刊）につづく著者の第五歌集である。ほぼ昭和五十三年から五十六年にいたる作品で、冒頭でふれたように五十歳前後のものである。

ここにいたって著者の作風が、かなり大きく転換してきたことに着目せざるをえない。生きる悔しみやきびしさをみつめたものが目立つ。個の屹立を宣言するきっかけは、すでに『海の砦』にあらわれていたが、いよいよ劇しさを加えてきており、みずからの裸形をきわやかにうち出している。自己のありかをさぐり、その内的葛藤をあらわにしているからである。

錯覚をたのしむ芸術《アート》索漠と見て戻りしがひとりはひとり
しばしばも遅れて屈《かが》むランナーのふくらはぎをぞテレビは写す
人というものの足音真夜にして急げる聴けばいのちかなしき
甦りくるものあらね夜のはずれキング・トーンズもともに老いたり
撃ち殺し合いつつこころ単純になりゆく兵を知ることなけん
音もなく空に溶けゆく白羽根のグライダーなど目に逐うしばし
海はるか 檣《ほばしら》 みゆる日の反射ひろがりてちさしわれのこころは
夜の隈《くま》にわれの意《こころ》と関わらぬビデオひそけく作動しており
腐葉土の冬ふくらめる闇のなか虫のごとくに塗《まみ》れ眠らん

終バスに拾われてゆく雨のなか苺の熟《う》れたる色いずくにか

ここにわたしは、著者のあらたなる風貌を見る。いっそう内側から自分のゆくえをみつめている。その深層にある生くる悔しみをとらえ、自分のせっぱつまった存在理由をあきらかにしている。

ここには自己批評の眼が作用していて、たんなる感傷や孤立感をよんだものではない。みずからの小ささや弱さを見守り、かなり自虐的にそれを衝いている。自分を内側から強くうながすかたちで、みずからのありかを問おうとするものである。

集中に「書庫」の一連がある。

うっすらと埃帯びいる書庫のうち予備の机は使わずなりぬ

古書と古書かたみににおい移しつつ梅雨すぎしかば窓あけ放つ

拾い読みしつつ想念さまざまに落ちくる書庫に暁あそぶ

これまでの著者にとっては珍しい作品で、さりげなく書庫にいるやすらぎをよんでいる。ゆっくりと古書に親しめる日常ではない。はからずも書庫の窓を開けながら、学ぼうとしても学ぶ時間のない、みずからのありかを深く噛みしめている。おのずから生きる悔しみやむなしさが滲んだものになっている。

まさにこのような作品に、著者の人間的な風貌がうかがわれよう。みずからにきびしい、生きる本音や肉声をはらんだ世界がひろがっている。この『鼓笛』において、執拗に自己確認を果たしている側面に、わたしは少なからぬ関心を抱いている。

3

著者がつちかってきた繊細な感性、ロマンにとんだ美意識は、この『鼓笛』においてもますます鋭さを増している。著者独自のものが、さらにまた深められているのである。

たとえば、ジュラルミンの光、――いつか、鬱蒼たるジャングルのなかを、歩いていたときも、わたくしは、そのようなものを感じた。はじめて、わたくしたちをたずねて来たときに受けた石本隆一は、そうした光をたたえていた。

この、師香川進のエッセイは、はじめての歌集、実質的には第二歌集『木馬騎士』（昭39・6、地中海社刊）の巻末のものである。

その資質ともみるべき「ジュラルミンの光」は、かぎりないみずみずしさと鋭さを感じさせる。明るいかがやきが溢れる。そして、鋭利な切り口を見せるものである。

鬣《たてがみ》を燃して怒りを沈めたる馬か夕日のなかに立ちおり
ひとり見る花は苦しも花虻のひびきに震う空蒼くして
桔梗の花首の向きそれぞれに群れおるものの安らぎかなや
沙《すな》となるまぎわの石の赭くして谿のながれに尖りてぞ見ゆ
山里は溝にすずしき水鳴らしむらさきの夜を空にひろげつ
野の虫を闇よりあつめひとつ灯のともる音《ね》きこゆ野の無人駅
梢より梢を伝いはるかなる谷に落ちゆき木の実音《おと》やむ
除雪車の重き刃《やいば》にそぎてゆく光は雪のなかに黒かり

鉄橋のした潜りゆく船にして屋根に動かぬ鳩運びおり
埋立てて未完の道に脚ほそき千鳥よぎれり逃げ水のなか

そのモチーフがオリジナリティをもっているだけではない。その対象をみごとな切り口でえぐり出している。すみずみまで繊細な感性がはたらいていて、あざやかなイメージをつたえるものである。

ここで特長的なことは、とりわけ著者が清潔な視点をしめし、作品に奥行きをもたせていることであろう。そのうえ、歯切れのよい感覚を通して、そのイメージがロマンをはらんだものになっていることである。恥《やさ》しさと愛《かな》しさが交錯し、じつに親しみのある光景がひろがる。

まさに「ジュラルミンの光」は、いぶし銀をたたえながら、きらきらと輝きつづけている。感性と美意識のオリジナリティをもとめる著者の、たくましい自己主張が、ここに潜在しているからである。

4

この『鼓笛』の題名は、次の一首から採られている。

地上には秋のかなしさわがもたぬ少女鼓笛の隊組む雨に

広場の道をリズミカルに少女鼓笛隊がすすむ。秋の雨に濡れながら、いちずに演奏する可憐な少女たち。作者はそれに近づきながら、自分に女児のいない悔しみを噛みしめたもので、愛らしい少女の姿態に見惚れている。

これに関連するかのように、集中には「少女」をよんだ作品が多い。

ほつほつとまずしき庭に明るめる芽ぐみ見て立つおとめ子なくば

芒《すすき》みち芒がくりに化《け》のものとたわぶれてゆく少女《おとめ》とあらば

破れたる布のシューズに包めども弾みやまざる少女らの足

胸いまだ薄きひとりを美しと見つつ去りゆく武技の終れば

ガラス越し見られながらにエレクトーン弾く少女あり生業《なりわい》として

拘置所の塀の高きに沿う道をひとり少女が自転車に来つ

みずからの少女をみつめるような、眩しい視線が感じられる。女児をもたなかったがゆえの、かそかな憧れが見出されよう。いずれも心の弾んだ、美しい作品となっている。わたしは『鼓笛』を題名に選んだ、著者の願望にこだわりながら、ここに著者の作風がつねに青春性をつちかってきた源泉があるように思われる。鮮烈な美しさを渇望しつづける著者の本質に関わるものである。「少女」の歌に醱酵する想像力は、いっそう著者のこれからの作歌の極ともなろう。

あとがき

本集は私の第五歌集である。

畏友篠弘氏が「解説」で記しておられるとおり、ほぼ昭和五十二年（一九七七）から五十六年（一九八一）あたりまでの作品をもって編んだ。が、既刊の四歌集と同じく、この『鼓笛』も制作順、あるいは発表年度順の編集によらなかった。一首ごとの独立性とは別に、歌集はまた一つの構築物であり、私記録の流れによらぬ再構成がなされたほうがよい、と思っているからである。

しかし、その作業のため、いつも集に纏めて公にすることをついつい逡巡する仕儀となる。それゆえ、このたび昭和歌人集成の一冊として短歌新聞社の石黒清介社長が加えてくだすったことは、非常にありがたかった。精鋭の諸氏に立ち交じって轡を並べようとすれば勢い、いささかの躊躇、遅滞も許されなかろう。

のみならず、機を得た弾みは次の第六歌集にすでに向かっている。収録数の制約もあって、留保した歌も多々ある。弱年にして創刊した「氷原」も十三年目を終えようとし、ようやく会員の歌集もつぎつぎ踵を接して刊行される機運となり、私自身も一身上の転機を迎える秋となった。

『鼓笛』は、みずからへの鼓舞激励と今はひそかに納得している。

同学の古い時代からの交友を芯に行き届いた「解説」をいただいた篠氏、並びに万端お骨折りくださった社長はじめ短歌新聞社の方々に心から感謝申しあげる。また、口絵にはカメラマン鈴木秀ヲ氏の御厚意を受けた。自宅近くの碑文谷にあるサレジオ教会の庭内である。

なお、本集を「昭和歌人集成・16」と併せ「氷原叢書・15」として数えたい。

一九八四年十一月

石本隆一

天狼篇

天狼篇

昭和六十一年九月十六日　短歌新聞社刊　氷原叢書
装丁 伊藤鑛治　Ａ５判・函入
一四四頁　三首一行組　三三三首
巻末に「後記」
定価 三〇〇〇円

林中のシリウス

琅玕の冬波の秀《ほ》に触れてとぶ雪なり果てはナホトカという
育ちゆく樹氷をめぐる雪の風頰《ほ》を打たば頰に血は熱くなる
氷雪に軀《み》を固められ山の死を死せる人あり羨しかりしか
雪残る岬の村を過ぎゆけば旗をかかぐる日なりき赤く
細枝をしずるる雪に甦るわれの背筋という縦の線
かもめ鳥群るる入江の舟屋うち美しき人ありて鄙さぶ
林中のシリウス雪を照らしつつ滑りくるなり目にささるまで

三国港

こころ萎えて行く北陸の港町あらあらと詩人の妻擲ちし町
砂ふかく張りたる白根　薤《らつきよう》の二年《ふたとせ》越しの花を咲かせつ
薤のむらさきの花靄《もや》をなし砂丘のかぎり広がりて冬

霰《あられ》くるきわの雲行き砂丘《すなおか》に結ばれながらとぶ赤蜻蛉《あきつ》

北昏《くら》き雨の入江に漂える冬のサーファー頭《こうべ》ちいさし

こころの北辺

不条理にそむきて叛旗はたはたと心のうちに鳴る雪景色

ベゴニアの冬の葉指に触れて落つ傷みなくわれより捥《も》げてゆくもの

ガラス窓拭えば雪のしずくしてドクトル・ジバゴ火《ほ》あかりのなか

美しきものを奪わん腕ずくの世にし隔たり贖《あがな》い来

問わざればかがやきもてり日常を越えて一日を過ごしきたし妻は

パーティーに冷えたる肉を切る軋み男ばかりの皿よごれゆく

叫《おら》びごえ酒場に満たし飽食ののちの不安を育てやまずも

戦《いくさ》あれば戦に死にて寧《やす》かれと伯爵ウロンスキー駅に発ちたり

何せんということのなく融かしおる鉛の屑の揺れ定まらず

大陸の吐く水のいろ黄のかぎり時おもむろに動きやまざり
経典を写して終るいのちとも我も流るる水ひとしずく
焚書《ふんしょ》のための空もたざれば過ぎがての塵紙交換車よびとむるなり
つややかに毛並かがやく野鼠《やそ》の群れ歯をひからせて消えゆきにけり

頬さざなみす

帆船が孕みて走る青き風なめらかに球はめぐると思う
人波と車くぐらせ海辺より直線にあり芝増上寺大門
同世代逢う羞しさに一椀の澄汁《すまし》を吹けば頬さざなみす
高架路のかげの遊園ひそやかに若き母来て子に抱かれいる
唐突に離職をおもう精神の昏迷われとわが妻は知る
鬱の時期とく渡れよと信号の青点滅す須田町あたり
一点の咽喉《のみど》の痛み何ならん草の間《ま》走る蟻逐いしとき

罅割れてゆくひとところ額《ぬか》したの頭《ず》にありやさしき魚にも瞋《いか》る

流れつつ醒めゆく夜はひとりにて堅き洋酒の量《かさ》含むべし

栗の実の二粒三つぶ掌《てのひら》に艶の重さと遊ぶ夜の更け

墨　東

吾妻橋ビール工場の木の椅子のホールのさやぎ健やけく酔う

酔うて渡る橋は吾妻の古りながら世を退《すさ》りゆくものにやさしき

ゆりかもめ揺られ滴る下町の時のうつつの酒ふふみ来し

撰文を碑にし刻みて遊女の死いたむおもいを町は残せり

文学碑うらの家内《やぬち》灯を入れて下町の夕炊《かし》ぐ気配す

地を縫う

楠亭くすのきの幹くらければ昼を火点《とも》し坂登らしむ

水槽に口を噤みてめぐりいるピラニアの群れビルの夕暮れ

ひたすらに陳《の》ぶる詫びごと嬲《なぶ》りつつ電話あり同室に一時間がほど
鉢植えの萵苣《ちさ》の腐りの梅雨ながらひとも同胞《うから》も思うことなし
藤の蔓地を縫いつけて延びおるよ草にまぎるる新葉もちつつ
梅雨しげく庭満たすゆえ天理教の太鼓の励みよく響くなり
きれぎれに祭司のことば聞こえくるああ痞高し人のこころは
菜の厚み須臾にし越えて太りゆく幼虫はまぶた閉じずに眠る
頂《いただき》にくれない蒐め夾竹桃咲き継がせおり庭はひたすら
徒長枝を許してことし庭くまの夾竹桃はよく揺れるなり
ふたたびを咲《ひら》かぬ鉢と知れれども妻は残れる緑はぐくむ

筏とともに

戻り咲く藤の小房のしみじみとおとめの齢《よわい》過ぎゆく人ぞ
空ひろみ放水路に沿う昼の原かそかにゴルフの球落つる音

対岸に走るラガーの影見えて停りたるのち笛の音《ね》きこゆ
従順に曳かるるものか遡る筏とともに逝く時間さえ
折れ易きつつじもろとも傾《なだ》れゆくその 崖《きりぎし》 にいつより来たる
しら羽のなかより覚めて白鳥の頸をたてつつ昼泳ぐなり
無慚やな割きて売らるる魚の胎ほそき血のくだくまなく絡む
土壁にとおき明治の流れ弾《だま》痕のやさしくなりて残れる

半円

向日葵の花の重たさ青春の肥沃のなかに在る者が言う
青年の髪は雷雨を浴びるべく羨《とも》し裸体のうえの鬣
汗乾くときに木綿の白き帽しばしば丘辺《べ》飛びゆくはよし
自《し》が娘ならず身に帯び行くときの原宿あたり 欅《けやき》 花降る
カチューシャというへアバンド純白のちさき半円なれば恋うなり

水楢林

恥じらいの木下闇なる双乳《もろちち》と白き茸《たけ》生う息づきながら
ひと煙り胞子散らして消え去りぬ山路《やまじ》の端の名のなき茸《きのこ》
くらき葉の水楢《みずなら》林くぐりゆき谿水汲めという標《しるべ》あり
山兎草を舐《ねぶ》りて全身に鼓動ひびかせいし跡か踏む
天の川傾きしかば迫《せ》りあがる夜の巌《いわお》に身を立たせたり

那珂川

みごもれる鮎を捕えていのちなき川水早く簗《やな》は行かしむ
串差しの魚の身ながら香ばしと心弾ます処女《おとめ》もわれも
闇やがて及べばくろく反転し那珂川なべて光を収む
曼珠沙華咲き暗みゆく磧《かわら》とも一日弛《たゆ》みて夜のバスを待つ
はるばると山の麓のひとつ灯が動くと見えて車輛近づく

羽子板

歳晩の町を速度に擦りてゆく車灯《ともし》も花もかきまぜ
羽子板を買う犇めきの炎《も》えあがる夜に曝したる横顔のこと
鈴つけて熊手ひとつを求めたる思いあえかに胸元に鳴る
柝《き》を打ちて火の要慎《ようじん》の過ぎてゆく月蝕はいま雲の上なり
点鬼簿を辿りてことし終るかと遺《のこ》れるわれの疲れしるけし

楔

直立《すぐだ》ちの檜並木にひびきつつ玉砂利浄し暁《あけ》を湿りて
注連《しめ》飾り焼きたるのちの水溜り黒ければ冬の青空映る
斑雪のこれるけさをたどきなく生活《たつき》の楔打ちこみにいず
昏昏とせしうつしみの首筋を振れば冬鳥こえ零しおり
雪掻きにあえぐ息さえ珍しと久しく身をば弛ませにけり

往還の硝子戸越しに達磨貼る家ぬち見えつ白き達磨も
終電車その箱ごとの自堕落を見つつ親しむ半ば覚むれど
溝川に雪の白きを捨てながら都市はふたたび機能しはじむ

本間家の門

屋根屋根が雪を呼びつつ屋根屋根が雪に耐えつつ移る沿線
純白の北の平野の一つ家《や》を灯せば戻りうる胎内か
野の祠謂《いわれ》いずれもあるべきを雪の厚みにとざされている
酒田の町雪に埋もれて本間家の門といえども凍てて矮《ちいさ》し
北国の雪道しきりによごれつつ業務にあらぬ葛藤に耐う
ホーン一つ打ちて発ちゆく山のバス湖《うみ》の岸辺に乗る客のなく
雪ふかき山のもなかに氷らざる湖はも人の密議にとおし
背をくぐめ磧《かわら》の石を踏むわれは映るにふさわず雪の田沢湖

水底《みなぞこ》をとおみ波紋をなぞらえてくろき砂鉄の寄りたるが見ゆ

磧《かわら》には斑《はだら》に雪の残れども石を揺らして陽炎《かげろう》のぼる

田沢湖は空の蒼をばひきよせて春の日輪そのなかに擁く

雪に立つ白きけむりの温かさ田沢の湖《うみ》を日は渡りいて

毒の水ひそむ田沢のみずうみの面《おもて》しばしの凪のうたた寝

疎林はや雪を落として柔らかし山なだらかに湖に寄りそう

一茶の道

峠より平らに出でて夜となる雪の一茶の一日の道

雪雲と雪とのあわい地に籠る生活《たつき》の香などかなしきものぞ

見あぐれば雪かぎりなく湧く天《そら》の枝にすがりて銀杏《ぎんなん》熟るる

目の縁《へり》にひびく疲れを振りおとす瞬きという筋肉の動き

老い人らわれを師とよび近づき来《く》小雨の露天風呂羞《やさ》しもよ

丹後浅春

日の照れば鎖の樋《とい》に脈搏《う》ちて雪しずれつつ丹後春なり

凍《ここ》りたるみどり身を緊めゆく海の深みに入るる魚ならなくに

竜穴とよぶ洞ありて地の底に海へつながる丹後か喚《よ》ばん

雪雲の犇めく沖の昏みより眼のなき蟹を獲りて食わしむ

あらわなる雪の鼓動を聴きあえばもはや怯じずという灯を点けて

ふたたびの闇

白木蓮空の半ばに充ちながら押し広げゆく季《とき》至りたり

片栗の花咲くという手紙きつ花知らねども韻《ひび》きに浸る

連翹の枝瘦せながら花つけて雨のあわいにちさき虫よぶ

一本の芙蓉の蕾尽きたれば夜空ふたたび闇に復《かえ》るも

土に挿す円匙《えんぴ》きれ味よき夕べ芙蓉一株地に戻しやる

白木蓮

日のひかり空の断片ひららかに翻るかな大樹白木蓮《はくれん》
葩《はな》びらは濠の水面《みのも》に敷くものと風が押し遣る季を見ている
観音の立てる岡辺と市街地の距離手をかざし秀雄ありしか
観音の春うららなる胎内を登らんと束の線香を焚く
捧ぐべき花に迷いて日のそそぐ鬼城の墓を眺めきしのみ

いずこより

いずこより来たりし白か葉がくれに捧げつつ泰山木揺れている
つややかに陽を打ち返す今年葉に守《も》られ泰山木の初花
花得たる泰山木か青年の幹ほそけれど梢《うれ》ぬきいずる
吉兆の白逞しきこの夏と思えとや泰山木に花咲く
わが庭にひそけく白をひろげいし花は霰《あられ》の痍かがやかす

落　下

くらぐらと堕ちたる奈落は無の褥《しとね》粒子の粗き炭に染《まみ》れつ
打撲痛全身を経て一点に集まりきつつ涙甘かり
身に纏う伸縮布《エラスチック》の繃帯のなかに眠らな五千年ほど
歓声の空の閃き目裏《まなうら》に騎手福永のいまだ醒めずも
羽づくろう鳥が来ているわが時間わが功なおも逸《はや》るべきかは

葱坊主

蝌蚪《かと》生《あ》れてまた万の蝌蚪消えゆきて蓮《はちす》しずかに花開きたり
ふとき雨落ちくる池に打ち返す緋の鯉の鰭荒《すさ》ぶるはよし
葱坊主の香《か》のさざなみを先だてて童《わらべ》一列畝《うね》の間を行く
薇《ぜんまい》を日に揉み乾《ほ》せる道ながらおとめはおよそ旅行びとなり
籐《とう》の籠しろきを編みて励む手は海のかなたか夏至る街

闘牛の牛の背の槍あるときは身にひびくかな砂を擦りつつ
洗わるるまえの切符が夏シャツの胸に透けおり二つ折にて
小きざみに堰かるる帰路のバスのなか遺著にし癒ゆるこころかなしむ

上ノ山

北国の盆地ひとつに集《つど》いきて茂吉祭あり花は林檎か
金瓶《かなかめ》の丘辺にぎわう生誕日やさしもわれの香《こう》は棚雲
梁《うつばり》の低きにひびき還りくる声のなかなる学童茂吉
一少女恋いわたりたる老茂吉の終《つい》の遺品を見めぐりてゆく
おきなぐさ花ののちなる白毛の浅草観音詣ずる写真
性欲のあわくなりつと五十翁茂吉言いたる嘘にしたしむ
宝泉寺あたりの丘の花こぶしおとめの項《うなじ》と雨に冷えつつ
からまつの芽吹き揃いて息づける蔵王いゆけば茂吉あらなく

みささぎ

くねりたる野道たどれば大和なり直からぬ道を子規は瞋《いか》りき
戻し藁ふめば田の面《も》のやわらかく人の重さを包まんとする
陵《みささぎ》に土盛るものの影絶えてめぐり耕す千の星霜
築陵の埴輪を焼ける煙の尾ただようと見え冬あたたかし
檀《まゆみ》の実はじけ初めたる簇《むらがり》のさやぎのうちを女童《めわらべ》らゆく
木守柿茜《あかね》に暮るる道すがら五輪の石の塔遺《のこ》りたり
杉玉を軒に吊せる酒蔵は茜のもとの暗《あん》ひとところ
天邪鬼かなしき貌を彫るときの匠《たくみ》の呼気をききて夕闇
百鳥《ももどり》の囀り籠めて膨れゆく冬墳山《つかやま》のくろき緑ぞ
陵は夜《よ》を聳《そばだ》ちて鳥のごときもの次次と放つにかあらん

藁塚

白秋の銘ある鐘を撞きにけり風なき島の小春小波《さざなみ》
関址《せきあと》の石たびびとの荷をおろす背をば支えて平たかりけり
藁塚にのぼり没日《いりひ》を浴びしかな藁の底よりくる揺れやさし
爪立てば雪はるかなる山脈の尾根より来たりわれの心象
鳩の軀の匣《はこ》の手ごたえぬくとけれ冴えわたりたる空に放ちぬ

薄き糸底

倉に積む綿包みより白き猫音なく出でて雨に紛れつ
栗剝けば祖母ししのばゆ巧みなるわが指のさま己《おのれ》めでつつ
血のぬくみ冷たきものに移しやるたとえば瀬戸の薄き糸底
ひとりぽっちの妻が聴きおる沙翁劇《さおうげき》詩語の抑揚きざむ夜の更け
女児《おみなご》のおらぬ妻ゆえ吾《あ》は生きて妻ののち老いの窮死をば覓《もと》む

硬き冬

冬づけば水の濁りにしずまりてねむれる魚をひたに羨《とも》しむ

草原を染めいし茜一点に絞らるるとき機は飛びたちぬ

本所被服廠《ひふくしよう》跡の鳩たなごころ開けば寄り来含《くぐ》み鳴きして

裸木《はだかぎ》となりたる苑の夜の斑《まだら》若き頬こそ掌《て》に燃えしめよ

拍子木と星のまたたき叩きあう硬き冬の夜さりて久しき

三日まで

新年の雨にけぶりて裸木にかかる和凧の骨やわらかし

白羽根の白木の破魔矢ひき絞る弦のあらねど矢筈もちおり

急《せ》くことのなきたまたまを鬼子母神あたり老いたる都電に揺らる

水底《みなぞこ》に枯れ葉蓄え潜みいる鯉なればわれと冬ゆかりなき

鮭の身に磨ぎて当つるとわが肉の手のうちらにぞ鋼ありたり

しらとり

雪積る薄氷《うすらひ》のうえ走りきて光ひろぐる朝の日輪
嘴を鳴らす音のみ白鳥の百の群るるが朝光《あさかげ》を浴ぶ
押しゆらぎ互《かた》みに体まろばせて雪積む岸に白鳥火照《ほて》る
頸のぶる一羽の影ぞ雪のうえ我にとどきて蒼にけむるは
冬越ゆるための白羽根おりおりに羽搏てど餌に移るのみなる
日日敵意つのる眼《まなこ》を洗えとや遠白鳥のひとつ泛かべり
海彼《かいひ》より白美しき鳥の群れ発たせし人のあると思えば
最上川くだれる舟の絶えしより白鳥の群れ呼びて鳴かしむ

能　面

遅れ花つつじの小花映しつつ凍れる池は魚《うお》を眠らす
冷えしるき身めぐりに点《とも》る梅の白雨《しろ》にけむれる紅梅に添う

わが意識挙《こぞ》りて人を恋うことのなけれ濡れつつ紅き梅咲く
隣りあう木を避け歪む幹ながらことしの若芽吹き出でており
梅の木は古木ながらに一筋の樹液のはたて花の香零す
花つけずことし終りの梅二本原木《ばらき》中山《なかやま》廃寺の狭庭
能面の裏にしきける香のあれば香に導かれ舞うにやあらん
木の虚《うろ》に渡り忘れてこもりおる鴛鴦《えんおう》雄の輪白《りんぱく》見ゆれ

そとうみ

掛け声に駈けゆく里のわらべらの一群れありて春野ひろがる
外海《そとうみ》は匂いとび去りすがしもよ春の汗いまだ身にこもりつつ
鯨《いさな》捕りのなごりの錨錆びながら磯の社《やしろ》のかたわらにあり
茹蟹を売る呼びごえのまえをゆく物食《は》むことのしじにやさしく
響《とよ》もして吹く春あらし砂ぼこり砂に痒めるほどの涙か

水閘の町

朝ごとのさざめき路地の格子戸に木地をみがける布軋むかも

鎖《とざ》されし木橋を浸す潮《しお》の音堤《つつみ》のそとに降りて聴きとむ

潮入りの運河に沿いて低き路地昼の屋台にほてり残るも

東京に下町ありし日の午後ゆ羅宇屋の笛の鳴り続くかも

石蹴りのかぎりの路地をまぼろしに人のよぎれば夕焼け匂う

かもめ

錆厚くおもく零《こぼ》るる橋の裏くぐり鷗と海にいでゆく

蒼空のなかなる白を吸いよせて鷗とぶなり台場初夏《はつなつ》

仰向けば雲のながれに背の下の島ゆらぐかも小さき無人の

葛の葉を分けて近づく砲台の跡まぼろしの砲身の闇

港湾のゆききき激しき船のさま見つつ人影見ざる夕べぞ

伊豆山神社献歌

石段《いしきだ》の千の極みに月なけれ 篝火《かがりび》かがやく実朝の杜《もり》
五十六年

月の光《かげ》ひろげて砕く実朝の海はも若しわがこころゆく
五十七年

実朝の月の在り処の仄あかり梛《なぎ》の梢を移り給えり
五十八年

細細と立つ

初島を運びくるがに秋の波くもりのなかの秀《ほ》を高くせる

張り堅き唐傘させばきっぱりと油臭いて坂登らしむ

湯の山の湿りあつめて苔むせる石は伝承《つたえ》の頼家の墓

射的場《ば》の朝は小暗く人形の細細と立つ秋のなかなる

暁の湯の町の古寺《こじ》秋の雨ふかく纏えば犬ひとつ行く

見おろしに

機首をあげ空に載りゆく一途なるものを支えて空はも堅し

洋中《わだなか》に風ある方の縁《へり》しろく孤島孤《こ》ならず空に臨めば
曼珠沙華機上ゆ望む島国の野山侵してあまねく咲くか
見おろしにめぐり泡だつ島ちかく機を傾けて人はもの読む

リフト

スチームの窓に聳つ蔵王とや雪さくさくと頬《ほ》に含みたき
ぼた雪のくらき空より落ちてくるふいの揺らぎを支うるものなし
コバルトのいろ湛えたる火口湖のめぐり二層の雪くずれゆく
運ばれて空の高みに融けるまでリフトに垂るるおとめらの脚
山の水零るるスキー担ぎこみ列車の床にねむるおとめら

春近き山

右の目のなみだ眩しき嶺の雪ひろげ尽くして朝きたるなり
木柵に纏わる冬日かすかにもかぼそき山羊の力を繋ぐ

鋤ひとつ磨かれて輝《て》る土間のうち光となりて神の来ている
一つずつ星の光消《かげ》し落ちてくる雨か宿りの春近き山

高山は雨

からくりの飛騨の匠《たくみ》の裔なけれフラッシュ浴びている過去の山車《だし》
山車もたぬ町まぼろしの山車曳いて闇の喚《おら》びのひときわ高し
花の散る荊棘《おどろ》纏いて来しからに桜いまだの夜を若やぐ
曳き訣れゆく夜《よ》のきわみ濁り酒《しゅ》の香こそ残れり高山は雨

緋の花

並みよろう山とこそきく長崎の町のめぐりを朝靄匂う
海底《うなぞこ》に日の射しくれば沈黙の珊瑚の背《せな》に魚ひるがえる
かまめしの釜の重さを残しおく胃の腑というを思い汽車発《た》つ
鐘撞けば空覆《くつが》えり沛然と緋の花に雨、西本願寺

小蜜柑に灰降り膚《はだえ》灼けている畑のさびしき桜島山

法善寺横丁

賑わいの夜の底より水掛けの井を汲む不動の牙かがやけと
法善寺もとおる処女《おとめ》ありとしも線香の煙《けむ》提げつつぞゆく
銅《あかがね》の打ち出し薬罐の湯の味とおもいぬ夫婦《めおと》ぜんざい二椀
千日寺横丁の灯をよろこびて手を搏ち和する墓たちのあり
御堂筋よるは芭蕉の枯野かな地下鉄までの雨に濡れゆく

奢り

山みゆるまた海みゆる乏しらの地《つち》の奢りの美しき町
神馬とや港を臨む宮の庭白く歩めり獣《けもの》において
磯烏石にて逐えばかえりくる波のためらい身に適うなり
待乳山聖天の丘のぼり来て人のひそかな夕餉など見つ

境内のわずかな灯し辿りつつ綱をたわめて鐘撞きにけり

咲き継ぎて

水平に鳶の載りおる青き空こころ崩さず載せんとおもう
シクラメン鉢の重さに咲き継ぎて窓より窓に思いは移る
カーテンの襞に溜まれる日のぬくみ触れて溺るる翅音かすかに
フレームのなか植物の汗充《み》てり真裸のふたりよりも匂いて
冬とみに花に溢るる玻璃のうち外なる飢餓にあくがれてひとり

夜のタブロー

わが額《ぬか》に雨はすずしく落ちつつも地より包めるこの気疎さは
証人にたちて聴きおりクーラーのひびき因よりわがことならず
こころざし低く濁れる夜と言わば街の鏡を避けつつ歩む
蟹の身を割りてたのしむ一夜ぞと誘《いざな》われ来つ胸寒けれど

掌《てのひら》の壺に挿されし妻の花わが失踪の薄き背かえる

夜の道のとおき明かりは紫陽花のしろき花首かかぐ暫く

網版の色の粒子のひとつ抜け星を描ける夜のタブロー

もの書きてくぐもる肩に載せかねる頭《こうべ》か夜更けもてあましおり

円舞曲

野ぼたんの紫濃ゆく咲きたれば生命《いのち》きっぱり生きんとおもう

秋さびて空を渉れる白雲の下ゆく雲に心遊ばす

あるなしの池のほとりの水の香に灯心《とうしみ》とんぼの尾の青ひかる

背《せな》くぐめ熱きもの吹くさま並《な》めて小飲食店内わが脇は妻

ゆびさきに豆菊ほぐし咲かん色知るはかなごと硝子戸のなか

円舞曲その華やぎのつむじ風ゆくえに戦火ありやあらずや

日の没《い》りてにわかに高くなる塀に沿いしばかりに町は約《つま》しき

四十雀《しじゆうから》しばしば来つれ冬織き梢のゆれに乗りて囀る

妙義山塊

一輛の塗りまばらなる電車発ちカンナ咲く駅ふたつほど過ぐ
片側の席の炎昼ふもとまで一直線の私鉄全線
突兀《とつこつ》の壮《さか》りすぎたる妙義にぞ若草色の世を離《か》れて来つ
母すでに呆けてうつつのなき晩夏時の涯《はたて》のごとき山ゆく
父の日日老いて獄《ひとや》のごとしとう耳に残れば夏山に酔う
風のなか山はも山の骨曝しさびしき妙義連峰と見つ
十二神将籠《こも》らば山の眥《まなじり》のきびしかりけり気負い頒けあう
山ふかく何の滑車か黄金虫《こがねむし》色の油紋を地にしたたらす
修験者の息の太きをききとめて動石《ゆるぎいし》とう動《ゆる》がぬ石を
鎖場の鎖の伸びのあるやなしわが軀《み》ひとつのいまだ軽かり

赤軍派こもりし山の狂相の岩岩こころ落ちつかしめず

蛇《くちなわ》の白く細きを匿しゆき千の眼《まなこ》と葉の露ひかる

谿川の木橋の芯の柔らかさ筋老いそめし腕《かいな》にか似つ

山の頭《ず》を絞りて流す谿水をふと畏れつつ手に掬《むす》び飲む

野猿《やえん》らの木の実むさぼるかたちしてむすびを食えば系累こおし

水引草《みずひき》の花扱《こ》けば花の稚くて青匂うなり褥《しとね》のうえに

編集の詮なきおもい肩の肉鬆《す》となり疼く山に来てなお

廃道に半ば埋《う》もれて甃《いしだたみ》ことしの夏の苔新たにす

風なくて緑くるしき杜《もり》の奥漏れくるはまた緋の百日紅《さるすべり》

蜻蛉《せいれい》の山に大きく黒ければいずれの世なる死者にかあらん

杉は空くらめて雷《らい》をよぶものをその暗闇にわれは漂う

むし暑き大気に耐えず零れくる雨か梢の高きを鳴らす

しらたまの繭より糸を引くときの光は湯気を幾重にも截る
白き蚕《こ》の軀の伸び縮みいずこにか桑の若葉のかがやき続く
磨墨の闇にひろがる全天の裾くい破るごとき峰影
夜には夜の汗したたると山の道辿る梢に甲虫当たる
風景の骸《むくろ》とおもう峰峰の麓に湯宿ひらかれてある
特急の響つぎつぎ遣りすごしくぐもり待つ間の窓薄きかな
山くだりくれば耳鳴り耳ふかく棲まわせながら乗れる鈍行

土浦

笠間なる社《やしろ》の藤の莢実鳴るさやぎは老いたる骨の音なる
疾《や》める肩より引きちぎれ手はわれの筑波にかざす距離の弛《たゆ》さに
ごろまじりとう干魚のこと祖母のこと寂《さび》れ湖辺《うみべ》にかすかに匂う
駅前のいずれひそけき沿線と見放けつ菊の鉢並ぶれど

往来に土産《みやげ》饅頭ふかす湯気だたよう分けて路線バス来る

暴秦の俑

万あまり兵馬の俑《よう》を覆いたる土耕して人《ひと》丘にあり

陶製の馬の断き打ちあたり震えつらんか地下なる壁は

秦帝の暴虐ありて精緻なる陶俑あまた成れどのち熄《や》む

稚拙へとくだる技さえありしこと土の造型展示して見す

帝王の死後に供奉《ぐぶ》する兵俑の貌の一途さ、はかなけれども

山に樹を見ざる中国　秦帝の大陶俑群樵《や》きしゆえにか

太極拳その静止より噴きいずる汗をしおもう北京の暁《あけ》の

斥力

権に阿《おもね》る才覚なきをくやしみて画家なる一村《いっそん》島に機織《はた》る

海老一尾鱗《うろこ》はずして徹宵《てつよい》の写生をかさぬ妻めとらねば

大蘇鉄の葉のあわいより没日さし島に孤絶す中村一村
万両を啄む 鶫《つぐみ》 かげ見えね稚き万両そこここに生ゆ
竹熊手ちさきを求め妻は掻く庭いつしらに日射し乏しく
欅には欅の響き高きより伝えて冬の風渡るかな
斥力《せきりよく》のむしろすがしき束ねつつ担いてゆけり青竹売りは
大観の若き気負いを見せながら五浦《いづら》冬海しろき秀《ほ》かかぐ

乾反葉

乾反葉のさくらしばしば吹きたまる中学校に隣れる門《かど》は
夜を音し桜落葉が走りゆく奈落にとどく道ならねども
蘭の根のしろきが浮かぶ夜の部屋ひとりの呼気のきこゆるばかり
隅隅まで家は軋むを夜半踏めば刹那も闇もかなしきものを
肩の疼きはげしき朝を涙してかなしみごとのあるごとく覚む

銀のたてがみ

洋中《わだなか》に一つ立ち岩ふゆの日に磨《と》がれゆくとき波はやさしむ

林檎片《へん》皿より刺して運ぶ口ときには唄う演歌軍歌を

想念を汲みあげて編む歌誌という古井戸たぐる冷たさにいて

初老性鬱のひそかな饒舌を乗せて孤りの車《くるま》駆りゆく

手の皺み傷つき易き日頃とぞ薄刃のごとき紙惧《おそ》れいつ

咳止めの麻薬処方し夜を眠り何せん残れる生《いき》乏しきに

わが咳に拒まれている夜の眠りねむりは日ごと安からねども

わが都会なお地の底に鶏鳴《けいめい》を潜めおりしと暁《あけ》近く聞く

シクラメンその細頸の白をもて街に売らるる雪消えながら

銀婚の銀の鬣かがやかせ征《ゆ》くか堕つるか堕ちて息《やす》むか

後記

一語を舌にまろばせ、一句を紙に書きつける、という手順は、少なくとも今のところ大方の歌人にとって昔から変わらぬ制作のありかたであろう。だが書物出版の盛行にともなって、歌人と歌集の関係がかなり変容しているようだ。明治期から戦前あたりまでの短歌史を一瞥すると、作家の活動期と歌集刊行にはかなりのずれがある。けれど現今は小刻みに二、三年ごとの区切りとしてでも纏め編むことが、多くの人にとっても可能になっており、かぎりなく一致に近づいているとみてよい。

が、それだけに、集を公にすることとは何かがよりいっそう問われなければならないような気がする。いくつかの歌集上梓を経たものにとっては、ますます重くなる課題だ。

本集は私の六番目の歌集となる。前著『鼓笛』と同じく勤めを離れるまでの作品をもって編んだ。

ことし、主宰する「氷原」は十五周年一五〇号を経た。会の人々との切磋と親和をたいせつにこれからも歩きつづけたい。

初期歌篇『ナルキソス断章』と同時に本集を板行するに当たり、終始お骨折りいただいた短歌新聞社社長石黒清介氏、担当の今泉洋子さん、装幀に力をお尽くしくださった伊藤鑛治氏に厚く御礼申しあげる。

昭和六十一年六月

石本隆一

水馬

水馬

平成三年九月二十五日　短歌研究社刊　氷原叢書
装丁　猪瀬悦見　A5判・函入
一七六頁　三首一行組　三九六首
巻末に「あとがき」
定価　三〇〇〇円

彩

僧ひとりリフトに吊られ霧降りの夕べ黄菅《きすげ》の原をゆきけり
霧のぼる迅さにくだる群落の黄菅のゆくえまた霧のなか
腕《かいな》には紅葉斑《まだらび》日まつわると思い深めて山を降り来つ
ビュッフェの蝶そのくろがねの針の翅みだれ折れつつ壁に展ごる
擲げあげて羊雲凝《こご》る夕茜ひとに昂るこころ染めゆく

大江戸・小江戸

一掃きの時雨に湿る蔦落葉小伝馬町《こでんまちょう》の牢跡に踏む
石町《こくちょう》の鐘は遅らせ鳴らししと刑場の碑に読みて傘閉ず
江戸の冬不等時制の七つ刻あかねに榛《はん》の落葉照るころ
裸木となりたる欅《けやき》吉兆の保与《ほよ》のあたりに囀り集む
歳晩の小江戸川越《かわごえ》日の熟れて傾く見れば鐘ひびきけり

蔵造り黒く重たき底いにて赤き鼻緒の下駄ひさぐなり
蔵壁を支うる柱梁《うつばり》の湿しければ夜の気配濃し

歳首

あらたまの年の初めの墓の石惚《ほ》けて朗らの母が水掛く
霜柱ふかく崩して詣ずるは惚けてその母恋う母のため
惚けたる母はも父を責めやまず夜をあるとぞこの向う山
喜びごとまこと尠《すくな》し歳飾り赤とみどりの瑞《みず》揭ぐれど
琅玕の丹後の冬の濤《なみ》のいろわれの頭蓋のなかに老いゆく

老樹

いずかたへ続く宿《しゆく》なる老木のさくらのもとにほてる脚止《と》む
石さえも抱《いだ》きてそそり立ちし木の蒲《かば》ざくら老いつ花おくれつつ
夜来なる雨を含みて重たけれ地の花びらは陽にたどきなし

老木のひとつ死処《しにど》と里びとは守りて梢の花咲かせつぐ
胸ふかく香に逢いうるは幾たびぞ花より花の季《とき》を数えて
こころ責め日日あるものをかなしめる妻とし離《さか》り花ふぶき浴ぶ
蓬餅《よもぎもち》よもぎの嫩《わか》さいとしくて搗きたるかなや古里の人
花殻をはこぶ籠《こ》の嵩《かさ》風いでてことしの春のいまか終れり

流し雛

捨て雛とさだめかぼそき目を描《えが》く筆の穂の先ふとも思いつ
老いてわが佇むほとり幼女率《い》て鳩に餌《え》を撒く麗日ありや

牡丹

牡丹《ぼうたん》の蕾の鉢を抱えゆく抱えゆくべきものなき腕《かいな》
夏いまだ稚《わか》く牡丹の大輪の裏の空気の冷えびえとして
牡丹の崩れ流るる風の道ひとすじ庭に置けば寧《やす》らぐ

噴き出でて花は光とあるものを光のなかに緋の牡丹消ゆ

夜をしのび廊を漂う香に触れて牡丹厭《いと》うとふと妻のいう

立川氏館跡

はつ夏の気流に抱かれ翔びたてる軽飛行機しばし草の彩《いろ》曳く

菖蒲田の水の上澄《うわず》みちいさなる鞘翅《しょうし》のたぐい棲ませ温もる

水馬《みずすまし》ひとつ来て搏つ水の膜ふかく撓みておれど破れず

樹《た》てる木を巻き締めのぼる高みにて藤の花房みずに息づく

国分寺礎石《そせき》の距離に青繁り　古《いにしえ》の僧も足速からん

豪族のありて亡びし道筋の庭畑は絹さやえんどうの咲く

立川氏館《やかた》跡なるけやきの木夕映に腕もがれてぞ聳《た》つ

盛衰に関る人ら臨みしか館《たて》のほとりに多摩川白し

獣の耳

石の間を走る魚《うお》の子目にとめて呼びたる童女年長《た》けにけり
群るるもののやさしき色をフラミンゴ赤裸まぢかに見せつつ移動す
花菖蒲つぶつぶの雨受け初めて獣の耳のむらさき戦《そよ》ぐ
梅雨しとど日日に穿《うが》てる疼きとも肩より腕《かいな》そして手のさき
血圧計に右締められている腕の縋らるることあらざる日ごろ
もろ羽を捥がれ吊らるる鳥の肩いたむ肩もて町に見つるも
胸を張れ背筋伸べよと友なれば整体医療師なればつね言う
体操をして養いて身みずから衰退の骨ゆるしおりしよ

北のみずうみ

太古より穏《おだ》しき雨のみあつめしにあらね支笏湖いま細雨《ささら》
湖底《うみぞこ》の深き力の真蒼なる渡れる船のゆくとしもなし
ひた向けば風のきびしき北の湖《うみ》異形の山をめぐらしにつつ

山容のそれぞれに神の声ありと遠つ世の北の人とききつも
対岸に滴《しず》ける赤は木の花か鏃《やじり》受けたる熊の血と見ゆ
湖《みずうみ》に流れ入る湯の細みちの玉石《たまいし》ひとつ温《ぬく》ければ持つ
崖《きりぎし》のもとに湧く湯の湯面《ゆおもて》に頸を沈めつ湖呑むばかり

層雲峡

たち罩《こ》むる雨雲ひたに零るるか頭《ず》のなき滝のあらわれにけり
ソウウンペツを変えし大正とおくして大町桂月《けいげつ》碑は藪のなか

手斧の痕

白樺の丘の片辺のアイヌ墓地はつか日の射し雨催いなる
木の膚の手斧の痕をかなしめばアイヌの墓のしるべ翳《ひかげ》る
文字もたぬ安らぎとしも尖り木の墓標は男それのみに立つ
幹姿《なり》に皮剝がれたる木の標《しるべ》並み立つなかに寄り添うもあり

蕗の葉をめぐりに浮かせ夭折のアイヌか小さき墓朽ち易く

木のしるべ古びて窪むやわらかき土に黄の花咲くアイヌ墓地

一本のわれもほどよき木の標《しるべ》立てられ草の間に眠りたし

黒咲くはおそろしけれど黒百合の雨じめりせる球根《たま》を買いきぬ

札　幌

そのかみの原野のかたみ巨いなる橅の一木《いちぼく》黝葉を鳴らす

明治帝休所に残る洗面器若葉映して広らなる陶《すえ》

北極星高きにありて鋭けれ旗に染めつも開拓使らは

泰西の女《おみな》の手にて移されしリラとう大路に咲きてあまねく

ゆけどもゆけども尽きぬ北大構内に一握ほどの学園祭あり

高野・熊野

千年の人さまざまの霊の声みなぎり迫る蟬の声なる

山の湿り杉を育ててくらければ慎しみ行けり霊のあわいを
墓なべて苔の厚らに息づくか折折蜆蝶を弾ませ
星一番二番と生《あ》るるむらさきに高野の山の空くらみゆく
万の燭灯《とも》しいよいよ暗くなる森のふくらみ背にし降りきつ
山に噴く汗は古道に落とすべく石の厚らに苔むしている
紀の国の木の犇めきを抜け来たる海の匂いの人懐かしさ
銀蒼き片口鰯かがやくを熊野の海のときめきとしつ

那　智

落下せる水の速さを受けとめて響《とよ》みやまざる熊野一山
打ち据えて昂るまでを仰げとぞ滝水は落つ限りあらなく
地のいのち互みにもちて集いつつ天よりくだる滝ただ仰ぐ
清澄《せいちょう》の水のあふるる国みよと太滝は示すなおし生きたし

那智滝の丈の高みにゆれながら白添わせおり山百合らしも

白磁にて掬う滝水夏ながら硬く冷たし杜《もり》の深処に

滝水のしぶき崖より一筋の風が運びて眼鏡くもらす

絡みたる葛ともどもに苔むして橅の木くらく山の霧降る

夕つ闇押し包まんと逸《はや》れるを撥ねのけて滝のかがやきやまず

轟きを納めあえざる夜の闇か漆黒の隙《ひま》に滝位置すなり

星ひとつ滝の頂《いただき》照らすとて行かましけれど汽車発たせけり

捩花

おのずから開く力に揺れており月下美人のひとときの白

野のしめり仄か集めて花潤む紅《べに》の細かき捩花なども

紅《くれない》の捩花ねじてゆく見れば細き花茎まずねじれゆく

苧環《おだまき》のたねより生うる一面の繊き葉柄いとしみて見つ

やわらかき闇のふかさと吐息して苧環の花かすかに咲《ひら》く

海の雪

小書店はなやぐ雑誌並ぶれど灯の消え早き問屋街なる

問屋街小伝馬町《こでんまちょう》に勤め替え夜を学びし少女ありしに

鮎一尾塩に固めて食わんとす崩れ築地の土乾く間に

天象儀《プラネタリユウム》消えて古代の星の空軋みめぐれるなかに吸われつ

海の雪《マリン・スノー》音なくよぎる夜の帷《とばり》わが骨の灰遅れ降りおる

広　場

複葉機ひらめく空を思うまで秋づきにけり草乾きけり

民衆のおろかに集う広場とぞ空より見おろされて旗振る

あどけなき手ぶりといえどさみしきを見せつつ北のくにの祭りぞ

櫨《はぜ》うるし傾《なだ》りにはやももみずると隧道《ずいどう》ごとの秋深めゆく

梁《うつばり》をくらめ生蕎麦をひさぎたれ飯倉あたり客の背高し

勝沼ワイナリー

一望の盆地あまねく日を湛え縁《へり》なす堤あふれんばかり
名知らざる足元の草ぶどうめく青実つけおり甲斐の勝沼
虫柱《ばしら》立つまで匂う葡萄の実ひた潰しゆく機械のほとり
酒となる皮の厚らの酸ゆき実はけものの唇《くち》に含むともよし
発酵し澄みゆく過程ほどほどに見つつ酔いゆく過程重なる

此岸

わが残す時間の隙間かたければ押しこみがたし積まれたる本
号砲の煙に出ずる音のいま川波あたり此岸に見れば
うろこ雲ひらたく殖えてくる夕べ形見分けなく母の死ありつ
晩年の慕情凝《こご》りてあるごとく遠崖《きりぎし》の朱《あけ》はぜうるし

没り日透く紅葉ひえびえ見しからに高幡不動まえの蕎麦待つ

らんぶる

冬の汗ひからせながらタンゴ弾く楽士いずれも老いたる赤毛

沈鬱に聴くポーズさえ蘇る貧しき戦後の名曲喫茶

地下なればかの楽章の澱みつつ茶房らんぶるの椅子を軋ます

水神《すいじん》の祠にともる灯ありけり亀戸あたり冬の退《ひ》け刻

二子山勝治まさしく白髪の事業の鬼と人捌《さば》く見ゆ

仲見世

浅草の活動弁士碑のなかに名を鎖《さ》され寒き歳晩の凪

仲見世のはずれ煎餅焼く見えて白き一列まず反りそめぬ

欄干《おばしま》の人かげなきに磨かれて寺うらおもて年用意しつ

注連《しめ》を売る本堂裏の夕まぐれ焚火一条《すじ》啜られゆきぬ

夢寐《むび》に出で迦陵頻伽《かりようびんが》の裳《も》の靡き寄せくるは君か君に非ずか

仏手柑

はつ春の日ざしに玻璃戸かすかにも鳴りつつことし母のあらなく
厚氷庭に撒きつつ叱られて初風呂ふかき童なりしを
霜ややに松のさみどり移りゆく朝明《あさけ》ぞしばしいのち行かしめ
仏手柑いかなる邦《くに》の果実かと姿《なり》訝しく香に飾るなり
心音の律さながらに降るとしも冬の終わりの雨を聴きいる

奥久慈

わがゆくて見えつつ夕べ白き息吐く牡牛おり滝までの道
滝水を響きさながら固めつつ神はも声をもたざると知れ
凍結の滝のうちらに岩ねむる朱《あけ》とどめたるもみじ擁きて
枯葎《かれむぐら》雪に塗《まみ》れてある辺り鳥啼き母の骨《こつ》は紅《べに》いろ

星いでて氷れる滝の頂《いただき》をいよよ天へと指し示すなり

梅　里

山襞の雪ほうほうと青空に還るころおい苑に梅満つ

筑波わが裏見にしつつふるさとの血を恋いゆかな梅酸《す》ゆきほど

おもむろに子房ふとらせゆく季に入りつつ梅の枝の水音

好文亭焼けおちたれば錆しるき釘匿《くぎかくし》など展示しおれり

世に逸《はや》り滅びし志士の幽閉所まもれる老あり小銭を払う

山茱萸《さんしゆゆ》の黄のつぶつぶの花咲けり志士のいのちの空しきあたり

抗争ののち梅ばかり残りたる藩の裏道ひそけくて梅

花疲れ梅の香疲れせしほどにあらね眠れば夢疲れしつ

翁　草

えにしだはスペイン語なれ父の里山形に歌誌の名とし栄えつ
金雀枝記念号

翁草あえかなる苗はるばると求めきつ三とせ花芽もたねど
斎藤茂吉追慕歌集

洗足

花満つる須臾を惜しみて雨のなか池のほとりに声もたずけり
花ごしに勝海舟の墓どころ見えつつ人は雨に紛るる
海舟の墓の近べに招かれて南洲の鎮魂の碑あり羞しく
降るとしもなき雨ながら目交いを落つる花びら露の重みに
雨そそぐ池の畔《ほとり》の花のなか柳あかるし芽吹き流して

竹壺

海底《うなぞこ》の隆起の速度とも見えて雲巻きあがる春の山膚
塗りこめて秦の竹簡伝えしと孔子生地の壁厚《あつ》らなり
竹繊《ほそ》くほそく剝《そ》ぎつぎ糸なして編む壺あわれ竹の一彩《ひといろ》
龍王の逆鱗おそれざる一人《いちにん》ありぬ『史記』読む読みて眠らん

俊敏の徒に後《おく》れゆく夕べとも茜のなかの信号の青

はやて

海彼《かいひ》なる国なれどけさ独裁の亡びるきけば紅梅美《くわ》し
イメルダの靴三千の晒されてある夕べ素足に花殻を掃く
くれないの兵の階級章を売る汗めくるめく遠き日を売る
やぶれがさ庭隅くらく生いいでて破れ番傘蔵《くら》の隅なる
今日ひと日萼《うてな》を脱ぎて初夏となる地球の回《めぐ》り速き疾風《はやて》ぞ

髯

青年の髯のまばらのさむざむと初夏そこだけの風擦り通る
銅像の宮家の髯はそそりたつ白き夾竹桃に背伸びす
われに肖《に》せ文字を書きこし処女はや季《とき》すぎて知る馬酔木《あせび》の小花
桑畑の嫩葉《わかば》かがやき広がれる麓ゲバルトなど語るまじ

砂丘より見えくる赤き半月旗迎え討つべく異教徒たらん

おのずから

武蔵野の太古のしめり滲むかと椎の大樹の下かげを踏む

冬の水凍れるまえの迅さかな底の紅葉の彩を研ぎつつ

武蔵野の疎林かがやく昼ながら鳥影わたりゆく眉の辺に

串刺の鮎ら囲炉裏に焼かれおりその立ち姿おのずからなる

徒《いたずら》にいのち疲れておるものか酒なくて身の緩ぶ夕ぐれ

無職

帆を巻けば安らぐかなや尾を巻けばさらにやすらぐ壮の小春日

釣堀に竿をさし入れ無言なる群れの重さに離《さか》りきしなり

モノレール頭《ず》の上ちかく行かしめて無職の軽さ風にまぎるる

函一つ生ける鮑を押し詰めて空港までを送りくれたり

タラップは短くままよ来し方をわが振りかえる時なき登り
埋立地尖端にして働ける人のため冬の物売り車来つ
岸壁に船の力を繋ぎとめ太索《ふとづな》堅し撓むことなし
日本橋木屋《きや》の刃物のずっしりと重たき「明日」を喚びさますべく

松　島

滅びいよよ早まる景と巡りつつ松島にやや病む軀遊ばす
牡蠣筏ゆれつつ牡蠣の身を育て冬潮裕《ゆた》にめぐり初めしか
人住まぬ島のゆかしく松葉積み舳先《へさき》のかなた白しぶく見ゆ
餌を拾い損ねて鷗ふりむける速さのなかの貌の羞《やさ》しも
直《すぐ》立つを杉としよびて空深く落ちくる雨を杜に見上げつ
岩湿《じめ》り溢るる洞に修行せし僧のありつも四肢若くして
牡蠣の身の牡蠣豆腐とう蒼けれど舌に溶けゆくかたちはかなに

墨の夜の濃ゆき力に戻さるる松の島島ありと思えど

うつしみの

単線の直《すぐ》なる渡す野の涯《はたて》けぶり立つ見ゆ紙《かみ》漉《す》きの里
冬空に雲一片《ひとひら》を走らせて光《かげ》あまねかり邑《むら》に紙漉く
冬水の手漉きの息のしろじろと乙女働く和紙の里なる
手を赤め紙すく見ればうつしみのひとりの血潮かなしきかなや
秩父なる山の落葉を漉き入れて遊べばはかな寂《さび》れ和紙の里
しろたえの和紙のつめたさ重ねつつ秩父の里の日ざし含ます
白濁の水の重きを漉きあげて紙一枚となしゆく生業《なりわい》
乏しらの水ながれつつ紙漉きの裔の川とぞ茜射し入る
わかき声音《こわね》ひと日携え和紙の里めぐる遊《すさ》みの許されてあれ
勤めびとならざるおのれ冬茜見さけて帰る父おらぬ娘と

淑春

はつ春の帰る山河もたざれば物書き継げる眼を洗うのみ
若きらのとよみに遠き鎮守にて妻とことしの破魔矢受け来つ
平野より山に返せる初春のきらめき靄のなかの鶏鳴
雪雲のくろき重ねを流しつつはつかに見えつ日輪の位置
岬より岬に渡す白き水脈《みお》しばし神在《ま》すごとくとどまる

斑雪

ほたほたと春の雪ふり残年の一日《ひとひ》にあれば射す恵みの陽
沈丁の白の蕾に雪降れり沈丁の白みどりなりけり
雪片《ゆきひら》の嵩とりどりに落ちてくる春の気配のふと苦しかり
濡れて香をもてば花びら透き徹り水仙の白穹《そら》の日のいろ
酔い果てて現《うつつ》にとおき朝に降る雪のくらさのなかに日の射す

春の雪いろ奪いたる朝なれば仮病の電話いくつかを掛く

柚子の実の雪に撓みて夕まぐれ頭《ず》を打ちにつつ実の稚《いとけな》き

北の湖の氷下魚《こまい》のぬめり厚ければいくたびとなく荒塩に削《そ》ぐ

遊水地帯

土手草の根を覆《くつがえ》しゆく土竜《もぐら》春のおもてのまず動くなり

利根川の栗橋あたり昼はただ人語の透る雑貨店あり

川海老をのどに障《さや》らせ呑む酒の一刻人《いっこくびと》とあるはよろしき

廃村のもなか直立つ榛《はん》の木の梢にけぶる鳥の巣のあり

浩然の気の位置高く営める巣とし思いて平野に仰ぐ

刈萱《かるかや》の丈撓《しな》いつつゆさゆさと背《せな》に重かり萱原をゆく

風落ちて萱鼠鳴く春の夜を振りむきゆける狐の跡か

牛島古藤歌

酒の粕幾樽《いくたる》食らい地に房を垂らせる藤か老いてことしも
花房を離《か》れし香りの筋見えて漂いにけり藤棚の下
これやこの古藤の虚《うろ》は豁《ひろ》けれど花噴く房の映《てり》をつたえつ
千年を地《つち》ひろびろと占めて咲く藤波支え蔓いく曲り
滾《たぎ》りつつ咲く藤房の滝なれば胸処塞《ふさ》がるまで浴びていよ

小諸なる

小諸なる石斑魚《うぐい》走れる千曲川水底《みなそこ》あさく石が音たつ
鮎を釣る鑑札という焼判のへり柔かし亡き人のもの
姫君を青葉くるみて落とすべく城の隠し門川《と》にし臨む
橋あれば眼《まなこ》ひらけて鳶一羽ひと尋《ひろ》ほどの黒を迫らす
蕎麦粉挽《ひ》く水車のほとり零れ実の三角に赭き嫩芽《わかめ》のゆらぎ

吊革

職離《か》れて計なき惑いの詠《えい》いできつ朝顔咲かす歌の前後に

風ひと日みなみより来て砂をおく卓の手ざわりいずちの地より

あたらしきインクの色に励まされ歌評など書く生業《なりわい》として

歌を詠む脳はいずれの側なるか回路つながらぬまま湯にしずむ

静脈の青きわだたせ吊革の腕《かいな》老いつといえど恃まる

紛るる

うつし身の夏の遊《すさ》びと老い初めて憑かるるごとく来し川開き

剝落のそのたまゆらを空に見ん齢のくだりに花火咲かせて

ひとびとに顔のなき夜を人人に紛れ入りつつ花火を仰ぐ

音花火夕日のなかに爆ぜしより子ら先立てて群衆動く

川端に人の蒸《いき》れの淀みたる厚みゆ夜空首のべて見つ

人ごみを人は好むと知りしとき若きが汗に花火かがやく

やや粘る大玉揚がれりさらさらと乾ける細かき花火ののちに

ひらきたる花のかけらを先だてて落ちゆく音の尾の切れ易し

ビルの壁炸裂音を幾重にも反しつつ暗く川沿いに立つ

虚ろなる栄えのさなか地のほてり空のほてりを破る音がも

導かれ歩む流れに紛れつつ寧《やす》く気疎し花火を見るは

満月の面《おもて》を花火掃きゆくと夜に入りて伸ぶわれの鬚《あごひげ》

打揚げの花火の火の粉反転しやがて消えつつも物書かな明日は

揚げられし火花も音も落ち尽くし盈《み》ちたる月を残し帰り来

背を見せてそれぞれ帰る道やある宴の果ての歩幅たがえて

老いぬれば若やぎあると思いつつ川辺の花火妻と見て来つ

氷枕

体温のひくく乏しく作動せぬ計《はかり》挾みてかぜの気疎《けうと》し
小児期の体温をいま微熱とし夏を病む粥の煮ゆるを待ちて
氷枕《ひようちん》の揺れの範囲に見えきたる月の刻刻なつかしくあり
何の熱かおぼろのうちに読みつつは旧字旧仮名本昆虫記
満ちたれば月までの道あるごとし鈴鳴らしわれもやがて亡き人

水のひかり

さるすべり白きを散らし白川のせせらぎ昼の祇園ぬけゆく
八坂なる丹《に》のあざやけき楼門に微恙の眼《まなこ》とどきかねつも
若きらは伴うものを互みにし苑に木の株あれば分けあう
ゆかりあるごとく由縁《ゆかり》のなきごとく訃のいくつかをこの夏も聞く
孵《かえ》りつつ水の光に紛れおる緋目高の仔のあたらしき朝
おなじ挙措《きよそ》無心になすは愛しかり巣を出でし豹の五つ仔なども

海彼《かいひ》なる惨をたのしみ食欲の募れというか昼のニュースは
実を成らしつづくる柚子の一本《ひともと》を仰ぐ静かな営みの木を

旗手ということば

鋼《はがね》研ぐそのひたすらを欲りしゆえ今日家中の刃物かがやく
まず撃たれ死ぬべき旗手ということば先立てて何ぞきらびやかなる
残年にわれの我執の許されてなすくさぐさを思いたのしぶ
鼓腹してゆたけき翁ともならず岩波文庫の新刊に寄る
初の雪地に着くまでに霙なる壮の緑葉しばし輝け
声に出だし嘆く単純などありや夜半のテレビに詠唱《アリア》流れつ
ゆたかなる女《おみな》の限り絞りたれマリア・カラスの声の極北
夜をこめて道路工事の響《とよ》もせり人ごえふいに一つまじりて

敗荷

神田明神ここの地下なる室《むろ》にして米麹《こめこうじ》闇に咲く褥《しとね》あり

境内をとじて人声きこえつつ寒牡丹終《しま》うと門に貼紙

底ごもり池の畔《ほとり》に伝わるは浚渫船《しゅんせつせん》の蓮根《はすね》切る音

敗荷《かれはす》の凍えふるわせ浚渫船はたらく響き誰《た》が春という

不忍の池のほとりの春悪寒《おかん》背筋より入る鳥の声とも

萌

ななかまど円《つぶ》ら朱実《あけみ》のあらわれて雪溶けそむる浅間朝東風《こち》

山襞の雪せばまれば壮年の朝の茜を胸ふかく吸う

春あさき浅間の裾を吹く風の運びくるなり若き水音

浅間嶺《ね》の不毛の麓はつかなる野の芽《つの》ぐみに風うごきけり

いちょう樹《じゅ》の鱗《うろこ》厚らに春の幹めめしき歎きなどは拒めよ

坂――六本木

天現寺広尾に逸れて入りゆくは団栗ここだ零《ふ》りし幼児期
湯屋までの道をしばしばおぶわれて白金《しろかね》の坂紺地《こんじ》の背中
硬しとて労《いたわ》られつつ炒豆を買いたるばかり麻布十番
路辺工事ことにさびしき六本木はてを謹しみ老舗《しにせ》菓子売る
喧噪の裏手坂道険《けわ》しくて鳶の家あり夜の梅咲かす
蘭犇《ひし》めく花舗の明りかがやけど玻璃かたくして香を縛《いまし》めつ
破魔矢ほど白く鋭き脚線を車より立て歩み去りたり
パリ時刻塔にともれる交差点翅をたたみて待つ少女たち
押し割れば扉のうちの音眩し柘榴の皮の固きディスコは
夜の速度はや手のなかに皺みつつ若くあらねば疵《きず》もたずけり

鳥

みぞれ降る池のほとりの石の平《ひら》さややぐ音をききつつ籠る

はららかに霙こぼるる裏道の果ての宿りか肩擁きてゆく

暁の戸にし触れいる春の鳥こころ抑えて睡りゆくとき

おごれるは驕らしむべく若からぬおのれ砦の石かたく積む

夕桜夕べのひまに散り尽くし駐れる車の表情匿《かく》す

花気圧

ひともとの花の纏《まとい》を杉山の裾ちかく置け遠見の春ぞ

やわらかき青の日ざしを敷きのべて空ある時し花たじろがず

うてなごと落ちて桜は紅枝垂《べにしだれ》そらより咎めなくば拾いぬ

地に何の精か魂魄ありとしも枝枝あふれ咲くは妖しも

花あればその一木《いちぼく》を姦《かん》するがごとく繞《めぐ》りて夜の宴《うたげ》張る

古利根

川筋の光いくつか絡みあう春野ひそけし原利根《ウル》・隅田
洲の端《はな》にくろき一本《ひともと》さざんかの伐り残されて花零しおり
朽ち舟の艫過《よ》ぎりゆく水のあり道草坊主の遊びのごとく
風の揺れかすか重けれ古利根《ふる》の柳の枝の芽ぶける気配
古利根に抱かれ落ち合う古隅田あえかに青き陶《すえ》の色して

つゆの芹

約《つま》しくもあり経る日日を東京の涯《はたて》に泊つる船に触れゆく
渾身の訣れをひとはするものかかなしみは常あとより育つ
花畑すぎゆくベンツ翅濡るる虻の唸りを曳きて消えつつも
まろやかに聴きつつあればおみな子の訛それぞれ耳怡《たの》します
微かなる毒を含みて梅雨の芹はびこりやまずさみどり強《こわ》く

桂林

奇峰まだ夏を輝く桂林に機は着く抛り出さるるに似て

伸びあがり大地なる意思なにを見る山山の頭《ず》の奥のその奥

買物をして遊べとか旅行者の我らに渡る豆紙幣束

黒き実の羅漢果籠《かご》に道に売る薬種のごとく燃料のごとく

木槌にて胡桃を割れば殻薄く掌にたちまち実の溢れたり

妙高高原

白樺の大樹の傾ぎ雪重きさまを写せば寄りがたくおり

檀《まゆみ》の実うす桃色の実莢より覗く紅《べに》の実媚《こ》びあえかなり

山の木木結ぶ丸《まろ》き実雪空に葉落《お》とし尽くし見せたる朱実

雪の底かならず火事のありという湯の町に待機して消防車

消防車峠にとめて野尻湖のはるかなる光《かげ》けさは眺めつ

栗の荷

部分蝕かがやきながら黒き紗のながるるありて鳥をさわがす
乾燥のなかより目覚めシクラメン斑《ふ》の葉捲きつつ秋の日に伸ぶ
栗の荷の詰まれる重さ程よけれ冬のはじめの雨に運ばれ
海老の尾の青きを毒と料《りよう》りつつわが身の毒のありど知らざる
石蕗《つわぶき》の明るみ初めし池の縁《へり》腹を擦りつつ黒き猫ゆく

翳る

ほのぼのと野菜畑に地靄たつ冬の丘辺を一つ越ゆれば
すれちがう夜の道の鹿雑念《ぞうねん》はゆえなきものに向い兆すも
鬩《せめ》ぎあうものはおおむね陽性にて黒ずくめなる若ものら過ぐ
大いなる烏の羽に蔽われて翳るといえど我もいきもの
植物用蛍光灯の眩しけれ眠らで育つ不穏あらんか

袖匂う

頭《ず》をめぐる血潮かすかに多しとも今朝よりこころに留めて元日

肩に樹を生わせたまえる磨崖仏あしたの光さし透きにけり

木木あらぬ裸の社《やしろ》からかねの鳥居かかげて風茜せり

もどかしく羽根追いやれば少女にて袖匂いつつはや返し来つ

若きおみな声惜しみなく零せると浅草曲独楽買いに連れだつ

路地に打つちいさき鉄のかたまりの海羸《ばい》の重みの甦《かえ》る冬の日

新月の若き闇こそ芳しと音なき一日《ひとひ》夜に入りゆく

夜半にふと思えるものかわが独楽の軸とつながる地軸の唸り

春の地震

水注《さ》せば春の表土に近づきていたる馬陸《やすで》か跳ね出でにけり

少年ら磧《かわら》に野球着を脱げり若き膚《はだえ》はこぞりて赤し

放れ犬草土手のうえ矢のごとし掻きゆく四肢の縺るるやなき

密度ある白墨《チョーク》の重さ指にして腕《かいな》を伸《の》して流れ文字書く

愚将乃木に似るを懼れて白髯《はくぜん》はミリのあいだに逆剃《さか》りに剃る

いちはやく鉢に細かき春の草爪にし抜きて無為を安らぐ

突きあげて地震《ない》ある暁《あけ》のときめきを甘美ほのかに混じるとおもう

目に見えぬ半島ひとつ越えきたる花粉のあらしひかりつつ吹く

海浜墓苑

風邪の熱はつかに春のつめたけれひとりの空の青ふかくする

合掌のあとなる窪みあたらしく雨あがりゆく海浜の墓地

埋立てて渚はるけき道沿いの門の桃の木網元の家

波のちから音と作《な》しゆく波止めの上をはずみて春の少女ら

ゆすらうめ点る下枝《しずえ》にかかりつつ白きは鳥の胸毛の戦ぎ

鱗なす太幹はあり枝枝にことしの潤み兆す公孫樹か

塔あらば当り砕くる飛行体その徐ろを待ちて眩しむ

揉まれつつ気流の隙《ひま》を咲きいでて花あり挿頭《かざ》し討たんものもが

季の一線

花あればほてる頬《ほ》の色ありしかと老いがたき身をもてあますなり

咲き爆ぜて枝垂桜の緋の糸の揺れ忘れたる丘の辺の家

脚欠けの仔犬寄りくる花のもと老いたるさくらわが仰ぐなり

裏山の土葬の墓地の太幹のかのさくらばな日に映えまさる

あふれ咲くさくら一樹の炎のすがた遠見に風の行手示すか

花虻の礫あたりて八重桜その一房のしばらくの揺れ

月の冴え月の朧と二夜《ふたよ》経て青葉のまえに花収まりぬ

花蕊の片寄り厚く濡れている道に　踝《くるぶし》けさは埋《う》めつつ

原稿のつづきポストにしゆくあさ花殻のうえはや蕚《うてな》積む
パトカーを慌しくも通しつつ桜並木のみず照る若葉
青年の樹という鉢を贈らるる部屋の丈《たけ》はて、いつまで適《そぐ》う
年年の花の揺らぎを現《うつつ》にて夾竹桃も古木となりぬ
火をつけて喫えばすなわち待つかたち部屋の隅なる歌まつかたち
花植えて花ひらかせて擲ちおうてやがてうつつにかえりて一生《ひとよ》

六郷橋

直線の橋の弛《たゆ》さに陽炎《かぎろい》のゆくてゆらぎて夏はてしなき
俊敏に四肢張りて立つ犬の見ゆ船繋《つな》ぎ人の営みあれば
土手草を刈りつつ脱ぎしシャツの汗陽にふくらめる石くれに乾す
片よりて戦後の瓦礫残れりと暑き磧の芦を分けゆく
立方体にわかに空を塞ぎつつ何か沈みてゆけり川崎

野水仙

伊豆の沖七島おぼろに並べつつ地中にマグマ犇と迫れる
双つ掌《て》に囲うほどなる下田港船の旋《めぐ》れば漣に充つ
黒船に声とどくとも届かざる砲備えつとこの丘にして
球根の詰まる砂丘《すなおか》海沿いに盛りあげ咲《ひら》く野水仙とう
潮風に香りもろとも煽られて砂丘ひとつ水仙が占む
刀身を突きて海彼を望む像松陰なりき頭《ず》の大きかり
爪木崎その端《はな》にもつ灯台にからみて白きつむじ風あり
橋梁の撓みさながら風のなか増幅しゆくこころありつも

一　軀

老残の一軀《いっく》と管《くだ》に生かされて眼《まなこ》あかねば父と呼ばれず
おもむろに低きドラムを打つごとき心音ひびかす機器父のそば

心筋を救う措置にて損じたる脚腐りたれ意識なし父

健やけく若きおみなの看護婦の病者ら叱る活力の美《は》し

総身の力あつめてスタートの離陸機見ゆる父の病院

鉄の沢蟹

新藁《にいわら》の青を縒りたる年用意すがしきかなや親亡きいまを

人退《ひ》きてゆく年の市空罐に焚く火の赤さ闇ふかくする

田遊びの社《やしろ》の神事ひそむとや赤塚あたり櫟葉の降る

童らは莚敷きつつ滑りたれ傾《なだ》りのおもて土の艶あり

棕櫚竹のための一室あけがたき雨戸を叩く妻の音する

箱庭のはつか白砂《はくさ》を押しながし雨のすさびに季《とき》動きゆく

しとど降る寒のあらしの雨のなか四肢張りて輝《て》る鉄の沢蟹

庭くまに実生の八つ手いとけなし今生《こんじよう》せまくわが在り経《ふ》れば

浅　春

漏刻のしずく一すじ光る間《ま》のいのち疎みて経たる親と子

あさましと亡き人思《も》いていらいらと過ぐ冬支度解くべくもなく

逸り吹く風に怡《よろこ》ぶ春浅き花みめぐれば寧《やす》からなくに

沈丁の香り曳きくる気流あり父の遐齢《かれい》を越えて生きなん

インク壺に黒を満たして書くという小世界ついに出ずることなし

あとがき

たまたま集題を案じていた夏のとりわけ暑いころ、ある新聞から随筆を依頼されたので、以下のような一文を草した。

どんより曇って蒸し暑い午後などにも、池や沼の水のうえを軽快に渡ってゆくミズスマシはいかにも涼しげである。

関東ではアメンボとも呼ばれている昆虫。捕えると水飴の匂いがするところからその名があるというが、すばやくてなかなかつかまるものではない。

ミズスマシの名をもつ虫に、源五郎や風船虫のたぐいの鞘翅《さやばね》の水生甲虫があるが、俳句のほうでは水面における動作からマイマイと呼んで区別したり、「水澄」と表記して混同を防いでいるようだ。そして「水馬と書くほうは、あめんぼうのことである」と歳時記にはある。

・魚 鼈 居 る 水 を 蹈 ま へ て 水 馬　　虚　子

初五は〔ぎょべつ〕と読み、魚とスッポン、転じて広く水中の生き物一般のことである。

他の水に棲む動物を足下にして毅然昂然と首を立てているさまは、ミクロながら駿《しゅん》馬《め》を彷彿させる。あめんぼうだったり水澄と書いたりしたのでは、この句は成り立つまい。あくまでも馬のイメージが必要なのである。

北原白秋の詩集『思ひ出』のなかに「思」と題する一篇があるが、そこにも「水馬」が出てくる。

夏はまた唖《おふし》の水馬《すいま》、
水面《みづのも》にただ弾《はぢ》くのみ。

ふりがなは原著のもの。「水面」以下を読めば水の表面張力のうえを跳ねてゆくミズスマシ＝アメンボのことと思うほかはない。

ところが、ある注釈書に《「水馬」はこの場合は水を浴びる馬の意。欲情に溢れた肉体の比喩》と説いた大学教授がおり、十数年まえになるが刊行当時問題になったことがあった。

しかし研究者のものでなければ、こういう奔放な解釈、大胆な想像力も捨てがたい気がする。ちなみに「弾く」には《官能にはちきれそうな、若々しい肌が暗示されている》という。「水馬」という文字面が実体を越えてどこまでも拡大させていった結果のことと思われる。

また、漢字には、そういう強い喚起力がもともと付随していよう。ミズスマシに「水馬」の字を宛てた古人の観察眼とイマジネーションに敬意を捧げたい。

この秋、刊行する運びとなっている私の第七歌集は『水馬《すいば》』と題した。集のなかに、

・水馬《みずすまし》ひとつ来て搏つ水の膜ふかく撓みておれど破れず

と、ミズスマシによって知らされる水の弾力を詠った一首があることに拠るが、さらに広く、水からあがって艶々と輝く獣の膚の躍動性をその二字に想い憧憬したいがためである。

「水馬」を〔すいば〕と呼ぶものに江戸時代、水中の競馬レースがあり、隅田川の年中行事として賑わったという。

さて本集は昭和六十一年に上梓した『天狼篇』につぐ私の七番目の歌集となる。配列は必ずしも制作または発表順によらず若干の再構成をこころみていること、これまでの集と同じであるが、主として昭和五十九年の秋、勤めを辞したあたりの作を中心に六十三年の冬、父が亡くなるころの詠をもって編んだ。

おわりに本集の刊行に多大な尽力をくださった短歌研究社押田晶子さん、および同社の方々、またすばらしい装丁にお骨折りいただいた猪瀬悦見氏に深く感謝申しあげる。

平成三年八月

石本隆一

つばさの香水瓶

つばさの香水瓶
平成五年五月二十二日　短歌研究社刊　氷原叢書
装丁 猪瀬悦見　Ａ５判・函入
一六八頁　三首一行組　三八二首
巻末に「あとがき」
定価 三〇〇〇円

意　匠

つゆの間の芝に置かるる白亜館ルネ・ラリックの小瓶を籠めて

小部屋ごと闇と夏日の量たがう邸《やしき》に香水瓶を見めぐる

つばくらめ光のつばさ凝《こご》りたれルネ・ラリックの小瓶のつまみ

爪だてる裸身のおみなぞ小玻璃の蓋にまなこをこらせば知らる

乳いろの裳《も》をひく玻璃の立像のやわき手ざわり欲るべくなりて

あえかなる意匠にことば呑みながら若きは若きものと連れだつ

アール・デコむらさきあわき玻璃の彩まといたまいて宮夫人なり

レリーフの肩よりの割れ直線に女神の像に光走れる

ガレの壺

洋裁店「カナリヤ」もとは小鳥屋と古き家並に目を触れてゆく

海上の道より来つと椰子の実がまた並ぶなり角の果実店

みどり木の深きに大使館ひそむ乱脈母国なきごとくして
百日紅《さるすべり》つやある幹に竹箒たてかけてあり大使館邸
浜木綿《はまゆう》の花糸ことし垂れずけり海の日射しに吾《あ》も会わずけり
わが亡きあとはるか手渡る棚の辺を知らざれガレの壺に灯《とも》す
塞がれてゆきける一生《ひとよ》かぎりなし『駱駝祥子《ロートシャンツ》』を読みおえしなり

夜の卓

遊民に一生《ひとよ》似たるかくぎりなく朱筆運びていそしむものを
仕事量まつぶさに見えゲラ刷の紙になじめる夜の数時間
歌詠みの好める文字や「杳《はるか》」また「煌《かがやき》」いまだ黒くゲタはく
『広辞苑』落とすひびきは階下なる妻の驚く声のぼらしむ
ほとほと、倦《う》むと人いう校正の朱の文字引けばわが肩ほぐる

指紋なき

部分蝕知らず過ぎつつ夕つ方怪《け》しき暑さに身はくるまれつ

早送り画面の雲の揉まれゆく眩《くるめ》きにあり校正の日日

歌詠むは懈怠のさまに玻璃ごもり狂つのらすと家人《かじん》知れれど

指紋なき虞れ兆しつさらさらに更《さら》の良き紙めくりあえずに

神経球白き疲れの晩夏かな咽喉《のみど》のあたりまず破れそめ

自己消化はじむる海鼠《なまこ》飼うに似て夜半の胃の腑を叱りつついる

背をたてて畏むあわれ笑うべし印刷所より夢に呼ばれて

朝《あした》より古代コインの重みなどあこがるるべきいとまのあれよ

宿り木

高槻の保与《ほよ》の明る実あらわれて小公園にもろ鳥来鳴く

椅《いいぎり》は朱実あかねに輝かせ古き家並の坂まもるなり

枯れ枝の一枝《ひとえ》一枝に朱《あけ》の房さげて招くよ南天桐は

生垣にひとつ黄に咲く返り花おろかな性《さが》を見るさびしさに
み社《やしろ》の深き木立に緋の彩と稚き気取り溢れける日ぞ
七五三

冬の動物園

丹頂の一軀《いっく》を支え一本の鋼の脚は冬ふかく差す
木枯しの藪のそよぎやくるまれる狸の背見ゆ眠る律動《リズム》に
眉に皺よせて遠見の腰おろす黒きゴリラは初冬の賢者
分別《ふんべつ》の無言つらぬくゴリラいてかりそめに吾《あ》は人間《ホモ・サピエンス》
尻あげて倦《う》みたるゴリラ身を移すこの空間に本のあらなく

硝子の檻

咆哮を終えたる獅子はしばたたく細き目尻をまこと痒げに
白熊の白うちかえす忙《せわ》しさを囲みの底に見つつ疲れぬ
後ろ手に餌の順を待つペンギンの冠毛《とさか》吹かれて寒き夕ぐれ

小獣をひそませにつつ羊歯《しだ》の息《いき》檻の硝子のおもてくもらす
とうたらり鼓《つづみ》打つ音《ね》になぞらえて聴きけり夜の鳥の声かも

翁草など

雪積めばいよよ鋼の色をなし牡丹の芽ぐみ熱帯びてきつ
あわ雪ののち現るる福寿草この一株はつねに一株
単色のむらさき滲む菫ぐさ暖かき冬の雨の惑いに
身みずから枯株に寄り生きつらん菫一茎雨に咲きけり
しら髭の翁草なお消えやらずことしの風に戦《そよ》ぎおりしよ

花の口髭

香《か》をもたばかく安らぎてひとやある滾る桜につつまれながら
花の坂めぐるいずこにありしかな潮《うしお》浴びたる顔溶け地蔵
暗がりにことしの土をもたげたるヒトリシズカの白き口髭

裏白に風に吹かるる蓬草《よもぎぐさ》こころほどけて祖母の声きく
ワイエスが描くおみなの固き唇《くち》芽ぶきのなかになお引き締まる

蕊釣り

さくら木の萼《うてな》零るる季よけれゆめゆめ吾の変若《おちかえ》らざれ
花蕊《はなしべ》を花の萼に釣る遊び花殻あびていとけなかりき
風わずかたてば傾く花殻の道のふかきを踏むめくるめき
花蕊の朱《あけ》に降り積む道ながら背を立てて滑るなよ滑るなよ
さらさらと土に紛れてゆく蕊のむれの昧爽《よあけ》のすがしかるべし

古　塔

日のもとに彩《いろ》吐き終えて安らげる牡丹一木園《いちぼく》の端《は》にあり
木造りの古塔の裳階《もこし》ほのかなる湿りゆかしくしばし仰ぎつ
片側の重みに裂けてゆく白の極みの尖《さき》か菖浦田無風

ともに食み腑に収めたる牡蠣の身をさみしきものと思い出でつも
火に灼けて欠けし左千夫の墓の石凛たるさまを茜に仰ぐ

ほたる

蛍火のしきりに点る籠のうち小蜘蛛一つおりこの小範囲
霧吹きの霧舐むるのみ慈《いつく》しみ拒む浄さに蛍火ともる
てのひらに囲う蛍火かぼそけれしばしば闇に潰《つい》えんとする
ほたる火のふくらむ位置の十五六いのちの遅速いずれ持ちつつ
明滅のひたすらにして遁れける蛍ひとつを籠の辺に寄す
ほたる火をひとみ絞りて見つけ出しその息の緒に息あわせけり
忍び手の妻に摘まれて蛍火の朝《あした》くろきが籠にもどり来
ふた親のはかなきいまを銀行がくれける蛍のぞきて遊ぶ

小棚

残り花さきあふれける朝顔にさ庭染まりて暁《あけ》のつゆけさ

うつし身の短き生《いき》を税申告などなしつつに籠れり妻は

はりはりと透明の感むさぼれよ茗荷ひとやま薄く刻みて

手水場の小棚こもごも妻とわれ老眼鏡を置き忘れつつ

風呂場まで電話に追われて堪るかい生活防水機能ありとも

甲高き行司の声のきれぎれに届く夕べの風呂をたのしむ

抽斗《ひきだし》にかならずキャップはずるるとこのシェーバーを憎みて用う

膨らみの足らざる月が昇りゆくシェーバー顎にふるわせおれば

鐘楼

北京市の朝日は真横から射して鼻毛ふたすじ鏡にそよぐ

燕京に近き丘丘燕山となべて呼称し屈託のなし

三輪の自行車背《せな》に箱を積み窓あり窓に幼の瞳《ひとみ》
午門《ごもん》まえ城壁高く仰がるる仰ぎ尽くして己《おのれ》ちいさし
鐘楼に至る千段垂直に風吹きおろす　扉あくれば

燕京好日

自転車の流れ音なく声のなく北京大路のひき明けをゆく
街頭に小冊子わずか並べ売る長閑《のど》なる時間売るごとくして
毛語録外しし跡か可口可楽《コカコーラ》など大看板町角を占む
若ものは語気新鮮に批を言えり老耄の毛沢東くるいきと
通訳の鮑《ホウ》氏の若き抑揚の眠りのきわの耳に籠れる

茶　館

朝粥の朧ろを掬い運ばれて雲に湿れる長城に立つ
鵲《かささぎ》の巣のもやもやの梢あり並木の隙《ひま》は地平線にて

涯あらぬ路撻《う》たれつつ騾《ら》の行けり潤沢に時間まといながらに
かたわらを古く小さき耕耘機《こううんき》すぎゆく聞けば心睡《ねむ》たし
瓜子《うり》の種くろきを指に割りながら茶館の昼のにぎわいにおり

烽火三月

賓館の目覚めの窓に動くものまず煙突の横ざまの煙《けむ》
佇みてバス見送れる人に添いおのれも人の顔せる鵝鳥
白天に白日見えて風冷たしひたすら戸外に物干す人ら
ロープウェイやや邪険なるに運ばれて烽火台《ほうかだい》望む長城の外
呼応する狼煙《のろし》は山のいずくかと青たたなわる涯を見放くる

杭州

雨と靄まじれる空に山容を知らで孤山のゆかり聞きつつも
対岸に黄に点れるは連翹と覚え西湖の雨明るます

杭州を水郷と言い案内《あない》せり戦ありしに触るることなく
白木蓮こまかき花に咲きながら杭州の水重きに映る
山みえず水ゆるやかな銭塘江やや飽《う》むごとき貯木場あり
三椏の花咲く魯迅故居の庭あまき匂いに蜂生まれおり
ぬかるみの黄土に濡るる靴干して西湖のほとり独りを寝《い》ぬる
蜿蜒と並木の裾に石灰を塗る白帯《はくたい》に挟まれて行く

紹興へ

紹興站（駅）いずこと知らね銀《しろがね》の煙を吐きて火車とおく行く
カーテンは手を拭うもの無造作に列車警乗官ぬぐい去る
踏切に火車小心（汽車に注意）と示されて小心なる語また良からずや
紹興の街のにぎわい煤色の阿Qの扮装貸すべくなりて
ソ連輸入「雪魚」は助惣鱈ならん白き輪切りを街頭に売る

秋瑾の遁れし水の名残かと道浦母都子顔映しいる
秋瑾の若き刑死の碑のめぐり自行車寛《ゆた》にあふれ行きけり

蘭 亭

雨あがり朝のむらさき清《さや》けくも爪先に浙江《セッコウ》の菫か咲けり
蘭亭の竹さし交わすひとところ見えつつ周《めぐ》り墨いろの雨
竹の秋やや黄ばめるをくぐりつつ曲水の水影《かげ》をしるくす
觴《さかずき》の流れおそらく迅からん風邪の癒えねば一首遅れて
清《シン》帝の文字ゆたかなる碑《いしぶみ》と撮《うつ》されておりいずれも美少女

墳

古墳とや生うる木立を割きながら真夜天狼の沈む辺りは
石棺に背丈を残し失せたるをいのちと呼びてたまゆらはあり
埴輪片宙にとどめて塡《う》めゆけば馬となり円筒となり人となる

陵《みささぎ》ゆ崩れおちたる土あらたし温《ぬく》とく眠る虫らあるべく

風知草

撒水の秀《ほ》さき試しに来る蝶の弾みごころの白すき透る
穂にいでて萌黄すずしき風知草《ふうちそう》一束《ひとつか》ほどの風すぎしかば
太からぬ幹とあり経て裏庭のわが柚子の木の金の極まり
柚子の木が汲みあげている柚子の実の水の重たさ夕日に見あぐ
細幹の柚子にしあれど撓いつつ顆《つぶ》育てゆくけなげなるかな

橋桁の隙

大和なる深き吐息の茜して小学校の休日の庭
渾身の脚に山坂踏み登りひとり鍛えつロードの選手
野のはたて点となりなお紛れざり吾《あ》を追い越ししロードの自転車
洞のなか人工の灯に兆したる緑の草はそよぐともなく

橋梁の弛《たゆ》み吸いとるしくみとや隙《ひま》ありて足もと小さく船行く

熱の段差

校正室さむく夕日に近くして薄きガラスの一面染まる

迅速の泳ぎ熄《や》むれば窒息と鮪の群れを知りたるあわれ

風邪の熱かぜの悪寒の段差ゆきさくらもみじにしばしば滑る

ひそやかに咽喉《のみど》に流れくる衄《はなぢ》馴れて冷たさ覚えゆくなり

音の波ちから持つゆえ鉄板を叩く怒濤に頭《ず》はさらさるる

壁のかけら

立冬の咲《ひら》くひまなき払子《ほっす》型おもたき月下美人のつぼみ

家具売場かざれる草木ことごとく模造の嘘の明るさにあり

ベルリンの壁ひとかけら袋入りささらの稜《かど》を覗くのみなる

まつぶさに独裁者倒れゆく終始見し歳晩につづく初晴れ

左義長の青竹はじけ裂ける音青ひといろの宙に抜けゆく

庚午の印

つとにわがえとの庚午《こうご》の印ひとつ恵まれありしを取りいでて捺す

甲骨文「午《ご》」の文字いともふくよかに瓢《ふくべ》型せりただにめでたし

ふたたびを用いるなけん干支の印白布《はくふ》にくるみ筐《はこ》に収めぬ

新年《にいどし》のつねの 賜《たまもの》 遠富士の襞ふかきまで白く輝く

胸ぞこに富士の清浄みたしめてたまゆら都市の片隅にあり

篝 火

篝火の暁《あけ》のくろ炭こぼれおり拝殿までの列の淀みに

もの燃ゆる炎の赤さ珍しみ注連《しめ》焼くほとり身を立たせけり

境内に原色の玩具売る屋台おさなきものの声を恋わしむ

柏手を打つは恥《やさ》しもせめていま独裁者なき世を謝しまつる

しきたりに疎《うと》く老いづくよしもなし輪飾りわれら路に見てゆく

冬の桜

凩の峰の桜をあこがれて逸《はや》るたちまち喘ぐ身あわれ
薄紅をさして咲《ひら》けば紛れなく桜ぞやがて雪噴く山に
冬山の枝に凝りて咲き群るる花の健気を目にとむるのみ
向う嶺《ね》に没りゆくはやき冬の日のいま残り箭《や》のとどく一輪
眉月のかかる鬼石《おにし》の峰ひとつくだりて仰ぐ花訝しく

欅と鳥かげ

雪早る欅の梢ことごとく雪凌ぎおる鳥影かかぐ
雪どけの水ただよえる朝の間《ま》を歩めり水惑星の表《おもて》を
風邪にやや弛むといえど充実の身を押し入るる車輛の銀に
ポケットに双手《もろて》さし入れ打ちつれてサラリーマンは昼食《ちゅうじき》にゆく

春となる季《とき》のひずみに揉まれいる欅の梢《うれ》に鳥のかげなし

花果てて

観桜の雨に冷えゆく所在なさ宥めてくもる温室に入る

ことしまた宴の果てにしわが見放《さ》く苑の芯なる若葉高槻

吹奏を終えたる隊の立ちあがり天幕《テント》を出でつ一人はおとめ

幔幕を払える背《そがい》八重ざくら見のあたらしく薄き日に映ゆ

櫟《くぬぎ》道しめりを踏めば苑の奥けものの重み身にし帯びゆく

黄楊櫛

連翹の花の一叢《ひとむれ》もりあがり咲けれど里の廃保育園

あんぱんの臍のさくらの塩漬けのはつかなる香を噛みあててけり

白焼《しらやき》と焼きて売らるる鰻などその柔ら身のしずけさあわれ

浅草に厚ら黄楊《つげ》櫛もとめたるおとめのゆくえいずこと告げん

おとめはも嫁ぎゆくとぞ城跡の空堀に白き羽おちていて

水芭蕉

妖として山の雪解《ゆきげ》の水に咲く水芭蕉また水に朽ちゆく
桐の花咲くおぼろにておとめ子の身に添う香り漂う夕べ
睡蓮の朱あえかなる池を脱け逸《はや》る田水となりて流るる
桔梗の蕾のつくる空間のむらさきの閨おもいつつあり
水門を入りたる筏ほどかれて千千の浮力に遊びおる見ゆ

夏　椿

老いびとが少女《おとめ》に何か教えおるその声高に沙羅の花散る
夏椿薄くすずしき花の白沙羅とし言えばさらにすずしき
餌《えさ》を手に若きおみなは引き寄せて洲に撥ね転《まろ》ぶ緋鯉を笑う
すきとおる白を掲ぐる夏椿雲はやりゆく苑のはずれに

堤にてしばし眠れよ夏なれば蝙蝠《かわほり》の声ききしうつつに

砂

空爆の白文字ふとき号外を撥ねあげて満員電車を降りつ
抑揚なきフセインの声割れながら流しおりソニーの旧式ラジオ
砂埃ゆけどもゆけども独裁者の肖像立てり児《じ》を抱くなどして
黒き油に塗《まみ》れし鳥は身の限り身を引き伸ばしたれど岩を墜つ
黒けむり天に冲して地を覆いのみど噎《むせ》ばしテレビ消しても
半月をくるむ朧ろに和みつつ覇王樹《サボテン》の花部屋にとりこむ
サボテンは砂漠のしずく乾燥のさなかの湿りあつめ花つく
覇王樹の毬《たま》巻きのぼる花の列尽きたるところ薄く埃す
絨緞に歴代の王織られいて円《つぶ》ら眼《まなこ》と髭並べけり
眠らんとペルシア、アラブの分からなさまず中世のあたりより読む

白灯油きよくあれども一しずく指につきかぜの頭《ず》をばなやます
手ざわりの違和なつかしき不精鬚いまだも風邪に昼を臥しつつ
おもいきり狂と罵りフセインの髭見るたびにかぜ癒ゆるらし
ジグソーパズルのピース一つが欠け落ちて流感ののち脳《なずき》空白

ツァイスの双眼鏡

夕まぐれ目鼻もたざる潜水艦ひそみて湾の片すみにおり
三笠艦までの驟雨をくぐりたれわがときめきの時世《ときよ》遅れや
見あげおるマスト猿《ましら》にとおき身のまして老いたる腕《かいな》かなしむ
海戦にむかう三笠の鉄の階いかにはげしく靴鳴りにけん
提督は自費購入の双眼鏡ツァイス製を吊りて立ちけり
岩壁にひそけく凭《よ》れるタンカーのうつらうつらと錆ふかまりぬ
うみぎしの水の奢りの噴水を見る人あらで公園暮るる

路地のおく夜の丘の森みえながら横須賀中央おちつかぬ街

石貨

マジシャンが回す石鹼水の玉なかのけむりの粒子の游《あそ》び

侵蝕の億年が研ぎいだしける崖《きりぎし》の骨　柱状節理

肉食恐竜の小《ち》さき前肢は歯をせせるためにありしと説の定まる

所有権設定しまた移しつつ密林に巨大石貨のありつ

目尻痒きを掻く　快《こころよ》さいっしんに花粉黄塵アラブの砂塵

急行うさぎ号

頸筋の頓《とみ》に老いゆく八月の山路に鳴らす軟骨の音

山の草荒荒しきを負いし日のいまに続きて行くわが脚や

掌《てのひら》ゆ重さ残して遁《のが》れたる玉虫いずこの樹膚《きはだ》に光る

自転車降り道教えくれたる中学生ヘルメットにその未来護れよ

缶ビール缶のにおいの慕わしき急行うさぎ号一時間

根岸競馬場跡

冲天の視野のはたてにあるごとし風に錆降る廃観馬席
蹄跡埋《う》めて土降り草生うる草は幼きものまろばしむ
夏草の坂のかたえの鉄格子　馬券売場の小窓のかたち
葉ざくらの暗きをくぐり豁《ひら》けたる視野脅《おびや》かす戦中の塔
権力者つねに馬上に描かれてマケドニアよりコインに打たる

勿　来

酷暑かな掛かり結びの関の名の勿来《なこそ》山みち蛇の這う道
山駕籠の竹の担《か》き棒割れにつつ人肌いろの艶放ちおり
義家公鎧《よろい》の着付け十八図所在なげなり下着姿は
大鎧六十キロの鉄の板纏い乗りたるその馬の四肢

幕をペンキで描きなどして勿来町関屋《せきや》摸したる交番がある

平　泉

虫の声集《すだ》くかたまり二つ三つ路に越えきつ平泉まで

遣水《やりみず》の遺溝のほとり黄のおぼろ女郎花《おみなえし》とて教えられゆく

みちのくの寒くなりゆく憤怒とも紅葉《もみじ》決意のごとくもえおり

比定して玉石《たまいし》を積む平安の車宿《くるまやどり》を踏むやわらかさ

細杖の握りのなかに汗をため齢《とし》傾けて芭蕉ゆきけり

くらやみに銀杏《いちょう》の果肉におうなりずぶずぶといま懈怠のこころ

一つ家《や》に若きおみなのある気配芭蕉のごとく月に眠らず

泰衡の首

あかあきつ翅の乾きを揉みながら一つ落ちきつ義経記《ぎけいき》の道

見おろしに巣箱かかりて川原になだるる茂みは弁慶の森

妻娘《むすめ》率なずば束稲山《たばしね》籠りなお合戦に小手かざしけん

草紅葉《もみじ》ほつほつまじる館《やかた》跡武者に耐えざる身を運ぶかな

義経の果てにし館《たて》にとどくまで北上川の夕光《ゆうかげ》うねる

高館《たかだち》の高み仄かに萩咲けり義経逐《お》いあげられて果てけり

まぼろしに徒士《かち》駈け登りゆく勢《きお》い風なきに萩こぞりこぼるる

空濠《からぼり》の底かわけるに鳩降りて歩むは初冬のぬくとさやある

椿の実音たてて零《ふ》る山のなか黒びかりして能舞台あり

金色《こんじき》の須弥壇のうち太釘の穿《うが》ちしるけき首級が一つ

三代の栄耀のひと年長《とした》けて木乃伊《ミイラ》に歯槽膿漏残る

泰衡《やすひら》の首のあわれはおろかよと三代の軀《み》の歎きにぞ添う

夜光貝厚く磨ぎたる螺鈿《らでん》とや南の浜の夜の光とや

鷹ひとつ

鷹ひとつ去りて広がる毛越寺《もうつじ》の空は夕べの杉をめぐらす
いく百年ながれつづけて杉の香は飽《う》むことなきか杉のくらきに
細微なるいのち生きいて毛越寺のあかるき池に輪をたてていつ
太杉の幹の間《ま》ごとの月見坂くらく冷たきくだりゆくなり
山頭火ならねば月の野のはたて透き朽ちるなく帰りゆくべし

こぞことし

ぬくとさにしめれる除夜の鐘ひくく泰山木の下蔭ゆ来つ
去年《こぞ》ことし竈《かまど》あらねど竈の火落とすに似たる静けさにいる
還暦の午歳たちまち過ぎけりと感慨胸にのぼす恥《やさ》しさ
天水の厚ら氷を割り遊ぶ少年らなく大年《おおどし》移る
遠つ世の容《かたち》尊く見るごとし初空のはて富士現れて

白金長者屋敷

冬ごもりいのち蓄えいる草の名のみの名札見つつ杜《もり》ゆく
わらじ虫ふかく眠らせ椨の木の葉の暖かさ土に降り積む
こころゆくまでに肥えたる芒穂の冬の極みの銀のさゆらぎ
黒松はおのが重みに傾きて大蛇《おろち》を名のる沼のほとりに
ことごとく落葉し尽くし安らげる林か茜の径をみちびく

海の碑

入り海を隔つる丘に胸ふかくつめたき雪の富士の香を吸う
潮風に曝《さ》れて軽けれ丘の辺の鳥居の柱軀《み》を寄らしめず
耀ける叟《そう》たりえずば咢堂の英文の碑を笑まいつつ読む
崖《きりぎし》を踏めばすなわち水の国りゅうりゅうと太き樹の根育てて
難破船救助の海女《あま》の人肌のぬくもり称え記念碑はあり

羊歯の径

照葉林《しょうようりん》おおえる水の山を攻め彩《いろど》り甍《いらか》敷きつめてゆく

羊歯《しだ》百種それぞれ木洩れ日を雨を交《こも》ごも浴びて百種の光

野仏の頬のふくらみ雨含みしばしをいのち差しくるとみゆ

羊歯じめり深き登り路《じ》ふむ奥に老護ホームはものの音なく

踏みしめて山の湿りの噴きあがる径ひとところ羊歯のささやき

樹齢四百なんじゃもんじゃの木とぞいえその七分の一をわが生く

山門に主なきリュック置かれあり雨はれて軒のしずく糸ひく

樅《もみ》落葉くるくる宙に蜘蛛の巣《い》にとらえられ色の裏おもて見す

岩壁登攀者《クライマー》いずれも人語たてるなく群れつつ岩に爪たてており

蔓いばら径のかたえに花虻をあそばせいたれ棘《とげ》たくましき

一鉢の山野草《さんやそう》ちさき花つくを売るとしいえど人のかげなし

解体

奔流に堰ひらきたる快哉に蔵書放てり改築がため
古き時間おもわぬ棚に立ちあがる縁《へり》傷みたる妻の家計簿
老木と夾竹桃のなりにけり伐らるる今年知りて花噴く
ものを大事にしたる報いと解体のまぎわ溢るる大物小もの
つゆの間の赤き満月おもたけれ黒き袋に鉢の花棄つ
わかき日の妻と顔寄せ見し守宮《やもり》やわらかき腹もちていずこぞ
鉄の爪来たりて庭木根こぎにす地表すこしく軽むおもいに
混凝土《コンクリ》を砕くが鈍くひびくなか石に当たれる冷たき音す
拉《ひし》がれて樅が放てる香のつよし夕べ更地となりたるのちも
もみの木の倒れし幹の細ければ香を吐き尽くし雨降れば熄《や》む
地鎮めの神職あいそ良けれども竹をふるわす警蹕《けいひつ》のこえ

夜の観覧車

海浜の住宅展示場の庭節《ふし》赤らめて芝の伸びよし
人の営みなき展示場の石畳その粗面《あらおもて》　蟻渡りゆく
貨物船沖に放てる水先案内船《パイロット》夕波しろくたてて戻りく
夜の海を背《そがい》に高き観覧車白《しろ》糸ぐるまの危うさに見ゆ
若き女《おみな》は悲鳴の袋それぞれに青年抱え遊具降りきつ

転　居

昆虫の節《ふし》のばらばら思われて転居ののちの身を懈《たゆ》くいる
忽然と什器乏しき明けくれを妻は若やぎたのしまんとす
路地奥の塀のつづきは分からねど肥えたる猫が身を運びゆく
忘れいたる足踏みローラーいできつれ雨台風をききつつ踏みぬ
指圧師の指うけながら肩の肉つぶやきながら眠ることあり

台風の連ね去りたる雲の冷え月下美人をあふれ咲かしむ

屋根というわがヘルメットわが頭蓋痒《かゆ》きを掻けり二羽の烏は

わが宿酔癒えゆくらしも歌うがにうどん煮えたと妻の声する

地下水層

薄皮の地《つち》の表《おもて》に家なせばゆらゆらと水の層まず現れつ

地の底に排水ポンプくぐみ鳴く蟇《ひき》のひそかなひたすらの呼気

地下の土掘るやたちまち脹《ふく》るると鬱屈の丈《たけ》聴くおもいしつ

夜をこめて地の水汲むと脈動の機械の音す家の跡地は

地下室の枠組み漏るる水のおと吸われたく木の根求めて鳴るか

若きおみな一人《いちにん》まじり合羽の背《せ》雨に打たせて建築現場

水漬くまで雨に降られて胸のあたり毛ものならねば平たく寒し

鉄筋が汗塗《まみ》れにて組まれゆく容れて坐すべきおのれ羞う

台風の号数ごとの雨の錆ほそき鉄骨なれど重ねつ
混凝土《コンクリ》のしめれるにおい戦中の祖父母護りしあれはシェルター

普請

都市の空くもりに低く家建つと放つ騒音に詰むことやある
建材の新しき香のかたまりに触れつつ行きて夜の梅雨じめり
木を挽けば密の年輪あらわれて香にたちのぼる光陰やある
木工《もつこう》のひびきするどく巻きあがり木の香《か》木の粉《こな》朝ゆ噎ばし
灯を入れて木組みの籠のはかなさを脅かし木材挽きやまぬ音
断材に檜のかおり閉ざしけり五十年後の香をば聞けとや
腰に演歌のラジオをさげてしばらくを屋根打ちいしがものの音絶ゆ
采配のわが妻おらね職人ら朝より怠けはや帰りたり
石うすく截る甲高き音のひま独り言《ご》つ妻の断片きこゆ

さまざまの瓦礫均《な》らして家建ちぬ熟《こな》れし土ら運ばれしのち

幾千の釘打ちかさね竣るものを須臾《しゆゆ》のいのちの身を容れんとす

しばし家めぐれる風が地下を経て書物の湿り得て吹きあげ来

けさの地震《ない》吸収しけるかの木組み見えざる隙に吐くもののあり

オプションは地下への手摺り南洋材なれど身運ぶ手応え太く

除湿器に絞れる水の透きとおり重きは一日《ひとひ》の暮しの淀み

いずこよりはこばれきたる黒土か庭木疲れてなじませおらず

ペンの会につね逢いたるが亡しと聞く子がために病院建てたるのちに

壁のなか檜の乾き叫喚《きようかん》す闇の硬さをつらぬきにつつ

弾かれてレム睡眠の外側に柱はげしく裂ける音きく

芥《あくた》鋤《す》き入れけるしばし瓦礫より蚯蚓《みみず》孵れりわが庭の二匹

走者たち

足音の乱れに風のかたまりのマラソンランナー過ぎゆきて春

うかうかとわが沿道に渡されつ良く鳴る新聞社の紙小旗

喘ぎつつ近づく顔をたまゆらにあなマラソンの距離畏るべし

きらめきて高架電車の去にし下《もと》肉体の脚くるしみゆけり

ランナーを毛布にくるみ運び去る獲物すばやく奪うごとくに

花の頸筋

佃じま佃祭りの一等は九官鳥と籤の呼ぶ声

花束は提げず持てよと渡されて花の堅さにくすぐられいつ

都会地をいゆく列車の二階だて跨線橋より見れば目があう

母親の若き投球すばやけれ芝生に幼《おさな》ふてくされいる

登記地のすみにホトケノザの花は頸筋あかし妻に摘まれて

白帽

青の文字みどりのために称《よ》びており青田のみどり青葉のみどり

街道の埃まみれの家の裾《すそ》花乾《から》びたる擬《ぎ》宝《ぼ》珠《し》を伸ばす

バス停に山のバスくる糸瓜棚《へちまだな》そのかげに汗のシャツ替えにけり

自堕落に洗い用いて十余年木綿の一元ほどの白帽

路線バス山路ふかめて幾曲り天蓋を吹く夜のしめり風

臨海発電所

沿線はあわだち草の黄《きい》の帯ふるさと恋いを鬱に睡らす

単線をゆける特急かしま号引込線を掻き寄せにつつ

外洋に撓う砂丘のひとところ発電所あり腫瘍のごとく

肉眼にけむり見えざる発電所空のひろきをよぎる鳥なし

モニターに音なき炎ゆらぎつつ足もと深く轟きは来つ

かやの木山の

白秋の草庵あとの幼稚園名をみみずくと森の奥なる

榧《かや》の木のもとに園児ら白秋の髭のやさしさ説かれおらんか

木菟《みみずく》の耳たてて南洋風の家しつらえ棲めり童《わらべ》ごころに

かやの実を囲炉裏に焼きて青臭しいろり辺は離《か》れてこそなつかしき

白秋のゆきし起伏と思ほえば坂の晷《ひかげ》に木蓮うかぶ

小河内ダムまで

ダムの底の道のなごりの馬頭尊あつめ並べつ花壇のめぐり

むかしみち靴の踵のまずとれて歩むこのみち陳情の道

岩壁に付して牛馬をやりすごす旅ありき脇の渓底ふかく

みずひきのひそけき朱《あけ》を咲かせおり崖の歯がみを漏れきたる水

滝水の赴くところ木木の葉の落ちゆくところ地の芯やある

滝水の落つる速さに伴われ礫《つぶて》のはやさもつ落葉あり

名水を守《も》る男いて否も諾《う》もことばなかりき面《おも》伏すままに

近づけば葛がくるめる石の橋とぎれとぎれの廃レール負う

雲軒《のき》に入ると蘇峰の賦しにける村の名残の家仰ぐかな

ダムの音ひびく一山《いちざん》しぶきつつ山が含める秋の水嵩

幅広く薄くダムより水落とす生絹《すずし》の布を裁ちひろぐがに

ダムの水青の平らの匿しける深き怨恨などもひそけく

山ふかき川を触手に水がため東京都というエリア伸びおり

小河内の村の民具の少なけれ停滞ながき惨をば示す

稲植うる平らを持たで没したり広き湖面の底なる村は

村を沈め青湛えたる湖《うみ》の水この一杯を東京が飲む

ちいさけれど倶利迦羅紋紋のトラックが峰の母屋の修理に来ており

日の翳りはやくば村のいただきの蕎麦畑の花かつがつに見ゆ

夕やみの迫れるダムの岸に寄るさびしき魚影攫《さら》いゆくあり

湖底にも営みの灯のあるごとく呼びあうごとく山に灯ともる

湖《うみ》のおもて揺らがず暮るる黒さなり黒はみずからの色吸うという

堰堤に生いける幹を照らし出し闇を積みたるバス登り来つ

渓ぞいに芒一揆の見ゆるままわれのこころのなかの手を振る

凪

海風《うみかぜ》にはびこる葛の葉のほてり花咲けば花のくれないの熱

海の藻を髪のかたちに打ちあぐる渚のかなたつね腥《なまぐさ》し

海浜の夕べ芥を焚く火見え犬はさびしもなお人に蹤《つ》く

一つずつ人間界との糸切れて老いゆくか凪《なぎ》をよろこぶこころ

あとがき

数年前、ある人から「庚午」と甲骨文で篆刻した遊印を贈られた。占卜《せんぼく》用の最も古い字形だから、その単純が美しく、小指の爪ほどの大きさも好もしいものであった。

庚午《かのえうま》は私の生まれ年の干支である。

もともと五行《ごぎょう》のことを知らず、壬申の乱、甲子吟行、戊辰戦争などの名辞が生きて使われていた時代にも疎いため、ただありがたく蔵していたのだが、平成二年は午歳、そしていかのえだというところから、年賀状に用いることを思いついた。

捺しつつ感慨すれば、この印をふたたび同じ用途によって手にすることはもうないのである。なんぴとにとっても六十という干支の回帰の倍を生きることはできない。かりにここを中間の折返し点だとすれば、すべての人にゴールはないことになる。あとはどこまで駈けてゆくことができるか、だけである。この中間点にたどり着かなかった人の思いも含めて、人生のレースにゴールのないということは実にいい。

ともあれ本集は私の折返し点の歌集のつもりである。

第七歌集『水馬《すいば》』に次いで、このたびも短歌研究社の押田晶子さん、並びに担当の菊池洋美さんにさまざまなお骨折りをいただき深く感謝申しあげる。またとりわけ装丁において好評を受けた前集に引きつづき猪瀬悦見氏のお力をいただけることも冥利に尽きる。

平成五年二月

石本隆一

流灯

流灯

平成九年七月十日　短歌新聞社刊

装丁 伊藤鑛治　A5判・カバー装

一六八頁　二首一行組　二七〇首

巻末に「あとがき」

定価 二五〇〇円

岬の冬日

ぎぎと地軸めぐりて軋むあかときに一羽の目覚め群れをさわがす
暁闇《ぎょうあん》を貫きゆけるくろきもの嚆矢《こうし》とし空に鶴あふれ次ぐ
あかるめる鶴田の東より西に群れは捲《まく》られはや空にあり
荘厳に鶴は頭上に満ちにつつあまねき朝の光乱さず
空に浮く生きもの羨《とも》し真澄みける朝の空気や踏みごたえある
風切《かざきり》の黒羽なまめく若き鶴あかつき空に映りつつ翔ぶ
全天をはるか延びゆく鶴のかげ先の一羽がおりおり羽搏《う》つ
羽ばたきを前より後へ伝えゆく鶴のやさしきつらなり仰ぐ
六千の鶴ことごとく飛びたてる田の稲架《はざ》の尖《さき》鷹一つ来つ
荒崎の岬の山のひくけれど空に鶴あるとき谺せり
澄みとおる岬の冬日身を貫《ぬ》かば鶴はもかなし仔をなかにして

鶴溜り

朝光《あさかげ》の共《むた》もどりくる鶴の群れくろき丘よりさながらに湧く

あかときの　漁《すなどり》すませ帰りこし鶴が占むるはきのうの位置か

脚たてて鶴の家族らつぎつぎに穭田《ひつじだ》に降りたちまち紛る

影ひろげ頭上すぎゆく鶴四羽なかなる二羽の澄む幼ごえ

甲高き鶴のさやぎや目前の数千を種《しゅ》の限りと哀れ

そのかみの島津干拓ねぐらとし渡りこし鶴の裔《すえ》の啼く声

種《しゅ》の生きのあかしと咽喉《のみど》垂直に並《な》み立つ鶴は青天に鳴く

水清き用水路に蜆の殻充つる鶴が漁《いさ》りしその白き裏

幼鳥をなかに抜き脚さし脚の真鶴揃い歩めるが見ゆ

打瀬舟《うたせぶね》帆をふくらませ沖にありおのれ養う鶴の干潟の

飛来せる鶴を守《も》るとて囲い藁まだ新しく日のぬくみあり

透きとおり干潟にあそぶ小蝦らを嘴にせむ鶴の親仔は
村ざとの豌豆畑ひっそりと鶴おそれつつ冬芽のばしぬ
はやばやと客死の哀れ水田《みずた》より屍《かばね》の鶴の引きあげられつ
鶴守りの翁は里をはるかにし夕餉しずかに腕章はずす
縁日の巻笛のどに鳴るさまの声を積みあげ鶴溜りあり

六千の鶴

天空と地表を月は明るませこよい飛来の鶴を導く
没《い》り日受け月は日よりも輝けり冬の初めの野の暮るる際《きわ》
鶴のむれ塒《ねぐら》に声を収めたれ天《あめ》の平《たいら》のもとに眠るか
民宿の炬燵に足をさし入れて繞《めぐ》り隈なき鶴の声きく
はつ冬の水のぬくとさ踝《くるぶし》を浅く涵《ひた》して鶴ねむるころ
六千の鶴のねむりを地に見よと冬満月の引きあげらるる

冬水に守られ夜を眠るかな六千の鶴に皓《こう》と月照り

民宿の玻璃戸は鶴の声通し夜をみじろげる一羽の気配

ひしめきて眠れる鶴の軀《み》の軋みおのずと声となりて届くも

夜半を覚め覚めいし鶴の声を聴く月の光をよろこべる声

月の落ち星穴しばし天空に太るころ鶴の眠りは熟れつ

簑羽に鶴はやすけく身を覆う日本の冬日やさしくあれな

*

目交《まなかい》を真鶴三羽よぎるとき生《いき》の力の羽ばたき聞こゆ

鶴の乗る気流ながれて地のおもて丸くしあればシベリア近し

たおたおと空に影さす鶴を離《か》れセスナとびたつ空港におり

夕暮の歌碑

なだりには 斑雪《はだらゆき》ふる底冷えを菜の花の黄に励まされ来つ

遊園をなすと丸太の荒削り積まれすべなし夕暮の歌碑
碑のおもて風になじめば解きがたし雪虫ほどの晩年の字や
ゆうまぐれ無住の堂の鐘鳴りつ気まま気まぐれ許されし世も
稜線のほの明るめる裸木を透きつつ滑りくる鐘の尾や
鐘撞けるのみにたつきのたちし世を旅の六部《りくぶ》といいて名はなし
洪鐘《おおかね》にのり移りゆく一本の指の力を搖り返すなり
夕暮の父祖《ルーツ》の田畑失せしあと目路のかぎりに校舎群建つ
吐く息に掛け声もなく山坂をい行くはいずれの体育部員
踏み乱れゆく一団のひとめぐり個個の喘ぎをやがてきかしむ
あじさいの花殻鳴らし霙かな小《ち》さき夕暮歌碑よりの径
一望の里の日暮れを日日得つる幼き気宇《きう》の触れにし幹か
阿夫利《あふり》山むねのあたりに雨雲を犇と掻い寄せ夕やみ至る

旬日

紅桃《べにもも》のあふれ咲くとき露《あら》われぬ秩父やまざと化《け》のものの棲む

馬酔木《あしび》とや微量の毒にまもられておのれ怯えの仄白き鈴

山菫《やますみれ》山《やま》より人に馴れしかな移しし庭に葉柄《ようへい》ふとる

黄楊《つげ》の梢零《うれ》るる白き虫かとも目《まなこ》寄せても見えがたき花

萼《うてな》ごとさくらのかたち降らしける頭上の小法師は椋鳥《むく》か雀か

庭の槇この旬日の陽光を喜べよいま隣家払われ

熱の身に講演終えて送らるる夜道に聴けば舞の海勝つ

コインの馬

飢餓遊び難民あそび米買いの傘はなやかな列の春雨

エカテリーナ治下のコインの鮮やかさ馬上に払う槍の先まで

指紋減りたる指に悪戦強《し》いられつ薄き紙繰る日常にして

指鳴るは空気の泡が鳴るという他人ごとなる無機質の音
カルシウム骨ゆ脱けゆく煙《けむ》状のものの見えずや宇宙泳ぐに
三千粒の壜を透かせば仁丹に服用規定あり数粒と
箒草《ほうきぐさ》実のとんぶりというひびき粗食瑣末にわれはやすらぐ

ひまわりと青蛙

炎天のきわみの黒をふかめつつ金環蝕にひまわり稔る
丸まれる豪猪《やまあらし》ともひまわりの実の充実の盛りあがる背は
ひまわりはキク科の巨人たどきなく霊長目《サルもく》ヒト科われ仰ぎけり
舌状花の終《つい》の一ひらつけながら向日葵はサンドバッグの緊り
蕊《しべ》若き日車《ひぐるま》ちさき自在さに丈ぬきいでつ傷つかずあれ
みそはぎは日本《にっぽん》の花ヒマワリは外来種にて花に貌《かお》もつ
ひまわりの花蕊の底みどりにて剝《む》き出しのゴッホの眼《まなこ》はみどり

花首の密なる重さ宙にあり向日葵倒るるまで水吸いあげよ

ひまわりはみずから狩らね日の恵み餌食とはなし大種子《おおしゅし》孕む

瞠《みひら》きて列車見送る　稚《いとけな》き夏ありき向日葵の首を伸べつつ

ひまわりの種子の縦縞のこしつつ鳥に食われて軽きが転《まろ》ぶ

ひまわりの振りこぼしける花の錆ことしの雨季のいまだ解かれず

ヒマワリを画《えが》くすなわち顔を描《か》く顔いっせいに雨に呟く

駅ビルの裏のウインド雨流れ寒く向日葵活《い》けらるる見ゆ

草いきれ虫いきれして夜の川辺花火に浮かぶ日ぐるまの列

ひまわりの花目庇《まびさし》に羞《やさ》しむと見えしかば豆《まめ》青蛙跳ぶ

蝌蚪《かと》よりもぶよぶよ卵のころよりも小さくあらんこの青蛙

矮生《わいせい》のひまわりに台風近づけり押しあい圧《へ》しあい逃るるかたち

光合成凝《こご》る重さの花なればはや土と化す枯れ色を見す

使い古しの一輛走るローカル線ひまわり畑かき分けながら

動物と闘うための花の毒もたねばひまわり茎に刺《とげ》帯ぶ

ひまわりは兵士の屍《かばね》より生いて豊かに平野輝かしたる

ガラス工房

吹き棒にくろき火玉の玻璃ながら息おもむろに吹くに従う

ガラス吹く人の腕《かいな》の火ぶくれの既往は知らず技《わざ》堪能す

片方のガラスの靴をかぎりなく生む工房に昼の鐘《ベル》鳴る

灼熱のガラスの滾り守《も》るひとり響《とよ》みのなかに残し昼餉す

薄氷《うすらひ》の高坏ガラス砲撃の鳴動いずこにありてか震う

焼け跡に尺余の硝子玉ありき混沌の果てのみどり色なし

パーム椰子

正面は切妻屋根の容《かたち》せりマレー特急の機関車の貌

兵にあらば疾《と》く耐えざらん密林の距離ひたすらにいゆく特急

一望の椰子まだ若く蓬髪の靡けるさまにつらなりつづく

二条《ふたすじ》の果ては泰緬鉄道とこころ置きつつ椰子畑に沿う

銀輪部隊いゆきし地名呟くを風に飛ばされ掌《パーム》椰子光《て》る

戒律の交叉の外の鶏《とり》ばかりマレー特急に骨たべ散らす

前世紀三万ドルにてラッフルズ購いにし島の殷賑《いんしん》をゆく

アンサナはビルをば覆い枝密《みっ》に街路に冷気したたらすなり

高砂の翁の箒しのばしめ朽《く》ち葉掃く人みなインド系

混在の二国の貨幣《コイン》掌《て》のうえに差別されつる側《がわ》大いなり

大味の瓜に飽きつつ隣国ゆ買いける水の恵み受けゆく

クアラ・ルンプール

仰向きに首筋耐えぬまで高く月ありマレーシアの夜の底

コミュニズムきわどく排しえたる幸《さち》マラヤ工学士のガイド言う

天井扇ゆるやかなれど機能して海鮮しゃぶしゃぶなどを喰わしむ

導かれ仰げる旗の生地あたらし噴水と花に確《しか》と護られ

やや虚構あれど肯う記念碑の像の兵士が旗翻《ひるがえ》す

おのずから成りける国旗日章旗かくかざすなく半世紀経《へ》つ

錫工場「聘《へい》請女工」と入口にありつつ合歓《ねむ》の巨木が覆う

錫の屑片寄《かたよ》せ伏しおる七八人この一画は小憩時らし

紅《くれない》を額《ぬか》に点じしインド女性まじえて錫器ひたすらに研ぐ

マラッカ

ゴム園のはずれ真紅の合歓《ねむ》咲《ひら》きゴムの滴りおのずからなる

筋《すじ》多く不味《ぶみ》と水牛見つつ言う水牛はいま力を尽くす

サルタンの財羨《とも》しまぬマレー人《びと》とや王宮の芝あざやけく

門衛《まも》る髭の兵士の後ろ手にまずコイン置きシャッター切るべし
掌椰子《パーム》つづく起伏のあかるきは葉のあますなく日を反すゆえ
マラッカの遺跡のほとり缶ジュース販《ひさ》げる少年美しすぎつ
観光の途次に羞《やさ》しも宿題の予定表など掛けてある部屋

ブキテマの丘

タンカーも日射しのなかにかすみつつジョホール水道すべて乳色
椰子の実の七個がほどに身を浮かせ日本の兵海峡越えしと
ジョホールの白凪熱き水のうえ生簀《いけす》いとなむ遠き杭みゆ
いつよりか海峡に人棲みなして籐に組みけり椰子の魚柵《ケイロン》
戦中の「鱒二」すずみし魚柵の上の小舎《こや》みゆ海峡は凪
ブキテマの名のみの傷み丘陵はスコールの雲が掃きゆくところ
雨はしぶときものと虞《おそ》るるわれらはや星州の日照雨《そばえ》に傘をひろぐる

日本のことば忘れし旧日本兵とぞ顔の幅広けれど
山あらず赭き流域ゆく河に小石骨粒《こつつぶ》のごときを拾う

柿田川湧水

太古より湧き水礫《れき》を転がせるこの簡浄の及びがたしも
雲ひくき山の鼓動の湧き水にひたすら浄き砂粒あそぶ
湧き水の皺おりおりに走る午後虎斑《とらふ》の蜻蛉《あきつ》あらわれて去る
湧き水のたえざる勢《きお》い押し戻す砂の力の底に輪をなす
湧き水の谷のはずれの合歓の花神妙に白き髯垂るるなり

諏訪大社

さしわたし丈余の太鼓檜皮《ひわだ》葺き古き社《やしろ》の鬱屈にあり
皮剝ぎに傾《なだ》るる力うまれける巨木はこれか諏訪大社《おおやしろ》
太柱滑るにいのち呑ましめし悔い押し潰す昂りやある

夕映えの覆える湖《うみ》は信玄の棺《ひつぎ》しずめし水嵩見せつ
漆黒の湖の平らにひた向かう頂《いただき》ちかく暮し火《び》点す

夜のフェリー

木更津を羽田に折れる航空路その直線を船溯《さかのぼ》る
波なしに黒の油膜を滑るとぞ思うたまゆら潮揺れ襲う
佐藤しのぶの意地わるそうな顰み顔暗き船室のポスターに美《は》し
一連の灯《ともし》剝がされ立ちあがるあたりは湾に沿う飛行場
接岸に近き甲板吐く息の白それぞれの顔に平たし
ひとしれず剽《ひょう》げて浮標《ブイ》は闇のおく波にひたすら身じろぎしおり
冬海の艫《とも》に着ぶくれ立つ影の二肢伸び出でて踝《くるぶし》締まる
接岸の夜のフェリーのためらいをするりと抜けて単車の男女
クレーンの林のねむり過ぎがてに埠頭に綱の軋みきこえく

洋凧

合掌の慈《いつく》しみもて左右より春の岬の砂嘴《さし》つつむ波

洋凧の岬の空の忙《せわ》しなさ雨雲に触れ雨はららかす

岬みち憩う人なき木のベンチすでに緑釉《りよくゆう》めく黴塗《まみ》れ

戦《いくさ》なき海なれば音をたてやまず水上バイクの旋回しきり

打たないでくださいと湯屋の大太鼓空《そら》に響《とよ》もし雷《らい》墜つるかも

初芝居

大音声《だいおんじよう》たつるほかなき悲のきわみ隈取りのなかの明智光秀

玉三郎演じる嫗《おうな》背をくぐめ花に遇いたるのちの果敢《はかな》さ

緞帳《どんちよう》の松よ波よと変りつつ残像にありゲルニカの牛

人形館

人形《ひとがた》は棄民のかたち波のまの市松人形また流し雛

ビスク・ドールの陶の肌色妖しけどみな幼女にて鼻うえを向く
人形の焦点もたぬ瞳ゆえ百余のひとみ宙に交差す

李太郎の島

初島の小学校の花甘藍《はなキャベツ》ほそく蓬けて砂塗《まみ》れなり
教室に机が二つ卒業式すみたる幔幕の隙《ひま》に見ゆるも
石垣を走る舟虫つととまる振りかえるべき頸もたぬまま
あるうちに歯を鍛えよと顳顬《こめかみ》にひびく沢庵初島に買う
いつの世の風のねじれか初島のお初の松の逞しく巻く
李太郎育ちし浜も夕暮の泊りし宿もさびれ湯の町
李太郎胃癌に逝ける六十歳すぎける迂闊《うかつ》迂愚さらしゆく

浅間と猫

三叉《みつまた》のさきの三叉花をつけ三椏の花さびしくあそぶ

春浅き信濃札所の布引の御堂をくるむ今日の温《ぬくと》さ
すて猫の集まり登る山のおく寺あり寺の門にも四、五匹
観音堂雪に閉《とざ》されすり寄り来わが猫ぎらいものともせずに
ペルシア猫らしきもまじる野良猫ら地図ひろぐればめぐりを囲む
雪しずれ日の滴りと聴く古刹ひと珍しむ猫おるばかり
日のぬくみ空にあまねき山道の芥すて場の桃のくれない

竜返し

亡き子らとの語らい籠る地蔵群窪《くぼ》に並べつ四番札所
山姥の変若《おちかえ》り枝に鈴振ると山藤の房咲くを仰げり
こころやや弛びのなかに花受けて空に残れる花のくれない
春楡はいまだ芽ぶかず滝水の洩れくる辺り花散《はらら》かす
水と水摧《くだ》きあいつつ落ちつづく茂りのなかに滝を育み

滝の名を竜返しとうすごすごと帰りける山の夜ぞゆかしき

篁一日

竹落葉敷きける土を突き出でて 暁《あかつき》 汗し竹の子生うる
筍の息吹き身じろぎ収まれる 篁《たかむら》 に朝の光つゆけし
くぐまれる黒きかたちのけものめく竹の芽ばえに逢える朝なり
皮ごろも乱れちらばる荊棘《おどろ》より若竹は立つ直き力に
たかむらのまだら日差に射干《しゃが》の花つけゆく露のひまひまに咲き
今年竹粉《こ》をふく幹の夕つ影竹群《たかむら》にはや丈を並べつ

大和古寺の仏たち

天衣《てんね》また裳裾の襞《ひだ》のさざなみや五月《さつき》の岸に畳なわり寄す
蒼ぐろき銅の 肌《はだえ》 となりたまう 聖《しょう》 観世音光沢《つや》の親しさ
頭《ず》を尻を天部《てんぶ》に踏まれ観念の邪鬼のおもざし安らぎに似つ

年輪を研ぎつくしたる筋《すじ》しるけし天燈鬼像の木の力瘤

首を欠き樹に戻らんとそそけだつ如来を仰ぐあたり雷《らい》鳴る

高原に天体

見のかぎりシミュレーションの熔岩流展《ひろ》ごる浅間姥ヶ原なる

ペンションを若き夫婦の営めり郭公《かっこう》の隙《ひま》に鳩時計鳴る

手づくりの天文台をぎしぎしと登らしめ白き月面に着く

木星が衛星四つ両袖にあやしおり高原の深き筒底《つつぞこ》

山上湖

高原の苔黄みどりに育ちつつ夢二の歌碑を裾より侵す

蒼ふかき山のみずうみ薄皮の地球《テラ》のおもてにわれも位置せる

山上に捧げもたるる湖《みずうみ》の空《そら》満杯の光の重さ

岩燕群るる頂《いただき》いつしらに人みちて蜻蛉《あきつ》の空とかわりぬ

湖畔今日どんたくらしも幼子の歩み囃して若き夫婦ら

脚太き遊覧馬車の曳馬の客なき佇立《ちょりつ》ゆらぐことあり

山上の空つつ抜けのさびしさや湖《うみ》に解かるる幼子の声

山の雷《らい》凌ぎ着きける車たち鎖《さ》したるままに人かげ動く

みず楢の水辺の林くらくして驟雨ののちを短艇《カッター》ねむる

やま道をくだりきたれる路線バス乗客ぐるみ洗車機のなか

やま笹の艶あるわかき雨後の葉は白やわらかき餅つつむべし

繋がれておらねど駄犬やさしかり宿の出入りのたびに身を避《よ》く

この宿の蒲団のしめり重たきは大蒟蒻の手応えに似る

ゆくりなく台風それし夜半に見つ　稚《いとけな》くかたまり震える昴《すばる》

草叢の虫の音《ね》こぞり湧きのぼるいま南中の昴をゆらし

将軍の孫

冬空の降り零しける銀杏の匂い騒がせ靴音がゆく

市ケ谷台五十歩ほどの高さゆえ天水槽に薄氷《うすらひ》ゆるる

尾張藩上屋敷跡五万坪地下なる芯に大本営ありつ

地下壕の通風孔を灯籠に模しける知恵と風雅のあわれ

石筍《せきじゅん》をほぼ半世紀育ておる湿り親しき壕の暗闇

地下壕に朽ちるもならず錆びにけり五衛門風呂ほどの鉄電気釜

「将軍の孫」とう西望《せいぼう》作の像その挙手の礼おもえば米式

青玻璃

厄除けの最後の齢《よわい》過ぎており放免のこの青天のもと

元日の風なき空をジェット機雲きりりと十字の襷がけなす

鴛鴦は厄除大師の人混みを離れ物憂くいのち養う

カレンダーの美女を巻き締め風のなかそれぞれの壁に運びゆくなり

声ばかり外に漏れくるカラオケの咆哮手負いのやぶれかぶれに

掛け声に碓氷峠をゆく列車無くなると聞く「なんだ坂こんな坂」

冬空の踏みごたえかな青玻璃を震わせながら旅客機のゆく

公園を抜けて

朝まだき穂積生萩女史がくる育てし鴉従えながら

図書館へ枯葉踏みゆく道筋にいまだ蓄める沈丁花の香

断崖《きりぎし》に咲ける白梅人声の緩びをしばし集めつつあり

銅像の銹のみどりの有栖川宮の乗馬も花冷えのなか

信号の腕木すとんといつ知らに落ちて昼寝《ひるい》のた易き齢《よわい》

私　き

縞馬の縞に表情あらぬゆえ皆さびさびと草を嚙むなり

脚を折り嘴《くちばし》搔けるフラミンゴ支点を長く後方に置き

攫いたしなどと私《ささめ》き少女らのゆくさき兎の耳つき帽子
どっぷりと緑青を浴び雨のなか押し拉がれてロダン像あり
電灯と蛍光灯の灯《ひ》のまだら恣意《しい》それぞれに高層に住む

回天基地

菜の花はいつよりかかく生ぐさし回天基地の荒れ渚べに
爆薬と若き肉の身嵌めにける鋼鉄の筒の厚みぞこれは
花のなかいのちの遅速分けがたし魚雷に搭《の》りてはかなき人と
兵舎裏斜《なだ》りに菫繁《しじ》に咲く若きまなこの注ぎ受けしか
お父さんの鬚は痛かったです回天隊員十八歳の遺書
海光り航跡和《のど》に曳く白のいまにいたまし若ものの死は
島丘に軍艦旗垂れ朱を点す花のほてりを冷《すさま》じくして

夏、霞ヶ浦

桃ならば清水白桃はちす葉の雨を悦び捧げもつ花
見のかぎり蓮田《はちすだ》つづくおりふしにうすももいろの稚《わか》き合掌
蓮田の泥《ひじ》ふかく茎太るとぞ 鯆《ふいご》の声に牛蛙鳴く
目にみえぬ毛並み 蓮《はちす》の葉にありて雨の水銀転がしやまぬ
打瀬舟《うたせぶね》はらます風の失せしより白こざかしきヨット・ハーバー
複葉のオレンジ色の練習機旋《めぐ》りいし空もこの水の上
公魚《わかさぎ》の冬の腹仔の美味を言い船長は電鉄の出向社員
少女らは声の爆竹とめどなく湖《うみ》の澱みに沿いける町に

忙しき飛翔

猫よけのペットボトルに映るもの折り畳まれている夏の空
アクアラングの装着学び浜にぎわう思えば水の圧知らず経し

波の背の堅さたのしむ若さかな乱れ太鼓に打つ艇の腹

撒水の雫のレンズ葉をば灼き蕾控えつハイビスカスは

百日紅《さるすべり》木膚の剝がれ垂れながら夏のおとめの花ゆらしおり

終戦日なれば音熄《や》むいっさいの腑抜けの町をゆく新しさ

耐えがたきを耐えきしとのみ思わざれ百日紅の夏五十たび

夜の底にブラックホール炎昼に核ミサイルのある蟻地獄

身みずから角質化して刺しきたる不眠の思い足の魚の目

さし迫る何なけれども蝙蝠《かわほり》の夕べ忙《せわ》しき飛翔もわれも

川開き

夏風邪の弛《たゆ》き身に歌詠まんかな叙情とはついに負《ふ》の営みに

女もともと斎藤史氏詠いけり勝ち負けすでにかく決まりたり

生活《たつき》のためのピアノ響けりもの書きに倦《う》みて気ままの水遣りどきに

烏瓜鬼灯《ほおずき》風船かずらなど埒なき軽さ実の懐かしさ

祖父が孫迷子にせしとアナウンス容赦あらなく花火たけなわ

ターバンに巻くかあらずか手拭いを頭《ず》にし働く膚くろき人

印度人労務者などもかき消えて都市森閑と盂蘭盆会くる

流灯の一つとなりていつの夜かかぼそき燭に岸離《か》るるかな

あとがき

夏の年中行事である川開きには、思いきり夜空を華やがす打ち上げ花火の裾蔭で、ひそやかに精霊流しが行われることがある。

おととしのある夜赴いた多摩川でも、河原の賑わいをよそに川面には流灯が放たれていた。いかなるゆかりの人の手に点《とも》された燭の舟か、ひとかたまりになって流れゆくなかにいちはやく沖の闇に吸いこまれてゆくもの、ためらいがちに漂いつづけ、なかなか岸辺を離れないものと、それぞれの動きには妙に心ひかれるものがあった。

本集末尾の一首は、そのおりの詠である。

・流灯の一つとなりていつの夜かかぼそき燭に岸離《か》るるかな

この日から間《ま》なくして私は突然、倒れた。

今なお、脳内出血の後遺をかかえた身にとり、世の人々が何の雑作もなく二肢で歩き、左右の手を用いて物を運び、道具を操っている光景は、遙かなる不思議の世界として映る。

この「流灯」に到るまでの日々の作をひとまずとどめおきたく、集に纏めることとした。

本集は『つばさの香水瓶』につづく第九歌集となる。

このたびも、ひとかたならずお世話になった短歌新聞社の石黒清介社長、および担当の今泉洋子さん、装丁の伊藤鑛治氏に、深く深く感謝申しあげる。

石本隆一

平成九年六月十八日

やじろべえ

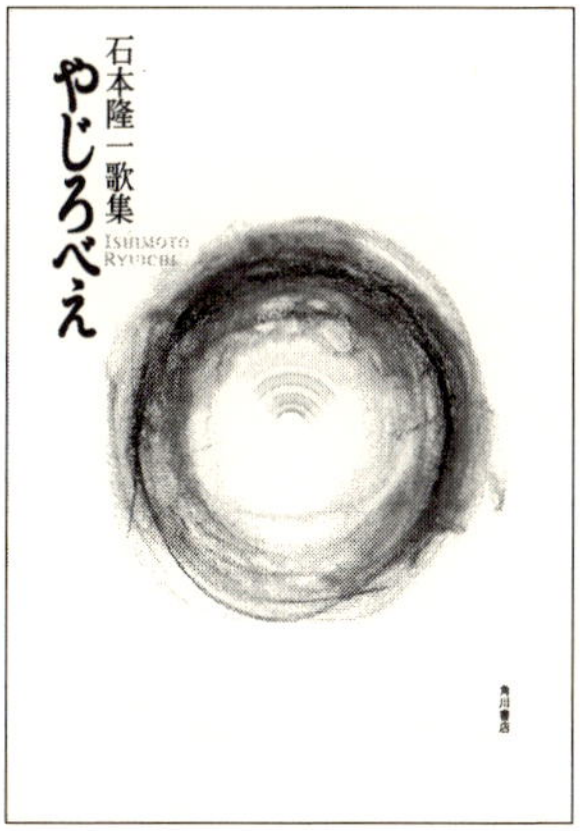

やじろべえ

平成十四年十一月十八日　角川書店刊　氷原叢書

装丁 伊藤鑛治　A5判・カバー装

一八四頁　三首一行組　四三五首

巻末に「あとがき」

定価 三〇〇〇円

藺なせる

短詩型の小誌にあれど人集い命と仕事すくい給いぬ

出血の投網のなかに匙されぬ筋弛緩剤とう甘き露

秋空の深みにとおく藺なせるこの赤裸の神経あわれ

夜の河に吐息のごとき波たちて秀《ほ》より吹きくる風か窓うつ

呼気鼓動そとより強いて生かされし父の病み処の窓おもい出《い》ず

健やかな人の眠りを守るべく耐えおる暁《あけ》にナース走れる

まわり道そのつれづれの百あまり思いを棄てしのちを歌わむ

蒲の穂綿

脳出血に朝《あした》の堤切れしとき聴きしか輪ゴムの弾ぜしその音

即死より免れ得たる一日なり疼《いた》むといえど生きの一日ぞ

わらべうた「蒲の穂綿にくるまれ」とひくく唄いてわれはいたりき

介護士に支えられつつ踏み入りし沼にうれしや地の端《はし》さやる
わがものかあらぬか麻痺の腕一本抱えピノキオ冬辻に佇つ
ピノキオに兆せる魂《たま》と老の身に戻れる命いずれ重たき
リハビリの医師への信頼ひたすらにピノキオの四肢ととのうらしも

歩行補助具

豪雪の日本くるりと裏返り硝子越しの陽麻痺の身つつむ
病院の中庭に梅白きかなその香額に及ぶことなく
わが歌を読まざりし子と思いしに歌作の機能の無事をまず言う
塩味を抑えて嫁の料理せる白身の魚《さかな》骨ほぐしあり
宇宙への旅立ちわれにあるごとし歩行補助具を装着されて
多摩川の夏の河原に玉石の黒きを拾い瀬を跳びし脚
今ひとつの人生得たるわれかともいぬのふぐりの花の夢見る

軟着陸す

わが命ちさく限りて生きるとも病室の味爽《あけ》に一首ずつ得む

山深き湯治場に妻と籠れとの天の指令と子はさりげなし

誰かれを思えば珍しくもなき病ひとあし先に到り候

壁に吊らるるマリオネットの紐ほつれ白くけばだつあたりの疼《いた》み

子は息子がよし沁みじみと車椅子に肩を借りつつ軟着陸す

ニューロン

水槽に蒼き光の断片と見ゆれグッピーつと翻る

脳の中ニューロン必死に動くとぞ四方に縋るわが手さながら

杖刑は火のごときかな相応《ふさわ》しきわれと観ずるとき薄らぎぬ

疼みに耐え鍛え給えと戦時体験もちてＩ氏の見舞いくれつつも

伊藤左千夫享年五十脳溢血死の親しさに添いて励まむ

師御夫妻遭《あ》いたまいける火難にも赴けぬ麻痺ただかなしかり
他人《ひと》の爪剪りにくしとて切りくるる子の指まこと相似の爪もつ
身を責めて妻よ詮なきを歎かざれ辛くも偕《とも》なる年余生くれば

薄き地殻

妻育ちし神戸の街並み朝《あした》よりあわれ大地震《ない》の地と映さるる
齢《とし》老いて無残な災禍に遭う義父母その名互《かた》みに呼びてありしか
懐かしき地名にやさしき人ばかり沁みて憶わる神戸大地震
避難所に義父母の生きて在《おわ》します報もて妻来つ宵の病室
寸断の都市機能《ライフ・ライン》とうわが神経叢も共に迅く復旧せよ

忘れ傘

季季《ときどき》に花を選ぶは僭越に似つれど薔薇より冬沈丁花
雪まじり外は紫の雨降れり病室に妻の携えし傘

忘れ傘置き傘として妻たちの介護歳月《とし》越ゆ恃《たの》めなきまま

子が立ちしころの力みの微笑《ほほえ》まれリハビリの杖ひた握りしむ

病院の迷路を妻は車椅子遊びさながら押しくるるなり

さり気なく私鉄二線が立体に入りゆく駅あり病院近く

秋葉原などという名も懐かしき自由の足を運びたる地ぞ

妻と幼児殺す無惨を病む者にも繰り返し報ずテレビというもの

介護の手に生かされ鬱の日の終わり握手と選歌もちて妻来る

眼の見えぬ塙保己一の発明とう原稿紙置けばものの書かるる

盲目となりけるゴヤは闇のなか悍馬に乗れる騎士を描けり

脳症のテストのテーマ「桐一葉」逍遥の歌舞伎に観しことのあり

病院へ日夜訪いくる妻の帯ぶ車のキーに添う豆瓢《ふくべ》

幼き不眠なだめやりたる言葉もて不眠のわれに子は語るなり

花の坂道

卒中死免れ冬を越えし身の仮初《かりそめ》ならず花くぐるさえ
弛《たゆ》き身を妻の車に包まれて花の坂道三たびめぐりき
病室の窓にほのけく花冷えの明るみ初むるこの朝《あした》なり
看護婦に暇《いとま》のあればフリージアの水替えくるる退院ま近く
薔薇の黄の咲《ひら》く力に霞草添わせしばらく麻痺の身生きむ
賜りし薔薇も人語もありがたし何やらこの世に近づくわれか
死してのちも髯と爪とは伸ぶるとうこの二つ伸ぶ煩わしけれど
夢にして編集台割のマーカーペン購《あがな》いて覚む虹色おぼろ

卓上鈴

朝のパン焼ける匂いの食堂に麻痺の身励まし身を運ぶなり
芸一つなし得たるがにひとりして着替えを終えし己を囃す

玄関の扉のカットに朱滲《あけ》ませ花蘇芳ことしも向かい家に咲く
白木槿《しろむくげ》仔犬の姿《なり》の花つけぬめまぐるしきわが生死の間に
自宅リハビリひとまずを終え呑む水は氷一片浮くに鳴らしぬ
すみれの絵に惹かれ求めし卓上鈴介助の妻を恃まむと振る
硬き磁器の白き蹠《あなうら》見せながらマイセン人形倒れたるまま
歯医者床屋にかかり現世に戻りたり芝桜咲く垣に沿いつつ
家ごとに植込みの花零《ふ》れる道いま踏みゆくは木犀の花
杖の身に二台の車やりすごし寄れる垣根に菫咲くあり

飛行船

舌ざわりほろほろと朱の肌に熟れ苺の種子は芥子《けし》粒がほど
大空のある体積を占有し飛行船行くらし音のきこゆる
一日の生きの証と歌一首成れば悦びくるる妻あり

春浅き風を集めて紅椿落《お》つると見れど落ちず身を耐う

掃除機の音のとぎれに聴こえくる妻の呟きのなかのわが歌句

花に遇う

アスファルトもたげるさくらの根の力怖れ畏み杖を突きゆく

落ち椿まろべる隙をたちまちに埋め花びら吹かれくるなり

春の魚さわらの皿に添えられし花ひと節の彩《いろ》比べあう

車椅子の媼《おうな》押す娘《こ》に映えよかし鎮守の杜《もり》のさくら並木は

小刻みにさくら散れれば鵯《ひよどり》を花の洩らせる呟きと聞く

教会の鐘楼あたり匿しおり雨を負いたる枝垂桜は

助手席の仰臥の額《ぬか》に触るるほど雨に撓《たわ》める花のゆたかさ

卒中の後遺を凌ぎ花に遇い妻の支えに葉ざくらも見つ

一番星

石垣の隙《ひま》より垂るる枝の先黄のひとしずく連翹と知る

春近き一番星に擬《なぞら》えて垣に見出でつ連翹一花

先んじて咲くさびしさに揺れながら細枝にひとつ連翹目覚む

目を凝らし見たる黄の粒連翹かわが手執りゆく妻との話題

安楽に即《つ》けば細れる麻痺の脚おそれ叱咤し汗し歩まむ

花の隙

暢《の》びやかな世の活動の音すなり花の隙ゆくヘリコプター一つ

花覆《おお》う坂を声かけ登りゆく息子夫婦の自転車並ぶ

花韮《はなにら》と妻に教えて星形のあわきむらさき震う道行く

柔和なる相となれりと家人いう死を免れし恵みのすえに

脚励まし歩めばあわれ血流の通える温み爪先に湧く

田崎美術館まで

高速路も木曾路はすべて山のなか一陣の霧たちまち塞ぐ

おおけなくわがため運転なしくるる人あり歌の会の縁《えにし》に

林檎の花詩《うた》う詩歌のやさしさは浅間の煙の淡き色ゆえ

矢車をまわせる風がわが前の空《から》車椅子ふいにころがす

評議委員会への誘いありがたし軽井沢に溶けおる館長の友

郭公の声の相槌めぐるなかベッドに登り装具を外す

星空を額《ぬか》に押しつけ眠りけり麻痺の脚伸す夜の快さ

啄木鳥《きつつき》の音のひたむき縦ざまに木を貫きて移りゆくらし

手足捥《も》がれひたすら妻の補いに一日すぎける山の宿りか

生と死の間にまだ在り落葉松の芽吹きの雨を目には滲ませ

昼風呂

左側に傾《かし》げば右足出るというこの単純を励み日日あり
梅雨前の蟻の動きの忙しなさ杖に避けゆく麻痺の身危《あや》う
夕菅《ゆうすげ》は心萎《しな》えの花なるかテレビ局来て吾《あ》に語れとう
右肘を立て腹這いに書き記す額《ぬか》伏すまでの三十一文字
肩越しに妻のさし出す天眼鏡プラスチックルーペの軽さうれしも
恵まれて世に在る頭《ず》なれ睡らさじ添削といえ虔《つつ》しみてなす
風邪の癒え昼風呂に入れて貰いたり生きてありせば得たる夏の日

歩行訓練

リハビリのアンケートにわれは選ばざりイメージフェイスのなかの泣き顔
残りたる脳に学習さすという麻痺の手足に反復を強い
さまざまに汗ふり絞りリハビリをなす老い人らわれの戦友
雨台風くぐりてわれを病院に誘《いざな》う妻に自信を貰う

卒中ののちの夢見にサイクリング車漕ぎしことありバランスをとり

主宰誌の題字すら読めずなりし人の症例ありつある会報に

インターホンに応対しうるのみのわれ宅配便に不在の応《いら》え

手を取りて歩行訓練なしくるる妻に報いむ良き歩みがも

紫揺るる

手足利かぬわれの安堵を早めつつサイドミラーの中に妻来つ

短日となる夕光《ゆうかげ》に杖の歩を出だせば即ち巨き蚊襲う

棕櫚竹の打ち振る影も音もよし招かれゆけるおのが脚欲し

洗い物干すを羨《とも》しと見おりける隣家の老婦人一夜に身罷《みまか》る

桔梗をば間垣に咲かせ人は逝きこの世の風に揺るる紫

全国大会

人人の親しき介《たす》け得しからに生きてこよなき富士に逢いけり

口口に迅く癒えよとぞ言いくるる声に囲まれ眩し青富士

青きらら富士に真向かう席を賜び羞《やさ》しむわれはいまだ杖の身

雲あらぬ一日が珍《うず》の富士のもと背の筋を伸べ息ふかく吸う

筒抜けの路地ごとに富士見ゆる町はずれに牧水記念館あり

海の青空のさ青に溶くるなく雪被《かず》く富士颪に緊まれる

暮れはやき大仁《おおひと》あたり闇の奥富士ありし方《かた》なに鳥か啼く

いにしえの地異のなごりの高みもて富士は尊し四方《よも》ゆ仰がる

寒のあけくれ

いさぎよく落つる朴葉《ほおば》の幅広の音の乾きに秋ふかくなる

いつのころ買いける達磨の文鎮か今は欠かせぬわが筆《ふで》支え

それぞれの分担に力添えくるる「氷原」の人今日も来給う

屈伸のままならぬ身に贈らるるレッグウォーマー着脱自在

朝寒に今日の一日を生きなむと気力はむしろ敵より貰う
わが声の聴こゆる範囲より離《か》れぬ妻の立ち居の気配かなしく
かすかなる寒の緩びにいちはやく鉢の梅咲く賜びて二日後
盆栽は細枝かくるるまで咲《ひら》き廊の隅にも香を溜めおりぬ

春の雪

眉ほどの雪の降り初《そ》め犇めけり眉なき翁いずこに在《おわ》す
地球軸傾くときの春の雪かつて兇変ありし頃合
酒蒸しに煎らるる貝の呟きの籠れる蒸気漂える午後
雪晴れの庭に手重りする稲穂置かしむ雀の声恋しさに
月面にも人佇つものをいつの日か足癒え苑の雪見にゆかむ

破魔矢

明るさに慈しまるる墓どころ欅はいまだ日を遮らず

桜木ときけば温《ぬくと》し梢には節分すぎの日射しある墓所
眼科診察受けに行きける妻よりの電話もありぬ留守居の昼に
エアコンの振動集め倒れたる破魔矢の鈴の小さき華やぎ
なめらかに玄関あくる鍵の音妻の戻りに世に還るかな

五島美術館

名にし負う富豪の苑に来つれども行き泥《なず》みけり石畳道
高台の起伏娯しむ人ありきおのずからなる池を設《しつら》え
青瑞葉《みずは》うねる庭園その底に石の像鎮《しず》み並びて在す
万の白噴くとう辛夷《こぶし》老いつれば季《とき》の歪《ひず》みに花匿しせり
腰おろす石段ぬくき青葉光道《かげ》たしかめに行きし妻待つ
手鑑《てかがみ》の展示に遠く椅子を得て筆の流麗仄《ほの》けきに沿う
監視カメラに敢《あ》えて真向かい護らるる茶室の垣に手触《たふ》れけるとき

花旋風《つむじ》地にはあれども邸《やしき》町足硬きわれと妻のみが行く

6Pチーズ

生きてあるゆえに選集纏めけり健やけき日の写真口絵に

麻痺の手を滑車に吊りて上下さす妻の励まし音に呼びつつ

扇形の6Pチーズ剝き得たり青葉のそよぎ銀紙に照る

天麩羅のこごみ崩るる口中に一年ぶりのビール含めり

デパートの鏡のなかに所在なく妻待つ白髪の姿自愛す

持ち重りするクリスタルの馬なれば掌《て》を地となして馳《は》せなむわれも

「生前」と言えば明るし戻り得ぬ扉《とびら》のいまだ厚き日日なれ

紗のカーテン

起居のたびくぐみ声にて妻を呼ぶわが声遠き山鳩に似る

後悔の雪崩《なだれ》しばしば被《かぶ》れどもいのちありしを端緒光とす

紗のカーテン掛け干ししおる妻の姿《なり》わが目に入りつ安らぎとして
掛け干しの紗のカーテンを膨らます風あり後遺期一年を過ぐ
年単位とう闘病の規矩をきくその一年の一日《ひとひ》も長く

花花の呪文

薔薇の名は「アブラ・カダブラ」雨のなか妻は購い来つわが麻痺去れと
フクシアの白き花弁の反《そ》りぐあいまねびて麻痺の指ひらくべし
水芸の太夫さながらフリージア香《か》を噴く花の茎しなやかに
蘭の花茎《くき》立《だ》ち密なる舗《みせ》のなか身を容れ任す香のたゆたいに
正面に蘭展《の》べ見せる鏡ありいと狭まりしわが顔も見せ

碓氷峠

はつ夏の空の深さに一筋の水蒸気こそ浅間の吐息
眼下なる青葉の渦の端に咲き飛沫とも見ゆ白四照花《やまぼうし》

「道なりに」などヒューマンな指示を受けカーナビゲーターに導かれゆく

山道のカーブに縋る手力《たぢから》の残り確かめ助手席にあり

人住まぬ別荘の階はやも朽ち蓬《た》けたる薇《ぜんまい》の濃緑覆う

峠茶屋の少女が三分ほどという頂《いただき》われにあわれ半刻《はんとき》

励まして誘《いざな》いくるる人と佇つ名に杳かなる碓氷《うすい》峠に

背景に雪の山脈《やまなみ》かがやける県境の標《しるべ》傾くに触る

碓氷峠の見晴台より瞰《み》る妙義青葉荒波凌《しの》げる礁《いくり》

雪残る浅間の斑《まだら》劫を経し鯨めくとぞ言いし人あり

木天蓼《またたび》が花の枝振る峠道すこやけき日の訝還るか

パンの香り

高原をい行く若者さざめける空気共にし今日われはあり

古き世の寝椅子《カウチ》の長さゆかしとも三笠ホテルを杖に見めぐる

懐かしき歪みガラスを透りける　楓《かえるで》　若葉動く目の位置
窓框《がまち》広きホテルの食堂にわが杖遠く立てかけられつ
万平ホテルのパンの香りと柔らかさイースト生きて働き膨らむ

赤ポスト

肩いからす大型車輛の狭間《はざま》道カーブ縫いゆく妻渾身に
繁き雨重たく払うワイパーにひらける視界針葉樹のみ
カーナビの指示にもいまだ馴れぬまま山を抜けたり生きの緒を継ぎ
昔風ホテルの脇の赤ポスト雨に拭われ郵便車待つ
カーナビの地図は天より届くとか仰ぐに眩し雲のひとひら

倚松庵まで

滝いだく傾《なだ》り迫れる新神戸揺れを凌ぎし脚に降り立つ
梅雨さなか晴天二日恵まれて卒寿に近き義父《ちち》に逢い得つ

巨いなる蹲踞《つくばい》いまは夏の日に影収めたれ地震《ない》の罅《ひび》あり

怯え易き神戸の犬やわが杖に吠えしきるなり家の門《かど》ごと

老い義母《はは》の力恃みに坂いゆく六甲山の緑まぢかく

杖に縋る坂の歩みを待ち給う義父はもガードレールに凭れ

潤一郎旧居の床《ゆか》に装具脱ぎ腰をすべらせ記帳なしけり

詫び状の筆暢《の》びやかに流るるよ六甲よりの水のほとりに

谷崎の眉《まゆ》想わする住吉の松の豊かさ夏雲のもと

来む年の義父の賀宴に再会を約せり良き季《とき》乞い願いつつ

変り玉

朱の鳥居隙なく並ぶ裡《うち》らがわ臓器の襞のなか行くここち

変り玉いまわれは白妻は黄に口中にある時間の硬さ

焼芋を商う車薪を積み炎見せつつ路地曲りゆく

巨大蜘蛛《タランチュラ》獲物捕える素速さに鍵盤のうえ十指は動く

「アベ・マリア」唄えるビング・クロスビー寝ね際《いぎわ》の空気しばし揺らせり

校　歌

石楠花《しゃくなげ》の朱《あけ》ふり向かせ初夏《はつなつ》のあらしはいまだ空にとどまる

某県立高校校歌若き日に作りしを聴く心弾みに

図らずも残る脳裡に浮かびける譜面のありど地下の一隅

歌いくるる声のひたすら谿《たに》つ瀬のきらめくに似てわが詩引きあぐ

外出より戻り装具をはずす間の気流すずしむ季となりつも

鎌倉大会

車椅子用《もち》いぬわれを口口に嘉《よみ》しくれつも「氷原」の人

若き剣士の気力漲《みなぎ》る構えもて谷本氏の弦に心沿わしむ

持ち時間少なけれどもひたむきな歌評百十余首にあまねし

尽くし得ぬ謝意に心の残りたれ来む年の会をはやひたに待つ

はるばると参加の人も高齢にあれば劬《いたわ》り受けつつ恥《やさ》し

樟脳船

ステーキに箸添えらるる鵠沼《くげぬま》の小皿いくつか海凪ぎわたる

セルロイドの樟脳船こそ恋いしかりウインドサーフィン湾に充つるも

江の島の影くきやかに浮きたたせ秋陽没《い》りゆく雲を染めつつ

透明な線を支えに頸細き花瓶《かへい》かすかな海鳴り伝う

足場組み池を覆える松手入れ二肢力ある支えを移し

幼児《おさなご》は乳母車より抜きとられ鯖雲近く捧げられゆく

砂利道の途切れに昨夜の雨の苔しるけく杖の先を滑らす

ドラセナの鋭き葉さき宥《なだ》めつつはや雪備えせり塀の際

生きの汗

麻痺の手の指は女《おみな》のごとくして働くために開くことなし
首に巻くタオルの不様《ぶざま》知れれども許せよ生きの汗いずるゆえ
視野欠けのわが気づかざりいつのまに来たりしか妻のセーターの紺
辞書欲しと乞えばルーペも添えらるる眼《まなこ》よりまず偕《とも》に老いゆく
意識して視野を戻せる十行目白き枡目に歌書き埋む
物のあり処《ど》確かめ記憶固めおく探し得ぬ身の補いとして
鹿威しつねに聞こゆる塀に沿う登り坂わが得意の数歩
エレベーター中《なか》の手摺を譲るまで杖の身ながら足確《しか》となる
妻の留守たどきなき身は室温となりたる牛乳心して飲む
魂魄となりて拉《ひし》がむいくたりを念《おも》いおりしがいつか寝入りぬ
綿菅《わたすげ》の風に攫《さら》われゆく朧《おぼ》ろ人の話柄に乗らで去《い》にたし

香の辺り

秋日射なかの木蔭を選びゆく良き友ら待つ歌会をめざし
虹鱒の膚えの斑つつき合い人人とあり生きて二年目
セコムセンサー閉《さ》すすずやかな音のしてピアノレッスンに嫁の出でゆく
ジャムを煮るわずかないとま得し宵か妻呼べば香の辺りに声す
駅に切符買う手だてなきためらいに醒むるがつねの夢貘《ばく》よ食え

手術あとさき

いのち得て更なるステップ試みるオペ待つ部屋に秋陽あまねし
秋晴れのこよなき日差し口惜しめど吉兆とせむ手術日今日の
地に踵つかばアキレス追い越してゆかむ願いに腱《けん》切り伸ばす
オペ室に向かう通路に仰ぎける雲の幾刷毛《はけ》担送車より
痛覚に離されし身をオペ台にうつらうつらと電子音聴く

おりおりに声かけくるる麻酔医との会話いつしか短歌《うた》となりつも

食パンを折り曲げながらちぎり食う栗鼠のしぐさに似つる朝かな

かぶりつくグレープフルーツけさはなく剝《む》かれて嬉し日本の柿

遠からぬ私鉄の始発出でしより街の営みの音のぼり来つ

両足を揃え立ちける瞬間の五十七キロこの世の目方

病室の遠陽炎《かぎろ》える展望に離陸機ひとつ絞り出されつ

空路なるへアピンカーブに導かれ光かざせる離陸機つづく

夕刊の「素粒子」欄に引かれけるわが歌を読む生きの目細め

短調の曲にくるめるアナウンス面会時間終了を告ぐ

救急車のサイレン収めし病院の懐《ふところ》の上われは眠るか

よき辞世成れば安けく死に就くといまだ成らざる日日嘉《よみ》すべし

塑像

思いなしか手術後の髪黒みけり如月《きさらぎ》半ば凪ぎの日つづく

身を狭め植えし　楓《かえるで》　病みてより年余ののちの朱《あけ》の眩しも

左手に舟越保武彫りにける塑像に生への執念たばしる

ままならぬ左手なれば独自なる彫芸ありと保武言えり

ものを書く資料敏《さと》くも見出でける妻ありしばし構想を練る

不逞《ふて》寝《ね》にはあらず心を立て直し背の筋を伸《の》し歌憶《おも》うため

歌ありてのみのわれかと歌を詠み夜半の紙音抑え書き留む

歌の措辞二様に記しわが亡きあと妻に任せむ安逸におり

杖の道いつしか車の抜け道となりつもままよ轢くならば轢け

手を取られかつがつ妻と歩む身を冬夕光《ゆうかげ》はMの字描く

振り返り満月見よと妻の言う身を捩ることリハビリなれば

知恵の輪

集に編む歌どもの日日いまにして弛き身ばかり運びたる知る
身じろぎに必ずものの一つ失すメモに留めし今日の一首も
凩の吹き抜けゆけば麻痺の頭に載せて寧《やす》らぐ帽攫う路地
マニュアルを読み解き妻が直しける機器の恵みにしばし安けし
知恵の輪に挑み難儀の夕べかなあす着る衣類の前後分からぬ
筋拘縮伸《の》ばせば疼みを遁れたき睡気やあわれおのずからくる
装具つけ床《ゆか》踏める音西洋の幽鬼ならねば響動《とよ》もす勿れ
深夜テレビにオペラ全曲妻と聴く病みて切なきゆえの奢りと

カゴメ印

表札の名を親しげに呼びながら刃物研ぎ師の来たる昼刻
部屋ぬちをカゴメ印に飛びいたる五月の蠅もいつか去りたり

矯正具つけぬ足首つつむべく仕上げ良き靴たかけれど買う
仔熊らの二肢に及ばぬわれのそと歩行玉乗り餌の皿持つ
ブルータスお前もかインド・パキスタン核歯止めなく地球を覆う

零　す

台風に金木犀の目覚めたり杖曳く門《かど》のけさ鮮しく
葉の蔭に壺型ちさき金木犀満たせる香をばしずかに零す
わが生ける験《しるし》と届く歌誌の類ひらくよ指の硬直のまま
入院時の衣類に残る妻の手の墨書きの苗字にじみ薄れつ
脳死法案可決されつも重篤《じゅうとく》のわが生きて辛くも歌詠めるとき

名残のしずく

中華街匂いのテープ切りながら子に腕とられ重き身運ぶ
朝靄の海の燕の巣のスープ雛を支えし力潜むか

夜の波の寄せてタラップ揺るるかとレストラン日本丸とおきかな
生きの日の名残のしずく汲みあぐるみなとみらいの夜の観覧車
中国製漢方安眠枕とや二人の髪に籠れる匂い

区民パレード

パレードの賑わい来たる道筋の端にわが佇つ秋日射し受け
犬どもが飼主の手に宥められ脇に寄せられパレード続く
隣家より出されし椅子にパレードの最終チーム過ぐるまで見つ
脛高く道踏み鳴らす若者のパレード足裏に生伝えてよ
日暮れ待ち歩める道に掲《かか》げらる花の穂低き白さるすべり

雀のお宿公園

新しき細杵《ほそぎね》数本湯気たてて運ばれゆけり小公園に
搗きたての餅くばる声童らの声制しつつ木の間洩れくる

鴉らの身じろぎに散る欅の葉ひと葉ひと葉のたゆたい長し

竹林は地震の避難所竹落ち葉厚らに積める褥《しとね》を設け

古民家の戸口のぞけば冬の日のもはや届かぬ闇詰まりおり

対のコンポート

ヴェネチアの地名ゆかしきコンポート祝賀に賜びぬ二つ並べて

ヴェネチアに透きて流るる水の色籠るガラス器春の日に賜ぶ

手づくりの反《そ》り暢びやかなガラス器に盛らるる祝意妻と喜ぶ

棟瓦《むねがわら》に鳩を並べて喉太《のどぶと》の声の鞴《ふいご》を送る家あり

背広着て夢の中食《ちゅうじき》ポケットにまさぐる五百円玉のいくつか

なお生きて

あすあたり咲ける牡丹と見つつゆくわれにも恃むあすあるごとく

老いつれば任を解かれし盲導犬嗅覚になお意志残るとぞ

狭まれる視野引き伸ばし選歌する仕事ひたすら世に繋がれば

一筋の「冬虫夏草」真剣に噛める目ざし妻の眼とあう

梅雨晴れ間都会畑に並み立てる玉蜀黍《とうもろこし》の節の間の伸び

手の拘縮この夜も妻は伸しくるるテレビにちさく笑いを洩らし

夢のなか使い癖よくペンなどを修正しつつながく飽かざり

西瓜の種

蜻蛉来て翅休めける縞模様憶《おも》いをつなぐ西瓜畑に

一団の鳥の飛翔の伸びちぢみ西指しゆくは綾取りに似る

井戸ポンプ軋ませ西瓜冷やすべく木の盥あり祖父《おおちち》のおり

敷藁の蒸るる匂いを圧し鎮め西瓜ひそけく夜に充実す

西瓜割り酷《むご》き遊びのあるものか小片《かけら》にしばしわれ潤うに

いくらかの西瓜の種を呑みこみぬ鳥けものらに運ばるる種

大玉の西瓜提げゆき讃《ほ》めらるる妻の力に縋りわが生く

殷の仮面展

美術館めぐる裕《ゆと》りの人のなか歩み不如意の帽目深《まぶか》にす
殷の世の風に鳴りけむ青銅の枝に吊るせる銭の反転
神樹とや梢こずえに祈《ね》ぎ事の鳥おり今し飛ばむ構えに
仮面らは地中に目覚め菜の花の咲ける表土をこそばゆくいむ
青銅の仮面いずれも官吏顔ふくみ笑いを隅ゆ洩らしぬ

義弟逝く

震災ののちの三年またたく間なれどつけ入る癌のすばやさ
幻覚に脅かさるることすでになき義弟《おとうと》と慰めはかな
半歳も経《た》たぬこの夏亡き人にパジャマをば借り着せて貰いし
思い遣り深き故人のはからいや喪の日予報の雨降らざりき

まだ夭《わか》く逝ける人はもその妻と父母と子が上に齢分け給え

＊

甥姪が法事に集う声のなか現《うつつ》に聴きつ亡き人の声
孫すでに胎動なすを知りしとか一筋せめて射す光とも
亡き息子悼《いた》む漢詩を朗詠の義父《ちち》の張りある声の哀切
亡き人の妻が手編みの温《ぬくと》さを形見分けとて賜ぶおおけなし

納骨

納骨に赴く妻につれなくも新幹線に禁煙席なし
花明かり現《うつつ》に見えぬわれの夜に妻の電話のある花明かり
妻おらぬ一日《ひとひ》のわれを案じてか二階への扉《と》を子は開きおく
玄関にスニーカーありわが足の鍛えの外出《そとで》子は予定して
下り坂杖に難儀と見るまえに並木の花の重なりを見よ

花冷えのいまだ残れる花の坂行くにあわれや汗地獄なる

抱《いだ》くがにわれを立たせて前うしろ洗いくるる子ありて今日生く

妻が帰る連絡電話ありがたし義母はもわれへの犒《ねぎら》いを添え

十二神将

死にたし病叱咤忿怒《ふんぬ》の形相《ぎょうそう》のありて尊し十二神将

音無しの滝のきらめきおのずから季《とき》甦る音を聴かしむ

通し矢の逸《そ》れ矢の揺れのささる梁《はり》唸りかそけく籠りおらむか

海棠の陰とし覚え妻が車停めける午後の寺庭よぎる

法要の木魚の響き本堂の上り框《がまち》に掛けし身に帯ぶ

春彼岸風に乾ける石の坂杖に滑らず妻と香焚く

飲むべしと調《ととの》えられし茶の温度舌のつけ根のあたりに甘し

木はまこと生きてやさしも神経の通わぬ足に踏む床《ゆか》となり

納豆

雨予報はずれし朝の明るさを恵みと杖にカーテンを繰る
力瘤なき身が仰ぐ木蓮の白ことごとく節榑《ふしくれ》に噴く
蕗の薹の天麩羅天使の姿《なり》のまま春へ誘《いざな》う笛を吹きおり
卒中の五味保義氏食べ泥《なず》みたりと詠いし納豆ぞこれ
雪洞に「さくら祭」とある通り妻の車に身をくぐめゆく
兵士らの歩み逸《はや》らす小太鼓の不意に轟く女子校の窓
つぎつぎと配達終えし赤バイク納めゆきけり本局の地下
海棠の紅に礼肥なすらしくスコップ携え部屋よぎる妻
地下室に収納棚を組み立てる音すずしけど妻寒く居む
まどろめば鬱の時間に襲わるる詮なくめぐる鬱の時間に

狐の祠

わが庭に動くものあり彼岸ざくら啄む目白いつまでもいよ

蜜を吸う小鳥の落とす花車連《つ》れつつ旋《めぐ》り地に軸を立つ

山吹の端の一輪けさ咲くと妻の扶けに身を運ぶ道

枝垂桜の流れを分けて祠《ほこら》あり石の狐の唇赤く

校庭のさくらの落ち葉公害とことし伐られぬその甘き香も

校正室

タクシーに教わりし道プロの道一方通行の矢印つづく

あやまたずジェームズ坂の標《しるべ》見ゆ古き地名に辿る寧《やす》けさ

空港に近き界隈おもむろに高度さげゆく機を窓にせり

保線区のある西空ゆ賜物のごとき日射しの部屋にあまねし

編集者たりしわが名が捺《お》されある辞典の小口《こぐち》まだ新しき

地縛り

梅雨寒の胸かき合わす釦とも戸口戸口にゼラニウム咲く
むくつけきトラック左折するときし涼しき女《おみな》の声に呼ばわる
駐車場に変われる空地地縛《じしば》りという雑草がアスファルト噛む
重心を左に移せと一歩ごと言いくるる妻にも道ながからむ
杖を手に急ぎ取りける電話なれ世に疎《うと》き身に株買えという

高幡不動

日野あたり新選組のふるさとと誠《まこと》萌黄の空よく似合う
歳三の銅像ややに気取りあり幕末しのぶ声をめぐりに
お坊さまの白足袋まぶし覆《くつがえ》り易きわが足押さえ給いて
マイク持ちこの世にあれば受賞者の歌を賛《たた》えて呼びかけにけり
境内を辞すとき尊《とう》と貫主様見送り給う足弱われを

薔薇の名

亡き人の母と夫人が由縁《ゆかり》の地詣《もう》で戻れば梅返り咲く
夏夕べ梅一輪の息づかい優しき故人庭に来ますと
運動会いま酣《たけなわ》の小学校神戸にありて散歩道とす
鉄亜鈴雨のテラスに揚げたまいゆるりとおろす義父《ちち》の手力
阪神の二桁勝利稀有《けう》のこと義父と亡き人偲びつつ見つ
姉の名と似るを悦び亡き人の求めける薔薇白に綻ぶ
雨多き夏凌《しの》ぎたる薔薇ハルヨ遺《のこ》る家族《うから》の慰めとなれ
自画像の筆の運びに義弟《おとうと》の少年の「時」収めたる額

碑文谷公園

台風の逸れにし昼の公園にヒマラヤ杉の梢影《かげ》濃し
青年にベンチ譲られ池の水弁天島の橋くぐる見つ

登りごこちわが目にもよき園の樹や根元に女児の釦落ちおり
柵のうち飼われ児童に触れらるる家鴨《あひる》に兎《うさぎ》目をつぶる犬
ポニーゆく乗り手の少女背にあやし弾み心を抑うるさまに
やわらかく穏《おだ》しき性《さが》をさながらにうすもいろのポニーの蹄
木立縫《ぬ》う風をすがしみいつ知らに池ひとめぐり御堂を拝す

映像のライン

水濁るラインは緩《ゆる》き流れゆえ長き歴史を培《つちか》いにけり
ゆらゆらとライン下りの船室に奏でらるるベートーヴェンの「幽霊」
死にぎわにワインを薄め飲みしとうゲーテが唇にあてし色と香
死者は香に腹充《み》たすとう差し当たり百合の大味好みにあらず
庭隈の闇危《あや》ぶめど戻りこし妻の手に二つ姫柚子点《とも》る
懐石は花づくしなり一瓢のかたちに天井の明りとりあり

茘枝《れいし》の実剝《む》きくるる妻の指を待ち生ける咽喉《のみど》のすべり確かむ

紙鍋にしゃぶしゃぶ煮ゆる蠟の火のさゆらぎのなか夏を逝かしむ

纏るることなし

ケンネルの環七沿いの看板に仔犬二匹が畏《かしこま》りいる

犬連れし人避けくるる杖の身を帽脱《ぬ》げぬまま遠く会釈す

捌《さば》かれて綱の先なる仔犬たちおのれ賢く纏《もつ》るることなし

耳を垂れ目を閉じチワワ白昼の眠りのなかに包まれゆけり

梧桐《あおぎり》の葉の裏返す夕風につれて町中の犬ども散歩す

ヨークシャーテリアの目玉落ちそうに杖もつわれを見あげゆきつつも

房毛重《おも》くゆすれる犬を先立てに自転車の老人われを抜きゆく

犬たちの散歩ももはや絶えしころ街灯の光つなぎつつ行く

ドームの花瓶

翁草はるけくドーム兄弟の瓶《へい》の意匠に鬚をそよがす
瓶のガラス流体なればおのずから重心低くかたち成りたれ
翁草ひかりと影の縁どりに揺らぎつつ伸ぶ丈ある瓶に
顎鬚のおぼろ意匠に描《えが》きけるドーム兄弟いつ見し草か
茂吉の里に購《あがな》い来たる翁草わが病めば庭にいつしか消えつ

透　廊

神護寺の紅葉見たしと誘《いざな》われ生きねばならぬ冬越え夏越え
庫裡までの渡り廊下の黒光り踝《くるぶし》しかと踏ままししものを
寺垣を結《ゆ》う棕櫚縄の毛羽だちを剪《き》らむと思えどわが手動かず
透廊《すいろう》をさらさらと風渡りゆくごとくしあれなわれの血流
枯山水めぐれる廊に映りつつ季《とき》とどまらずわれの身を置き

尾根径

西行の花の寺とや花近き枝垂ざくらか艶めくそよぎ
なまじいのちあるゆえ辛き日日の果て石段《いしきだ》ありつ古寺の春にも
掌の窪に宝珠支うる観音の手の姿《なり》一つわが真似び得ず
滝の尾の白き蠢きはるかなる峰に縋れる危うさに見ゆ
峰までの尾根径細き春の山かの世の景と弥次郎兵衛ゆく

緑まぶしむ

梅雨寒き歯科病院の廊に待つ妻を声に呼ぶ人少なきに
歯を治し日射しのなかの歩み良し歳月いかほど残れるわれか
口惜しみに尽くせるわれのエネルギーいかなるさまに蓄積されむ
咽喉仏焼かれて軽き骨の姿《なり》生けるを撫でて鬚を疎めり
糺の森ふかき彼の世を焦がれつついまだ世にある緑まぶしむ

あとがき

平成六年の秋、思いも寄らぬ病に襲われ自宅で倒れてから、忽卒のうちに早くも七年が過ぎた。発症直後の、手足の麻痺による拘縮を伸ばすリハビリの疼《いた》みは、一方の手で握り締めるベッドの柵も曲がらんばかりであったが、本然の身体に戻れぬまま、半年後の退院となった。

後遺を抱えての日々は起居のすべてに余分な時間とエネルギーが費されるため、容赦なく光陰が流れ去る歎きはありながら、この世への艫綱《ともづな》として投げかけつづけてきたのが、ほかならぬ短歌であり、それと共に主宰誌「氷原」の月々の発行であった。健常のときでさえ、月刊を遂行する上での煩雑きわまりない諸務は限りなく、これらが爾後、私の介護を続けながらの家族の負担に加わらざるを得ないであろうことを思えば、刊行の断念を考えないこともなかったが、心熱き同人諸氏の協力もあり、機関誌あるゆえに熱心に作品を寄せてくれる全国の会員への責務を、ともかくも果たし得たことには、ひとしお感慨ぶかいものがある。

病後施された処置や対応のあれこれを思い返せば悔いもあるが、二年目の平成八年三月に、かねて要請されていたシリーズものの『石本隆一短歌集成』（沖積舎）を出版、さらに平成九年七月には倒れる直前までの詠を集めた第九歌集『流灯』（短歌新聞社）を公にすることが叶い、同社から「石本隆一評論集」の第七巻として『歌の山河・歌の隣邦』を平成十一年五月に出刊した。

したがって、本集『やじろべえ』は私の第十歌集となり、発病してから平成十年十二月の「氷原」三百号記念号あたりまでの作品を以てひとまず纏めたものである。

刊行に際し、角川書店「短歌」編集長山口十八良氏、角川文化振興財団の中西千明氏にひとかたならぬお世話になり辱いことである。厚く厚く御礼申し上げる。また、このたびも装丁に伊藤鑛治氏のお手を煩わせた。併せて深謝するしだいである。

平成十四年八月二十一日

石本隆一

いのち宥めて

いのち宥めて

平成十八年三月三十一日　角川書店刊　角川短歌叢書

装丁 伊藤鑛治　四六判・カバー装

二二八頁　二首一行組　三六六首

巻末に「あとがき」

定価 二五七一円

花盗人

風に散るために咲きたるさくら花いまおおけなく杖の身に浴ぶ
花の隙《ひま》光れる川面《かわも》見ませとて道の斜《なだ》りを励まされゆく
草を踏み妻の登れる丘仰ぐその視野せめてわがものとして
崖下に裏見のさくら尋ねつつ橋狭ければ水の音せる
萼《うてな》ごと旋《めぐ》り落ちくる花を掌《て》に花ぬすびとの疚《やま》しさにおり

暫

玄関に立つたび笑まれ励まさる紙雛なれど力む　暫《しばらく》
左指効《き》かねば枇杷の食べがたし巨いなる種さていかがせむ
自動ドアわが躊躇《ためら》いを見定めることなく閉まる負けてたまるか

舫う

隧道《ずいどう》の出口眩しむいとまなく行く手を塞ぐ富士に真向かう

湖《みずうみ》に展けたる空ふかければ亡き師の御声《みこえ》ひたに恋わるる
土の膚《はだ》見ゆるまで身は運ばれて富士につながる斜《なぞ》えに佇てり
中天に流れはじめる稜線の延びゆく収め湖《うみ》ふかからむ
杖の手を柵に移して本栖湖に富士より返る秋の風受く
黄落に樹海まばらに見ゆるとも迷い入るべき足おぼつかな
湖《みずうみ》に臨む丘辺に灯《ひ》点れり公魚《わかさぎ》釣りの舟舫《もや》うころ

紙獅子

香煙を身に招く手の四方より伸びて相似つ秋の境内
ころころと裏返されて焼けてゆく人形焼に並ぶたのしさ
紙獅子のひづめは蜆の殻四つ煽ぐに踊る江戸の手玩《てまもり》
湯気のぼる朧《おぼ》ろのなかに泥鰌食う二皿四十ほどのいのちを
道を問う妻に応《いら》えの懇《ねんご》ろに路地の手桶に水溢れつぐ

画鋲痕四隅にありて古書店に濹東綺譚のスチールを売る
秋の日の射して崩るる築地塀うちら清らに掃き尽くされぬ

案内記

食べごろに林檎熟れしと妻の声誘《おび》かれ成さむ歌の幾片《いくひら》
セザンヌの林檎の軸は向き向きに手触りを見せ匂いを放つ
十二階より筑波見ゆ箱根見ゆと花袋《かたい》小踊りの体《てい》の案内《あない》記
花袋言う流行仏の帝釈天当節ならば棘抜き地蔵
朔太郎の手紙購《か》うべし丸文字に愁歎のさま恥じける人は
テロの心知ると詠《うた》いし啄木にとおくロシアに惨劇起こる
書架のまえ眠るまで読む本さがし立つ習慣《ならわし》を杖に保てり

祈りの石像

蔓延《はびこ》れる鬱の凶草《まがぐさ》喰べ尽くす馬頭尊今宵も夢に出でませ

滑らざる空也《くうや》の草鞋《わらじ》履きたけれ拇指《おやゆび》曲げてわが挟み得ず
メソポタミア出土の粘土像が持つ拍子木《ひょうしぎ》左も確と握れる
楔《くさび》形文字ひたすらに穿《うが》ちつつ深浅ひとしく公文書らし
幾千年輝き失せぬ首飾り朱の一粒を妻と賞《め》でゆく
粘土製鎌の切れ味刻《きざ》み目をつけたる工夫はや古代より
左手を右手に庇う石の像祈りの姿さまざまに立つ

年用意

張られたるテープはためく更地《さらち》あり売らるる区画狭き歳末
混みあえる郵便局に椅子一つ空《あ》くと導きくれし人あり
水打って今年終わりの家家の前ゆくいまだ妻を恃《たの》みに
年用意せぬ玄関に義妹《いもうと》と姪を迎えつ朝光《あさかげ》のなか
オレンジの国旗靡《なび》かせ町内に領事館あり凩のもと

いちはやく雪を滑らせ払いけるシャコバサボテン朱艶《あけなまめ》かし

積む雪の隙《ひま》より届く一筋の光に敏《さと》く盆梅薫る

雪のやみはやしずれ聴く暖かさ恵まれごとの少なきわれに

贈りくれし人の名に称《よ》ぶ夜着温《ぬく》し夫君の介護長かりし人

花時計

花の香の襞《ひだ》いく重にも畳《たた》なわる裾野が原の散歩道ゆく

木に縋る身のすばやさを残像に車道をよぎりゆきし栗鼠《りす》あり

花時計いまラベンダー撫でゆけり世に関わらぬ刻《とき》移りつつ

湖《みずうみ》を巡る自転車貸すという叶わぬ誘いの看板つづく

夕風に靄《もや》拭わるる富士すでに神の威容を崩しつつあり

渓　水

反橋《そりばし》の朱塗り映せる池水の緑おりふし風に窪めり

睡蓮の根に抱かせたる干し鯡《にしん》掘り出し食うと水濁す鯉
雨しとど注げる池に剝《む》きあげしばかりの黄に睡蓮ひらく
地に深くねじ込まれゆく渓水《たにみず》の逸《はや》りのままに攫われゆかむ
十年は生きくれませと妻言いき今に羞《やさ》しみ髪刈らせおり

雨の参道

鳴き砂の浜ゆくに似つ踏み締むる健足《けんそく》側の靴の底鳴る
獅子頭ちさきを欲りし子の願い叶えやらざる門前町過ぐ
飴を切る拍子を胸に受けながら弾むことなし雨の参道
群衆の一かけらとも道をゆき曲り角にて諍える影
休日の夜の漆黒にオートバイ掻き傷ふかく残し行きたり

監視塔

中央道行く手の看板声に読み歌説《と》くおりの咽喉《のど》調うる

料金所近きを認めあやまたず小銭整え妻に手渡す

競馬場の監視塔ぞと高速路降り口近きわが口癖に

街道に開く神社の裏手側パトカー一台身構えおりぬ

エレベーター開け待ちくるる女《おみな》あり厚底靴に恙《つつが》あらざれ

歌会《うたかい》の部屋に声まず差し入れぬ待ちくれし人と日和を嘉《よみ》し

新しきキーホルダーの革の香や鞄を持たずなりて久しく

エアコン

花菖蒲見る賑わいの声のなか生き得て五年の声差し入れぬ

水耕に花茎たてしアマリリスひらく萼《うてな》に朱の脈走る

おもむろにエアコンは舌出しにけり梅雨寒に肩冷やす勿れと

蓴菜《じゅんさい》を啜り一日《ひとひ》の恙なき機能大事に夕餉を終えつ

足の浮腫《むくみ》戻さむと夜を上げて寝る地に重力のあるありがたさ

通夜の庭に隣れる真夜のドアの音さまざまに車の出入り激しも
わが額《ぬか》の温み確かめ暁の眠りを僅か妻は加えつ

義父の気力

ホームとの隙間を跨ぐ足はこれ爪先よりまず揉みほぐしおく
紙コップ薄けれ起こす蝶型の抓《つま》みに守《も》られコーヒーを飲む
雨多き今年の蟬や白みたる空待ちかねて窓を響《とよ》もす
上履きの白を踏みしめ階上に歯磨きなせば六甲の見ゆ
海近み息衝《づ》きとどく空のもといずちゆくとも青澄める町
たどきなき歩みに門まで送りくれし義父《ちち》の気力を妻と目に留《と》む
傘掲げ迎えくれたる子は妻に犒《ねぎら》いを言うわが腰ささう

宿　題

美術館ひとつに寄るを新しき励みに辿る坂幾曲り

道筋に車片《かた》寄せ館までのわが歩行の可否妻は確かむ

炎天下工事の響き近けれどモノクロ写真展に涼しむ

葭簀《よしず》越し光のまだらこそばゆく頬に受けたる少女の笑まい

夏休みの宿題に面《おも》伏す児童らか中庭隔て地下室に見ゆ

カエサル銀貨

哄笑の石榴《ざくろ》揺れおる空ふかく鴉らの影遠く去らしむ

満ち来たる潮《しお》にたじろぐ飛び鯊《はぜ》のぬめりを眼《まなこ》乾きつつ見つ

弑《しい》されしカエサル銀貨に寛容と銘打たれおり瞑すべきなり

地の底に畳みこまれてゆく襞の端《はし》ほどけたる響《とよ》み遠地震《ない》

一片《ひとひら》の桜落ち葉に踞《かが》む影はるけく伸びつ朝の日射しに

地軸への渦

山ふかく孤《ひと》りの声を慎《つつし》めば叫び一筋樹に掛けておく

抗《あらが》わず鰐の歯噛みに沈みゆく羚羊ひとつに河渡る群れ

砂地獄砂に力のなき怖れ地軸に向かうひたすらの渦

西美をうたう――ルノワール

口元に通うぬくみに生《あ》るる声聴きたし帽の揺籃《ようらん》のなか
（帽子の女）

リハビリの行く手に咲くは卯の花と見倣《な》せる歩み唄に乗せゆく
（題詠―卯の花）

みずからのたてたる声に弾《はず》みゆく幼児《おさなご》木の香につまずくまいぞ
（題詠―声）

茂吉に寄せて

たたかいはイラクに起りとめどなし鳳仙花紅《あか》く散りいたれども

水駅《すいえき》の大石田に芭蕉の句碑立てり涼しと川を讃えける詠

富士見ゆと茂吉立ちけむ陸橋をくぐりて向かう代田の歌会

笛

白龍に巻き締めらるる悲鳴とも高層階に聞く虎落笛《もがりぶえ》

滝口入道恋のあわれの横笛の庵《いおり》問わばや菖蒲咲くころ
笛吹きの笛に誘《おび》かれ溺れゆく鼠の群れの恍惚のさま
洋中《わだなか》に海女《あま》が笛吹くひたすらをいのち悦《よろこ》ぶ声と聴かまし
岩海苔をしぶき浴びつつ掻く海女《あま》の手より心に冷え届かざれ

盛夏雑詠

神経を抜ける奥歯の舌ざわり今日あたらしき安らぎを得つ
噴水を押し潰し吹く突風の飛沫すずしむ二の腕あたり
花の名を教え教わり週に二度介護の人とリハビリ歩行
生き死にの定まらぬとき詠いける作まとめつつ六年《むとせ》後をおり
かざし読む本の重さを置くにさえ眩暈《めまい》走れり天井の灯に

得意の小鳥

トーストの香り励みに脱《ぬ》け出でぬ詮なく暗き夢の穴より

麻痺の腕シャツに通せるエネルギー微《かす》かに体《からだ》温めゆくかも

蘭の鉢素焼の膚を洗い場にわれより先に水呑みており

ビニールの紐を巧《たく》みに枝に巻き巣作り得意の小鳥の頭《ず》見ゆ

落ち葉して露《あら》わるる巣にためらいの身をまず容《い》るる小さき鳥は

帽のまま車に礼《いや》し渡りゆくこの慇懃《いんぎん》は身を守るため

道普請終えいちはやく描《か》かれけるゼブラ・ゾーンの細縞のなか

草の沈黙

セメント臭やや新しき墓地のうち傾《なだ》りに童子の名のみが並ぶ

攫《さら》われし波音とどく墓どころ潮に萎えおり花ことごく

葉肉の厚らを保ち浜ちかく生いける草の沈黙のさま

夜の降《くだ》ちふかまる空に絡みあう欅の先の網の目文目《あやめ》

結晶のかけらさらさら光るなり感冒の眼に遊ぶ秋天

膨張をやまざる宇宙の涯《はて》さらに涯あらずとや夜の脚疼《いた》む
締切日過ぎなむとして茫とおる怠りごころ責むるものあれ

夜の水路

風邪熱にそこはかとなき足の冷え耳鳴り奈落《ならく》秋は底なき
風邪熱にむず痒き咽《のど》言い当ててむすぐったしとの方言浮かぶ
香にたてる紫蘇の青実を歯に潰し頽齢《たいれい》にして白き飯《いい》欲る
暖房と冷房切り替え繁《しじ》なれば秋のリモコン戸惑いおらむ
吾亦紅《われもこう》いつか実となり霞草おぼろに添える瓶に影なす
連れだちて投票に行く声の後《あと》いざ加わらむ妻の手を借り
星屑を夜の水路は抱《いだ》き寄せその瞬きをしばし愛しむ

宝　水

道中の慰藉となり得ず妻ひとり発たしむ義父《ちち》の納骨のため

父の忌を修する妻の列車いま三島あたりか富士見えよかし

目薬の時間注意を里にある妻に電話のわが役目あり

杖歩行ただ繰り返す廊のはて冬星の光《かげ》玻璃に音する

わが蒲団整えながら子は呟けり東京に霜焼けありし幼時を

宝水《たからみず》なれば寝しなに呑むべしと老い人われはコップ持たさる

豪雨なか妻の携帯受けし子が広げ持つ傘大きく温し

第三種

遠霧笛《とおむてき》慕わしき夜を妻戻り義父《ちち》の指骨《しこつ》を偕《とも》に拝《おろが》む

鎌鼬《かまいたち》飼い馴らしたる爪かとも覚えあらざる脛《すね》の瘡蓋《かさぶた》

右腕の痒み一点癒やし得ぬ左手もどかし爪伸びつれど

明治生まれの歌人追慕の文書けとファックス入るに夜を徹しけり

三種便お取り潰しに遭《あ》わぬため小藩支え妻奔走す

風の道

麻痺の身に弥生のいまだ寒けれどマラソン・ランナー暑に苦しめり

一枝のしきりに動く風の道小鳥歓《よろこ》ぶ声運び来つ

沈丁花咲くと踞《くぐ》める母子おりリハビリ歩行リズムよき朝

春疾風《はやち》欅の芽吹き渡りつつ墓参に向かう膝おびやかす

石段《いしきだ》を降りるさ足首くつがえり倒れこみしが子の腕《かいな》あり

検温する指の冷たさ詫《わ》びにつつ訪問看護師わが腕擡《もた》ぐ

杖歩行伸《の》ばすべくここ駐車場せめて遠くに妻停めてけり

歯の治療介助車中に受けおれば犬を先だて知り人の行く

掌《て》を打てば竹筒の鳴る楽器とぞクイズ番組にわれ正解す

天気図

さり気なく世を罷りたし一行に死因肺炎齢《とし》不足なし

夜明け方小声にわれを呼びくるる妻よ冷たくもならで目覚むる

健やけき日の夢みたる寝言かな語尾明晰に妻おどろかす

胸の汗こころの汗と噴くからに取りのこされし吾《あ》を思うまじ

牙を剝く白きけものの姿《なり》を見せ天気図に梅雨前線迫《せま》る

小分けせるパンジーの鉢並べしと妻の声あり靴嵌《は》めて出《い》ず

みどり児の欠伸に通う頰《ほ》の緩び風呂の浮力に四肢委《ゆだ》ねたれ

パイプ椅子

花馬酔木《あしび》もも色の鈴幾重《いくえ》にも房なし振るも音かそかなり

椋の木の　恣《ほしいまま》　なる枝振りや巻き締むる葛《かずら》と偕《とも》に老いたり

パイプ椅子頼りにしばし汗冷ます風は教会見ゆる坂より

花の苗景品なれば　稚《いとけな》　く咲かで消えたり名を知らぬまま

花びらの一つ厚らなチョコレート遊び心の鉢掌《て》に囲む

花にしたがう

春疾風《はやて》富士を地平に研ぎ出だし妻と眩しむ中央高速
靴下のままの歩みを 試《こころ》みぬ記念館内廊の花冷え
杖の先洗いくれつる妻の手間待ちて身運ぶ展示室へと
競馬場めぐれる桜瑞瑞《みずみず》し駒の逸《はや》りに伴《つ》れたる開花
靴先につききしひとひらいとしみぬ花見めぐれる一日《ひとひ》を生きて

林試の森

涼しくば生命《いのち》いきよと大欅《おおけやき》そよがす葉裏いく重ねなる
肺葉に充つる緑にやや軽き足取りを得つ森の坂道
乾きたる落葉松《からまつ》の葉ぞ怯ずるなく踏めよと妻の指示に坂越ゆ
竜のひげベンチ周囲の土固め植えられおればまず杖を置く
髪薄き外国の人《ひと》木漏れ日を滑らせ競歩のさまに行きけり

広場にはボール蹴りあう若者の声して埃わが靴も帯ぶ

振り零す泰山木の花の香におりふし搦《から》め取らるるわれら

兵隊靴

思いきや櫟林《くぬぎばやし》を墾《おこ》しける土地守《も》りに杖の身を立たすとは

石切りの山の切り口親しかり雀ら発《た》たす発破の音も

茎ごとに鑑札さがる煙草畑花咲くほとり通いける夏

忠魂碑立てる丘辺の朝なりき東京空襲の灰の飛来は

払い下げの兵隊靴に山仕事篠《しの》の刈り跡さえためらわす

雨あがり苗整然と影映《うつ》すこの整然に汗せし日のあり

早苗田を嘴太《はしぶと》鴉闊歩せり雨に孵《かえ》れる蝌蚪《かと》を咥えて

灰汁《あく》揉みに鰻捕えし渓川《たにがわ》を覆いて咲くはえごの白花

森の端《は》に汽車の煙の見えしより一散走りに行きしこの道

診療日週一日の医院あり戦中の蓖麻《ひま》門辺に残し

踏切に待つ気動車の客疎《まば》ら片麻痺思案のはてに見送る

灯火管制

プロペラの羽音を闇に捕うべく聴音機なる兵器ありつる

探照灯ふり翳しつつ護られし帝都の空に星粒硬《かた》し

高射砲陣地となりしお台場の方《かた》に 響《とよも》す先がけの試射

硝子戸に十字を重ね和紙貼りつ朝光《あさかげ》廊に交錯やまず

焼夷弾火伏せの棒に防がむと水含ませし玉縄重し

夜の湖

夕闇にかつがつ着きし諏訪の町道筋なべて湖《うみ》に斜《なだ》るる

夜の早き湖を繞《めぐ》れる町はずれ鍛冶屋の火花軒《のき》明かるます

御神《おみ》渡り軋みの迅《はや》さ受けとめし玻璃戸に映す妻とわが顔

対岸の山裾の灯の連《つ》れにつつ　漣《さざなみ》に触れ瞬きやまず

御柱《おんばしら》 夜を鎮みます杜《もり》ふかく噎《むせ》ばし霧が運ぶ杉の香

高遠にて

朝霧におぼろ遠山重なるを毬藻に似つと窓掛ひらく

窓下は手鏡ほどの高遠湖けさの曇りを映さずみどり

葉桜の繁りに偲ぶ花の雲つつまるる橋いゆく日のあれ

遠つ世に配流の女性《にょしょう》 なぐさめて空に群れたる茜蜻蛉《あきつ》か

幾峠はるけく絵島運ばれし道の高みに耳鳴り襲う

城とおく逃れきたれる女《おみな》らの悲運伝うる　崖《きりぎし》 に佇つ

虫の音《ね》のうねりに背《せな》を委ねつつなおいのちある夜を眠るべし

靄隠る山

舌打ちに紛う余波《なごり》を渚辺の我に残せり富士見えぬ湖

岩肌の富士の胸板厚ければ叩かむ希《ねが》い抱き来たるに

靄隠《もやがく》り富士あるあたり仰ぐがに小舟を踏まえ釣り人佇てり

湖《みずうみ》の五つ空しく経《へ》めぐれりせめても富士の断片《かけら》映せよ

胸奥に憶えばむしろ清冽に容《かたち》整う富士背《そびら》にす

警報機

舗装路を片足立ちに吹かれゆく枯葉の頭《つむり》赤味帯びたり

死にたし病こころ掠めるおりもなし妻の老い母来給うてより

魚炊くと酒注ぎける老い義母《はは》の流儀にわが家の警報機鳴る

雪吊りの縄あたらしき張の隙《ひま》あぎとう真鯉輪を拡げゆく

心せよ紅葉極むる黄櫨《はぜ》漆《うるし》杖に踏みゆく先に声あり

灯の点滅

歌会《うたかい》に寒波の予報薄氷《うすらひ》を踏まむ覚悟を解《と》く朝の雨

朝番組観るをはげみに着替えなすこの世の時間身に纏《まと》うがに

待ちくるる人あればこそ雨凌《しの》ぎ妻の車で会に赴く

くぐみ声風邪の後遺と許されよ人人に歌の調べ説きつつ

眠れざる明けの講義は昂《たかぶ》りの名残のままに淀みなく終う

高井戸の煙突しろく曇り日の灯の点滅のひたむきのさま

雨はららぎ暗きに渋滞起こりつつ独り待つ義母《はは》の夕餉を案ず

芝山埴輪園

円筒の肢もて星の夜を歩む武人埴輪に従《つ》きゆける夢

欠けつれど手振り見えつつ並びゆく踊る埴輪の喜びは何

死者の足すこやかなれば胴太の馬の埴輪に鐙《あぶみ》さがれり

遠き悲鳴

潮騒の底ごもる沖はるけくもヤコブの梯子めぐり鳶舞う

風鳥《ふうちょう》の胸の紺青発光す没《い》り日ひとすじ届くたまゆら
ひびき合う暴発空に立ちあがり遠き悲鳴は冬を美《は》しくす

口一文字

初め偕《とも》に揺られしからに一枚の地層はるかに戦きており
灼熱のマグマかつがつ宥《なだ》めつつ薄皮饅頭虚空《こくう》漂う
ドミノ倒しにも終熄はあるものを余震執念《しゅうね》き活断層奴《め》
山麓に地異のかたみの灰を積む赤ポストあり口一文字
足許に薄き岩盤割れつらむ八橋《やつはし》煎餅噛み砕くさま
列島の覆《くつが》える日の近しとう呑み込む海も鹹《しお》濃くあらむ
崩落に瀕する地盤さながらに豪華型録《カタログ》また届きたり

茎の紫

次に咲く花のためなりあえかなる薔薇の項《うなじ》を仰向かせ剪《き》る

茄子苗の茎の紫いとしみて育てたる頃われら若かり
道を越え吹かれ来たれるシャボン玉わが杖に触れひとつ弾けつ
暮れはやく点《とも》す床屋の灯のなかに客待ち顔の主《あるじ》佇む
階段に近き電車の出入口夢のなかにも選びつつ待つ

酒蒸し

病む夫とはるか離れて昼食堂守れる人の声音ふくよか
箸によく掛かる藻ずく酢殊勝《しゆしよう》よと咽喉《のみど》すべらす涼しきかなや
倒れけるわが杖戻すと女童《めわらべ》の声利発なり昼食堂に
汁椀のなめこ楊枝に刺す工夫《くふう》おのれ褒めつつ飲み干しにけり
口腔の麻痺宥《なだ》めつつ酒蒸《さかむ》しの浅蜊の粒に飲食《おんじき》足らう

烏賊徳利

割り箸に竹多くなり指先の力験《だめ》しの音を響かす

いのちあるものの姿を弄《もてあそ》ぶ烏賊《いか》徳利《とつくり》や烏賊飯《めし》の身や

熱燗の湯気にセンサー酔い易く術《すべ》なき義母《はは》をまず愕かす

戻り鰹《かつお》マリネとはなり冷えびえと箸に運ばれわが舌のうえ

榠樝《かりん》の実ジャムに煮つれど舌触《ざわ》り硬くし我執の粒粒《つぶつぶ》残る

題詠――番

春一番やさしき響き名にあれど邪慳にわが杖奪わんとすも

江戸の世に木戸番という職のあり番小屋に律義な夫婦者住む

秩父何番札所の寺か肩を寄せ涎掛けせる地蔵並《な》みいし

頻《し》き鳴くは鵯《ひよ》の番《つがい》ぞ園沿いに花散らしの雨はららぐあたり

マイ・カーの番号関西弁に読む７９８０「泣くやない」

潮の干満

潮《しお》引くや回廊に浮き藻掃く巫女の袴《はかま》捌きを遠く眩しむ

浮きあがる社殿におのれ重石《おもし》とし夜《よ》の潮《しお》踏み締む若き神官
満月に押し戻さるる潮の底頭《ず》を傾げゆく巻貝の列
星仰ぐよすがなき身に夜神楽の響《とよ》みそぞろに深みゆく秋
宮島の海の鳥居を箱庭と見つつし飛べる空路ありしが

破邪の垂直

目的地周辺とカーナビ告げしより金色《こんじき》の九輪正面に聳《た》つ
本堂の板敷隔て灯に仰ぐ光背《こうはい》おのず炎と揺らぐ
口元に力を集め睨《ね》め給う不動明王趺坐《ふざ》低くます
弁髪を御肩に垂らす檜像縒《よ》りのつよきに木の艶にじむ
明王の御頬《みほお》に近く握り締む木造りの剣の破邪の垂直
鈷《こ》は銛《もり》の形うつせる武具なれば逆手に構え持国天います
文殊菩薩騎乗の獅子の眼の和《なご》み御せる手綱の裕《ゆと》りのなかに

毘沙門天手庇《てびさし》に敵睨《ね》め渡す脇に角髪《みずら》の童子寄り添う
紫陽花の名残斜《なだ》りに見えながら反り差し交わす堂宇の甍

カーナビの声

義母《はは》眠る窓開けてよと促せる鳥に逆縁の子を偲びます
活《いき》海老を妻と義母とが捌きおり互《かた》みにちさき悲鳴あげつつ
絶えまなく老い母とわが呼ぶ声に疲れし妻の宵のうたた寝
石板《せきばん》の薄きを摸《も》せる電子辞書ひらく手重《ておも》りしばし身に添う
駅前の道の委細を指示しけるカーナビの声妻と犒《ねぎら》う

視　線

樋《とい》の水集め軒端に花菖蒲ひともと著《しる》く咲かす家あり
朴葉《ほおば》鮓《ずし》葉に広がれる飯《いい》の粒箸に拾いてややひもじかり
上衣の袖通しくれたる紳士あり待合室のベンチの背後ゆ

エレベーター開くたび妻の戻り待つその母とわれ視線を揃え
長き睫毛《まつげ》の反りのほどあい見遣る間に病む歯ほろりと抜かれていたり

淡路へ

国曳きの太綱の張りさながらに島を踏まえて架かる大橋
活断層宥《なだ》めまつれる花畑島の斜《なだ》りを香にくるみたり
花舞台こころ躍《おど》りの詮なけれ島一望の高み恵まる
起重機に根扱《こ》ぎされゆく躑躅《つつじ》の根隣れる若き根と絡みあう
花の丘はるけく島の人家見ゆ塀に仁丹の看板さがる
記念写真撮《と》る緊張の弾《はじ》けたる笑い伝わるわが椅子の背に
杖に佇《た》つ息衝《づ》きのひま浜小松越えきし風に知る潮《しお》の香や
地を離れゆく水蒸気ゆるるさま眩しみ酔えり秋天のもと
橋を吊るケーブル終夜ふとぶとと照らすを窓に安らぎ眠る

樹　海

富士あらぬ歎き車内に寄せおうて樹海のほとり行く一家族

陽の緩び風の緩びに富士見えね紅葉《もみず》る山路はや一車線

踏み出だす道に響きを伝えくる杵《きね》音重し忍野《おしの》の水車

渾身に水車軋ませ終えし水さり気なく澄み流れゆきたり

樹海より採りきしというしめじ茸太きが浮かぶ椀運ばるる

大南瓜賞《め》ずると撫でし跡の照り秋ふかみゆくほうとうの店

山棲みの生活《たつき》きびしき土産屋の松茸はやも香り失せたり

額《ぬか》近く星空展《ひろ》げいし湖か岸辺に炊《かし》ぎの燃えさし匂う

見えざれば再び訪《と》わむ冠雪の富士ある限り生きざらめやも

みえざる壁

雲水の立ち居の迅《はや》さ歯切れよし一椀に朝の粥受くるにも

過去《すぎこし》を 齢《にれが》みながら一日《ひとひ》生く蝦夷鹿の眼に病みて似つれば

統べらるる掟にわれら窺うか黒き鴉と生まれしものら

太極拳見えざる壁を塗るに似ついずれも重心低くし構え

隻脚にとんぼ返りを切りしとぞ喜劇にいのち尽くせる男

運転免許証

暖かき一日《ひとひ》恵まれ妻と待つ鮫洲《さめず》再交付場の長椅子

免許証奪《と》られたる負《ふ》を今日越えつ共に風邪癒え戻る直道《ひたみち》

犬の紐放す勿れと回覧板まず認め印ねんごろに捺《お》す

火星指しどよめきおりし隣り家の客けさ逢うに愛想よき異人

闖入者しきりに語る卓のうえ蜜柑は白く剥かれゆくなり

雨はららぐ

雨脚の風防に見ゆるヘルメット小脇に介護士訪れくれつ

はらばらげる雨に急ぐは危うしと支えられゆく傘保つ手に

小憩のパイプ椅子より立ちあがる気力涼しき雨より受けつ

わが歩みに車を出《だ》さで待ちくるる老紳士おり煙草くゆらせ

暑に泥《なず》むゆえと休息増やしつつリハビリ歩行檜葉《ひば》の香のなか

藍を潜む

中庭は厚き硝子に隔てられ雨に咲く花見めぐりゆかな

人工の流れに置かれ花菖蒲根株あらわに色あえかなり

みそはぎの穂の手ざわりを喜ばむ幼き者をわれら連れざり

羊歯の葉に飛沫《しぶき》の光ゆれ動く夜に呼応する蛍火やある

額紫陽花なかに寄り合う花の粒いまだ細《こま》かく藍潜《ひそ》めたり

ライブ・トヨタ

ささやかなライブにあれど二人席その片隅に杖をまず置く

高窓に稲光りする会場の底に安らぐ若人《わこうど》のなか

気散じに聴かむギターの音激《はげ》し麻痺の手首のあたりより冷ゆ

プログラムあといくつかと目を凝《こ》らす座り疲れの腰をば緩め

贈らるる花束の影いちはやく届くと見ゆれステージ点《とも》る

一一九番

花冷えは高齢の義母《はは》直撃す妻呼ぶ声に目覚めて子を呼ぶ

救急か火事かと訊《き》かれ門前に待てと指示あり一一九番

義母の応《いら》え清明なりといずこかに電話せる隊員の声に安堵す

入院の義母を悩ます環七の暴走族の形而下の音

音の闇つくる耳栓自《し》が耳に試み祖母に子は持ちゆけり

遠心力

台風の波消しブロックあえかなる列島はいま揉みしだかれつ

浮き苗は白根を曝し流れゆく三毛作は台風のなか
鋼索に吊らるる橋の灯の消ゆる深夜を越えて雨降りやまず
台風一過ことば頼みに待ちし朝なぶり足らざる風雨《ふうう》居据わる
遠心力身に帯びながらループ橋妻のハンドル捌きに任す

カード・キイ

潮の香の曲り角なる夜のテラス都市の光をかきまぜる手や
カード・キイ薄きに部屋を拒まれつホテルもとよりわが城ならず
昼の間を灯《ひ》点す庭に馴寄《なよ》る猫黒きが見あぐる瞳碧《あお》かり
甘え鳴く猫にも情《じょう》を解《と》く物れおれおれ詐欺の被害数億
赤酸漿《あかかがち》連ねのたうつ大蛇《だいじや》とも前方かぎり見えぬ渋滞

黄落

六本木裏の鼠坂《ねずざか》植木坂くらがり温し枯れ葉を鎮《しず》め

黄落の公孫樹《いちょう》のほとり救急車発《た》つまでを若き女《おみな》待ちおり

銀杏《ぎんなん》の熟《う》れ実は土に埋《う》めよかし殻割る手応えも夢のなかなる

扉押す人見ざる間に廃業の医院あり野牡丹の鉢はそのまま

小市民ひとりひとりが築きゆく坂の両側須臾《しゅゆ》の花花

柿

寒日和眼《まなこ》凝らせる振り仮名のひとつ影なく歩み出したり

酔い醒《ざ》まし杳《とお》き言葉に聴くものよ匙に掬える爛熟の柿

三成《みつなり》の気概はじけるまで熟《う》るる柿重たけれ皿に定まる

柿膾《かきなます》つめたきを箸に運びつつかつがつわが家の歳末はあり

送られし猪肉《ししにく》雑煮に炊き込めば噛むこめかみに響くともなし

室内履拭《ぬぐ》いくれたる湿り気に鳴れる音にも娯しまむとす

屋根越しにこちら窺う星ひとつ歳晩歳首はなやがぬ身ぞ

朝《あした》より着せ替え人形手際よく仕上りつればいざ初詣で
破魔矢受け握り締めたる白羽根の乱れ残れり世にあらぬ鶏《とり》
戻り着きまずネクタイを緩《ゆる》めつつ引き抜くべくを惜しむ元朝
あと五年そののち五年生くべしと決意小刻みにしても心労《しんど》い

焚火

腕章の男来て落ち葉焚きゆけり張りつめし冬の朝光《あさかげ》のなか
乾燥の空踏み破る音近し凄まじき一月の雷鳴り渡る
外出《そとで》せる者なきを言い安らげり一室に妻と義母《はは》と肩寄せ
梅が香のおのず溜まれる廊の隈からだ傾《かし》がせ深くききつつも
麻痺側の　踝《くるぶし》　揉めど氷《ひ》のごとし右腕懈《たゆ》くなるまで揉むに
消防車さとすがごとく鐘ゆらし帰りゆきつも小火《ぼや》を収めて
甲高きファックスの音つづけども歌会詠草数あるは佳《よ》し

撫子

何鳥か玉砂利に影移しゆき広き空間届けくれつも

砂利敷に山茶花あまた散るなかを見送り給う方丈様は

塀の裾撫子こぞり咲ける見ゆ花蕊あたり紅ことに濃し

鈴振りにつつ

いただきしわが戒名の蹊《みち》の字に踏みしむる足確《しか》と移さむ

渡し舟櫓にやわらかき水を練り寄るとしもなき波を越えゆく

山の霧押し遣り遠く届くべし胸を反らせて吹ける法螺貝

遍路道ほとりの草の青みたれ鈴振りにつつこの世罷らむ

あとがき

本集は平成十四年の秋に刊行した『やじろべえ』に次ぐ第十一歌集となる。上梓後わずか三年の間にも師である香川進を喪い、さらには永年に亘りさまざまな庇護を賜わった先達の方々と幽明の境を異にすること多く、とり分け、近い年代の歌人方の逝去は孤り黯然とするばかりであった。

依然として手足が拘縮したままの日常なれど、お声を掛けて下さる各誌紙の下命に従ううち、かくなにがしかの作品が残せたしだいにて更めて身の幸せを感じている。

最後に、本書刊行に際し種々御教導をいただいた角川学芸出版の山口十八良氏ならびに「短歌」編集長杉岡中氏に深甚の謝意を申し述べたい。

平成十八年二月

石本隆一

赦免の渚

赦免の渚

平成十九年二月二十二日　短歌研究社刊
装丁 猪瀬悦見　装画 小出楢重　A5判・カバー装
二〇八頁　二首一行組　三二四首
巻末に「あとがき」
定価 三〇〇〇円

I　起居周辺

冬北斗

氷壁に日矢《ひや》の鏨《たがね》の打ち込まれ海になだるる暈《かさ》巨いなり

冬北斗押し傾げゆく力とも黒き頭《ず》をもつ入道の影

朔風の鋭く刺さりいし辺り庭の中ほど解けぬ雪あり

わが裡《うち》の逸《はや》り昂り解《ほぐ》す黄の錠剤なればまず掌《て》に遊ぶ

目録に求むべき古書なつかしき名のなき昼を寂しまむとす

麻痺の手に触れたる右手愕《おどろ》けり闇に冷たく胸の辺に組む

先触れの粉雪《こゆき》はららぐ窓の外閉《とざ》し眠らむ一切放下《いっさいほうげ》

袖口

枝ながら満開の花裂かれたり金剛力士の雪の重みや

春あらし杖の幅にも容赦なく揺らぎを与え足こわばらす

風の舞い細き手首は執るべかり袖口を抜けたどきなければ

糸車糸を撚《よ》りゆく音かとも春の日溜り掠め吹く風

花弁《はなびら》に混じり零《こぼ》るる細萼《うてな》彩あえかなれ踏むによしなし

ダフニスとクロエの構図ほのぼのと愛の裸身を包む春愁

メビウスの輪

頭髪の薄くなりつつ露《あら》わるる手術《オペ》痕《あと》十年経《へ》たる峡谷

国道のはるけき波動あかときの耳にたゆとう湯の滾つがに

海老寝して朝の囀り聴きしのちやおら起き出ず反動をつけ

薄物となりたる肌衣《はだこ》着《き》難《にく》けれ朝光《あさかげ》にタックのありど見究《みきわ》む

メビウスの輪のランニング裏返り首出でざれば助け呼ぶなり

琉金が青粉《あおこ》に染まる水槽に映る門辺を目指すリハビリ

凌霄花かたみに蔓を巻き昇る育てし媼《おうな》に会わず日を経《へ》つ

遠　雷

爪紅《つまぐれ》と艶《なま》めける名に惜しみなく花散り零《こぼ》し土を染めたり
着衣どき割れたる爪の尖障《さや》るいまだ伸びゆく生にし恃《たの》む
爪を嚙み悔しむ己れ描かせて敗れ戦《いくさ》を糧とす家康
はつ夏の日差しに木槿《むくげ》かがやくと見るうち遠雷しばしば響《とよ》む
古稀ということば赦免《しやめん》のひびきあり近づくほどにすずしき渚

矢　衾

わがこころ抑え括りて載すべきか夏海とおく高波の起《た》つ
蒼《あお》粘る水にオールをとられつつ岸ちかづかぬごとき日頃ぞ
寝返りをなしうる幸《さち》を言われおり這い子人形ここより立つに
泡ひとつ玉とし抱《いだ》き水面に浮かぶ遊びをやめぬ虫おり

挨拶の長きに飽《う》みて雷雨来よ稲妻走れと待つ始球式
打つ守る時間の幅の伸び縮みテレビのなかに身は遊弋《ゆうよく》す
紫外線の矢衾《やぶすま》妻はかいくぐり提げ来つ吾の薬餌種種《やくじくさぐさ》
梅干の種を噛み割る歯の力白瀬探険隊の資格と
清正公《せいしょうこう》様の縁日大いなる蛇の目煎餅食べあぐみたり

敗荷

片麻痺の身の十年《ととせ》もて辿りたる古稀なりしかど衒《てら》うなく過ぐ
晴れ男なれば荷風の願いつる葬儀の路の泥濘《ぬかるみ》なけむ
刀折れ矢尽きたるさまの敗荷《やれはす》に漣たちて風光る昼
廃橋に近き鉄橋《てつばし》ながながと徒歩《かち》ひとりゆく姿目に追う
砂時計砂の軋みを巻きながらこの世の三分何事もなし

前垂れ

公苑は雀のお宿陽《ひ》を昏め遠雷《とおいかずち》の四股踏みて来つ
今年竹落とせる皮の裡《うち》らなる瑞《みず》の滑《ぬめ》りに継がるる勢い
篁《たかむら》に伐られし株跡風を受け音にし敏《さと》き馬の耳めく
教え子と妻を親しみ呼べる人おぼろおぼろに賜うしぐれ煮
流星雨そそぐ暁《あかとき》鬚伸びるころかしきりに頬むず痒し
槌を振るマイセン人形前垂れの茶色ゆかしく妻求め来ぬ
雷《いかずち》の日癖となりて轟くにルネ・ラリックの貝は蓋閉ず

炎　暑

地球が二つに割れればいい――中也《ちゅうや》任せの終末論議
屋根釘を圧搾銃に打つ響き遠き胸像《トルソー》崩されおらむ
水槽の虎魚《おこぜ》の髭は苔むしてむず痒からむアラブの憤怒
街川《がいせん》を犇めきのぼる鯔《ぼら》の吹く水泡《みなわ》に滾る今年の猛暑

熱線を重く鋭く浴びせくる空は殺意を匿《かく》すことなし
何の備忘のための輪ゴムか炎天下手首に劣化し頼りなげなり
飽和せる雷神担ぐ雨袋はじけ川土手はや決壊す
泥流を前にたじろぐ犬どもの嗅覚ついに死者に届かず
揺らぎつつ坂を行く人抱えたる紙の袋のおおよそは水

ボールペン

筆執《と》れば堰《せ》かれしものの一息に越えゆける水石をも丸め
仰向きて書く飛行士に開発のボールペンいまわが専《もは》らにす
アマリリス厚ら萼《うてな》に走る朱《あけ》兎の耳に透きける血潮
水耕のままに太れるアマリリス瑞《みず》の球根花噴くばかり
巨いなるアマリリス四輪支えおる茎の力は扁平の翠

誕生仏

フルートを奏でる女《おみな》みずからを揺蕩《たゆと》う小舟漕ぐごとくおり
脂《やに》いろの画面にせわしなく唱うマリア・カラスの目鼻の尖り
竹針に聴きしレコードきれぎれに力尽くせりボルガの舟唄
蚊取香けむり靡かす団扇風《うちわかぜ》鼻腔くすぐる小津安映画
巻煙草燻《くゆ》らす椅子を持たぬまま監督小津よりいささか生きつも
白木彫り天上天下《てんげ》指し示す誕生仏得つ孫生《あ》れま欲し

焼夷弾

ファックスに頭蓋の裏を掻かれたり地球の廻り遅き暁《あかとき》
ウイルスに馬鈴薯滅び民族の失せたるのちに石畑残る
人質の焚殺《ふんさつ》ほのめかす悪魔テレビのなかに神称《たた》えおり
鳥肌の立つとう語句に適《ふさ》うものアラファト議長の笑む投げキッス
黄色人なればと無差別大空襲指揮せるルメイの名を忘れまじ

モロトフのパン籠という焼夷弾アメリカ憎しを摩り替えて落つ

仰向きに炭となりたる人体のさまを写せり火よりも酷《むご》く

軍団は脚を撥《は》ねあげ進みゆくきりきりと捻子《ねじ》巻かれしほどに

響《ひびき》とう煙草の意匠工場の煙突描く開戦のころ

茶運び人形

天空《てんくう》に水渦巻ける響動《とよ》もしに飄風いまし過ぎゆくところ

台風を凌げる 朝女郎花《あしたおみなえし》目覚めて蜆蝶を弾ます

息子押す車椅子にわが怠けつつ茶運び人形励めるを見つ

粗大塵芥《ごみ》纏めに来し子寝室の遅れ時計の電池替えゆく

行政と業者取り合う資源塵芥反古《ごみほご》とし呼べば諍いなけむ

昼地震《ないい》に遥けく何か憶い出で電話を妻に掛けきたるあり

佯狂のハムレット着る緩やかな長袖シャツに和む秋冷

寒林檎

定まらぬ冬の在りどの夕まぐれ消防署の車庫ひらかれて雨
歯の虚《うろ》を舌にさぐりてはかなめば雨音かきわけゆく消防車
酷薄に皮剝かれゆく寒林檎しずく一筋指に絡《から》まる
わが坂にかかれるバスはこもごもに排気激しく冬月揺らせり
みぞれ降るひと日を庭の水銀灯まばたくみどり冷たかりけり

鳥

白毫《びやくごう》をそよがせ佇てるペンギンの眺めに倣《なら》い海を眩しむ
親離れしたる隼《はやぶさ》初の狩り獲物の眼《まなこ》に遭いてたじろぐ
窓ごとに吊る風船の鷹の眼の鳩威しとや射竦《いすく》めてあれ
青葉梟《あおばずく》つらなる切手右指に目打切りつつ妻に手渡す
椿の枝撥《え》ねあげながら移りゆく鳥は目白か虫逐《お》うらしも

さくら警備

春近み欅の枝の和らげる影を畳める大理石《マーブル》の段
緋寒桜の真紅啄む小さきもの目白か車の出入りにも馴れ
あふれ咲く染井吉野の花の奥ジェット機空の青踏み鳴らす
墳山《つかやま》は花にさわだち懸命の靴先うすく土ぼこり積《つ》む
制服のさくら警備の人のあと杖たて直し坂ゆかむいざ
花のおく青信号のラムネ玉色冴えまされ守られゆかな
地に低く馬酔木《あせび》の花のめじろ押し撒水の雫よろこび揺るる

碑

墓地の坂子に支えられ連翹を騒がす風を凌ぎつつ行く
軽軽と吾《あ》を抱《いだ》きあげ起《た》たせける息子恃《だの》みの石段《いしきだ》一つ
紅《くれない》の彼岸桜の枝の揺れ小鳥の気負いしばし残せり

石切りの山懐《やまふところ》に運ばれて水に削《そ》がるるわれの碑《いしぶみ》

にわかにも春となりたる気流ありマラソンランナー疲れさせつつ

Ⅱ　縦遊折節

潮来舟

あやめ祭りのポンポン蒸気けむりの輪投げあげながら橋がくりゆく

菖蒲園去年《こぞ》より今年白き花暢《の》びやかなりと人人の声

立ち踏みの乙女の脛《はぎ》を幻に菖蒲の苑に水車朽《く》ちおり

池の端《は》に芽吹きの枝の払子《ほっす》振る白楊《どろやなぎ》の影追える幼子

車椅子に低めたる身に聴かむとす菖蒲畑の花より葉の香

菖蒲田のほてり宥《なだ》むる風筋に花びら垂るる尖《さき》より冷《ひ》ゆる

おもむろに棹に蓄《た》まれる手力《たぢから》に潮来舟《いたこ》ゆく緩急も良し

妻が乗る底平舟《そこひらぶね》の水の揺れ届く畔《ほとり》に手庇《てびさし》をなす

丈高き海芋の葉かげ狭まれる水路に妻の舟遅きかな

碁　石

蔦《つた》若葉そよぐ朝《あした》を遠出すと助手席にからだを嵌《は》めこみて待つ

連休を避くる計らい淋しけど雛《ひいな》の雅《みやび》妻と恋いゆく

扉《と》の重き部屋あり車椅子を降り踏みたる空気の澱《よど》み冷たし

面ざしの裡《うち》より通う人やある妻と見めぐる雛それぞれに

座りよき稚児雛の笑みゆくりなく生き得たる身の季《とき》を和《なご》ます

肥り肉《じし》の腕に頤《おとがい》うずめつつ人形童子なにを思案す

雛道具碁石の烏鷺《うろ》を打てる指いよよ小さし息止めて見む

首あげよ両手《もろて》伸べよと囃されて這い子人形ひたむきのさま

偕楽園見たしと言いし義父《ちち》の亡く円《つぶ》ら青梅ひかりに育つ

水戸残照

黒松の茂みの奥の能舞台板葺きに射す初夏の木洩れ日

展示品説明の文字小さけれ妻の読みゆく声に明かるむ

水戸藩主みずから意匠こらしける小物入れあり針目優しく

家康公用いし鉄《かね》のコンパスと二針《しん》広げしままに伝わる

鼻眼鏡つと押しあぐる表情の見えつつ天下人《てんかびと》の持ちもの

ひるがえる青葉の匂い噎《むせ》ばしく紫山《しざん》に近く住みし日甦《かえ》る

高速路とぎれとぎれの視野の間に水田《みずた》めぐらすかの二つ峰

首都高へ夏となる靄《もや》厚ければ夕日に眼《まなこ》痛まず走る

浜離宮

藤棚は青葉盛りに蔓延ばし風誘《おび》くもと稚《おさな》実《み》育つ

砂利道に車輪潜《もぐ》れる車椅子過ぎゆきがてに人曳きくるる

手助けの要問いくるる若き人幾組もあり石橋狭く

池水の緑の濁り渡る風障子たてたる四阿《あずまや》めざす

葉肉の折れ口の露ほの赤し弁慶草の花色映《うつ》し

潮の香を浴びつつあやめ黄に咲けりあえかに靡く護岸の辺《ほとり》

潮入りの門の水際に貝の殻白く乾きて初夏の風過ぐ

残像

どうだんつつじ朱《あけ》をきわめる駐車場広きに昼餉の一刻《ひととき》を決む

杖突くに上がり框《がまち》の深き店門《かど》の盛り塩尖《さき》崩れたり

おもむろに発条《ぜんまい》ゆるびゆく動き活伊勢海老の卓上の髭

踏切に犇めく車制しつつ水玉模様の電車通りぬ

落日に網膜灼《や》きし残像か山懐に弾みやまぬは

風神の耳

ぬばたまの黒書院とや墨漆塗りの欄間を風透りくる

方丈のふかき廂《ひさし》に白砂《しらすな》の漣《さざなみ》の光《かげ》たゆたいやまず

警策《きようさく》の音辱《かたじけ》な麻痺の背伸《せな》ばすがよしと聞き合掌す

羅漢さま互《かた》みに口を耳に寄せ和《なご》む輪の見ゆ吾も入りたし

風神は耳動くとて含羞《はにか》めり牙剝く鬼となりきれぬまま

竹林の七賢が履く布沓の爪先の反《そ》り笑《え》ましく温し

満月の面《おもて》に描かむ花鳥図か格天井《ごうてんじょう》に仰がしむるは

瘦せ羅漢

不死鳥《フエニックス》樹西日に翼ひろげたり本堂前に佇つ豆地蔵

陽に風に溶解の頭《ず》を傾《かし》げつつ石の羅漢は暑を託《かこ》ち合う

円空が削ぎ落としける木端屑つもる山路と見るに汗あゆ

峠路のほとりに人の棲みつれば雨にグラジオラスうなずかす

浸蝕の遅速いずれか現身《うつしみ》のわが関わりのなき山の容《なり》

紫の脚

海中の潮《しお》に揺すられ他の魚《うお》に添わねば泳げぬ細き魚おり
隠れ海老潮《しお》のはざまの藻の陰に紫の脚弛《たゆ》く曲げゆく
倒木の幹より生《お》いし若き木をそよがす風は森邃《ふか》きより
雨雲の底を引き裂き地になだるる雨余すなき杉の健啖《けんたん》
栢槇《びゃくしん》の巨木はとぐろ巻きながら下蔭に幼樹許さざるとぞ

蓼科にて

芝の間《ま》を片脚飛びに餌《え》をあさる雀ま近な高原の朝
食用のために飼われし水鳥ら軀《み》をゆすりつつ慕い寄りくる
令嬢ら礼《いや》しくるるも歌縁《うたえにし》かかれる髪の直《す》ぐなるも見き
ジェット機雲ねじれ断片空にあり夕光《ゆうかげ》到る刻《とき》を偕《とも》にす

別館へ渡る夜更けの石畳友らの声に守《も》られ踏みゆく

起重機

葭簀《よしず》巻く小工場の昼さがりちりりと光る錫器の並ぶ
方形に屑紙《くずし》を固め四屯車連《つら》なり発たす橋際倉庫
黒蜘蛛の高脚うごくさまなるか雨注ぐ湾に起重機群るる
港湾の勤め終えたる女《おみな》らの駅に紛るるまでの饒舌
中天に夜《よ》の雲流れゆく迅《はや》さ攫いたるもの掻き抱きつつ

絹の道

黄金の汗ふり零《こぼ》し仁王だち野分の空を支うる公孫樹
老いちょう裾《すそ》の昏《くら》みに温容の道祖神《さえのかみ》置くここ絹の路
合掌の茅《かや》葺き屋根の撫で心地遠見に愛馬順《したが》うさまに

飛天の笛

三千の願い束ねて叶うなら大原の里に紅葉《もみじ》踏ままし
隠れ里つなぐ石段《いしきだ》無縁なり飛天の笛に雲逸《はや》れども
勢至菩薩《せいしぼさつ》着地を急ぐ前屈《かが》み往生寧《やす》く遂げさせ給え
屈伸の自在羨《とも》しく拝しけり阿修羅の像の手足の勢い
竹の秋築地の白に映りつつ落ち葉離るるたまゆらも見つ

手裏剣

瓦葺き破風《はふ》の曲線空にあり眦《まなじり》決したるなき天守
攻城に逸《はや》る武士《もののふ》みずからも知らず失せたり迷路の奥に
石段の雨に光りて敷く紅葉《もみじ》菱形手裏剣撒《ま》かるるに似つ
石狭間《はざま》矢狭間はるか町の辻見せ過《よぎ》りゆく犬こちら向く
石段に手摺設《しつら》う名刹を遠見のままに尊びにけり

峰雲

栗の花汲みて気まぐれ水車かな峰雲遠き蒼空《あおぞら》のもと

畝なりに苗木育《はぐく》む村を過ぐ稚《おさな》きものには稚き香あり

風のなか植木畑に断つ稚木《わかぎ》そよぎ同じき姿《なり》に靡ける

埃茸《ほこりだけ》あとかたもなく消えしのち櫟林は朱の落ち葉積む

栗の木のくろき枕木たて並べ落ち葉堰《せ》きおる単線の駅

干満

ぬるみたる潮干の砂に息継ぎの穴を残せり浅蜊の熟寝《うまい》

海水の干満の皺弛《たゆ》みゆき地球の回《めぐ》り停《とど》まりゆくと

流木の寄りつる岸辺いちはやく泥《ひじ》まみれの児ら皹《ひび》割れており

あえかなる軽鴨の仔ら睡蓮の葉の連なりを渉《わた》りゆきつつも

渋滞の尾の解《ほぐ》れゆく涼しさや岩魚《いわな》さながら行く車あり

渓流

川面《かわづら》に伸びたる枝に見据えたるのち翡翠《かわせみ》の一閃はあり
捕えたる餌とし呑み込む翡翠の嘴《はし》に順う気絶の魚《うお》は
赤しょうびん木の枝に魚叩きつけ 嘴《くちばし》 縦に呑みこみにけり
渓流の逸《はや》りが弾く草の影群れゆく稚魚の後《あと》さきに落つ
火口湖に水収めたる地の底の深き力に研がれたる蒼《あお》

鐘

往還に沿う釣具店 幟《のぼり》 立て栗虫ありとはためかすなり
巨鐘《おおがね》を吊りたる塔の太柱手触《たふ》れて聴かむ長閑《のどか》なる音《ね》を
関址《あと》に頭《ず》をば置くべくお辞儀石残れり窪みにしぐれの名残り
鐘楼に裾をさばきて昇りゆく僧の撞く空 茜《あかね》 極まる
篝火は爆ぜつつ水に降り注ぎ鮎のいのちを 眩《めくるま》 せいむ

根雪

水苔のみどりを育ている根雪谿《たに》に端より融けゆく日頃

夕萱のあえかに咲《ひら》く湿原に山の呟く伏流の声

湧水に虎斑の蜻蛉《あきつ》漂えり塩辛とんぼ来ぬ間の彼の世

Ⅲ　病患頃日

救急入口

屈強と自称し腕に縋らしむ救急隊の声に委《ゆだ》ねつ

救急車後部扉のあがりおり掛け声にわが厚く包《くる》まる

激痛のなかに運ばれゆける身に十字路越ゆる警笛穏《おだ》し

外来に見しことありつ赤き灯の救急入口痛み脱ぎ口

手術後のがんじがらめの管《くだ》ひとつ外されしかばまず妻に告ぐ

点滴の終わりに近く泡だつを見つつ音なき雲をゆかしむ
食事どき車椅子へと移さるるおりふし一首書き留めたり
高層階なれば病室朝早く連れだつ鴉窓をよぎりぬ
鼻先に索を垂らせる飛行船心もとなに遠空を行く
遠街に開発成らぬひとところ湯屋の煙突らしきを中に
素晴しき回復力と外科医言う手柄はなべてわが意思の外
安静に細れる脚の筋と骨階段ルームにリハビリ開始す
内視鏡飴玉を呑むごとくせよ指示に添いつつ痛まぬ嚥下
咽喉《のみど》よりファイバースコープ届きたれわが体内に光しなやか
モニターに一色美《ひといろは》しきオレンジのわが腑映れり首あげつれば
佳《よ》しという声に再検終わりたり若き外科医の濃き髯のもと
点滴の針痕痒《かゆ》き宵の口麻痺の手の爪励まして掻く

病院に架かる空中通路ゆく窓辺に並ぶ花鉢あえか

大気圏

限りある地球の資源費やせし宇宙葬とや骨《こつ》のカプセル

摩擦熱すがしきものよ宇宙葬カプセル大気圏に消えたり

飛び巡る骨《こつ》のカプセル塵となり人工衛星の進路泥《なず》ます

骨は地に溶けつつ植物育める力のあるをいかにか空《むな》し

おぞましき骨カプセルを繞《めぐ》らせる星となり果て待つ刻《とき》やある

釘　煮

携帯の電波に絡めとられたる世は待ち惚《ぼう》けの　趣《おもむき》　もなし

草鮎り罰として待つ運転士スピードをあげ百余を殺《あや》む

いかなごの釘煮食べよとメモ残し兵庫の少女事故に逝きたり

月変わり核実験の灰降るか近きに無法の国ある現実《うつつ》

内部より赤色巨星爆《は》ぜるとや高校講座に恃《たの》むものあり

壁土に練り込む藁を押し切りに刻《きざ》むと掛けし若き体重

君たちの壁とならむと告《の》りし人あえなく背後より斬られたり

花茗荷

助走路の尽きざる今に兆すもの躊躇《ためらい》ならず気負いにあらず

生活《たつき》なきおのがいのちを恥《やさ》しめば対岸に白き布干すが見ゆ

丹沢の山系近きビルのうえ雲の迅《はや》さにジョッキ運ばる

丹田《たんでん》に力を溜めて怒りたる怒りは血圧に関わらぬとぞ

としどしに痩せゆく庭か白花の茗荷の重み育つことなし

帰　路

作務衣を捌き木蔭にわが車移し給えり若き僧侶は

講評の声明晰と言いくるる人の励まし涼しき葭簀《よしず》

帰路開く甘さほどよく詰まりたる昼餉代わりの高幡饅頭

武蔵野の茗荷の花を従えて近藤勇ふるさとの墓

底なしに低き気圧の及ぶかな血圧計の水銀の丈《たけ》

背表紙の傾ぎ重なる夜の書架心占めつつ寝ねがてにおり

神経の交叉点をば食いあらすウイルスの歯に夜半を目覚めつ

ひた打つ

蝦蛄《しゃこ》一匹シャコバサボテン落としたり落ちたるは雨に滑りゆきけり

苧環《おだまき》の藍こそ募れ消防署脇の花壇を雨がひた打つ

小町塚雨にくるまれ土ふかく骨《こつ》すがすがと洗われていむ

建築音はたとぎるる夕つ方日差し余れば人を恋わしむ

下町の物干台に親しかり剝《む》きあげられし球体の月

水かげろう

火傷《やけど》せる頬の繃帯つつがなく外《はず》し得つるに妻発熱す
入院の妻の身支度なしくるる息子と嫁の声手順よき
水かげろう白壁移りゆくに似る妻入院のわれの立居は
病室に電話機あるを援《たす》けとし妻の指示受く義母《はは》の服薬
老義母と麻痺の身われの支え合い妻入院の危機管理どき
点滴に細りておらむ妻の腕われはも脚を確《しか》と鍛えむ
わが背筋立たせくれつるリハビリ師来訪のたび赤芽黐《もち》伸ぶ
水牛にライオンの群れ近づける気配の映像義母忌みて去る
順序まず訊《き》きつつ入浴させくるる子の海水着夏近みかも

繃　帯

贔屓チーム惨敗の朝新聞に数字で読めばややに和《なご》めり

病室に富士の先端見えしとか妻おらぬ家風に巻かるる

退院の妻はわが夜具伸《の》しくるる左手首の繃帯のまま

北国ゆダンボール箱一杯の香りと鉢が運ばれて来つ

葉隠りに生《な》る金柑の実のかたち小さけれども己《おの》がじしなる

室内履

陶製のハンドベルわが枕辺にありつも人を呼ぶ声戻る

起き抜けの歩み慎み急がざれ室内履の靴が鳴るとも

冷凍のゲルの袋に護らるる配達弁当また熱中症

紙資源回収の嵩《かさ》掛け声に子が運び出す跡の涼しさ

火傷跡《やけどあと》手首に残る妻が呼ぶシャワー浴《よく》なれ励み立つべし

祭太鼓

絨毯に杖なじまずと歎きあう人おり華燭の宴のはずれに

リズムよく厨房に動く白高帽待つ間の鏡の範囲に眺む
雨雲の迅《はや》きが迫る屋根の見ゆ歯科治療台発条《ばね》に起きれば
歯磨きも他力本願さびしけれ歯槽の底の菌を掻き出す
友連《づ》れにはずめる声は何鳥か熟柿を目指し前よぎりゆく
篠懸《すずかけ》の夜露こぼさぬほどに打つやや物憂げな祭の太鼓
秋薔薇の朱極《あけ》まれる露けきを妻と訪《と》わばや足泥《なず》むとも

硝子戸

神神の高みよりいま台風の位置映さるる百合若の的
室外機たたく雨音はるかより騎馬隊襲いくるどよめきに
霜月の乏しき日差しかきたてて凪いでしかば枇杷の花零《ふ》る
太鼓打つ神と無縁に隣りいて白壁はかたき棕櫚の葉映《うつ》す
硝子戸の裡《うち》らの冬日あまねきに爪を剪《き》らむと妻に呼ばるる

冬高槻

レントゲン保存期間も過ぎつとう脳《なずき》の黒き翳《かげ》見ずに済む

寒旱《かんひでり》まずわが指紋の力溝《ちからみぞ》乾き新聞読みあぐねしよ

里山に落ち葉スキーのあると聞く乾反葉《ひそりば》ここだ積むを避けつつ

再発を避けて胆嚢いたわると衣《ころも》を剥がす鱚《きす》の天麩羅

蟹しゃぶの頃合いにしも呆として風邪ウイルスのごときに悩む

独白か相談事かひと言を妻掛けゆけり聞き役われに

椋鳥の影の膨《ふく》らみ収めたる高槻冬の対岸に聳《た》つ

戒め

滑り止め靴下に靴履けるまで浮腫《むくみ》少なくなりし朝戸出

ホチキスの針の外《はず》れの床に飛ぶ夜爪剪《き》るなの戒めのなか

入眠のたまゆら緩《ゆる》ぶ神経に咽喉噎《む》せしのみ風邪にはあらで

やどかりの尾の尖収《さき》めゆくまでの心細さに蒲団ひきあぐ

深爪は触れざれば癒ゆ神経の尖端夜具に宥めるのみに

煤籠

歳の瀬の人の影なき美術館わが突く杖の音をやさしむ

介護士の訪《と》いくる昼を妻任せ床《とこ》にもの読むわが煤籠《すすごもり》

手拍子に押絵羽子板売られたり美《は》しき含羞《はにかみ》こぼさずに行け

豆凧の尾は吉野紙《がみ》紐は絹《きぬ》辻よぎりゆく風にも揚がる

年用意種種《くさぐさ》を売る境内の裏手火を焚く錆《さび》石油缶

夜半の弓手

もろ腕のかぎりを絞る弓矢あれ的あれ玉砂利踏み来て祈る

石段《いしきだ》の面《おもて》の粗《あら》さありがたし摩擦係数恃《たの》みの足は

鰐口を鳴らせねば待つ拝殿を降りくる義母《はは》の足袋の白さを

挙《こぞ》り発つ鳩の羽音に竦めたる首筋鳴るに身を立て直す
木の椅子の腐《くた》しに歪む肘木かも夜半もて余す麻痺の弓手《ゆんで》を

追儺のころ

わが歳にもとより充たず節分の折詰弁当に付く追儺《ついな》豆
さすたけのいのち潜むる銀杏《ぎんなん》の若竹色を惜しみつつ食ぶ
鬼遣《や》らい豆は小鳥ら呼ぶよすが庭木の裾に光らせておく
三角の眼《まなこ》に睨む横綱を疎《うと》みし義母《はは》亡く初場所始まる
花粉症免れたる身運びゆく道に行き合う仔犬の嚔《くしやみ》

羽化

かぎりなき花の氾濫声もたず挙《こぞ》れるものの勢《きおい》に触れつ
片蔭を励まされゆくリハビリの道に桜の胚珠かたかり
ほむらだち心に慕るものありや虎杖《いたどり》の花白蟻の羽化

才《ざえ》なきは狂わず死なず膨みし夕日が山に呑まれゆく見つ

あとがき

本集は平成十八年三月刊行の『いのち宥めて』に次ぐ第十二歌集となる。しかしながら収録作品の制作期間は前集と同時期にて、「短歌研究」誌に求められて連載した三十首詠を中心に、その余も殆ど同誌に発表した作品を以て纏めたものである。編みつつ、更めて同誌の御厚情を痛感している。

なお、全篇を通底する要素をもつ三つの作品群に分け、章立てとした。

刊行に際して、短歌研究社の押田晶子編集長には種々行き届いたお世話をいただき、ここに深く感謝申し上げる。また編集部の方方にもお力添えを忝うし、ありがたいことである。

平成十八年十二月

石本隆一

花ひらきゆく季

花ひらきゆく季
hana hirakiyuku toki
石本隆一　歌集

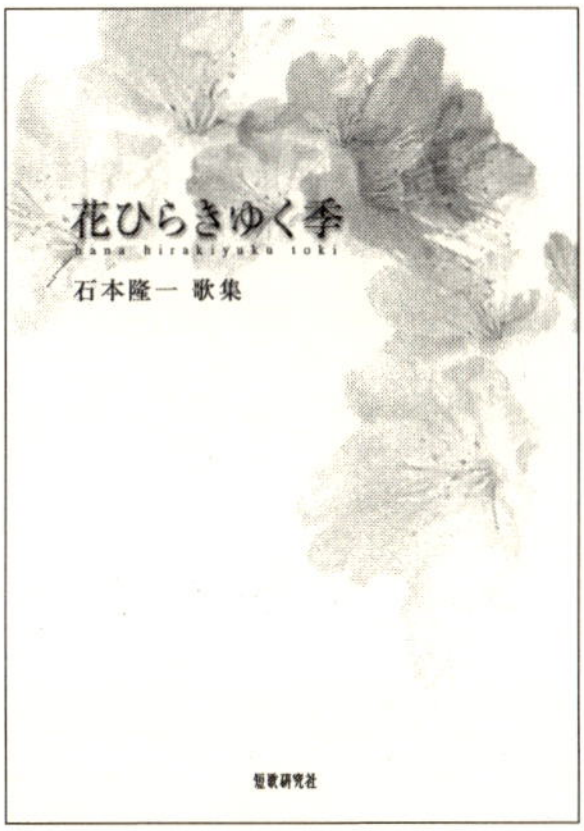

花ひらきゆく季

平成二十二年十月六日　短歌研究社刊
装丁 猪瀬悦見　A5判・カバー装
一七六頁　三首一行組　三九五首
巻末に石本晴代「あとがきにかえて」
定価 三〇〇〇円

音なき仕草

雪ひらの稜と稜との絡みあい乗せつつ太る野の雪達磨
積雪の上に雪片《ゆきひら》置きゆける音なき仕草企《たくら》みに似つ
山は雪ひしひし迫りくる季節去年《こぞ》より重しわが腕《かいな》萎ゆ
青銅の剣《つるぎ》ともなり雪しずれ朝《あした》の項《うなじ》ふいに打ちたり
火には火をもて灼《や》くべきに鬱屈を重ねしままに終日《ひねもす》こもる

桐一葉

葉ざくらとなれる重さを振り翳《かざ》し一木《いちぼく》たてり季《とき》の移りに
花筏《はないかだ》雨に気怠《けだる》くあり経《ふ》れば崩るるさまに岸に寄りゆく
浅蜊飯これや小粒の江戸前の裸身《はだかみ》なるを寧《やす》く食《は》むべし
渋滞の先は祭の大太鼓響《とよ》もす波動わが身に及ぶ
燭台の容《かたち》に桐の花咲けり冤罪あらぬ身に仰ぎゆく

玉将《ぎょくしょう》の彫り盛りの駒打つ音を榧《かや》の盤上響かせし祖父
発病後言語検査の設問に「桐一葉」あり応《いら》え尽くしぬ
蓮葉《はちすは》が風に零《こぼ》さぬ露の玉いつか蒐《あつ》まり嫋《たお》やかに光《て》る

とある界隈

囃《はや》すものなきに踊れる影擁《いだ》き咲く花一樹《いちじゅ》道玄坂に
黒塀のままに中食《ちゅうじき》供しおり円山町もビジネス街区《がいく》
銭湯の入口裾に標《しるべ》あり新詩社跡《あと》と小さき石柱
松濤《しょうとう》の鍋島公園人気《ひとけ》なく青銅の鶴細き水噴く
健常の日の形見とも妻を率《い》て松濤に購《か》いし玉《ぎょく》の墨置
ハチ公は露けき朝を尾を振りて渋谷への坂下りゆきしか
電車来て駅とはなりぬトンネルの途切れたる空仰ぐ神泉《しんせん》
駒場なる実習田《でん》に稗《ひえ》茂りいちはやく種子を白く撒きおり

納骨

菜庖丁押し切りに餅小分けにす義母《はは》がためにも自《おの》がためにも

身を傾《かし》げ手早く資料選り出せるしなやかさ恃《たの》みにもの一つ書く

わが書きし迷子札など財布より出でしと妻持つ義母亡き旬日

長旅にその母の骨《こつ》抱きゆく妻なれ白雨《ゆうだち》の兆しせんなく

高齢の義母の骨壺重たきは気配の暈《かさ》か振ればかそけし

ささくれに問わるる杳《とお》き孝不孝舌に湿すも余生とぼしも

母の日に妻が焚《た》きつる線香の煙《けむ》ありなしの漂える廊

虹

虹たちてたちまち君のあるごとし虚子のときめき艶《なまめ》かしとも

虹消えてたちまち君のなきごとし虚子の追慕の託さるる空

低気圧せまる気配に曳き出され噴水踊る虹をかざしに

片脚を川のほとりに差しのべて怯《お》じつつ立てる虹にかも似つ

虹色の千羽鶴折り小学生危篤の巡査に心通わす

牡蠣の夢

絡みあう目に表情のあらぬゆえ畳鰯《たたみいわし》をまずひと炙《あぶ》り

土手鍋にふて寝のさまの牡蠣いくつ被《かず》ける夢もともに食《は》むべし

舞茸の手振りいささか障《さや》りしとのみどの先の直《すぐ》立ちの闇

割箸がよろし湯豆腐こころ留めそろりそろりと口に運べよ

敗衄《はいじく》の姿《なり》にあらずと甲冑《かっちゅう》を剝がされし海老身を引き緊めつ

懐石に皮剝かれたる里芋の庖丁の跡折り目正しく

藁苞《わらづと》にひたすら紡ぐ納豆のしめり親しも絹糸の艶《てり》

あえかなる水菜のみどり白妙の飯《いい》に適《そぐ》うと神戸生まれは

ザイン（存在）

失せ物もいずれ出《い》でくる三次元いまだ身を置く寧《やす》らぎ空間

へし折るという声受けむ鼻柱いずれも立てて街ゆく人ら

横顔の鼻梁《びりよう》威あらで朝光《あさかげ》に翳《かざ》す硬貨に彫《え》るよしもなし

横臥《おうが》せば筋ゆるみたる隙《ひま》に風起《た》てや骸骨踊れ骸骨

御柱《おんばしら》とりつく勇者ふり払いその命《いのち》呑み鎮《しず》まりおわす

背くらべ柱構造なき家に著《しる》き跡見ず子は育ちたり

掌《たなごころ》恵まるるがに薔薇園の椅子の窪みに杖の身委《ゆだ》ぬ

身に近く烏来て啼く朝まだき甘やかな死のあるはずなけれ

遣るまいぞ

助手席のベルト締めねば「遣《や》るまいぞ」警鐘鳴らす太郎冠者ここに

待ちくるる車に手をあげ礼《いや》をなす通院途次のわれの役目と

妻に真似《まね》傾く冬陽遮りぬフロントにある手庇《てびさし》機能

クワイ河マーチに釣られ唇窄《くちすぼ》め吹けば鳴りつも頰《ほ》の麻痺忘れ
夕づけるリア・ウインドウ曇りゆく運転の妻と我との息に

祠

川あらば沿いて開けし空ちかみ雲の流れのゆたにゆたけく
禅寺に蘇鉄の大葉逞しく石に置く影微動だにせず
天心の月に射竦められしかば身の置き処なしこの草深野
寒月の水の反映まぶしめる木木の声あり池の周《めぐ》りに
水神の小さき祠《ほこら》団栗の音を転《まろ》ばせひねもす孤《ひと》り

ずんだ餅

岩室《いわむろ》に師走の風を避けて飲む神田明神下の甘酒
曲独楽《きょくごま》の刃渡り逸《はや》るさゆらぎに腰の据《す》え処《ど》をまず確かめつ
大熊手手締《てじ》めに送り出されたる男の行手鎮《しず》む乾反葉

くれたけの根岸の里の「笹の雪」豆腐づくしの極み餡掛《あんかけ》

若松の小枝門扉《もんぴ》に子が結ぶのみにわが家の年用意済む

山号を焼印にせる守り札受けしはいつの初詣でにや

輪飾りの稲穂啄《ついば》み飛びゆける脹雀《ふくら》の曳く暖気流

枝豆を磨りし衣に塗《まぶ》したるずんだ餅こよなく好みたる父

女学校時代の母の日本地図まだ桜島陸続きせず

初の雪得たる盆梅節節《ふしぶし》に紅《べに》の雫をはや膨らます

門灯に盆梅の実の繊和毛《ほそにこげ》かそけく光る雷去りし夜半

春の臥所

籠松明抱《いだ》きし僧のひた走り声明に火花闇をふかくす

はじけ飛ぶ火の粉昇《か》きゆくお水取り息災すでに由縁《ゆかり》あらなく

窓近く春荒《あれ》の躁集めいし一樹の繁り庭師来て剪《き》る

軟骨の膝に鳴る音ここちよき今朝の雀の枝移り捷《と》し

蜆蝶垣の根方を弾みゆく声もたぬ身のひたむきのさま

ヒヤシンス瓶に詰まれる根の絡み端の節榑《ふしくれ》気泡を放つ

遠太鼓胸の奥処《か》ゆ込みあぐるものありとしも春の臥所《ふしど》に

波

偕楽園裾の千波湖《せんばこ》梅の花筏なしつつ運ぶ甘き香

波切りの平たき小石を競いたる渚消え去り空港点《とも》る

紙相撲

雛あられ吹くに転《まろ》べるはかなき世内裏雛《だいりびな》失せしをあに歎かざれ

紙相撲組ませて叩く天井に水陽炎《みずかげろう》の波紋たゆとう

玉椿小兵《こひょう》なれども江戸の華モンゴル力士薙ぎ倒すべし

たいせつな面子《めんこ》に双葉山はるかモンゴルだらけの大相撲いま

照国《てるくに》の名を読み当てて褒《ほ》められつ学齢前の駄菓子屋のなか

銀座往迹

早朝の銀座通りは露けくし水羊羹の切り口に似る
旋風《つむじかぜ》ビルとビルとが打ち返し花の屋台を走らせるなり
横ざまに恋人たちが空に浮くリトグラフ映す画廊の出窓
丸善の洋書売場の噎《むせ》ばしと金箔押しの背文字見めぐる
幅狭き田屋の店先ネクタイの締めかた図解持ちゆくがおり
伊東屋に求めし強力ペンライト逐《お》うべき闇の多きに備う
しゃぶしゃぶの食べ初めなるニュー・トーキョー移動階段に運ばれゆきぬ
傾《かたぶ》ける日差し和光の外壁に屈《かが》み人待つ影を濃くせり

地図記号

目眩《めくる》めくばかりに子欲しと詠いける師の念《おも》い甦《かえ》る少子化の世に

家形のなかに杖描《か》く地図記号もろ人恃《たの》む老人ホーム

篁

風今日も先に来ている竹林《ちくりん》のベンチに冷ます胸うちの汗

打ち鳴らす竹百幹《ひゃっかん》のすき間なく両肩すぼめ風すり抜けつ

古民家の土間に漂う風の裾竹の響動《とよみ》をはつか残せり

月のひかり風の飛沫《しぶき》と射し込むを雀のお宿公園という

文字盤に竹の戦《そよ》ぎを映しおる時計柱あり終夜《とも》を点す

七夕

草の葉の夜露をあつめ墨液となしたる文字の艶《てり》かざし見つ

短冊を吊ると紙縒《こよ》りをこころみぬ直《すぐ》立ちひとつ父偲ばしむ

厚ら硯拇指《ぼし》に洗えば憶い出ず王府井《ワンフーチン》に購いし兜太氏

七夕の細き真竹《まだけ》の切株を鋭く山に残し来し夢

子が通いしサレジオ教会幼稚園星祀《まつ》る夜を点すことなき
神戸まで寝台特急銀河《ぎんが》号その棚に覚め逸《はや》る彦星
街川《がいせん》に七夕飾り流れゆき朝日に滲む祈《ね》ぎごとの文字

下町逍遙

地下出でし雀色なる熱《ほとぼり》は昭和下町羽目板の家
瀬戸物の湯湯婆《ゆたんぽ》に棚撓《しな》うかと見し茶碗屋は緋目高も売る
下町の箱崎あたり水天宮《すいてんぐう》小伝馬町と吉凶糾《あざな》う
蔵の町小江戸川越むし暑くウダツを通る風さえもなし
蔵の扉《と》は横ざまに押す車輪つき遠雷《とおいかずち》のとよみとも聴く
竹藪を被《かず》ける土蔵壁白く変化《へんげ》の画集収めおらずや
野末なる土饅頭《どまんじゅう》厚く草生《む》せば手向けられたり黄なる粒花
モノレールの越えゆく下の船溜《ふなだま》り海老取川という江戸の川

橋

綾取りの橋のかたちに架かりおり深川木場の古き鉄橋《てつばし》

駒形橋近きどぜう屋誘い合い行きつも上司に謗《そし》られし友と

水郷の近くを渡す高架駅十《じゅう》二《に》橋《きょう》とう初夏の風吹く

日韓の架け橋映画初《はつ》の日に天皇皇后出でますニュース

橋づくし宿題にせし子を連れて隅田巡りの船に潜《くぐ》りき

川開き妻と行きたる橋のうえ人と揉み合う渦に巻かるる

太鼓橋その曲線もいつしらに往き来自在のわが身と車

生《なま》八ツ橋嚙むに香のたつ優しさよかの潔《いさぎよ》き音はなけれど

郵便物受けとると廊励みゆく姿見にありわが橋掛《はしがか》り

地下いでて橋にかかれる地下鉄の瑞《みず》の膚《はだえ》に海の風吹く

巨いなるもの来て去りし跡ならむ油膜の厚く光る岸壁

モアイ像

終《つい》の日に遑《いとま》ありつと月毎に妻が受けくる大き薬袋《やくたい》

陽の射さぬ前に窓開け招く風青葉のそよぎ伴い過ぐる

上半身まずイメージし頭《ず》と両手《もろて》差し入れ今朝もランニング着つ

遺言の書き方などとクイズあり朝よりテレビ誰《た》がためにある

視野欠けは齣落《こまおと》しかも傍《かたわ》らに佇《た》ちたる妻の挙措ある現《うつつ》

顎を引き背筋立てたるモアイ像訪問介護士待つ午《ひる》さがり

探しもの名人と妻言いくるる記憶と推理頼りの杖の身

リハビリののち麻痺の膝よく動く鴨と浮きつつ水掻きゆかな

潮騒

魚《うお》逃ぐる洞に手ふかく差し伸べし日のありしかな砂嘴《さし》たずねつつ

単線に軒をくぐらせ岬町ひとかたまりに人は生きゆく

海近き暁《あけ》の目覚めは窓の下グランドのあり球を呼ぶ声

帆船を描ける青の甲板は誰《た》が憧れや揺れを帯びいる

灯台の白きが映ゆる 崖《きりぎし》は息衝《づ》くに似つ杳《はる》か望めば

内海《うちうみ》を航《ゆ》く船ながら初夏ながら迅《と》く去り果てつ清《すが》しきかなや

切れ長に青く光れる星ひとつ空に置きつつ聴ける潮騒《しおさい》

筑西市域

穂に出でし銀の 芒《すすき》のつづく土手新しき市の 涯《はたて》を区切る

筑波なる男女《みな》双《ふた》つ峰重なれる石下《いしげ》の野面吹く芋嵐

桜川 堤《つつみ》のさくら葉の繁く紅葉《もみ》ずる撓《たわ》み川面に映る

後手《うしろで》に麦を踏みゆく一人ともならまし畝の直《すぐ》なる見れば

疎開せし家跡に車駐《とど》むるに教え子と告《の》る婦人寄り来つ

トランクのなかの冬瓜《とうがん》信号のたび控え目に存在示す

鯖雲の高く広がる路ながら射す夕映えに吸われゆくなり

暮　色

白妙の布と稜線おおうはや傾《なだ》りの幅を滑る冬霧

人の許にゆらげるこころ染めている暮色墨堤《ぼくてい》春近き水

光年を超えて

凩に光いや増す天穹に星座組みあぐ銀の槌音

竹梯子踏み外したる流れ星ああと声あげ受け留むるべし

思い立ち巣離れなしし彗星の咽喉《のみど》赤けれまだ名を持たず

天空にマチスの鋏か馬の首暗黒星雲切れ味とどむ

創《はじ》めより傾くままの土星の輪片方《かたえ》に乗りて正すもの出でよ

西低く真綿ぐるみのプレアデス身をば寄せ合いはやも睡た気

全天に裾曳き父を脅かせし彗星来たる軌道のまにま

三日月に今し金星蝕《むしば》まれゆくが鎮守の森の上なり
月面の火口壁より伸びし影展《ひろ》がる虚空支うるものあれ
氷壁の突如崩落《ほうらく》しゆく地球《テラ》驕るイカロス地にまっしぐら
重力を解かれしあした海洋も陸も飛び去り裸の火球

エトピリカ

錫いろの大魚《おおな》逸《はや》れるちから見え地下水槽にやすむことなし
流れ藻のちぎれの姿《なり》に生《あ》れにける海馬のたぐい四肢しどけなく
熱帯魚ひとつ怯えに向き変わる同じき縞のサイケデリック
水中の礁くぐりゆく海雀《エトピリカ》蒼きつばさをかたむけにつつ
飛魚の胸鰭《むなびれ》硬く光るとも貪欲《どんよく》の波去るを許さず

磁気

眼圧の高きに決壊する刎れ妻の点眼時刻守《も》りなす

右の眼に映るものなき今朝の妻ジャックの豆の雲の蔓執《と》れ
肉親を殺むるニュース日日に殖ゆ狂気を誘《おび》く磁気いずこにか
脚ひとつ活かすに寧日なきものを瞬時に若き人生潰《つい》ゆ
オペ免かれ妻退院の夕つ方杖に開扉の音の軽かり

祖国の緑

少年は二十歳《はたち》一期《いちご》と知れれども二十歳はるけく花火炸裂
グラマンの波状攻撃空にあり都市の幼き者さえ狙う
警防団班長黒き襟章に家族のひとり厳《いかめ》しくおり
暁《あけ》の空輪《わ》となり互いに追尾なす黄の複葉機ときめきて見し
空高き偏西風を恃《たの》みたる爆弾の和紙少女ら貼りつ
防火用水槽に映す顔のなか鬼子孒《ぼうふら》がしきり角出す
神風を吹かせたまいし宸筆《しんぴつ》の掲額切手目打《めうち》なかりき

特攻機飛びたちてすぐ見納めの指宿《いぶすき》の山祖国の緑

セント・エルモの火

億年を旋《めぐ》りつづけし球体の軸また今朝の太陽迎ふ

球体の裏側を航《ゆ》く帆船はセント・エルモの火を掲げたり

傘

夜目遠目傘の内なる人を見む遠ざかりゆく迅《はや》き後姿《うしろで》

一瞬に収まる機能もつ傘に身構う雨のなだれ込むがに

傘つねに妻の領域杖を突き雨にことさら泥《なず》む足元

大空を隙《ひま》なく占めし落下傘その間礫《つぶて》と墜《お》ちゆく一つ

核の傘内なる国を慈《いつく》しみ守りくるる国ありと思うな

小工事

エア・コンの作動《さどう》鈍れる築十五年ころあい今と壁紙も替う

手際よく壁紙剝がす渦の外寝間籠《ねまご》もりつつ昼餉どき待つ
ミニ・パトの非情に遂《お》われあえなくも工事ふたたび滞《とどこお》りたり
雨催い運べる風と見上げつつ高枝鋏《たかえだ》妻は伸ばしぬ
「夕暮」の短冊ますぐに掛け吊ると穴あきコインを紐に垂らせる
調理器具求めし妻のときめきにわが残生も身を起こすべし
雨雫ふくらみ落つる光《かげ》も見ゆ薄墨色の網戸歛めれば
ガレージへ降《くだ》る手摺《てすり》をつけくるる工事延びたり梅雨明けいまだ

枝垂るる影

花大根朝の雫に涙ぐむ塀裾にまず射す日差しあれ
葉桜の枝垂《しだ》るる影に今年また妻と包《くる》まれい行く涼しさ

落雷

いかのぼり

黒弥撒《くろみさ》の外套頭《ず》より被《かぶ》さるる有無を言わさぬ闇素速くも
絶え間なく稲光なし窓枠を震わす響き内耳《ないじ》を走る
じぐざぐにいらだち募《つの》らす雷獣か閃光一瞬地を貫きぬ
太柱《ふとばしら》裂く稲光窓近く迫れば導体《どうたい》の肩を寄せあう
石臼を転がす音の混じりつつ引き際潔《いさぎよ》き雷となる
停電灯の光はやくも薄れたる廊明るますなおも稲妻
近隣の誼《よし》みにランプ提げ来たる人の助けに通電叶う
日常のリズム戻れば折節に垣根のほとり甘え鳴く犬
薬袋紙延《の》して一首を留めたり歌詠めざれば折紙なすも
文庫本薄きを杖の柄に挟みベッドに運ぶ灯の乏しきに

赤芽柏あめの朝《あした》の一葉の戦ぎが零す朱《あけ》曳く滴《しずく》

蔦の葉の伸びのおどろを刈りこむと蔓引く音す鋏の音す

水上バス立ち寄るのみに飲みものを販《ひさ》ぐ店跡葎《むぐら》はびこる

白き濠の親子の鴨をおどろかせ少女武芸者武具担ぎゆく

凧《いかのぼり》大気を踏まえ近づけり展望レストランの窓際

乱気流

寄り添える生前戒名やさしめど彫りゆるぎなしここ東禅寺

膝近く頭《ず》をさげしかば起《た》ち易《やす》しなお充実の脳と思わむ

ビルの間にひそむ山脈見たるのち制動ゆるむわが車椅子

交流を直流に変う送電の狭間《はざま》に釜飯売る駅ありつ

客ひとり否も諾《う》もなき乱気流YS11機われ搭乗記

銃　身

鎌倉に谷多かれどあえなくも討たれし扇谷《おおぎがやつ》の名遺《のこ》る
駅裏の路地沿いに銃砲店ありき薄き玻璃戸《はりど》に銃身並ぶ
飛び込み台下の水面漣《さざなみ》をたてて水底見えずなすとぞ
台北《タイペイ》に文通なせる人ありき病まずば行きて歌語らむに
雨垂れを点滴という寂寞《じゃくまく》の荷風好みの語も亡びたり

太　鼓

夾竹桃あふれ咲きたる垣根沿ひ角に吹きくる風襷掛《たすきが》け
かろがろと挙《こぞ》り昇れるシャボン玉気流の歪みある空の底
吾亦紅秋の弾みの四分音符絡みあいつつゆらゆらゆうら
夕焼の落とし児の柚子つめたかり掌《て》に包みつつ捥ぎ取りしかば
孵《かえ》りたる緋目高の仔は糸屑に及ばぬ身もて前にし泳ぐ

篁《たかむら》に隣る縁日屑《くず》金魚追えば黒き目よく動くなり

巨いなる幹を刳《く》り貫《ぬ》き一頭分牛皮張りし太鼓打たばや

祭礼の太鼓に逸《はや》る由なけれ響《とよ》み波打つ雨やみぬらし

天気図

もどかしき体温計のさえずりは背戸の小藪に聴きとむるべし

扱いに妻の馴《な》れゆく血圧計聴診器掌《て》に温《あたた》めにつつ

声高に母よと何か窘《たしな》める応答聞こゆ母はわが妻

低気圧掻き分け昇るわが声は階上の子をまた案じさす

カーリングのストーン箒で掃き出さむなお天気図に台風居据わる

打ち身とや鬱《うっ》血《けつ》の痕いつしかに狭《せば》め攻めゆく力ありつる

頭《ず》を打たぬ僥倖せめて言い交わし新涼の夜を眠らな妻と

人の心金で買えると広言の男潰《つい》えつ髪逆立てに

流星雨

太陽系弾《はじ》き出されし惑星とならずや晩年を託せる地球

思わざり九惑星の数と向き定まらぬとは少年の日に

台風を野分と言いて和《なご》ましむ野辺の薄《すすき》穂《ほ》靡かすほどに

流星雨仰《う》ぐと妻と立ちし土手草露薙《な》ぎてゆく光《かげ》の先

多摩川に布を晒せる清流のありし証《あかし》の地名いくつか

わが飲食《おんじき》

外壁のタイルを洗う音繁《しげ》く幾条《すじ》か寒の水光る見ゆ

殻付きの落花生とや指先に渋皮器用に剝《む》きて自賛す

頰刺《ほおざし》の無念を頭より嚙みしめつわが骨密度となり瞑すべし

冬とみに味の濃くなる葉菜《ようさい》類キャベツも然《さ》なりステーキが添う

大根の息づく白を提げ来たる時間足りねばたぶん風呂吹き

切干し大根凍《し》み蒟蒻《こんにゃく》の日の恵み前歯大事にながく嚙み締む

寒雀旧知さながら庭に来つ声聴きたけれ玻璃戸《はりど》ひらけず

地球の影

タタールの寒波一太刀受けとめて列島やおら師走に入りぬ

早駕籠《はやかご》の到るならねど歳の暮れ篝火草の鉢絶やすまじ

論争の資料出でたる大掃除しばし昂《たかぶ》る意志なにがしか

蔡倫《さいりん》の恩恵に我らが文化あり歳末は紙反古多く騒立つ

行政にしては上出来資源塵芥《ごみ》そのことばゆえ励み纏めつ

雨降らぬ大晦日《おおつごもり》を幸いに紙うずたかく子は出しくるる

巷には音の寄せ植え救急車パトカー単車次から次へ

パトカーの駆り立てゆける音頻《しき》り空には地球の影抱《いだ》く月

冬の坂

歌一首招《よ》ばれし博文館日記届きぬ一年恙なかれと

駅伝を観る娯しみの三が日ある歳晩の午後の寧《やす》けし

点《ぽち》袋好みの意匠ありつれどお年玉遣る孫われになく

福笹に付くビニールの宝船幼き者はまず手に触るる

貧相の総理に適《そぐ》う髭やある　鬚《あごひげ》　髯《ほおひげ》　福笑いめく

木木の葉に便り記しし名残とや葉書ひと片《ひら》おろそかならず

学友の誼《よし》みに交わしきし賀状その女手もいつしか途絶ゆ

鞭ひとつ当つるがにエンジンふかしつつ冬の終バス坂登りゆく

木付子

花鎮《しず》め心鎮めの雨降れり棕櫚竹の葉に雫《しずく》太らせ

庭隅の落ち葉隠《がく》りに破れ傘葉先の解《ほっ》れままよと開く

ことしまた沈丁の香に触れしとも介護受けつつ行く校舎裏

黄の花穂を垂れて音なく振りやまぬ木付子《きぶし》といえど空間を占む

もみじせぬ楓の蔭に幾年か憩いつと瑞《みず》の角《つの》ぐみ仰ぐ

石蕗《つわぶき》の花の睫毛に見送らる雨の別れのあるべくなけれ

土踏まずその湾曲をたいせつに圧さえしほどに夢歩行良し

塔

尖塔を束ね建てたるガウディの寺院見上げるのみに眩《くるめ》く

ひめゆりの塔立つ壕の壁粗《あら》く少女ら伸べし手偲ぶよしなし

台風の力あしらう工法の初めと谷中《やなか》五重塔建つ

鉄塔に擬《なぞら》えたまう遺詠あり先師の肩に翼畳まむ

塔頭《たっちゅう》は唯にゆかしく濡れ落ち葉あまた貼りつく石段《いしきだ》つづく

帰宅ルート

揉まれつつ紙片とびゆくかなたにて軽飛行場春となりゆく
花芽噴く熱《ほて》り纏える枝を延べ桜並木は青空ひらく
祭場の枝垂桜の枝細りわずかな風に露零《こぼ》しおり
カーナビに帰宅ルートの消去されこの道はどこ闇の重たく
目的地周辺なりと声あればいよよ惑えり見知らぬ辻に

心の絆

杖に行く足を泥《なず》ます桜の実種子《たね》の固きも今朝は掃かれつ
くぐみ啼く雉鳩高きに聞こえつつ足元浸《ひた》す雀らの声
差し金の蝶鼻先に舞わすべし日脚の伸びに転《うた》た寝の犬
思い籠めわが一首評寄せくれいし「氷原」届く心の絆
ヘリコプター如雨露《じょうろ》さながら音を撒き山吹散らし飛び去りにけり

朔の日

花水木白のそよぎに瞬《しばだた》く朝の眼《まなこ》のひんやり朧ろ
民間の駐車監視の居丈高かの日の警防団員に似る
貝柱ただ開閉の筋肉を海に養い歯に解《ほぐ》し賞《め》ず
串干しの柳葉魚《ししゃも》を頭《ず》より貪《むさぼ》りぬ転びてもよき骨つくらむと
朔の日に必ず響く遠太鼓午後の日差しにあやまたず打つ

手話

向きあえる高枝揺らぐひとしきり青葉打ち振り手話交わす風
下肢の端《はし》脱ぎ得で羽化をしくじりし昆虫の死に幸不幸ありや
ギャラリーとう金魚の尾鰭《おびれ》引きつれし少年ゴルファー影のみ著《しる》し
トラボルタ、ニュートン・ジョンの名思い出しゲーム互《かた》みに睡気招かむ
尾をば曳き遠ざかりゆく雷《いかずち》を聴きつつ眠らな脚たゆけれど

歯齦炎

好物の稲庭うどんその腰の強さが障る今日の歯の腫れ

治療台起こさるるとき初夏《はつなつ》の屋根瓦より雀飛び発つ

歯科医師は紋切型の口上に詫ぶるも痛みは待つより易し

水色と白愛らしきカプセルに恃《たの》みつつ耐う歯齦炎二日

片麻痺の身につれなくも歯周病おきしが労《いたわ》りくるる妻あり

日野の名刹

幼児《おさなご》の眠る標識「静かに」と中央高速なめらかに過ぐ

高速路降りる際《さ》に咲く白木槿《しろむくげ》一年《ひととせ》経つれ丈《たけ》変わらざり

佳き一首あるを励みに長階段手摺《てすり》手力《たぢから》恃みて登る

急階段先の奈落をふと怯《お》じぬ若き坊様背後《はいご》に在《ま》すも

白南風《しらはえ》の渡る境内「氷原」の人人嘉《よみ》し見送りくれつ

昆陽の墓

雨含む落ち葉掃かむと見るのみに夏の懈怠の身に添うしばし
緑濃き釣池の水匂いつつ浮き藻片寄せ風渡るなり
いちょう並木瘤より萌えし芽の戦《そよ》ぎ露けく光る潜《くぐ》りゆかまし
目黒不動裏の山辺に落ち葉積みぬくとくありつ昆陽の墓
甘藷先生昆陽の墓さびさびと櫟《くぬぎ》落ち葉を裾に敷きます

点

点ほどの蜘蛛の仔走る部屋の隅まろばして午後の気疎《けうと》さにいる
飛行機雲伸びゆく先の一点にアイマスクかけ眠る人人
妻に呼ばれほい合点と起きあがる弾み危《あや》うく宙に浮く脚
安定よき三点杖を用いぬは握りに小物運び得ぬため
一点鐘鳴るころ合を妻おらぬ今日は蜜柑を時かけ剝きぬ

めまい

外階段手摺《てすり》たよりに昇り降り叶いし今日の前向きリハビリ
手力《たぢから》に余裕あるとも太るまじ納豆などに蛋白を摂《と》る
天井付けの丸き電灯見るなかれ四隅の稜に視野固定せよ
起き上る前に左右に頭《ず》を振りぬ眩暈《めまい》をしのぐ手だて体得
介助入浴サービス・スタッフ手際よしあまたの患者宥《なだ》めきし末

篝火草

篝火草門扉《もんぴ》に近く咲かせたり幸便《こうびん》の伝馬来るあてなけれ
まこと空気の充ちおる恵みかそかなれど壁に触れたるわれの肘音
軋ませて指に米研《と》ぐ音よけれ無洗米なる流行《はやり》もすたる
なじむまでわが生あると迷いなく糠漬セット妻は購い来つ
生理的意志の一つを外すとう手術《オペ》ののちの身こころ締めゆけ

夜の時雨《しぐれ》突風まじえ樹樹打てり悪しき夢より引き揚げるがに

夜の驟雨《しゅうう》くるみしゅえに発たざりきわが遁走の最終電車

マグマ溜り背《せな》に迫れる腰痛のしじに凝《こご》りてゆく冬の夜半

海の夜明け

源氏の陣ありし由来の旗の台病棟そびゆるなかに臥しおり

水晶宮ならで迫れる門構え身を委ねたり音波の輪切り

ＣＴの撮影台に横たわり息する勿れとの指示はたやすき

雨だれはうつらうつらと荷風の世誰しも寝てはならじ点滴

術前の下剤二リットル呑みつぐに溺るるばかり最後は噎ぶ

鋼鉄の芯をおもたく灼きながらやさしきことば出でざりきまだ

「がんばれ」と声かけるため欠勤の子とある齢《よわい》せめて幸あれ

麻酔医の長き睫毛のしばたきに吸われたるのち宙をさ迷う

湖《うみ》の底いちめんいつか見たる黄の触手のさまに泡立草揺れ
わが体力この湖にとどまれば灯火《ともしび》ひとつ過去世へ流るる
口中むず痒くして幻覚のクリップ跳ねる列の乱調
眠りより覚めざらましな赤芽柏葉の先先になお露《つゆ》宿す
十時間かかると聴きし手術なれ麻酔の海の夜明け早かり

一もとの稲

掌《てのひら》になじみこよなき杖なれど病室の隅に影伸ばすのみ
左脚たゆけれわが身の置きどころ健常の右逸《はや》るでないぞ
右は一歩されど重心移されず車椅子移動はやも難儀す
看護師の靴底の鳴り窓外の湿度いつしか濃くなりていむ
鎌鼬《かまいたち》ひそみ覗ける切り岸を夢にし残し風の夜半覚む
星の砂はマイクロ骸《むくろ》おおいなる掌に載る吾の生きまた軽し

湿原にか細く生《お》いし一もとの稲の原種に人類遇《あ》いぬ

退院の日

急湍となりて逸《はや》れる花の川過《よぎ》るさ揺るる退院の路
滾《たぎ》つ川棹さしゆくに花熅《いき》れ人の熱《いき》れにおのず身傾《かし》ぐ
花旋風《つむじ》空に捲きあげ先導の妻につくわが介護ワゴン車
桜の根暗渠《あんきょ》を踏まえ連なれる道とはなりてわが家近づく
安静を貪れるまに煙《けむ》と消ゆ重力離《か》れし四肢の筋力
窓際の赤芽柏の挙《こぞ》り燃ゆ親しき樹樹に励まされつも
わが家の香のララバイに包《くる》まるる熟寝《うまい》はすでに夕べ覚えず

影　絵

とろみつけ汁物食めと処方さるすでにお茶漬無縁の食事
昔ながらの粒葡萄あれ剝《む》きくるる妻の手間なく口に滑らす

車椅子乗るさに踏まう左脚かすかに疼く力の入れ処《ど》

右左《みぎひだり》交互に片足立ちせしむK先生のお髪《ぐし》半白

右のみの五指の動きよ寝室の壁に狐の影を遊ばす

プロの業

白梅《しらうめ》の秀枝《ほつえ》を芯に寄せ活《い》けるなかの花花牡丹静けし

絨毯にはららぐ花弁けざやかに美剣士の鉢巻落ちしとぞ見ゆ

白梅の一枝《いっし》が零《こぼ》す香《か》の流れその裾に触れむと車椅子寄す

「氷原」の会計監査プロの業《わざ》教示を受けし池上氏逝く

大銀行の重役たりし人なれど館内を身障のわれ支えくれたり

許されし風

風知草撫でゆく気流移りゆきはやも朝の陽雲にくるまる

朝風に枝離れたる虫を追う鳥影しばし高さ保てり

花水木風に揉まるる太枝に溢るる白の雪崩《なだれ》やまざる

空近み地軸の傾《かし》ぎそわす身に杳《はる》かな日日に許されし風

空は木の梢をば揉み暮れかかる移りてはかな人の思いも

点呼

引かれたる幕一張《はり》の重さよりなお晩年の脚撥《は》ねゆかな

人逝くと流るる時の間を昏《くら》む身罷りがたし親しむあれば

傍らの寝息の波にゆたに添い眠剤なしの睡《ねむ》り一夜《ひとよ》さ

おりふしの痒み無視して眠らなむ馴れと諦めなお意志にあり

脚絆解《と》き点呼受けける中学生どっと睡魔にのしかかられぬ

暁《あけ》近く切りて棄てたき麻痺側の下肢との宥和かつがつ成りつ

うつらうつら焦点合わずおる顔の何と母似と妻の呟《つぶや》く

今しばし生きませとてか日に一度あな冷たしと手を把《と》りくるる

階段の手摺頼りに背筋伸《の》す直き身の丈とくと見せばや

片手あげ読む書物あれ挿絵なく活字大きめ光らぬ紙質

夜半目覚め妻の寝嵩《ねがさ》の静けきを気配に認む騒がす勿れ

耳

風邪粥《かぜがゆ》に等しとて子が求め来つ耳削《そ》ぎおとしし食パン半斤

掌《てのひら》に頭《ず》を載せ風呂に幼子と入りしわが二指耳孔《じこう》を護る

綱引き

角ごとの葉牡丹いまだ鮮らけし人日を過ぎ再入院の朝

琴・三味線教える看板遠見にす再入院に赴く車内

円融寺山門浮かぶ星の夜を渓流に沿うと運ばれゆきぬ

薄味の蕗の形状舌にあり幾筋かの管に繋がれし身の

ナースコールに現場に伺うとの応答《いらえ》うずき即ち火急の現場

眠剤と疼《うず》きの綱引き一夜さを眠り勝つべしオーエスオーエス

生き死にの定まらぬ身をあずけたる病院に所蔵の絵画届けむ

花ひらきゆく季

胸までの雪に溺るる体験の夢見あらなく麻痺の身を生く

漲《みなぎ》りてことしの緑噴く樹樹のもとなる吾か芽吹くものなく

樹樹こぞり花ひらきゆく季《とき》としも一人はわれと視ることなけむ

竹垣に蝸牛《まいまい》迹を輝かせ失せたるほどの生《いき》われにあれ

あとがきにかえて

三月三十一日の夜、毎日二度通っている病院より戻り一時間ほど経ったときであったか、石本の病状が急変したので、すぐに来るようにとの看護師からの連絡を受け、再度駆けつけたのが、夫石本との最期となった。

抗癌剤投与のための入退院を繰り返す日々に体力は衰えてきていたが、意識ははっきりしており、二人の会話をいつも交すことができていたので、もう二、三ヶ月はがんばってくれるものと信じていただけに、喪失感はどうしようもなかった。

けれども、この集の歌稿を整え終えたとき、短歌研究社に石本が入院中であることを告げ、自宅までお運びくださるよう願ったところ、二十九日に堀山様がお見えくださり、ただただ感激をしその日、石本とともに喜びあうことができていたのが何よりの慰めであった。

加えて、私どもの家から戻るやすぐに、印刷所に入稿してくださった旨のお便りを受け、その中に歌集名として集の章題より四つお選びくださっており、その他種々のご配慮とともに、ご厚意身に沁みありがたかった。さくらの花の咲きあふれていたときに石本は逝ったので、一ヶ月を過ぎ、集題を決める際に四つ目の「花ひらきゆく季」を選んだ。

本集は、平成十九年二月刊行の『赦免の渚』に次ぐ石本の第十三歌集となる。

思えば、学生の頃より或る意味、短歌一筋に生きてきた人ではないかと思うが、その長い道のりをご交誼を賜ってきた方々に、ここに深く深く御礼を申し上げる。

最後に拙い私にお力を添えてくださり、出版へとお導きくださった短歌研究社の堀山和子様、ならびに社中のスタッフの皆様に、心よりの感謝を捧げます。

石本晴代

平成二十二年五月　葉桜の季に

年譜

昭和五年（一九三〇）
十二月十日、東京市芝区白金志田町に生まれる。家業は鉄工場。

昭和十四年（一九三九）　八歳
蒲田区糀谷町に移住。

昭和二十年（一九四五）　十四歳
四月、帝都城南地区空襲の直前、茨城県樺穂村に疎開。

昭和二十四年（一九四九）　十八歳
県立真壁高校を卒業、村立大国中学校助教諭となる。

昭和二十六年（一九五一）　二十歳
早稲田大学第一文学部英文科に入学。秋より約半年間、結核にて療養。

昭和二十九年（一九五四）　二十三歳
三月、香川進の「地中海」に入会。

昭和三十一年（一九五六）　二十五歳
イギリス演劇を専攻して学部卒業。大学院に進む。早稲田短歌会に入る。結婚のため、大学院を中退し、私立東京商業高等学校に勤務。

昭和三十三年（一九五八）　二十七歳
三月、香川進夫妻の媒酌にて「地中海」神戸支社の柴田晴代と結婚、目黒区碑文谷の現在地に一戸を構える。六月、地中海合同歌集『潟』に参加。

昭和三十五年（一九六〇）　二十九歳
七月、長男郁夫誕生。

昭和三十九年（一九六四）　三十三歳
角川書店に勤め、はじめ「短歌」の編集に従う。六月、歌集『木馬騎士』を地中海社から刊行。翌年、現代歌人協会賞の最終候補となったが、前登志夫歌集等と共に該当なしとして見送られる。
昭和四十四年（一九六九）　三十八歳
現代歌人協会理事に選出され、以後三期六年間をつとめる。
昭和四十五年（一九七〇）　三十九歳
六月、歌集『星気流』を新星書房より刊行。翌年、日本歌人クラブ賞を受ける。
昭和四十七年（一九七二）　四十一歳
一月、師香川進の歌集名にちなむ結社誌「氷原」を創刊、主宰する。春より日本歌人クラブの中央幹事をつとめ、以降、六期十二年に及んだ。
昭和五十一年（一九七六）　四十五歳
作品「蓖麻の記憶」で第十二回短歌研究賞を受ける。埼玉県立志木高校校歌作詞（黛敏郎氏作曲）。
昭和五十二年（一九七七）　四十六歳
「週刊サンケイ」歌壇選者。学研「高三コース」短歌欄選者。「学文ライフ」短歌選者。
昭和五十三年（一九七八）　四十七歳
「月刊自由民主」歌壇選者。九月、歌集『海の砦』を不識書院より刊行。
昭和五十四年（一九七九）　四十八歳
毎日新聞添削教室講師。「自由新報」歌壇選者。
昭和五十五年（一九八〇）　四十九歳
綜合誌「俳句」編集に当たる。
昭和五十七年（一九八二）　五十一歳
日本ペンクラブ会員となる。日本文芸家協会員となる。
昭和五十八年（一九八三）　五十二歳
「公明新聞」（日曜版）歌壇選者。九月、『石本隆一評論集』全十巻の第一回配本として

『白日の軌跡』を短歌新聞社より刊行。十二月、共編『現代短歌のすべて　現代歌人250人』を牧羊社より刊行。

昭和五十九年（一九八四）　五十三歳
角川書店を辞す。

昭和六十年（一九八五）　五十四歳
朝日カルチャーセンター立川教室講師。一月、歌集『鼓笛』（昭和歌人集成）を短歌新聞社より刊行。九月、入門書『短歌実作セミナー』を牧羊社より刊行。

昭和六十一年（一九八六）　五十五歳
産経学園池袋短歌教室講師。二月、評論集Ⅳ『短歌時評集』を短歌新聞社より刊行。九月、歌集『ナルキソス断章』『天狼篇』の二冊を短歌新聞社より刊行。

昭和六十二年（一九八七）　五十六歳
現代歌人協会理事に再選。

昭和六十三年（一九八八）　五十七歳
「禅の友」曹洞歌壇選者。十二月、評論集Ⅰ『前田夕暮・香川進』を短歌新聞社より刊行。

平成二年（一九九〇）　五十九歳
八月、評論集Ⅲ『律の流域』を短歌新聞社より刊行。

平成三年（一九九一）　六十歳
九月、歌集『水馬』を短歌研究社より刊行。

平成四年（一九九二）　六十一歳
六月、評論集Ⅴ『近現代歌人偶景』を短歌新聞社より刊行。

平成五年（一九九三）　六十二歳
明治記念綜合歌会委員を委嘱さる。五月、歌集『つばさの香水瓶』を短歌研究社より刊行。

平成六年（一九九四）　六十三歳
五月、評論集Ⅷ『碑文谷雑記』を短歌新聞社より刊行。「平成万葉集」選者。九月、脳内出血にて入院。

平成八年（一九九六）　六十五歳
三月、『石本隆一――現代短歌集成』を沖積舎より刊行。
平成九年（一九九七）　六十六歳
七月、歌集『流灯』を短歌新聞社より刊行。
平成十年（一九九八）　六十七歳
第五回短歌新聞社賞を受賞。
平成十一年（一九九九）　六十八歳
五月、評論集Ⅶ『歌の山河・歌の隣邦』を短歌新聞社より刊行。
平成十四年（二〇〇二）　七十一歳
十一月、、歌集『やじろべえ』を角川書店より刊行。十二月、短歌新聞社文庫として『ナルキソス断章』刊行。
平成十五年（二〇〇三）　七十二歳
九月、評論集Ⅸ『短歌随感』を短歌新聞社より刊行。
平成十六年（二〇〇四）　七十三歳
八月、評論集Ⅵ『続・近現代歌人偶景』を短歌新聞社より刊行。
平成十八年（二〇〇六）　七十五歳
三月、歌集『いのち宥めて』を角川書店より刊行。
平成十九年（二〇〇七）　七十六歳
二月、歌集『赦免の渚』を短歌研究社より刊行。
平成二十二年（二〇一〇）　七十九歳
三月三十一日死亡。
十月、評論集Ⅹ『続・短歌随感』を短歌新聞社より刊行。歌集『花ひらきゆく季』を短歌研究社より刊行。
平成二十四年（二〇一二）
五月、歌集『わが命ちさく限りて』を文芸社より刊行。

著書目録

〔歌集〕

ナルキソス断章（第一歌集）昭61・9　短歌新聞社
木馬騎士（第二歌集）昭39・6　地中海社
星気流（第三歌集）昭45・6　新星書房
海の砦（第四歌集）昭53・9　不識書院
鼓笛（第五歌集）昭60・1　短歌新聞社
天狼篇（第六歌集）昭61・9　短歌新聞社
水馬（第七歌集）平3・9　短歌研究社
つばさの香水瓶（第八歌集）平5・5　短歌研究社
石本隆一——現代短歌集成　平8・3　沖積社
流灯（第九歌集）平9・7　短歌新聞社
やじろべえ（第十歌集）平14・11　角川書店
木馬情景集　新現代歌人叢書16
平17・11　短歌新聞社
いのち宥めて（第十一歌集）平18・3　角川書店
赦免の渚（第十二歌集）平19・2　短歌研究社
花ひらきゆく季（第十三歌集）
平22・10　短歌研究社
わが命ちさく限りて　平24・5　文芸社

〔評論・その他〕

石本隆一評論集　全十巻　短歌新聞社
Ⅰ　前田夕暮・香川進　昭63・12
Ⅱ　白日の軌跡　昭58・9
Ⅲ　律の流域　平2・8

Ⅳ 短歌時評集　昭61・2
Ⅴ 近現代歌人偶景　平4・6
Ⅵ 続・近現代歌人偶景　平16・8
Ⅶ 歌の山河・歌の隣邦　平11・5
Ⅷ 碑文谷雑記　平6・5
Ⅸ 短歌随感　平15・9
Ⅹ 続・短歌随感　平22・10
私の短歌入門　昭52・7　有斐閣新書
短歌実作セミナー　昭60・9　牧羊社

〔文庫〕

ナルキソス断章　平14・12　短歌新聞社文庫

〔共著〕

前田夕暮研究　昭48・5　印美書房
わが愛する歌人　第一集　昭53・8　有斐閣新書
現代短歌のすべて　現代歌人250人　昭58・12　牧羊社
現代歌人東京風土記　平5・7　六法出版社
漢訳日本の現代短歌　平6・11　短歌新聞社
明治短歌の文学潮流　平8・4　短歌新聞社
源実朝を偲ぶ　伊豆山名月歌会　第二集　平14・9　角川書店

目次細目

ナルキソス断章

I
しろき感情 9
雷獣 9
彗星 10
アルバム 11
視線 12

II
空港の見ゆる窓 12
夜のひきあけ 14
書架 14
新治村 15
野鳩と墓標 17
火蛾 18

III
わが周辺 20
ナルキソス断章 21
短歌について 23

IV
マチルデ 24
余白 26
サボテン 27
粒子 28
サフランの芽 29
後記 30

木馬騎士

くろき都会に 33
玻璃小壜 33
夜の支柱 34
朝柔かし 34
ロダンの像 35
旅いくつか 36
北辺空席 39

淡水魚 39
凍え 40
鋏と光芒 40
ゲシヒテ 41
短歌について 42
凩 42
粒子 43
気流 45
銀粉 45
新樹吹く風 46
梅雨停滞 46
痛めし語彙 47
沿線 48
都市沈黙 48
カイム 49
ある出立 50
長子 50
衷意まばゆき 51
ゆたかなる 52
就眠儀式 52
平野 53
石切りの村 54
それぞれの 56
指紋 57
残しきて 57
惑 58
蹠も 58
腕も 59
航跡 60
血は重く 60
雨の忌 61
水仙断章 61

巻末に　香川　進 63
＊（あとがき） 64

星気流

山麓の湖 67
獣の園 67
パンの包み 68
みどりの魚 68
森の祭灯 69
クレヨン燃ゆ 70
蒼の浄火 70
古代意匠 71
光の重み 72
雪あかり 72
冬の疎林 73
冬心抄 73
地の罅 74
異星の人 75
水銀の球 76
あすへの木馬 76

拱手ひたすら　77
小さな庭　77
花崩壊　78
ある回帰　78
羽蟻の光　78
魚のこえ　79
霧を割く　79
礁　80
霜の鹹　80
みぞるる　81
海の執　81
焚く　82
気流いささか　82
凧は子のもの　82
匍匐枝　83
夜に入る雪　84
小さな裸　84
尾のごときもの　85
都市刻刻　85
廃船　86
不意の海　86
奢りの峡　87
視野に一筋　88
凩に駅　88
渦のまにまに　89
鉄の軋み　89
砦に帰る　90
つぶらなる　91
地の記憶　91
つゆ落差　92
わが太郎　92
銀のくさび　93
址　94
秋　95
影　95
われの朱線　96
情景のなか　97
樹の衡　97
ひとつ敵意　98
夏越抄　99
鎮み　99
冬の牧歌　100
白い沼　100
あとがき　102

海の砦

I
千の独楽　107
貝塚の春　107
桜　108
揺れやまざりき　108
埼　109
砦　110
水車　111

巻 111
朱の電車 112
反景《はんえい》 112
稲妻しろく 113
燧石 114

Ⅱ

石膏 114
渦文の時 115
移転前後 116
冬の蟹 117
凧 117
声 118
城山 119
野鳩 120
ひたむきに 120

Ⅲ

蓖麻の記憶 121
喪乱　三島由紀夫の死 123
台場 125
艀 126
墟 127
白い塔また塔 127
野の揺落 128

Ⅳ

島へ 129
内海より 131
滝 132
貝殻 132
燈台 133
谿へ 133
南島 134
杙 135
伝説の裔 135
露盗み 136
苜蓿行《もくしゅくこう》 137
帰程 137

Ⅴ

雪 139
花水木 139
かたく嵩なす 140
玻璃の外 141
鮒の弾性 142
象 143
展 143
橋桁 144
緋の花 144
かげろう 145

Ⅵ

紫陽花谿谷 146
花杪抄 147
溯る 148

Ⅶ
机辺 151
濠をへだてて 152
しろき瑞枝 152
もはや眠らな 153
歳晩某日 154
煙草 154
乾反葉 155
鱗粉 155
もとおる 156
荷風忌 156
跋 159

鼓笛

灰皿 163
立石寺あたり 164
光は匂う 164
夾竹桃 165
祭り 166
書庫 166
濁り川 167
磧 169
芒がくりに 169
北ゆもどれば 171
青きサドル 172
中国の旅 172
地名の旅 175
集落 175
象潟 176
烏山 177
したたかに 178
雪吊 178
雪原 179
杜にて——早稲田百年 180
葉脈 181
狩場 182
橋 183
街 183
仄かなる 185
埋立地 186
秀麗の人 187
漕ぐ 188
校了の道 189
解説 篠 弘 191
あとがき 198

天狼篇

林中のシリウス 203
三国港 203
こころの北辺 204
頰さざなみす 205

墨東 206
地を縫う 206
筏とともに 207
半円 208
水楢林 209
那珂川 209
羽子板 210
楔 210
本間家の門 211
一茶の道 212
丹後浅春 213
ふたたびの闇 213
白木蓮 214
いずこより 214
落下 215
葱坊主 215
上ノ山 216
みささぎ 217
藁塚 218
薄き糸底 218
硬き冬 219
三日まで 219
しらとり 220
能面 220
そとうみ 221
水閘の町 222
かもめ 222
伊豆山神社献歌 223
細細と立つ 223
見おろしに 223
リフト 224
春近き山 224
高山は雨 225
緋の花 225
法善寺横丁 226
奢り 226
咲き継ぎて 227
夜のタブロー 227
円舞曲 228
妙義山塊 229
土浦 231
暴秦の俑 232
斥力 232
乾反葉 233
銀のたてがみ 234
後記 235

水馬

彩 239
大江戸・小江戸 239
歳首 240
老樹 240
流し雛 241
牡丹 241

立川氏館跡 242
獣の耳 242
北のみずうみ 243
層雲峡 244
手斧の痕 244
札幌 245
高野・熊野 245
那智 246
捩花 247
海の雪 248
広場 248
勝沼ワイナリー 249
此岸 249
らんぶる 250
仲見世 250
仏手柑 251
奥久慈 251
梅里 252
翁草 252
洗足 253
竹壺 253
はやて 254
髯 254
おのずから 255
無職 255
松島 256
うつしみの 257
淑春 258
斑雪 258
遊水地帯 259
牛島古藤歌 260
小諸なる 260
吊革 261
紛るる 261
氷枕 262
水のひかり 263
旗手ということば 264
敗荷 264
萌 265
坂——六本木 266
鳥 266
花気圧 267
古利根 268
つゆの芹 268
桂林 269
妙高高原 269
栗の荷 270
翳る 270
袖匂う 271
春の地震 271
海浜墓苑 272
季の一線 273
六郷橋 274
野水仙 275
一軀 275
鉄の沢蟹 276
浅春 277

あとがき 278

つばさの香水瓶

意匠 283
ガレの壺 283
夜の卓 284
指紋なき 284
宿り木 285
冬の動物園 286
硝子の檻 286
翁草など 287
花の口髭 287
蕊釣り 288
古塔 288
ほたる 289
小棚 290
鐘楼 290
燕京好日 291
茶館 291
烽火三月 292
杭州 292
紹興へ 293
蘭亭 294
墳 294
凮知草 295
橋桁の隙 295
熱の段差 296
壁のかけら 296
庚午の印 297
篝火 297
冬の桜 298
欅と鳥かげ 298
花果てて 299
黄楊櫛 299
水芭蕉 300
夏椿 300
砂 301
ツァイスの双眼鏡 302
石貨 303
急行うさぎ号 303
根岸競馬場跡 304
勿来 304
平泉 305
泰衡の首 305
鷹ひとつ 306
こぞことし 307
白金長者屋敷 308
海の碑 308
羊歯の径 309
解体 310
夜の観覧車 311
転居 311
地下水層 312
普請 313
走者たち 314

花の頸筋　315
白帽　316
臨海発電所　316
かやの木山の　317
小河内ダムまで　317
凪　319
あとがき　320

流灯

岬の冬日　325
鶴溜り　326
六千の鶴　327
夕暮の歌碑　328
旬日　330
コインの馬　330
ひまわりと青蛙　331
ガラス工房　333
パーム椰子　333
クアラ・ルンプール　334
マラッカ　335
ブキテマの丘　336
柿田川湧水　337
諏訪大社　337
夜のフェリー　338
洋凧　339
初芝居　339
人形館　339
李太郎の島　340
浅間と猫　340
竜返し　341
篁一日　342
大和古寺の仏たち　342
高原に天体　343
山上湖　343
将軍の孫　344
青玻璃　345
公園を抜けて　346
私き　346
回天基地　347
夏、霞ヶ浦　348
忙しき飛翔　348
川開き　349
あとがき　351

やじろべえ

藺なせる　355
蒲の穂綿　355
歩行補助具　356
軟着陸す　357
ニューロン　357
薄き地殻　358

忘れ傘 358
花の坂道 360
卓上鈴 360
飛行船 361
花に遇う 362
一番星 362
花の隙 363
田崎美術館まで 364
昼風呂 364
歩行訓練 365
紫揺るる 366
全国大会 366
寒のあけくれ 367
春の雪 368
破魔矢 368
五島美術館 369
6Pチーズ 370
紗のカーテン 370
花花の呪文 371
碓氷峠 371
パンの香り 372
赤ポスト 373
倚松庵まで 373
変り玉 374
校歌 375
鎌倉大会 375
樟脳船 376
生きの汗 376
香の辺り 378
手術あとさき 378
塑像 380
知恵の輪 381
カゴメ印 381
零す 382
名残のしずく 382
区民パレード 383
雀のお宿公園 383
対のコンポート 384
なお生きて 384
西瓜の種 385
殷の仮面展 386
義弟逝く 386
納骨 387
十二神将 388
納豆 389
狐の祠 390
校正室 390
地縛り 391
高幡不動 391
薔薇の名 392
碑文谷公園 392
映像のライン 393
縺るることなし 394
ドームの花瓶 394
透廊 395
尾根径 396
緑まぶしむ 396

あとがき 397

いのち宥めて

花盗人 401
暫 401
舫う 401
紙獅子 402
案内記 403
祈りの石像 403
年用意 404
花時計 405
渓水 405
雨の参道 406
監視塔 406
エアコン 407
義父の気力 408
宿題 408
カエサル銀貨 409
地軸への渦 409
西美をうたう——ルノワール 410
茂吉に寄せて 410
笛 410
盛夏雑詠 411
得意の小鳥 411
草の沈黙 412
夜の水路 413
宝水 413
第三種 414
風の道 415
天気図 415
パイプ椅子 416
花にしたがう 417
林試の森 417
兵隊靴 418
灯火管制 419
夜の湖 419
高遠にて 420
靄隠る山 420
警報機 421
灯の点滅 421
芝山埴輪園 422
遠き悲鳴 422
口一文字 423
茎の紫 423
酒蒸し 424
烏賊徳利 424
題詠——番 425
湖の干満 425
破邪の垂直 426
カーナビの声 427
視線 427
淡路へ 428
樹海 429
みえざる壁 429
運転免許証 430

雨はらぐ 430
藍を潜む 431
ライブ・トヨタ 431
一一九番 432
遠心力 432
カード・キイ 433
黄落 433
柿 434
焚火 435
撫子 436
鈴振りにつつ 436

あとがき 437

赦免の渚

Ⅰ　起居周辺

冬北斗 441
袖口 441
メビウスの輪 442
遠雷 443
矢衾 443
敗荷 444
前垂れ 444
炎暑 445
ボールペン 446
誕生仏 446
焼夷弾 447
茶運び人形 448
寒林檎 449
鳥 449
さくら警備 450
碑 450

Ⅱ　縦遊折節

潮来舟 451
碁石 452
水戸残照 453
浜離宮 453
残像 454
風神の耳 454
痩せ羅漢 455
紫の脚 456
蓼科にて 456
起重機 457
絹の道 457
飛天の笛 458
手裏剣 458
峰雲 459
干満 459
渓流 460
鐘 460
根雪 461

Ⅲ　病患頃日

救急入口 461

大気圏 463
釘煮 463
花茗荷 464
帰路 464
ひた打つ 465
水かげろう 466
繃帯 466
室内履 467
祭太鼓 467
硝子戸 468
冬高槻 469
戒め 469
煤籠 470
夜半の弓手 470
追儺のころ 471
羽化 471

あとがき 473

花ひらきゆく季

音なき仕草 477
桐一葉 477
とある界隈 478
納骨 479
虹 479
牡蠣の夢 480
ザイン（存在） 480
遺るまいぞ 481
祠 482
ずんだ餅 482
春の臥所 483
波 484
紙相撲 484
銀座往迹 485
地図記号 485
篁 486
七夕 486
下町逍遙 487
橋 488
モアイ像 489
潮騒 489
筑西市域 490
暮色 491
光年を超えて 491
エトピリカ 492
磁気 492
祖国の緑 493
セント・エルモの火 494
傘 494
小工事 494
枝垂るる影 495
落雷 496
いかのぼり 496
乱気流 497
銃身 498

太鼓 498
天気図 499
流星雨 500
わが飲食《おんじき》 500
地球の影 501
冬の坂 502
木付子 502
塔 503
帰宅ルート 504
心の絆 504
朔の日 505
手話 505
歯齦炎 506
日野の名刹 506
昆陽の墓 507
点 507
めまい 508
篝火草 508
海の夜明け 509
一もとの稲 510
退院の日 511
影絵 511
プロの業 512
許されし風 512
点呼 513
耳 514
綱引き 514
花ひらくゆく季 515

あとがきにかえて　石本晴代 516

初句索引

凡例

一、所収全作品の初句を表音式五十音順に配列し、その所収歌集名（略称、冒頭の一字とした）と掲載頁数を示した。但し助詞の「は」「を」等は、表記の通りとした。

一、初句が同じものは第二句まで記した。なお、『ナルキソス断章』と『木馬騎士』中の重複する十五首の作品は、多少字句の相違があるものもあるが、同じ歌と見倣した。

あ

アール・デコ　つ　二八三
相補う　星　八三
挨拶の　赦　四四四
愛ののち　星　六八
愛欲に　ナ　二六
あえかなる
　意匠にことば　つ　二八三
軽鴨の仔ら　赦　四五九
　水菜のみどり　花　四八〇
喘ぎつつ　つ　三一五
あおあおしき　ナ　一七
仰ぎ見る　鼓　一七三
青きらら　や　三六七
梧桐《あおぎり》の
　翳りの盛夏　海　一一九
　葉の裏返す　や　三九四
蒼ぐろき　流　三四二
蒼空の　天　二二三
青竹の　海　一五二
蒼《あお》粘る　赦　四四三
青の文字　つ　三一六
青葉梟《あおばずく》　赦　四四九
蒼ふかき　流　三四三
青瑞葉《みずは》　や　三六九
あおみどろ　星　九四
仰向きて　赦　四四六
仰向きに
　首筋絶えぬ　流　三三四
　炭となりたる　赦　四四八
仰向けの　海　一二五
仰向けば　天　二二三
青林檎　海　一五一
あかあきつ　つ　三〇五
赤蜻蛉《あきつ》　鼓　一六九
赤酸漿《あかかがち》　い　四三三
銅《あかがね》の　天　二二六
赤き巾《きれ》　鼓　一七四
赤錆びし　海　一二七

赭曝《あかざ》れし　海　一四九
赤しょうびん　赦　四六〇
あかつきに　海　一四〇
暁に　木　四九
あかつきの　海　一二〇
暁の
　戸にし触れいる　水　二六七
　湯の町の古寺《こじ》　天　二三三
赤土の　海　一三一
あかときの　流　三二六
赭《あか》はだら　海　一五〇
赤松の　海　一一三
赤芽柏　花　四九七
明るさに　や　三六八
あかるめる　流　三三五
秋さびて　天　二二八
秋空の　や　三五五
秋づきて　木　五七
秋のあらし　鼓　一七〇
秋の日の　い　四〇三
秋葉原　や　三五九
秋薔薇の　赦　四六八
秋晴れの　や　三七八
秋日射　や　三七八
アクアラングの　流　三四八
芥鋤《あくたす》き　つ　三一四
灰汁《あく》揉みに　い　四一八
明け方の　木　三三
あけがたを　星　九七
あけちかき　海　一三四
暁《あけ》近く　花　五一三
暁《あけ》の空　花　四九三
揚げられし　水　二六二
顎鬚の　や　三九五
顎を引き　花　四八九
朝かげに
　照りいる雪を　星　九八
　目覚むまともに　木　三六
朝光《あさかげ》の　流　三二六
朝風に　花　五一二
朝粥の　つ　二九一
あさがおの　星　九〇
朝霧に　い　四二〇
浅草に　つ　二九九
浅草の　水　二五〇
朝ごとの　天　二二三
朝寒に　や　三六八
朝に割る　海　一三五
あさの露　海　一二一
朝のパン　や　三六〇
朝番組　い　四三三
あさましと　水　二七七
朝まだき
　穂積生萩　流　三四六
　目覚めてながく　海　一一七
浅間嶺《ね》の　水　二六五
朝靄の　や　三八二
あざやかな　海　一二八
浅蜊飯　花　四七七
朝を経て　星　七〇
朝をゆく　星　九六
足裏に　木　三七
足音の　つ　三一五
脚欠けの　水　二七三
あじさいに　星　七八
あじさいの
　いまだも堅き　海　一四七
　いまだも若き　海　一四七
　花殻鳴らし　流　三三九
紫陽花の　い　四二七
脚高き　ナ　一六
脚たてて　流　三三六
朝《あした》より
　着せ替え人形　い　四三五
　古代コインの　つ　二八五
脚垂れて　海　一五二
足の浮腫《むくみ》　い　四〇七
足場組み　や　三七六
脚励まし　や　三六三
脚ひとつ　花　四九三
馬酔木《あしび》とや　流　三三〇
脚太き　流　三四四
脚繊《ほそ》き　木　五一
芦穂山は　ナ　一七
足元に　星　九八
足許に　い　四三三
あしもとの　星　九四
足もとの　海　一一六
脚を折り　流　三四六
あすあたり　や　三八四
あすとても　ナ　二三
あすのため　木　四九
明日のため　鼓　一六三
アスファルト　や　三六二
あすへ漕ぐ　鼓　一八九
あせあえて　星　九九

汗乾く　天　二〇八
汗しつつ　海　一一三
あたたかき
　一月いつか　星　九七
　気流いささか　星　八二
暖かき　い　四三〇
あたらしき
　家に拡散　海　一一六
　石山に入り　木　五四
　インクの色に　水　二六一
　年おもおもと　海　一〇七
新しき
　キーホルダーの　い　四〇七
　細杵《ほそぎね》数本　や　三八三
あたらしく　海　一一六
新しく　ナ　二七
熱い湯に　木　四三
扱いに　花　四九九
熱燗の　い　四二五
あつき湯に　星　九八
厚氷　水　二五一
吾妻橋　天　二〇六
蒐めいる　木　三三
厚ら硯　花　四八六
あどけなき　水　二四八
あと五年　い　四三五
蹠《あなうら》に　星　八六
蹠《あなうら》の　木　五一
姉の名と　や　三九二
あのとおい　ナ　二九
足音《あのと》なき　星　七八
吾《あ》はなべて　鼓　一八四
阿夫利《あふり》山　流　三三九
溢れくる　鼓　一七〇
あふれ咲く
　さくら一樹の　水　二七三
　染井吉野の　赦　四五〇
溢れつつ　星　七六
「アベ・マリア」　や　三七五
雨脚の　い　四三〇
甘え鳴く　い　四三三
雨具着て　星　七五
雨雲の
　底を引き裂き　赦　四五六
　迅《はや》きが迫る　赦　四六八
雨空と　星　八七
雨だれは　花　五〇九
雨垂れを　花　四九八
天の川　天　二〇九
天邪鬼　天　二一七
雨催い　花　四九五
アマリリス　赦　四四六
網打たば　鼓　一八二
網棚に　木　三八
網版の　天　二二八
雨あがり
　朝のむらさき　つ　二九四
　苗整然と　い　四一八
雨いく粒か　ナ　一一
雨多き
　今年の蝉や　い　四〇八
　夏凌《しの》ぎたる　や　三九二
雨おもく　海　一三〇
雨しずく　鼓　一八五
雨雫　花　四九五
雨しとど　い　四〇六
雨しぶく　海　一四三
雨絞る　ナ　二一
雨そそぐ　水　二五三
雨台風　や　三六五
雨と靄　つ　二九二
雨のおと　星　八六
雨の投網《とあみ》　星　八九
雨のなか　海　一一八
雨ののち　海　一四六
雨はしぶとき　流　三三六
雨は瞼に　木　三四
雨はららぎ　い　四二三
雨ふくむ　木　三七
雨含む　花　五〇七
雨降らぬ　花　五〇一
雨ふりし　海　一三八
雨予報　や　三八九
飴を切る　い　四〇六
危うく　ナ　二三
綾取りの　花　四八八
あやまたず　や　三九〇
誤れる　ナ　二七
あやめ祭りの　赦　四五一
鮎一尾　水　二四八
あゆみゆく　海　一一三
鮎を釣る　水　二六〇
あらあらと　星　九六
洗い物　や　三六六
抗いて
　すごす一生《ひとよ》と　海　一〇七

詮なきことを　海　一四二
抗《あらが》わず　い　四一〇
荒草に　海　一二八
雑草《あらくさ》の
　層を起こして　海　一三九
　花のほつほつ　海　一三〇
　径かたわらに　海　一四七
荒崎の　流　三三五
争いて　海　一一九
あらたまの　水　二四〇
霰《あられ》くる　天　二〇四
あらわなる　天　二二三
洗わるる　天　二二六
あらわれし　星　八九
洗われて　ナ　二二
アリア終えし　鼓　一八七
ありありと　ナ　二八
蚜虫《ありまき》を　鼓　一六三
あるうちに　流　三四〇
あるなしの　天　二三八
アルバムの　ナ　一一
淡き雪　鼓　一八〇
泡だちて　木　四七
泡ひとつ　赦　四四三
あわ雪の　つ　二八七
アンサナは　流　三三四
安静に　赦　四六二
安静を　花　五一一
安定よき　花　五〇七
アンテナを　海　一一九
あんぱんの　つ　二九九
安楽に　や　三六三

い

椅《いいぎり》は　つ　二八五
医院へと　木　三九
家売らん　木　五八
家形の　花　四八六
家ごとに　や　三六一
家じゅうに　星　七六
癒えてきし　木　四〇
家並みが　木　五九
家康公　赦　四五三
家ようやく　星　九〇
雷《いかずち》の　赦　四四五
いかなごの　赦　四六三
凧《いかのぼり》　花　四九七
斑鳩《いかるが》の　星　九四
活《いき》海老を　い　四二七
生き死にの
　定まらぬとき　い　四一一
　定まらぬ身を　花　五一五
生きてある　や　三七〇
いきどおり　海　一一八
生き延びて　海　一五五
生きの日の　や　三八三
戦《いくさ》あれば　天　二〇四
戦《いくさ》なき　流　三三九
いく世代　海　一二七
幾千年　い　四〇四
幾千の　つ　三一四
いくそたび　海　一三五
いくたびか　海　一四九
いくたりの　星　七四
幾峠　い　四二〇
いく百年　つ　三〇七
幾百の　鼓　一六四
いくらかの　や　三八五
生垣に　つ　二八六
生垣の　星　七九
池の端《は》に　赦　四五一
池水の　赦　四五四
生駒山《いこまやま》　海　一二三
諍いの　星　七一
いさぎよく　や　三六七
いささかの　鼓　一八二
誘《いざな》いを　ナ　二三
鯨《いさな》捕りの　天　二二一
いさり火の　星　八八
石うすく　つ　三一三
石臼を　花　四九六
石擲《う》たば　ナ　二八
石垣の　や　三六三
石垣を　流　三四〇
意識して　や　三七七
石段《いしだん》に　赦　四五八
石段《いしだん》の
　雨にながれし　海　一五〇
　雨に光りて　赦　四五八
　一段ずつの　海　一一三
　面《おもて》の粗《あら》さ　赦　四七〇
　千の極みに　天　二三三
石段《いしだん》を　い　四一五
石切りの
　鏨《たがね》絶えしに　木　五五
　トロの軌条の　木　五五

山にしばしば　海 一三三
山の切り口　い 四一八
山懐《やまふところ》に　敇 四五一
石蹴りの　天 二三三
石さえも　水 二四〇
石積める　木 五六
石の肌　星 七一
石の間を　水 二四三
石狭間《はざま》　敇 四五八
意志もてる　木 四八
石本姓を　海 一四〇
石山が　木 五五
異常に、　星 九七
意志をして　ナ 二六
いずかたに　星 八一
いずかたへ　水 二四〇
いずこより
　来たりし白か　天 二一四
　漂い来たる　海 一五〇
　はこばれきたる　つ 三一四
伊豆の沖　水 二七五
磯鳥《いそからす》　天 二三六
抱《いだ》くがに　や 三八八
徒《いたずら》に　水 二五五
いただきし
　『氷原』があり
　　ナ 三・木 四二
　わが戒名の　い 四三六
頂きと　海 一二〇
いただきに　海 一三八
頂《いただき》に
　くれない蒐め　天 二〇七
　ひとつともれる　星 八九
疼みに耐え　や 三五七
いたわりの　鼓 一八四
一月の　鼓 一八〇
市ケ谷台　流 三四五
一行の　海 一五七
一行を　ナ 一七
一少女
　恋いわたりたる　天 二一六
　ゆえに廃《すた》れし　海 一五七
一団の　や 三八五
一日の
　生きの証と　や 三六一
　反古《ほご》のたぐいの　星 八二
　わが無為のなか　木 五七
いちはやく
　庭に降りたつ　星 六九
　鉢に細かき　水 二七二
　雪を滑らせ　い 四〇五
一望の
　起伏に揺るる　海 一三四
　里の日暮れを　流 三三九
　盆地あまねく　水 二四九
　椰子まだ若く　流 三三四
一枚の　木 三六
いちめんの　星 九五
いちょう樹《じゅ》の　水 二六五
いちょう並木　花 五〇七
一輛の　天 二二九
一連の
　灯《ともし》剎がされ　流 三三八
　はだか電球　木 四五
一切の　木 三三
いつしか、　星 九六
いつしかも　海 一二二
一瞬に　花 四九四
一点鐘　花 五〇七
一点の　天 二〇五
いつのころ　や 三六七
いつの世の　流 三四〇
一本の
　高速道路　星 八八
　紐ほぐれつつ　星 九三
　芙蓉の蕾　天 二二三
　われもほどよき　水 二四五
いつまでも　星 八六
いつよりか
　海峡に人　流 三三六
　触手をなして　鼓 一八三
伊藤左千夫　や 三五七
伊東屋に　花 四八五
糸車　敇 四四二
井戸ポンプ　や 三八五
井戸を汲むと　木 四四
稲藁を　鼓 一七〇
いにしえの　や 三六七
犬たちの　や 三九四
犬つれし　星 九五
犬連れし　や 三九四
犬どもが　や 三八三
犬の紐　い 四三〇
稲植うる　つ 三一八
いのちある　い 四二五
いのち得て　や 三七八

今しばし　花　五一三
今ひとつの　や　三五六
イメルダの　水　二五四
妹に　ナ　一四
諸囲《いもかこ》う　木　五五
入り海を　つ　三〇八
没《い》り日受け　流　三一七
没り日透く　水　二五〇
容れらるる　海　一一〇
色浅き　鼓　一七四
いろづきて　海　一五三
岩曝れて　木　四〇
岩湿《じめ》り　水　二五六
岩燕　流　三四三
岩波文庫の　ナ　一八
岩海苔を　い　四一一
岩肌の
　くぼみに乾く　海　一〇九
　富士の胸板　い　四二一
岩室《いわむろ》に　花　四八二
陰影の　星　七五
印捺せる　ナ　九
インク壺に　水　二七七
インターホンに　や　三六六
印度人　流　三五〇
殷の世の　や　三八六

う

ウィスキーに　ナ　二〇
ウイルスに　赦　四四七
ウィンドに　ナ　二七
ヴェネチアに　や　三八四
ヴェネチアの　や　三八四
魚炊くと　い　四二一
魚《うお》逃ぐる　花　四八九
魚の影　海　一一一
魚のこえ　星　七九
うかうかと　つ　三一五
浮きあがる　い　四二六
萍《うきくさ》の
　葉うら微かな　鼓　一六六
　花のうえ漕ぎ　ナ　三
浮き玉の　星　八八
浮き苗は　い　四三三
ウグイスの　星　七七
うごきゆくは　鼓　一七一
潮《うしお》ただ　鼓　一六八
失える　鼓　一六五
牛の背の　海　一四八
後ろ手に　つ　二八六
後手《うしろで》に　花　四九〇
薄味の　花　五一四
碓氷峠の　や　三七二
薄皮の　つ　三一二
舂《うすず》ける　海　一〇八
薄紅を　つ　二九八
薄物と　赦　四四二
薄氷《うすらひ》の　流　三三三
薄ら日を　海　一三〇
失せ物も　花　四八一
歌ありて　や　三八〇
歌いくる　や　三七五
歌一首　花　五〇二
歌会《うたかい》に　い　四二一
歌会《うたかい》の　い　四〇七
打瀬舟《うたせぶね》
　はらます風の　流　三四八
　帆をふくらませ　流　三三六
打たないで　流　三三九
歌の措辞　や　三八〇
歌詠みの　つ　二八四
歌詠むは　つ　二八五
歌を詠む　水　二六一
打揚げの　水　二六二
内海《うちうみ》を　花　四九〇
撃ち殺し　鼓　一八五
打ち据えて　水　二四六
打ち鳴らす　花　四八六
打ち身とや　花　四九九
宇宙への　や　三五六
うつくしき
　獲物を蜘蛛の　ナ　二八
　疑似故郷《ふるさと》と　星　七八
　夜の横顔と　星　七六
美しき　天　二〇四
美しく　海　一三三
うつくしく　鼓　一八一
撲つことも　海　一四二
うつし身の
　夏の遊《すさ》びと　水　二六一
　短き生《いき》を　つ　二九〇
うつし世は　海　一五三
うっすらと　鼓　一六七
鬱の時期　天　二〇五
梁《うつばり》の　天　二一六
梁《うつばり》を　水　二四九

打つ守る　赦　四四四
うつらうつら　花　五一三
空《うつ》ろなる　星　七八
虚ろなる　水　二六二
腕時計　海　一一八
うてなごと　水　二六七
萼《うてな》ごと
　さくらのかたち　流　三三〇
　旋《めぐ》り落ちくる　い　四〇一
腕の子の　木　五一
腕ふとく　鼓　一八六
疎みつつ　鼓　一六七
海底《うなぞこ》に　天　二二五
海底《うなぞこ》の　水　二五三
畝なりに　赦　四五九
鵜は嘴《はし》の　鼓　一七〇
苜蓿《うまごやし》　海　一三七
生れきし　木　五一
海風《うみかぜ》に　つ　三一九
うみぎしの　つ　三〇二
海ぎわの　星　八八
海くろく　鼓　一七一
湖底《うみぞこ》の　水　二四三
海近き　花　四九〇
海近み　い　四〇八
海づらを　木　三六
海鳥の　星　八七
海なせる　海　一二九
海に打つ　海　一一〇
湖《うみ》に風　星　七四
海の青　や　三六七
湖《うみ》のおもて　つ　三一九
海のこえ　星　八八
海の執《しゅう》　星　八一
湖《うみ》の底　花　五一〇
海の藻を　つ　三一九
海はるか　鼓　一八六
海光り　流　三四七
倦《う》みやすき　海　一一九
海よりの　木　三八
梅が香の　い　四三五
埋立地　水　二五六
埋立てて
　敷地ひろげし　星　七五
　渚はるけき　水　二七二
　未完の道に　鼓　一八六
梅の木は　天　二二一
梅干の　赦　四四四
裏側を　木　四四
裏白に　つ　二八八
裏山の　水　二七三
売られいる　海　一一七
瓜《うり》子の種　つ　二九二
潤えば　海　一〇九
梢《うれ》おちし　星　七三
うろこ雲　水　二四九
鱗なす　水　二七三
上衣の袖　い　四二七
上着をば　ナ　一七
上履きの　い　四〇八
雲水の　い　四二九
運動会　や　三九二

え

エア・コンの　花　四九四
エアコンの　や　三六九
鋭利なる　木　四九
エカテリーナ　流　三三〇
駅いくつ　鼓　一七八
駅裏の　花　四九八
駅伝を　花　五〇二
駅に切符　や　三七八
駅ビルの　流　三三二
駅前の
　いずれひそけき　天　二三一
　道の委細を　い　四二七
斉墩果《えごのき》の　海　一四七
餌《えさ》をてに　つ　三〇〇
枝ながら　赦　四四一
枝豆を　花　四八三
江戸の冬　水　二三九
江戸の世に　い　四二五
えにしだは　水　二五二
江の島の　や　三七六
絵のなかに　鼓　一八四
絵はがきの　ナ　二七
海老一尾　天　二三三
海老寝して　赦　四四二
海老の尾の　水　二七〇
エレベーター
　開くたび妻の　い　四二八
　開け待ちくるる　い　四〇七
　中《なか》の手摺を　や　三七七
餌を拾い　水　二五六
蜿蜒と　つ　二九三
燕京に　つ　二九〇

円空が　赦　四五五
円形の　木　五二
遠心力　い　四三三
沿線に　鼓　一七七
沿線は　つ　三一六
堰堤に　つ　三一九
炎天下　い　四〇九
炎天の
　きわみの黒を　流　三三一
　ロダンの像に　木　三五
円筒の　い　四二二
豌豆の　海　一三〇
園にくる　星　六七
縁日の
　蒼き夜空の　海　一四三
　巻笛のどに　流　三三七
鉛筆の　星　九六
円舞曲　天　二二八
円融寺　花　五一四
遠雷が　鼓　一八六

お

老いたれば　海　一五二
老いつれば　や　三八四
老いてわが　水　二四一
老いぬれば　水　二六二
老義母と　赦　四六六
老い義母《はは》の　や　三七四
老いびとが　つ　三〇〇
老い人ら　天　二一三
甥姪が　や　三八七
横臥《おうが》せば　花　四八一
往還に　赦　四六〇
往還の　天　二一一
黄金の
　汗ふり零《こぼ》し　赦　四五七
　副葬の品　星　七一
王子《おうじ》あたり　海　一三八
黄色人　赦　四四七
追うてなお　海　一三七
桜桃の　海　一一三
往来に　天　二二三
大味の　流　三三四
大いなる
　鳥の羽に　水　二七〇
　流れに入りて　ナ　三・木　四二
巨いなる
　アマリリス四輪　赦　四四六
　蹲踞《つくばい》いまは　や　三七四
　幹を刳《く》り貫《ぬ》き　花　四九九
　もの来て去りし　花　四八八
洪鐘《おおかね》に　流　三一九
巨鐘《おおがね》を　赦　四六〇
大南瓜　い　四二九
大隈侯　ナ　二七
大熊手　花　四八二
おおけなく　や　三六四
大蘇鉄の　天　二三三
大空の　や　三六一
大空を　花　四九四
大玉の　や　三八六
大利根《おおとね》に　海　一五二
大幟　鼓　一六六
車前草《おおばこ》は　ナ　二〇
おおよその　星　九七
おおよそは　木　五四
大鎧　つ　三〇四
起上り　海　一五五
起き上る　花　五〇八
おきなぐさ　天　二一六
翁草
　あえかなる苗　水　二五三
　はるけくドーム　や　三九五
　ひかりと影の　や　三九五
沖縄を　ナ　一四
沖にして　海　一三三
起き抜けの　赦　四六七
沖をすぐる　星　九八
億年を　花　四九四
奥ふかく　木　三七
おく山の　鼓　一七一
贈らるる　い　四三二
贈られし　鼓　一八九
送られし　い　四三四
おくられて　木　四九
贈りくれし　い　四〇五
遅れ花　天　二二〇
小河内の　つ　三一八
おごれるは　水　二六七
おさなきが　木　三九
幼き不眠　や　三五九
幼児《おさなご》の　花　五〇六
幼児《おさなご》は　や　三七六
教え子と　赦　四四五
鴛鴦は　流　三四五

押し花の　星　八三
惜しまざれ　海　一二四
押しゆらぎ　天　二三〇
押し割れば　水　二六六
遅くとも　ナ　一六
おぞましき　赦　四六三
苧環《おだまき》の
　藍こそ暮れ　赦　四六五
　たねより生うる　水　二四七
落ち椿　や　三六二
落ちてゆく　海　一四九
落ち葉して　い　四一二
お父さんの　流　三四七
弟の　木　三四
男らの　鼓　一六六
貶《おとし》めて　鼓　一八二
訪えば　木　五八
音無しの　や　三八八
音の波　つ　二九六
音の闇　い　四三三
音花火　水　二六一
おとめの手は　星　八一
おとめはも　つ　三〇〇
音もなく　鼓　一八六
踊りきて　ナ　一〇
おとろえの　海　一五五
尾長鶏　鼓　一八三
おなじ挙措《きょそ》　水　二六三
鬼遣《や》らい　赦　四七一
尾根づたいに　星　七三
おのおのの　海　一五七
己が性《さが》に　海　一五一
おのがじし　木　六一
おのが手に　海　一五三
おのずから
　歩みかばいて　海　一三九
　成りける国旗　流　三三五
　開く力に　水　二四七
緒のゆるき　木　四八
欄干《おばしま》の　水　二五〇
怯え易き　や　三七四
オプションは　つ　三一四
オペ室に　や　三七八
オペ免かれ　花　四九三
お坊さまの　や　三九一
溺れ谷　鼓　一八八
女児《おみなご》の　天　二一八
御神《おみ》渡り　い　四一九
思いきや　い　四一八
おもいきり　つ　三〇二
思い籠め　花　五〇四
思い立ち　花　四九一
思いなしか　や　三八〇
思い遣り　や　三八六
面ざしの　赦　四五二
おもむろに
　エアコンは舌　い　四〇七
　棹に蓄《た》まれる　赦　四五一
　子房ふとらせ　水　二五二
　発条《ぜんまい》ゆるび　赦　四五四
　低きドラムを　水　二七五
思わざり　花　五〇〇
親離れ　赦　四四九
叫《おら》びごえ　天　二〇四
おりおりに　や　三七九
おりおりの　海　一二六
降りたちし　星　八八
檻におる　ナ　九
檻の間を　星　六八
おりふしの　花　五一三
折れ目より　鼓　一六八
折れ易き　天　二〇八
オレンジの
　国旗靡《なび》かせ　い　四〇四
　実の見えかくれ　海　一三五
おろかなる　海　一三〇
おろかにて　海　一三三
尾張藩　流　三四五
尾をば曳き　花　五〇五
女もともとと　流　三四九
御柱《おんばしら》
　とりつく勇者　花　四八一
　夜を鎮みます　い　四二〇
温和なる　海　一三四

か

カーテンに　星　七八
カーテンの　天　二二七
カーテンは　つ　二九三
カード・キイ　い　四三三
カーナビに　花　五〇四
カーナビの
　指示にもいまだ　や　三七三
　地図は天より　や　三七三
カーライトの　星　八一
カーリングの　花　四九九

絵画の群の　木　四三
外国の　ナ　二五
介護士に　や　三五六
介護士の　敕　四七〇
介護の手に　や　三五九
海舟の　水　二五三
外出より　や　三七五
海上の　つ　二八三
介助入浴　花　五〇八
灰燼《かいじん》の　海　一四〇
海水の　敕　四五九
懐石に　花　四八〇
懐石は　や　三九三
海戦に　つ　三〇二
街川《がいせん》に　花　四八七
街川《がいせん》を　敕　四四五
階段に　い　四二四
階段の　花　五一四
海中の　敕　四五六
貝塚の　海　一〇八
街道に　い　四〇七
街頭に　つ　二九一
海棠の
　陰とし覚え　や　三八八
　紅に礼肥　や　三八九
街道の　つ　三一六
外套の　海　一五六
貝と砂　海　一〇七
腕《かいな》には　水　二三九
貝柱　花　五〇五
海彼《かいひ》なる
　国なれどけさ　水　二五四
　惨をたのしみ　水　二六四
海彼《かいひ》より　天　二三〇
海浜の
　住宅展示場の　つ　三一一
　夕べ茶を　つ　三一九
外壁の　花　五〇〇
貝釦　星　七二
海面を　木　三六
買物を　水　二六九
外洋に　つ　三一六
外来に　敕　四六一
偕楽園
　裾の千波湖《せんばこ》　花　四八四
　見たしと言いし　敕　四五二
戒律の　流　三三四
孵《かえ》りたる　花　四九八
孵《かえ》りつつ　水　二六三
楓《かえるで》の　海　一一九
顔の皮膚に　木　五三
掲げもつ　鼓　一八一
屈まりて　木　三三
かがやきに　ナ　一六
耀ける　つ　三〇八
篝火草　花　五〇八
篝火の　つ　二九七
篝火は　敕　四六〇
牡蠣筏　水　二五六
柿膾《かきなます》　い　四三四
牡蠣の身の　水　二五六
限りある　敕　四六三
かぎりなき
　泡にゆれつつ　海　一一〇
　花の氾濫　敕　四七一
かぎりなく　海　一三三
柿わかば　星　一〇〇
額紫陽花　い　四三一
家具売場　つ　二九六
核の傘　花　四九四
学友の　花　五〇二
隠れ海老　敕　四五六
隠れ里　敕　四五八
掛けかえて　鼓　一九〇
掛けごえに　星　一〇〇
掛け声に
　碓氷峠を　流　三四六
　駈けゆく里の　天　二三一
崖下に　い　四〇一
かげしつつ　海　一三七
欠けつれど　い　四二三
駆けてくる　星　七七
影ひろげ　流　三三六
掛け干しの　や　三七一
影もたぬ　木　三五
かげろうの　星　九五
火口湖に　敕　四六〇
篭松明　花　四八三
籃の子を　木　五三
傘掲げ　い　四〇八
風切《かざきり》の　流　三三五
鵲《かささぎ》の　つ　二九一
傘ささげ　海　一五一
かざし読む　い　四一一
傘つねに　花　四九四
かさなりて　星　七三

笠間なる　天　三三一
下肢の端《はし》　花　五〇五
苛責なき　海　一二四
貨車底に　木　五六
榕樹《ガジユマル》の　海　一三四
柏手を　つ　二九七
かすかなる　や　三六八
風荒き　木　三七
火星指し　い　四三〇
風うちの　海　一二四
風おちて　木　四九
風落ちて　水　二五九
風邪粥《かぜがゆ》に　花　五一四
河跡湖《かせきこ》の　海　一一三
風今日も　花　四八六
風なくて　天　二三〇
風に散る　い　四〇一
風に乗りて　ナ　一三
風邪にやや　つ　二九八
風邪熱に
　そこはかとなき　い　四一三
　むず痒き咽《のど》　い　四一三
風邪の癒え　や　三六五
風のない　木　四三
風のなか
　植木畑に　赦　四五九
　飛びきし礫《れき》が　海　一二四
　ビルの間狭《せば》み　海　一五四
　葡萄を結えば　木　四六
　椋鳥収め　鼓　一七〇
　灼《や》くべき舌を　海　一二七
　山はも山の　天　二三九
風邪の熱
　かぜの悪寒の　つ　二九六
　はつかに春の　水　二七三
　まぶたに溜めて　海　一四二
風の日は　海　一四一
風の舞い　赦　四四二
風の揺れ　水　二六八
風は落ち　ナ　一三
風ひと日　水　二六一
風捲きて　海　一五六
風ゆきし　海　一五三
風湧きて　木　五四
風わずか　つ　二八八
風を捲きて　木　三四
加速度に　鼓　一八七
片脚を　花　四八〇
花袋言う　い　四〇三
肩いからす　や　三七三
片蔭を　赦　四七一
片側の
　重みに裂けて　つ　二八八
　席の炎昼　天　二三九
片側を　海　一二九
硬き酒　鼓　一八七
硬き磁器の　や　三六一
かたき実の　鼓　一六八
かたくなに　星　七七
片栗の　天　二一三
肩越しに　や　三六五
硬しとて　水　二六六
かたちなく　木　三五
片手あげ　花　五一四
刀折れ　赦　四四四
肩にきて　星　七六
肩に樹を　水　二七一
肩の疼き　天　二三三
カタバミの　木　四七
　傾《かたぶ》ける　花　四八五
片方の　流　三三三
片麻痺の
　身につれなくも　花　五〇六
　身の十年《とせ》もて　赦　四四四
かたまりと　星　九八
傾きて　鼓　一七五
片よりて　水　二七四
語りつつ　ナ　九
語るべき　海　一三五
かたわらに　木　五九
かたわらを　花　五一三
傍らの　つ　二九二
カチューシャと　天　二〇八
戞戞《かつかつ》と　海　一二七
郭公の　や　三六四
合掌の
　あとなる窪み　水　二七二
　慈《いつく》しみもて　流　三三九
　茅《かや》葺き屋根の　赦　四五七
褐色の　鼓　一八五
活断層　い　四二八
甲冑の　海　一三二
鰹節の　木　五〇
闊葉の　木　五二
蝌蚪生《あ》れし　星　八六
蝌蚪《かと》生《あ》れて　天　二一五

角ごとの　花　五一四
蝌蚪《かと》よりも　流　三三二
蚊取香　敕　四四七
金瓶《かなかめ》の　天　二一六
悲しみの　木　六一
かにかくに　ナ　一七
蟹しゃぶの　敕　四六九
香にたてる　い　四一三
蟹の身を　天　二一七
鐘撞けば　天　二二五
鐘撞ける　流　三三九
かの友を　ナ　二六
画鋲痕　い　四〇三
荷風忌の　海　一五七
かぶりつく　や　三七九
花粉症　敕　四七一
壁くらく　星　七四
壁土に　敕　四六四
壁に吊らるる　や　三五七
壁のなか　つ　三一四
鎌鼬《かまいたち》
　飼い馴らしたる　い　四一四
　ひそみ覗ける　花　五一〇
鎌倉に　花　四九八
かまめしの　天　二二五
髪薄き　い　四一七
神風を　花　四九三
神神の　敕　四六八
紙コップ　い　四〇八
紙資源　敕　四六七
紙獅子の　い　四〇二
紙相撲　花　四八四
紙鍋に　や　三九四
紙箱を　星　八〇
紙袋の　海　一二九
仮面らは　や　三八六
貨物船　つ　三一一
かもめ鳥　天　二〇三
榧《かや》の木の　つ　三一七
かやの実を　つ　三一七
からくりの　天　二二五
烏瓜　流　三五〇
鴉らの　や　三八四
ガラス越し　鼓　一八五
硝子戸に　い　四一九
ガラス戸の　星　九一
硝子戸の　敕　四六八
ガラス吹く　流　三三三
ガラス片　木　四一
ガラス窓　天　二〇四
カラタチを　木　三四
殻付きの　花　五〇〇
空箱の　海　一五三
乾《から》びたる　海　一〇八
空濠に　木　三八
空濠《からぼり》の　つ　三〇六
からまつの　天　二一六
絡みあう　花　四八〇
絡みたる　水　二四七
猟人の　海　一五四
ガリ版を　木　四五
榠櫨《かりん》の実　い　四二五
刈萱《かるかや》の　水　二五九
軽軽と　敕　四五〇
カルシウム　流　三三一
ガレージへ　花　四九五
枯れ枝の　つ　二八五
枯草に
　置く表紙さえ　鼓　一六九
　まなこ埋もれし　海　一三〇
枯山水　や　三九五
敗荷《かれはす》の　水　二六五
枯葎《かれむぐら》　水　二五一
カレンダーの　流　三四五
かろがろと
　軽飛行機の　鼓　一六六
　挙《こぞ》り昇れる　花　四九八
川あらば　花　四八二
かわいらしい　ナ　二六
川海老を　水　二五九
川折れて　星　八一
乾きたる　い　四一七
渇きつつ　星　八二
渇きまた　木　五六
皮ごろも　流　三四二
川筋の　水　二六八
川沿いの　鼓　一六六
川面《かわづら》に　敕　四六〇
川面を　海　一四四
川に沿い　星　七九
川の底　海　一三五
河の喪の　海　一三三
皮剝ぎに　流　三三七
川端に　水　二六一
川開き　花　四八八
磧《かわら》には

牛放たれて　海　一四八
　斑《はだら》に雪の　天　二一二
瓦葺き　赦　四五八
変り玉　や　三七四
蚊を打つに　木　五二
香《か》をもたば　つ　二八七
眼圧の　花　四九二
観桜の　つ　二九九
灌漑の　星　八七
眼科診察　や　三六九
眼下なる　や　三七一
眼球に　星　九七
間歇《かんけつ》に
　啼き声たつる　星　九五
　伸びゆくリズム　鼓　一八五
寒月の　花　四八二
観光の　流　三三六
看護師の　花　五一〇
看護婦に
　暇《いとま》のあれば　や　三六〇
　借りたるルオー　ナ　一三
監視カメラに　や　三六九
元日の　流　三四五
甘藷先生　花　五〇七
寒雀　花　五〇一
歓声の　天　二一五
完成を　ナ　一一
完全主義者　木　四三
乾燥の
　空踏み破る　い　四三五
　土に瞋《いか》りて　星　八六
　なかに腐《くだ》ちし　星　七八
　なかより目覚め　水　二七〇
甲高き
　行司の声の　つ　二九〇
　鶴のさやぎや　流　三三六
　ファックスの音　い　四三五
神田明神　水　二六五
寒に耐うる　木　六一
観音堂　流　三四一
観音の
　立てる岡辺と　天　二一四
　春うららなる　天　二一四
寒波来て　木　三三
「がんばれ」と　花　五〇九
缶ビール　つ　三〇四
寒旱《かんひでり》　赦　四六九
寒日和　い　四二四
寒風に　星　九六
岩壁に
　ひそけく凭《よ》れる　つ　三〇二
　付して牛馬を　つ　三一七
　船の力を　水　二五六
灌木を　木　四八
還暦の　つ　三〇七

き

飢餓遊び　流　三三〇
木がくりに　海　一〇八
木木あらぬ　水　二七一
樹樹こぞり　花　五一五
ぎぎと地軸　流　三三五
木木の葉に　花　五〇二
木木の葉を　海　一五三
桔梗をば　や　三六六
起居のたび　や　三七〇
気ぐるいて　海　一五四
后《きさき》らと　鼓　一七三
木更津を　流　三三八
気散じに　い　四三二
岸ちかく
　漂いやまぬ　海　一二六
　舫《もや》う小舟は　鼓　一七六
軋ませて　花　五〇八
軋みつつ　海　一二九
起重機に　い　四二八
機首をあげ　天　二三三
機上より　海　一二七
期するもの　海　一一〇
北国の
　盆地ひとつに　天　二二六
　雪道しきりに　天　二二一
北国ゆ　赦　四六七
北昏《くら》き　天　二〇四
北の湖の　水　二五九
きたるべき　ナ　三・木　四七
桔梗の
　蕾のつくる　つ　三〇〇
　花首の向き　鼓　一六八
木造りの　つ　二八八
吃水の　木　五六
木槌にて　水　二六九
吉兆の　天　二一四
啄木鳥《きつつき》の　や　三六四
木に縋る　い　四〇五
忌に集う　海　一五七

祈念して　星 七七
記念写真　い 四二八
木の椅子の　赦 四七一
木の虚《うろ》に　天 三二一
木のかげの　海 一一一
黄の花穂を　花 五〇三
紀の国の　水 二四六
機の下を　海 一三〇
木のしるべ　水 二四五
木の膚の　水 二四四
木箱ごと　鼓 一六六
着はだけし　木 五一
木場《きば》の木の　海 一五二
木はまこと　や 三八八
牙を剝く　い 四一六
踵は　海 一四四
奇峰まだ　水 二六九
君たちの　赦 四六四
木守柿　天 二一七
逆上の　鼓 一八一
客ひとり　花 四九七
キャタピラの　海 一二八
逆光に　星 九七
脚絆解《と》き　花 五一三
ギャラリーとう　花 五〇五
急階段　花 五〇六
救急か　い 四三二
救急車　赦 四六一
救急車の　や 三七九
球根の　水 二七五
休日の
　工場にして　ナ 二〇
　夜の漆黒に　い 四〇六
球体の　花 四九四
急湍と　花 五一一
吸盤を　ナ 三三
消ゆるとも　星 六八
暁闇《ぎょうあん》を　流 三三五
胸奥に　い 四二一
業了えて　海 一五一
教会の　や 三六三
狂荷風　海 一五七
警策《きょうさく》の　赦 四五五
教室に　流 三四〇
狂人の　ナ 一七
矯正具　や 三八二
行政と　赦 四四八
行政に　花 五〇一
夾竹桃　花 四九八
経典を　天 二〇五
今日ひと日　水 二五四
経本が　ナ 一八
驕慢と　ナ 三五
きょうよりの　ナ 二四
橋梁の
　弛《たゆ》み吸いとる　つ 二九六
　撓みさながら　水 二七五
玉音《ぎょくおん》の　海 一三三
曲独楽《きょくごま》の　花 四八二
玉将《ぎょくしょう》の　花 四七八
挙手の礼　海 一二七
きらめきて　つ 三一五
伐りあとに　星 七八
剪《き》りあとの　星 七三
切紙の　星 九三
断崖《きりぎし》に
　咲ける白梅　流 三四六
　紗を透くごとき　星 八七
崖《きりぎし》の　水 二四四
断崖《きりぎし》は　海 一三三
崖《きりぎし》を
　刳《く》りて明るき　鼓 一七五
　踏めばすなわち　つ 三〇八
截面を　木 四八
きり雨に　海 一三八
霧退《の》きて　星 七九
桐の花　つ 三〇〇
霧のぼる　水 二三九
霧吹きの　つ 二八九
切干し大根　花 五〇一
きれぎれに　天 二〇七
切れ長に　花 四九〇
帰路開く　赦 四六五
木を足に　鼓 一八三
柝《き》を打ちて　天 二一〇
木を挽けば　つ 三一三
銀蒼き　水 二四六
銀漢の　海 一三三
筋拘縮　や 三八一
均衡の　海 一二六
銀婚の　天 二二四
金属の　海 一二六
銀杏《ぎんなん》の　い 四四四
金箔の　木 三七
銀髪の　鼓 一七七
銀粉に　木 四六

近隣の 花 四九六
銀輪部隊 流 三三四

く

ぐいといま ナ 二四
悔いばかり 鼓 一六八
空港に や 三九〇
空中に 海 一二八
空爆の つ 三〇一
空路なる や 三七九
茎ごとに い 四一八
くきながき 星 九五
くぐまれる 流 三四二
くぐみ声 い 四三三
くぐみ啼く 花 五〇四
草いきれ 流 三三三
草負いて 木 三九
草かげに 海 一二八
くさぐみの 星 八〇
草小舎を 海 一四八
草だんご 海 一五五
草土手の 海 一四八
草土手を 鼓 一六九
草の葉の 花 四八六
くさの実の 星 九四
草の実は 鼓 一六九
　楔《くさび》形 い 四〇四
草毟り 赦 四六三
草叢の 流 三四四
草紅葉《もみじ》 つ 三〇六
鎖場の 天 二二九
草を踏み い 四〇一
串差しの 天 二〇九
串刺の 水 二五五
串干しの 花 五〇五
愚将乃木に 水 二七二
楠木立ち 海 一四八
楠亭 天 二〇六
葛の葉の 海 一三三
葛の葉を 天 二三三
砕け散る 木 五四
果物に 星 八一
下り坂 や 三八七
口惜しみに や 三九六
口口に や 三六七
蛇《くちなわ》の 天 二三〇
腔にして 木 三九
嘴を 天 二三〇
くちびるは 海 一五四
朽ち舟の 水 二六八
口元に
　通うぬくみに い 四一〇
　力を集め い 四二六
朽ちるには 海 一四五
靴音の
　きびしき橋に 海 一四四
　ひびく模造の 木 三八
屈強と 赦 四六一
靴先に い 四一七
靴下の い 四一七
屈伸の
　自在羨《とも》しく 赦 四五八
　ままならぬ身に や 三六七
屈折を 木 六〇
国曳きの い 四二八
櫟《くぬぎ》みち つ 二九九
くねりたる 天 二一七
首あげよ 赦 四五二
頸筋に 海 一四二
くび筋の 海 一三四
頸筋の つ 三〇三
首に巻く や 三一七
頸のぶる 天 二三〇
頸まげて 木 五九
縊《くび》られし 海 一三六
首を欠き 流 三四三
久保山さん ナ 一六
雲あらぬ や 三六七
雲きれは 木 四三
蜘蛛の糸が ナ 一九
蜘蛛の仮死 星 七五
雲軒《のき》に つ 三一八
雲のした 木 三八
雲ひくき 流 三三七
くやしさの 海 一一〇
グライダーは 星 九九
岩壁登攀者《クライマー》 つ 三〇九
蔵壁を 水 二四〇
暗がりに つ 二八七
くらき葉の 天 二〇九
暗きより 木 六一
くらぐらと 天 二二五
くらければ 鼓 一七三
蔵造り 水 二四〇
倉に積む 天 二一八
蔵の扉《と》は 花 四八七

蔵の町　花　四八七
グラマンの　花　四九三
くらやみに　つ　三〇五
栗の木の　赦　四五九
栗の荷の　水　二七〇
栗の花　赦　四五九
栗の実の　天　二〇六
庫裡までの　や　三九五
栗剝けば　天　二一八
クルップ氏を　木　四四
車椅子
　乗るさに踏まう　花　五一二
　用《もち》いぬわれを　や　三七五
車椅子に　赦　四五一
車椅子の　や　三六二
車にて　星　九七
クレーンの　流　三三八
暮れ方の　木　三五
暮れぎわの　木　三九
くれたけの　花　四八三
暮れたり、　ナ　一〇
くれないの　水　二五四
紅《くれない》の
　捩花ねじて　水　二四七
　彼岸桜の　赦　四五〇
紅《くれない》を　流　三三五
暮れはやき　や　三六七
暮れはやく　い　四二四
クレヨンの　星　七〇
クレヨンは　星　七〇
クロースの　ナ　一二
くろがねの　鼓　一七六
黒き花器　海　一五四
くろきつち　星　九一
黒き実の　水　二六九
黒き軀《み》の　鼓　一七〇
黒き油に　つ　三〇一
黒蜘蛛の　赦　四五七
くろぐろと　ナ　九
黒黒と　木　四八
黒けむり　つ　三〇一
黒咲くは　水　二四五
黒船に　水　二七五
黒塀の　花　四七八
黒松の　赦　四五三
黒松は　つ　三〇八
黒弥撒《くろみさ》の　花　四九六
クワイ河　花　四八二
桑畑の　水　二五四
群衆の　い　四〇六
軍団は　赦　四四八

け

境内に　つ　二九七
携帯の　赦　四六三
境内の　天　二二七
境内を
　辞すとき尊《とう》と　や　三九一
　とじて人声　水　二六五
競馬場　い　四一七
競馬場の　い　四〇七
芸一つ　や　三六〇
警防団　花　四九三
警報に　海　一二三
渓流の　赦　四六〇
競輪を　星　九一
激痛の　赦　四六一
けさの地震《ない》　つ　三一四
消し炭の　海　一三三
血圧計に　水　二四三
血液の　木　三四
月光の　木　四〇
結晶の　い　四一二
決闘の　海　一四四
月面にも　や　三六八
月面の　花　四九二
獣らの　星　六八
欅には　天　二三三
検温する　い　四一五
幻覚に　や　三八六
玄関に
　スニーカーあり　や　三八七
　立つたび笑まれ　い　四〇一
玄関の　や　三六一
原稿の　水　二七四
建材の　つ　三一三
源氏の陣　花　五〇九
健常の　花　四七八
原子力に　ナ　一四
喧噪の　水　二六六
建築音　赦　四六五
権に阿《おもね》る　天　二二三
ケンネルの　や　三九四
原木《げんぼく》を　海　一一〇
権力者　つ　三〇四
権力の　鼓　一七三

こ

礫《こいし》敷ける　星　八六
礫《こいし》投げて　星　七三
鯉は稚く　星　七九
語彙ひとつ　木　四七
光圧の　木　四三
豪雨なか　い　四一四
公園の　海　一四三
公苑は　赦　四四五
香煙を　い　四〇二
公害史　海　一五〇
黄海の　鼓　一七四
後悔の　や　三七〇
広角に　星　八六
高架路の　天　二〇五
高級車　星　七五
口腔の　い　四二四
巧言の　海　一四二
高原の　流　三四三
高原を　や　三七二
光合成　流　三三二
甲骨文　つ　二九七
鋼材を　鼓　一八六
小兎の　海　一三六
鋼索に　い　四三三
『広辞苑』　つ　二八四
仔牛の　木　四一
工事の灯　海　一三九
工事場の　ナ　二〇
高射砲
陣地となりし　い　四一九
弾の破片の　海　一三三
杭州を　つ　二九三
哄笑の　い　四〇九
工事用　海　一二八
攻城に　赦　四五八
校正室　つ　二九六
校正刷　海　一五一
豪雪の　や　三五六
浩然の　水　二五九
高層階　赦　四六二
抗争の　水　二五二
豪族の　水　二四二
高速路
降りる際《さ》に咲く　花　五〇六
個個に成りゆく　星　七五
とぎれとぎれの　赦　四五三
はてに見えいし　海　一二〇
高速路も　や　三六四
高速路を　木　三六
拘置所の　鼓　一八六
口中　花　五一〇
校庭の　や　三九〇
鋼鉄の　花　五〇九
講評の　赦　四六四
好物の　花　五〇六
好文亭　水　二五二
神戸まで　花　四八七
号砲の　水　二四九
鉱脈の　海　一五〇
紅葉《こうよう》の　海　一一一
黄葉の　星　七三
黄落に　い　四〇二
黄落の　い　四三四
交流を　花　四九七
高齢の　花　四七九
港湾の
勤め終えたる　赦　四五七
ゆきき激しき　天　二二三
声という　鼓　一六八
声に出だし　水　二六四
声ばかり
聴きたる夜更けの　鼓　一八七
外に漏れくる　流　三四六
呼応する　つ　二九二
子が裡に　星　六九
子が描く　星　七〇
子が書きて　海　一四〇
子が語る　星　六八
子が通いし　花　四八七
子が去らば　星　七三
子が立ちし　や　三五九
子が捕え　星　八〇
子が投げし　海　一一七
子がものの　星　八二
子が指に　木　六一
凩《こがらし》に
駅高きまま　星　八九
光いや増す　花　四九一
ふき磨かれて　ナ　一五
木枯しの　つ　二八六
凩の
ひびきあいつつ　星　八九
吹き抜けゆけば　や　三八一

峰の桜を　つ 二九八
呼気鼓動　や 三五五
小きざみに　天 二一六
小刻みに　や 三六二
古稀という　赦 四四三
古鏡《こきよう》その　鼓 一八五
虚空では　木 四四
刻刻と　木 四四
酷暑かな　つ 三〇四
石町《こくちよう》の　水 二三九
国道の　赦 四四二
酷薄に　赦 四四九
国分寺　水 二四二
仔熊らの　や 三八二
克明に　ナ 二九・木 四〇
苔のうえ　海 一一三
ここにして　ナ 二九
個個の死の　海 一二七
こごりたる　木 三八
凍《こご》りたる　天 二一三
こころ今朝は　海 一四〇
こころざし　天 三二七
こころ絞り　海 一五六
こころ責め　水 二四一
心せよ　い 四二一
こころ萎えて　天 二〇三
こころ張り　鼓 一六八
こころやや　流 三四一
こころゆく　つ 三〇八
こころよく
　寝《い》ねぎわに沁む　星 八三
　読み疲れたる　ナ 一五
こころよわく　海 一三四
腰おろす　や 三六九
腰に演歌の　つ 三一三
古書と古書　鼓 一六七
梢より　鼓 一七七
跨線橋　星 一〇〇
去年《こぞ》ことし　つ 三〇七
挙《こぞ》り発つ　赦 四七一
古代の、　星 七一
木立縫《ぬ》う　や 三九三
忽然と　つ 三一一
湖底にも　つ 三一九
ことごとく
　落葉し尽くし　つ 三〇八
　われに消《に》し子の　海 一一八
今年竹
　落とせる皮の　赦 四四五
　粉をふく幹の　流 三四二
ことしまた
　宴の果てにし　つ 二九九
　沈丁の香に　花 五〇三
琴・三味線　花 五一四
小鳥たち　星 九一
粉雪を　鼓 一七九
子にさむく　海 一一七
子に白き　星 八〇
子の朝へ　海 一一八
子のおらぬ
　いく日をびんに　星 九三
　砂場に枯葉の　木 五九
この界隈《かいわい》　ナ 一四
子の象《かたち》　木 五一
子の肢《し》打てば　海 一三九
子の品を　木 五三
子の手形　木 五三
この都市を　ナ 三
子のなきを　木 五九
子の夏と　海 一四〇
子のねむる　木 五三
この日ごろ　星 九八
この昼を　ナ 一九
この部屋が　ナ 一四・木 四〇
子の部屋の
　鍵は子が閉《さ》し　星 九一
　ひとり児なれば　海 一一八
この宿の　流 三四四
子の病みて　星 八四
子は　星 七六
子は子とて　星 九七
子はひとり　星 七〇
子は息子が　や 三五七
鈷《こ》は銛《もり》の　い 四二六
コバルトの　天 二一四
湖畔今日　流 三四四
鼓腹して　水 二六四
古墳とや　つ 二九四
小部屋ごと　つ 二八三
こぼれたる　ナ 一一
駒形橋　花 四八八
小町塚　赦 四六五
駒場なる　花 四七八
混みあえる　い 四〇四
小蜜柑に　天 二二六
コミュニズム　流 三三五

古民家の
　戸口のぞけば　や 三八四
　土間に漂う　花 四八六
ゴム園の　流 三三五
来む年の　や 三七四
ゴムまりを　ナ 三・木 四七
こめかみに　星 九〇
米を磨る　木 三九
木洩れ陽を　ナ 一七
小諸なる　水 二六〇
午《ご》門まえ　つ 二九一
子安貝　木 四九
小林檎の　鼓 一七二
これやこの　水 二六〇
ころころと　い 四〇二
コロのうえ　木 五八
転子《ころ》のうえの　ナ 二〇
ごろまじりとう　天 二三一
小分けせる　い 四一六
こわだかに　海 一二〇
声高に
　野辺一軒の　海 一四七
　母よと何か　花 四九九
子を抱く　木 五七
子を撲《う》ちて　海 一四一
子をおくる　星 九三
子を去りて　海 一三六
子をなすは　星 九〇
子をなせば　星 九三
子を宿し　海 一一五
混凝土《コンクリ》の　つ 三一三
混凝土《コンクリ》を　つ 三一〇
昏昏と　天 二一〇
混在の　流 三三四
金色《こんじき》の
　帯を結んで　木 四二
　須弥壇のうち　つ 三〇六
渾身に　い 四二九
渾身の
　脚に山坂　つ 二九五
　訣れをひとは　水 二六八
昆虫の　つ 三二一
魂魄と　や 三七七

さ

西行の　や 三九六
さいころの　海 一一六
祭場の　花 五〇四
採石場の　木 五五
采配の　つ 三一三
再発を　赦 四六九
歳晩の
　小江戸川越《かわごえ》　水 二三九
　町を速度に　天 二一〇
細微なる　つ 三〇七
蔡倫《さいりん》の　花 五〇一
祭礼の　花 四九九
才《ざえ》なきは　赦 四七二
棹に押す　海 一四八
境木に　木 五四
探しもの　花 四八九
觴《さかずき》の　つ 二九四
酒田の町　天 二一一
酒蒸しに　や 三六八
咲きおくれ　海 一〇九
左義長の　つ 二九七
鷺の羽根　鼓 一七七
咲き爆ぜて　水 二七三
先触れの　赦 四四一
砂丘帯　鼓 一七七
砂丘より
　砂一粒の　木 四二
　見えくる赤き　水 二五五
先んじて
　咲くさびしさに　や 三六三
　社会にいでし　ナ 一七
朔太郎の　い 四〇三
柵のうち　や 三九三
朔の日に　花 五〇五
朔風の　赦 四四一
桜川　花 四九〇
桜木と　や 三六九
さくら木の
　蕚《うてな》零るる　つ 二八八
　落とせる朽葉　鼓 一七〇
桜の根　花 五一一
酒となる　水 二四九
酒の粕　水 二六〇
鮭の身に　天 二一九
捧ぐべき　天 二一四
ささくれに　花 四七九
さざなみの　海 一四五
ささやかな　い 四三一
差し金の　花 五〇四
さし迫る　流 三四九
さしわたし　流 三三七

さすたけの　赦　四七一
定まらぬ
　視線を縒りて　木　五二
　冬の在りどの　赦　四四九
錯覚を　鼓　一六三
雑然たる　木　五〇
雑踏を　星　八五
佐藤しのぶの　流　三三八
作動する　鼓　一八七
里山に　赦　四六九
早苗田を　い　四一八
実朝の　天　三三三
捌《さば》かれて　や　三九四
鯖雲の　花　四九一
錆厚く　天　三三三
サボテンに　ナ　二八・木　四八
覇王樹の　つ　三〇一
サボテンは　つ　三〇一
サボテンまた　星　六九
さまざまに　や　三六五
さまざまの　つ　三一四
作務衣を　赦　四六四
醒めしのち　星　八七
攫いたし　流　三四七
さらさらと　つ　二八八
さらばよし　ナ　一三
攫《さら》われし　い　四一二
さり気なく
　私鉄二線が　や　三五九
　世を罷りたし　い　四一五
去りし日の　木　五六
百日紅《さるすべり》
　木膚の剝がれ　流　三四九
　つやある幹に　つ　二八四
さるすべり　水　二六三
サルタンの　流　三三五
さわだちに　鼓　一八二
三角の　赦　四七一
珊瑚売る　海　一三六
山号を　花　四八三
三種便　い　四一四
山茱萸《さんしゅゆ》の　水　二五二
山上に　流　三四三
さんしょうの　星　九一
山上の　流　三四四
撒水の
　雫のレンズ　流　三四九
　秀《ほ》さき試しに　つ　二九五
三千粒の　流　三三一
三千の　赦　四五八
三代の　つ　三〇六
産ちかき　木　四九
山頭火　つ　三〇七
残年に
　わが積みあぐる　鼓　一六三
　われの我執の　水　二六四
山腹に　星　七四
山腹を　木　四八
山脈は　鼓　一七九
山門に　つ　三〇九
山容の　水　二四四
山稜の　海　一三五
三輪の　つ　二九一
山麓に　い　四二三

し

指圧師の　つ　三一一
弑《しい》されし　い　四〇九
思惟思想　海　一二三
CTの　花　五〇九
ジェット機雲　赦　四五六
塩味を　や　三五六
塩あまき　海　一三四
潮入りの
　運河に沿いて　天　二三三
　門の水際に　赦　四五四
潮風に
　香りもろとも　水　二七五
　曝《さ》れて軽けれ　つ　三〇八
　敏感にして　ナ　二〇
潮騒の　い　四二三
潮退《さ》りし　星　八六
潮の香の　い　四三三
潮の香を　赦　四五四
潮《しお》引くや　い　四二五
歯科医師は　花　五〇六
紫外線の　赦　四四四
自画像の　や　三九二
自《し》が娘　天　二〇八
叱りしが　木　五七
　甃《しきいし》の　星　九九
しきたりに　つ　二九八
敷きつめて　星　九四
頻《し》き鳴くは　い　四二五
敷藁の　や　三八五
じぐざぐに　花　四九六

ジグソーパズルの　つ　三〇二
シクラメン
　その細頸の　天　一三四
　鉢の重さに　天　一三七
しぐるると　海　一一一
繁き雨　や　三七三
自己消化　つ　二八五
仕事量　つ　二八四
師御夫妻　や　三五八
鹿威し　や　三七七
獅子頭　い　四〇六
紙質よく　ナ　二六
死してのち　や　三六〇
蜆蝶　花　四八四
死者の足　い　四二三
死者は香に　や　三九三
死者は陽に　海　一一二
四十雀《しじゅうから》　天　二三九
辞書欲しと　や　三七七
しずかなる
　書の室に入り　ナ　二六
　林のなかの　星　七九
雫なして　木　六〇
指嗾《しそう》して　海　一二三
紫蘇の芽の　海　一五七
　舌打ちに　い　四二〇
自宅リハビリ　や　三六一
舌ざわり　や　三六一
羊歯じめり　つ　三〇九
したたかに
　霰うつ夜を　海　一一〇
　酔い眠るべく　鼓　一七八
耳朶になお　鼓　一八八
羊歯の葉に　い　四三一
羊歯《しだ》百種　つ　三〇九
羊歯《しだ》ふかく　星　一〇〇
下町の
　箱崎あたり　花　四八七
　広場に及ぶ　海　一五四
　物干し台に　赦　四六五
下町を　海　一四四
自堕落に　つ　三一六
枝垂桜の　や　三九〇
指弾の矢　鼓　一六九
室外機　赦　四六八
漆喰を　鼓　一七三
疾駆せる　鼓　一八五
湿原に　花　五一一
漆黒の
　湖の平らに　流　三三八
　夜の粒子が　木　四五
実情に　ナ　二六
失踪の　海　一四五
叱咤され　木　四九
叱咤して　星　九三
室内履　い　四三四
四手《しで》をさす　木　四〇
自転車降り　つ　三〇三
自転車の　つ　二九一
自動車の　ナ　一一
自動ドア　い　四〇一
児童らに　ナ　一八
しとど降る　水　二七六
死にぎわに　や　三九三
死にたし病
　こころ掠める　い　四二一
　叱咤忿怒《ふんぬ》の　や　三八八
死にびとの　海　一五〇
不忍の　水　二六五
忍び手の　つ　二八九
しばし家　つ　三一四
しばしばも
　雨ふり零《こぼ》す　海　一三〇
　遅れて屈《かが》む　鼓　一六三
　眼鏡をはずし　海　一五三
芝にすむ　木　三五
芝の間《ま》を　赦　四五六
死びとばな　鼓　一七七
痺るるまで　木　四一
頻《しぶ》吹きたる　海　一〇八
蕊《しべ》若き　流　三三一
死亡記事　鼓　一八九
絞り泣く　木　五二
島ありて　海　一三一
縞馬の　流　三四六
島丘に　流　三四七
島島の　鼓　一七六
終《しみ》らには　海　一一四
注連《しめ》飾り　天　二二〇
締切日　い　四一三
湿りたる　鼓　一七七
注連《しめ》を売る　水　二五〇
霜砕く　海　一二五
霜月の　赦　四六八
霜ののち　星　九六
霜の鍼《はり》　星　八〇

霜のまま　海　一四二
霜柱　水　二四〇
霜ややに　水　二五一
指紋なき　つ　二八五
指紋減りたる　流　三三〇
視野欠けの　や　三七七
視野欠けは　花　四八九
石楠花《しゃくなげ》の　や　三七五
灼熱の
　ガラスの滾り　流　三三三
　マグマかつがつ　い　四二三
蝦蛄《しゃこ》一匹　赦　四六五
写実して　木　三九
ジャスミンの　鼓　一八八
車窓いま　海　一三三
車窓なる　ナ　一五
車窓には　木　三六
射的場《ば》の　天　二三三
紗のカーテン　や　三七一
視野のはしに　木　六〇
しゃぶしゃぶの　花　四八五
ジャムを煮る　や　三七八
砂利敷に　い　四三六
砂利道に　赦　四五三
砂利道の　や　三七六
驟雨が夜を　木　一三
終楽章　星　七
秋瑾の
　遁れし水の　つ　二九四
　若き刑死の　つ　二九四
十三の　鼓　一七三
十時間　花　五一〇
従順に　天　二〇八
重心を　や　三九一
鞦韆《しゅうせん》の　海　一五七
終戦日　流　三四九
終戦より　ナ　一三
収束の　海　一五五
渋滞の
　尾の解《ほぐ》れゆく　赦　四五九
　先は祭の　花　四七七
絨毯に
　杖なじまずと　赦　四六七
　はららぐ花弁　花　五一三
絨緞に　つ　三〇一
絨毯の　星　七二
絨氈を　ナ　一七
終電車　天　二一一
終点に　鼓　一八四
柔道着　海　一四一
集に編む　や　三八一
十二階より　い　四〇三
十二神将　天　二三九
十年は　い　四〇六
終バスに　鼓　一九〇
重力を　花　四九二
秋冷は　鼓　一八七
樹海より　い　四二九
宿酔の　木　六〇
修験者の　天　二三九
主宰誌の　や　三六六
手術後の　赦　四六一
出血の　や　三五五
術前の　花　五〇九
首都高へ　赦　四五三
種《しゅ》の生きの　流　三二六
朱の鳥居　や　三七四
主婦たちの　ナ　二一
手榴弾の　ナ　一四
樹齢四百　つ　三〇九
棕櫚竹の
　打ち振る影も　や　三六六
　ための一室　水　二七六
　わかき葉柄《ようへい》　海　一五六
受話器をば　海　一五一
潤一郎　や　三七四
春菊の　鼓　一六五
蓴菜《じゅんさい》を　い　四〇七
順序まず　赦　四六六
純白の　天　二一一
俊敏に　水　二七四
俊敏の　水　二五四
焼夷弾　い　四一九
哨戒機　海　一三三
上気せる　木　四九
「将軍の孫」　流　三四五
小憩の　い　四三一
杖刑は　や　三五七
昇降機に　星　七五
紹興站　つ　二九三
紹興の　つ　二九三
乗降の　鼓　一七八
松根《しょうこん》に　海　一三三
錠剤は　鼓　一八九
小市民　い　四三四
小獣を　つ　二八七

清浄《しょうじょう》の　海　一三六
少女たちの　ナ　一一
小書店　水　二四八
少女らは　流　三四八
焦点の　海　一〇九
松濤《しょうとう》の　花　四七八
城内の　木　三七
小児期の　水　二六三
証人に　天　二二七
少年と　海　一一九
情念の　鼓　一八八
少年は　花　四九三
少年ら　水　二七一
少年を
　追う白き犬　海　一五二
　脱けし子の鮒　海　一一一
上半身　花　四八九
菖蒲園　赦　四五一
菖蒲田の
　ほてり宥《なだ》むる　赦　四五一
　水の上澄《うわず》み　水　二四二
消防車
　さとすがごとく　い　四三五
　峠にとめて　水　二六九
静脈の　水　二六一
照明の　ナ　一九
正面に　や　三七一
正面は　流　三三三
照葉林《しょうようりん》　つ　三〇九
鐘楼に
　至る千段　つ　二九一
　裾をさばきて　赦　四六〇
女学校　花　四八三
初夏の朝　木　三四
書架のまえ　い　四〇三
職離《か》れて　水　二六一
食事どき　赦　四六二
燭台の　花　四七七
食堂に　木　五六
食パンを　や　三七九
植物の　星　七〇
植物用　水　二七〇
食用の　赦　四五六
除湿器に　つ　三一四
助手席の
　仰臥の額《ぬか》に　や　三六二
　ベルト締めねば　花　四八一
除雪車の　鼓　一七九
除雪車は　鼓　一七二
助走路の　赦　四六四
助走路を　星　九九
暑に泥《なず》む　い　四三一
ジョホールの　流　三三六
所有権　つ　三〇三
初老性　天　二三四
白梅《しらうめ》の
　一枝《いっし》が零《こぼ》す　花　五一二
　秀枝《ほつえ》を芯に　花　五一二
白樺の
　丘の片辺の　水　二四四
　大樹の傾ぎ　水　二六九
白木彫り　赦　四四七
しらたまの　天　二三一
知らぬ町　鼓　一七八
白南風《しらはえ》の　花　五〇六
しら羽の　天　二〇八
白羽根の　天　二一九
しら髭の　つ　二八七
白焼《しらやき》と　つ　二九九
しら雪の　鼓　一七二
尻あげて　つ　二八六
汁椀の　い　四二四
白き蚕《こ》の　天　二三一
白き蝶　海　一二五
白き藤は　海　一四七
白き濠の　花　四九七
白靴を　木　六〇
白熊の　つ　二八六
しろたえの　水　二五七
白妙の　花　四九一
城とおく　い　四二〇
白塗りの　海　一一六
白木槿《しろむくげ》　や　三六一
しわみつつ　海　一五六
心音の　水　二五一
心筋を　水　二七六
神経球　つ　二八五
神経の
　交叉点をば　赦　四六五
　旅に昂る　鼓　一七八
神経を　い　四一一
新月の　水　二七一
信号の
　腕木すとんと　流　三四六
　点滅終夜《しゅうや》　鼓　一八一
人工の

彩色に子は　星　七一
芝生の渦の　星　八八
流れに置かれ　い　四三一
神護寺の　や　三九五
震災の　や　三八六
神樹とや　や　三八六
侵蝕の　つ　三〇三
浸蝕の　赦　四五六
芯澄みて　海　一〇七
新生児　木　五〇
人生の　ナ　二七
迅速の　つ　二九六
寝台に　鼓　一七八
靭帯の　星　六九
沈丁花　い　四一五
沈丁の
香り曳きくる　水　二七七
白の蕾に　水　二五八
陣痛の　木　五〇
秦帝の　天　二三二
清《シン》帝の　つ　二九四
新年の　天　二一九
神馬とや　天　二二六
新聞紙　木　五七
深夜テレビに　や　三八一
診療日　い　四一九

す

水駅《すいえき》の　い　四一〇
西瓜割り　や　三八五
水牛に　赦　四六六
水牛の　鼓　一七四
水耕に　い　四〇七
水耕の
サフランの芽は　ナ　二九
ままに太れる　赦　四四六
水郷の　花　四八八
水質の　木　三三
水晶宮　花　五〇九
水上バス　花　四九七
水神《すいじん》の
小さき祠《ほこら》　花　四八二
祠にともる　水　二五〇
彗星の　鼓　一七一
水槽に
蒼き光の　や　三五七
口を噤みて　天　二〇六
水槽の　赦　四四五
吹奏を　つ　二九九
水中の　花　四九二
隧道と　海　一三八
隧道《ずいどう》の　鼓　一七一
水道の
裂け目のつらら　海　一三六
出口眩しむ　い　四〇一
水平に　天　二三七
水面の　海　一三一
水門を　つ　三〇〇
水浴に　鼓　一七六
睡蓮の
朱あえかなる　つ　三〇〇
根に抱かせたる　い　四〇六
透廊《すいろう》を　や　三九五
水路より　鼓　一八六
スーツ姿を　ナ　一四
縋りいし　木　三四
過ぎこしを　海　一四五
過去《すぎこし》を　い　四三〇
杉玉を　天　二一七
透きとおり　流　三一七
すきとおる　つ　三〇〇
杉は空　天　二三〇
鋤ひとつ　天　二二五
直立《すぐだ》ちの　天　二一〇
直《す》ぐ立つを　水　二五六
直ぐ立てる　鼓　一八四
健やかな　や　三五五
健やけき　い　四一六
健やけく　水　二七六
筋《すじ》多く　流　三三五
錫いろの
大魚《おおな》逸《はや》れる　花　四九二
髪のうすさを　鼓　一八八
篠懸《すずかけ》の　赦　四六八
すすき穂の　鼓　一七七
芒《すすき》みち　鼓　一七〇
錫工場　流　三三五
涼しくば　い　四一七
鈴つけて　天　二一〇
錫の屑　流　三三五
スチームの
匂う客車に　木　五〇
窓に聳つ　天　二三四
ステーキに　や　三七六
すでに子が　星　八〇
すて猫の　流　三四一

捨て雛と　水　二四一
ストーブの　星　九〇
すなおなる　星　八二
砂かたき　海　一三一
砂地獄　い　四一〇
砂時計　敕　四四四
沙《すな》となる　鼓　一七〇
砂ふかく　天　二〇三
砂埃　つ　三〇一
頭《ず》にちかく　海　一二七
脛高き　ナ　一三
脛高く　や　三八三
洲のうえに　海　一二五
洲の端《はな》に　水　二六八
スパイクの　海　一四〇
素晴しき　敕　四六二
スプリンター　海　一四〇
滑らざる　い　四〇四
統べらるる　い　四三〇
滑り止め　敕　四六九
辷りゆく　海　一三二
スポーツの　鼓　一八四
隅隅まで　天　二三三
澄みとおる　流　三二五
棲みなしし　木　五〇
墨の夜の　水　二五七
住み古りし　ナ　一六
すみれの絵に　や　三六一
スライドを　木　三七
磨墨の　天　二三一
するすると　ナ　一三
鋭きに　海　一五六
すれちがう　水　二七〇
座りよき　敕　四五二
頭《ず》を打たぬ　花　四九九
頭《ず》を尻を　流　三四二
頭《ず》をめぐる　水　二七一
寸断の　や　三五八

せ

性愛の　鼓　一七八
背くらべ　花　四八一
星座をば　ナ　九
勢至《せいし》菩薩《ぼさつ》　敕　四五八
清正公《せいしょうこう》様の　敕　四四四
盛衰に　水　二四二
「生前」と　や　三七〇
清澄《せいちょう》の　水　二四六
青銅の
　仮面いずれも　や　三八六
　剣《つるぎ》ともなり　花　四七七
生と死の　や　三六四
青年と　海　一二一
青年に　や　三九二
青年の
　かたき肉叢《ししむら》　鼓　一六五
　髪は雷雨を　天　二〇八
　樹という鉢を　水　二七四
　髯のまばらの　水　二五四
　細き身はやき　鼓　一七三
制服の
　おとめら道に　星　九三
　さくら警備の　敕　四五〇
精油所に　木　三六
性欲の　天　二一六
生理的　花　五〇八
蜻蛉《せいれい》の　天　二三〇
関址《あと》に　敕　四六〇
関址《せきあと》の　天　二一八
石棺に　つ　二九四
石棺の　海　一〇七
赤軍派　天　二三〇
石筍《せきじゅん》を　流　三四五
積雪の　花　四七七
石庭には　木　三七
咳止めの　天　二三四
石板《せきばん》の　い　四二七
斥力《せきりょく》の　天　二三三
急《せ》くことの　天　二一九
セコムセンサー　や　三七八
セザンヌの　い　四〇三
接岸に　流　三三八
接岸の　流　三三八
隻脚に　い　四三〇
雪球を　星　七四
石鹼の　木　三三
雪原の　鼓　一七九
石膏を　海　一一五
舌状花の　流　三三一
絶対を　海　一二三
雪中に　鼓　一七二
絶望に　鼓　一八二
雪嶺の　鼓　一七九
瀬戸物の　花　四八七
背《せな》くぐめ　天　二二八
銭たかき　木　四六

狭まれる　や　三八五
背表紙の　赦　四六五
背広着て　や　三八四
蟬のこえ　海　一一九
閲《せめ》ぎあう　水　二七〇
セメント臭　い　四一三
セルロイドの　や　三七六
背をくぐめ　天　二一一
背をたてて　つ　二八五
背を見せて　水　二六二
扇形の　や　三七〇
鮮紅の　木　四〇
戦後なお　鼓　一八一
全集の　ナ　二七
前世紀　流　三三四
先生と　ナ　一八
戦中の
　稚き張りを　海　一四〇
　「鱒二」すずみし　流　三三六
禅寺に　花　四八二
全天に　花　四九一
全天を　流　三三五
銭湯の　花　四七八
尖塔を　花　五〇三
千日寺　天　二三六
千年の　水　二四五
千年を　水　二六〇
千の独楽　海　一〇七
撰文を　天　二〇六
薇《ぜんまい》を　天　二一五
鮮烈の
　層あらわせる　木　五五
　一つ死ののち　海　一二四

そ

ソウウンペツを　水　二四四
蒼穹の　鼓　一八二
装具つけ　や　三八一
草原を　天　二一九
荘厳に　流　三三五
掃除機の　や　三六二
操車場に　海　一三八
総身の　水　二七六
早朝の　花　四八五
装幀の　ナ　二七
沿うて来し　海　一四四
送電線　鼓　一七八
想念を　天　二三四
僧ひとり　水　二三九
疎開せし　花　四九〇
疎開地に　木　三八
剝《そ》がれたる　海　一三四
即死より　や　三五五
底ごもり　水　二六五
底なしに　赦　四六五
粗大塵芥《ごみ》　赦　四四八
育ちゆく　天　二〇三
卒中死　や　三六〇
卒中の
　後遺を凌ぎ　や　三六二
　五味保義氏　や　三八九
　のちの夢見に　や　三六六
率直に　ナ　一一
卒塔婆の　海　一二六
外海《そとうみ》の　海　一四六
外海《そとうみ》は　天　二三一
外階段　花　五〇八
外出《そとで》せる　い　四三五
そとの雪　海　一三九
苑ありて　鼓　一六七
そのかみの
　原野のかたみ　水　二四五
　島津千拓　流　三三六
蕎麦粉挽《ひ》く　水　二六〇
祖父が孫　流　三五〇
背《そむ》くこと　海　一一四
空高き　花　四九三
空近み　花　五一三
空に浮く　流　三三五
空のいろ　星　九〇
空は木の　花　五一三
空ひろみ　天　二〇七
反橋《そりばし》の　い　四〇五
疎林はや　天　二二二
それぞれに　海　一四四
それぞれの
　石にひかりを　木　五六
　分担に力　や　三六七
ソ連輸入　つ　二九三
揃えたる　ナ　一〇

た

田遊びの　水　二七六
ターバンに　流　三五〇
体育館の　鼓　一七四
退院の　赦　四六七

大音声《だいおんじょう》　流　三三九
体温の　水　二六三
対岸に
　黄に点れるは　つ　二九二
　滴《しず》ける赤は　水　二四四
　走るラガーの　天　二〇八
　触るるたやすく　海　一二五
　呼ばれ出でゆく　海　一四八
大観の　天　二三三
対岸の
　踏切の鐘《かね》　星　九五
　山裾の灯の　い　四二〇
太極拳
　その静止より　天　二三二
　見えざる壁を　い　四三〇
　ゆるりと朝の　鼓　一七二
大銀行の　花　五一二
「第九」いま　ナ　一五
太鼓打つ　赦　四六八
太鼓橋　花　四八八
太古より
　穏《おだ》しき雨の　水　二四三
　湧き水礫《れき》を　流　三三七
大根の　花　五〇〇
体臭の　星　九九
対称に　木　三三
泰西の　水　二四五
たいせつな　花　四八四
体操を　水　二四三
怠惰とも　海　一一七
大道の　ナ　一〇
大都市に　海　一三八
頽廃の　ナ　二一
台風一過　い　四三三
台風に　や　三八二
台風の
　きざしの雲が　ナ　二九
　号数ごとの　つ　三一三
　逸れにし昼の　や　三九二
　力あしらう　花　五〇三
　連ね去りたる　つ　三一二
　波消しブロック　い　四三二
台風は　星　八五
台風を
　追い抜きゆくと　木　三七
　凌げる朝《あした》　赦　四四八
　野分と言いて　花　五〇〇
台北《タイペイ》に　花　四九八
太陽系　花　五〇〇
大陸の
　暑さの厚み　鼓　一七五
　吐く水のいろ　天　二〇五
耐えがたきを　流　三四九
耐えがたし　木　三五
耐えしより　海　一四〇
絶えまなく　い　四二七
絶え間なく　花　四九六
仆すべき　海　一二〇
たおたおと　流　三三八
倒れける　い　四二四
高井戸の　い　四二二
高砂の　流　三三四
高台の　や　三六九
たかだかと　木　四六
高館《たかだち》の　つ　三〇六
高槻の　つ　二八五
鷹ひとつ　つ　三〇七
高窓に　い　四三三
篁《たかむら》に
　伐られし株跡　赦　四四五
　隣る縁日　花　四九九
たかむらの　流　三四二
宝水《たからみず》　い　四一四
滝いだく　や　三七三
滝口入道　い　四一一
滾《たぎ》つ川　花　五一一
滝のおと　海　一三三
滝の尾の　や　三九六
滝の名を　流　三四二
滝ふかく　木　三八
滝水の
　落つる速さに　つ　三一八
　赴くところ　つ　三一七
　しぶき崖より　水　二四七
滝水を　水　二五一
滾《たぎ》りつつ　水　二六〇
託されて　木　三五
タクシーに　や　三九〇
卓のうえ　海　一一九
拓本の　鼓　一七五
たくましき　海　一四三
竹落葉　流　三四二
竹垣に　花　五一五
竹熊手　天　二三三
竹竿を　星　一〇〇
丈高き　赦　四五二

竹の秋
　築地の白に　敍　四五八
　やや黄ばめるを　つ　二九四
筍の　流　三四二
竹梯子　花　四九一
竹針に　敍　四四七
丈矮《ひく》き　海　一四六
竹織《ほそ》く　水　二五三
竹藪を　花　四八七
田沢湖は　天　二二二
山車もたぬ　天　二二五
尋ねつつ　星　八五
ただ　木　四三
タタールの　花　五〇一
たたかいの　星　六九
たたかいは　い　四一〇
三和土《たたき》には　鼓　一八四
紀の森　や　三九六
竚みて
　通俗医書を　木　五三
　バス見送れる　つ　二九二
手力《たぢから》に　花　五〇八
たち罩《こ》むる　水　二四四
立ち踏みの　敍　四五一
たちまちに　鼓　一七五
生活《たつき》なき　敍　四六四
生活《たつき》のための　流　三四九
脱却を　星　八七
塔頭《たっちゅう》は　花　五〇三
発つまでの　海　一二九
　鬣《たてがみ》を　鼓　一六三
立川氏　水　二四三
樹《た》てる木を　水　二四二
たどきなき　い　四〇八
　掌《たなごころ》　花　四八一
七夕の　花　四八六
谷埋めし　海　一五〇
谿川の
　石起こしつつ　海　一二三
　木橋の芯の　天　二三〇
谷崎の　や　三七四
渓ぞいに　つ　三一九
谷底と　星　七三
谿《たに》に獲《え》て　海　一一九
旅立ちを　星　八九
ダフニスと　敍　四四二
タブレット　ナ　一六
食べごろに　い　四〇三
打撲痛　天　二二五
たまあざみ　ナ　二
多摩川に　花　五〇〇
多摩川の　や　三五六
玉三郎　流　三三九
たまたまに　鼓　一七四
玉椿　花　四八四
霊《たま》なれば　海　一五三
賜りし　や　三六〇
ダムの音　つ　三一八
ダムの底の　つ　三一七
ダムの水　つ　三一八
ためらいて　海　一三三
矯められし　星　八七
矯《た》められて　海　一〇九
弛《たゆ》き身を　や　三六〇
タラップは　水　二五六
巨大蜘蛛《タランチュラ》　や　三七五
だれかれと　ナ　一九
誰かれを　や　三五七
田を埋めて　星　八八
タンカーの　木　三六
タンカーも　流　三三六
断材に　つ　三一三
短冊を　花　四八六
丹沢の　敍　四六四
炭酸の　海　一五一
短詩型の　や　三五五
短日と　や　三六六
探照灯　い　四一九
誕生に　木　五〇
単色の　つ　二八七
弾性を　木　四一
単線に　花　四八九
単線の
　駅にとびらを　木　三八
　直《すぐ》なる渡す　水　二五七
　はたての駅舎　鼓　一七八
　冬の踏切り　海　一一二
単線を　つ　三一六
丹頂の　つ　二八六
短調の　や　三七九
丹田《たんでん》に　敍　四六四
丹念な　鼓　一六五
たんねんに　星　八六
暖房と　い　四一三
短命の　ナ　九
弾力ある　ナ　二三

弾力の　海　一一五

ち

ちいさけれど　つ　三一八
ちいさな、　星　八四
智慧づきし　木　五三
知恵の輪に　や　三八一
地下出でし　花　四八七
地下いでて　花　四八八
ちかく病む　星　九五
地下壕に　流　三四五
地下壕の　流　三四五
地下室に　や　三八九
地下室の　つ　三一二
地下水の　鼓　一七六
近づけば　つ　三一八
地下鉄の
　川にかかりて　海　一五二
　終車まぢかく　星　九四
地下なれば　水　二五〇
地下の土　つ　三一二
力瘤　や　三八九
地球が　赦　四四五
地球軸　や　三六八
地球にて　ナ　一一
地球より　鼓　一八三
蓄積は　星　八七
築陵の　天　二一七
竹林の　赦　四五五
竹林は　や　三八四
ちさき病い　星　八四
地鎮めの　つ　三一〇
地上なる　ナ　九
地上には　鼓　一六三
稚拙へと　天　二三三
乳いろの　つ　二八三
父親の　木　五一
父として　星　八〇
父の忌を　い　四一四
乳の出ぬ　木　五一
父の日日　天　三一九
秩父何番　い　四二五
秩父なる　水　二五七
父よとて　海　一一五
地に踵　や　三七八
地にくだる　ナ　二八
地にくらき　星　九四
地に何の　水　二六七
地に低く　赦　四五〇
地にひそむ　木　四六
地に深く　い　四〇六
地のあかり　海　一三一
地のいのち　水　二四六
血のいろの　ナ　二八
地の隈《くま》に　海　一一三
地の縞を　木　五五
地の底に
　畳みこまれて　い　四〇九
　排水ポンプ　つ　三一二
血のぬくみ　天　二一八
地のひかり　木　四六
血は重く　木　六〇
巷には　花　五〇一
地名ひとつ　海　一三七
着衣どき　赦　四四三
中央道　い　四〇六
中華街　や　三八二
中国製　や　三八三
忠魂碑　い　四一八
駐車場に　や　三九一
中世の　ナ　二四
中天に
　流れはじめる　い　四〇二
　夜《よ》の雲流れ　赦　四五七
冲天の　つ　三〇四
朝刊に　海　一四三
迢空の　鼓　一八二
長身の　鼓　一八二
手水場の　つ　二九〇
彫像の　星　七二
調理器具　花　四九五
直線の
　地よりのぼれる　星　一〇〇
　橋の弛《たゆ》さに　水　二七四
治療台　花　五〇六
地を離《か》れし　海　一二八
地を占めし　海　一一六
血を喀《は》きて　星　九〇
地を離れ　い　四二八
地を深く　鼓　一七三
沈鬱に　水　二五〇
闖入者　い　四三〇
沈黙を　木　三三

つ

築地塀　星　八七

追弔の　海　一一八
追《つい》悼の　海　一二四
終《つい》の花　鼓　一八九
終《つい》の日に　花　四八九
痛覚に　や　三七八
通訳の　つ　二九一
杖突くに　赦　四五四
杖に行く　花　五〇四
杖に縋る　や　三七四
杖に佇《た》つ　い　四二八
杖の先　い　四一七
杖の手を　い　四〇二
杖の道　や　三八〇
杖の身に　や　三六一
杖歩行
　ただ繰り返す　い　四一四
　伸《の》ばすべくここ　い　四一五
杖を手に　や　三九一
使い古しの　流　三三三
墳山《つかやま》は　赦　四五〇
月赤く　海　一一五
突きあげて　水　二七二
月変わり　赦　四六三
つき島の　海　一一三
搗きたての　や　三八三
つぎつぎと　や　三八九
つきて来し　星　六八
次に咲く　い　四二三
月の落ち　流　三一八
月の光《かげ》　天　二二三
月の暈《かさ》　海　一一〇
月の冴え　水　二七三
月の虹　鼓　一八一
月のひかり　花　四八六
尽くし得ぬ　や　三七六
佃じま　つ　三一五
筑波なる　花　四九〇
筑波わが　水　二五二
黄楊《つげ》の梢《うれ》　流　三三〇
蔦の葉の　花　四九七
蔦《つた》若葉　赦　四五二
土蒼き　海　一五六
土壁に　天　二〇八
土軽き　木　四五
土にかえるが　ナ　一六
土に挿す　天　二一三
土の膚《はだ》　い　四〇二
土踏まず　花　五〇三
槌を振る　赦　四四五
筒抜けの　や　三六七
堤にて　つ　三〇一
綴織《つづれおり》　星　七一
つとにわが　つ　二九七
勤めびと　水　二五七
繋がれて　流　三四四
募るなき　海　一三七
椿の枝《え》　赦　四四九
椿の実　つ　三〇六
つばくらめ　つ　二八三
つぶらなる　ナ　一八
つぼみなお　星　八五
妻おらぬ　や　三八七
妻が帰る　や　三八八
妻が乗る　赦　四五二
爪紅《つまぐれ》と　赦　四四三
約《つま》しくも　水　二六八
妻育ちし　や　三五八
爪立てば　天　二一八
爪だてる　つ　二八三
妻と幼児　や　三五九
妻と子の　星　一〇一
妻とわれ
　家ごと揺られ　星　九七
　掌《て》に落としたる　海　一一五
妻には妻の　海　一四二
妻に真似《まね》　花　四八一
妻に呼ばれ　花　五〇七
妻によりくる　海　一四二
妻のうち　海　一一五
妻の手に　星　八四
妻の留守　や　三七七
妻は何に　海　一五五
妻娘《むすめ》　つ　三〇六
積みあげて　星　七〇
紬《つむぎ》織る　海　一一一
旋風《つむじかぜ》　花　四八五
積む雪の　い　四〇五
爪木崎　水　二七五
爪を噛み　赦　四四三
通夜の庭に　い　四〇八
つややかな　ナ　二八
つややかに
　毛並かがやく　天　二〇五
　陽を打ち返す　天　二一四
梅雨さなか　や　三七三
梅雨寒き　や　三九六

梅雨寒の　や　三九一
梅雨しげく　天　二〇七
梅雨しとど　水　二四三
つゆの間の
　赤き満月　つ　三一〇
　芝に置かるる　つ　二八三
つゆのまを　星　九二
梅雨はやや　鼓　一六七
梅雨晴れ間　や　三八五
梅雨前の　や　三六五
吊橋の　鼓　一七六
釣人の　海　一一三
釣堀に　水　二五五
蔓いばら　つ　三〇九
鶴の乗る　流　三三八
鶴のむれ　流　三三七
蔓ばらは　海　一二一
つるみたる　星　六七
鶴守りの　流　三三七
連れだちて　い　四一三
石蕗《つわぶき》の
　明るみ初めし　水　二七〇
　黄《きい》にあつまる　鼓　一六九
　花の睫毛に　花　五〇三
兵《つわもの》の　鼓　一七〇

て

手足利かぬ　や　三六六
手足捥《も》がれ　や　三六四
帝王の　天　二三三
低気圧
　掻き分け昇る　花　四九九
　せまる気配に　花　四七九
定期便　海　一三八
丁字路を　海　一三四
泥中の　鼓　一七四
停電灯の　花　四九六
提督は　つ　三〇二
艇の底　星　八〇
泥流を　赦　四四六
テーブルの　ナ　二九
手鑑《てかがみ》の　や　三六九
手鏡を　海　一三七
手際よく　花　四九五
手ざわりの　つ　三〇二
手助けの　赦　四五四
鉄亜鈴　や　三九二
鉄色に　星　七五
手づかみに　海　一四六
鉄橋の　鼓　一八三
鉄筋が　つ　三一二
手づくりの
　反《そ》り暢びやかな　や　三八四
　天文台を　流　三四三
鉄塔に　花　五〇三
鉄道に　木　四八
鉄塔の　海　二一〇
鉄のおと　星　七五
鉄の爪　つ　三一〇
てつぼうが　星　八五
鉄燃ゆる　木　五八
鉄を剝ぐ　木　四五
掌にのせし　木　四一
手にむすび　星　九二
掌の窪に　や　三九六
手の拘縮　や　三八五
手の皺み　天　二三四
掌のなかに　木　六一
掌《て》のなかの
　子の掌は熱し　星　八三
　ラジオ冷たき　木　六一
てのひらに
　薄き磁器など　海　一四一
　囲う蛍火　つ　二八九
　皮押しぬぐい　星　九四
掌《てのひら》に
　頭《ず》を載せ風呂に　花　五一四
　なじみこよなき　花　五一〇
てのひらの
　なかに収まる　鼓　一八九
　焔守るごと　木　三四
掌《てのひら》の　天　二三八
掌《てのひら》ゆ　つ　三〇三
デパートに　海　一一七
デパートの
　生花展の　ナ　二一
　鏡のなかに　や　三七〇
手拍子に　赦　四七〇
寺垣を　や　三九五
De la Mere の　ナ　二五
照国《てるくに》の　花　四八五
テロの心　い　四〇三
手を赤め　水　二五七
掌《て》を打てば　い　四一五
手を取られ　や　三八〇
手を取りて　や　三六六

手を曳かれ　海 一一三
手を触れず　木 五一
点鬼簿を　天 二一〇
電球に　鼓 一八九
天空と　流 三二七
天空《てんくう》に
　マチスの鋏か　花 四九一
　水渦巻ける　赦 四四八
天空へ　鼓 一六三
天現寺　水 二六六
電光の　星 八一
展示品　赦 四五三
電車来て　花 四七八
天井扇　流 三三五
天井付けの　花 五〇八
天井の　木 四三
天心の　花 四八二
天水の　つ 三〇七
伝説の　海 一三五
電線に　木 四三
電柱が　ナ 一二
電柱を　海 一三八
点滴に　赦 四六六
点滴の
　終わりに近く　赦 四六三
　　針痕痒《かゆ》き　赦 四六二
電灯と　流 三四七
天衣《てんね》また　流 三四二
天麩羅の　や 三七〇
点ほどの　花 五〇七
天窓に　木 四七
電話機に　ナ 二八
電話にて　ナ 二一
電話より　ナ 二五

と

樋《とい》の水　い 四二七
塔あらば　水 二七三
冬瓜の　鼓 一七三
登記地の　つ 三一五
闘牛の　天 二一六
東京に　天 二三三
道化師の　鼓 一六三
峠茶屋の　や 三七二
凍結の　水 二五一
峠路の　赦 四五五
峠より　天 二一二
同時代を　ナ 一六
刀身を　水 二七五
陶製の
　馬の断き　天 二三二
　ハンドベルわが　赦 四六七
同世代　天 二〇五
銅像の
　銹のみどりの　流 三四六
　宮家の髯は　水 二五四
灯台の　花 四九〇
燈台の　海 一三三
とうたらり　つ 二八七
どうだんつつじ　赦 四五四
道中の　い 四一三
頭頂《とうちょう》に　木 五一
唐突に　天 二〇五
籐《とう》の籠　天 二一五
塔の高さ　海 一一一
頭髪の　赦 四四二
動物と　流 三三三
動物の　海 一一八
倒木の　赦 四五六
東北より　ナ 二三・木 四二
塔までの　星 九九
透明な
　線を支えに　や 三七六
　ぬめりを沼に　鼓 一八七
　水滲ませて　木 五五
道路鏡　海 一四四
遠からぬ　や 三七九
とおき田に　星 八八
遠きビルの　ナ 二一
遠街に　赦 四六三
通し矢の　や 三八八
トーストの　い 四一一
遠太鼓　花 四八四
遠つ世に　い 四二〇
遠つ世の　つ 三〇七
遠吠の　星 七三
遠霧笛《とおむてき》　い 四一四
ドームの、　星 八〇
都会地を　つ 三一五
季季《ときどき》に　や 三五八
ときめきて　海 一五五
時を経て　海 一五四
特需なくば　ナ 二〇
毒の水　天 二二二
独白か　赦 四六九
棘のある　ナ 二五

棘繊《ほそ》き　星　七七
鋭心《とごころ》の　海　一一四
鎖《とざ》されし　天　二三二
閉ざされて　鼓　一六四
齢《とし》老いて　や　三五八
歳三の　や　三九一
としどしに　赦　四六四
都市のうえ　星　九三
歳の瀬の　赦　四七〇
都市の空　つ　三一三
年用意
　種種《くさぐさ》を売る　赦　四七〇
　せぬ玄関に　い　四〇四
図書館へ　流　三四六
都市を経し　海　一二五
都心部の　木　四五
土地売るに　木　四一
徒長枝を　天　二〇七
特急の　天　二三一
特攻機　花　四九四
突兀《とっこつ》の　天　二二九
どっぷりと　流　三四七
土手草の　水　二五九
土手草を　水　二七四
土手鍋に　花　四八〇
整えし　海　一〇七
ととのわぬ　星　九九
とどろきは　海　一三三
轟きを　水　二四七
隣りあう　天　二三一
利根川の　水　二五九
扉《と》の重き　赦　四五二
飛魚の　花　四九二
飛び込み台　花　四九八
とびたちし　星　九七
鳶ふたつ　星　六七
飛び巡る　赦　四六三
飛びやすき　星　七三
扉押す　い　四三四
どぶ川に　ナ　一二
とぼとぼと　ナ　一八
ドミノ倒し　い　四二三
とめどなく　海　一〇九
点《とも》したる　木　四七
乏しらの　水　二五七
友連《づ》れに　赦　四六八
ともに食み　つ　二八九
響《とよ》もして　天　二三一
捕えたる　赦　四六〇
ドラセナの　や　三七六
トラボルタ、　花　五〇五
囚われし　海　一三七
トランクの　花　四九〇
採木せし　木　六〇
とりでとも　星　九二
トリトマの　木　三六
鳥は雄、　海　一四五
鳥肌の　赦　四四七
トロッコの　海　一四九
とろみつけ　花　五一一
問わざれば　天　二〇四
緞帳《どんちょう》の　流　三三九
トンネルの　海　一一一
蜻蛉来て　や　三八五
問屋街　水　二四八

な

ナースコールに　花　五一四
内視鏡　赦　四六二
内部より　赦　四六四
綯《な》いまぜに
　木枯しと声　星　一〇〇
　日ざしに滑り　星　九二
なが雨の　鼓　一六八
長き睫毛《まつげ》の　い　四二八
長旅に　花　四七九
なかなかに　星　八五
中庭は　い　四三一
半ば自生の　鼓　一七三
仲見世の　水　二五〇
流れくる　木　五六
流れつつ
　醒めゆく夜は　天　二〇六
　山襲い来し　海　一三五
流れ藻の　花　四九二
亡き子らと　流　三四一
鳴き砂の　い　四〇六
亡き人の
　妻が手編みの　や　三八七
　母と夫人が　や　三九二
亡き息子　や　三八七
擲げあげて　水　二三九
投げ入れし　星　七二
なじむまで　花　五〇八
名知らざる　水　二四九
茄子苗の　い　四二四

なだりには　流　三三八
那智滝の　水　二四七
夏いまだ　水　二四一
懐かしき
　地名にやさしき　や　三五八
　歪みガラスを　や　三七三
夏風邪の　流　三四九
夏風邪を　鼓　一七五
夏柑を　鼓　一六八
夏草の　つ　三〇四
夏椿　つ　三〇〇
夏の水　鼓　一七四
夏休みの　い　四〇九
夏夕べ　や　三九二
ななかまど
　朱《あけ》をはやめて　海　二一一
　円《つぶ》ら朱実《あけみ》の　水　二六五
七草の　海　一五四
名にし負う　や　三六九
何せんと　天　二〇四
何鳥か　い　四三六
なに竣《な》して　海　一二三
なにものの　海　一〇八
なにゆえに　ナ　一六
菜の厚み　天　二〇七
菜の花の　海　一五七
菜の花は　流　三四七
菜の花を　鼓　一八八
なべて吾《あ》は　鼓　一八七
菜庖丁　花　四七九
なまじいのち　や　三九六
生《なま》八ツ橋　花　四八八
波音を　海　一三〇
波がくり　海　一〇九
並木路の　海　一三六
波切りの　花　四八四
波しぶき　海　一四六
泪して　海　一三六
波なしに　流　三三八
波の背に　海　一三六
波の背の　流　三四九
波のちから　水　二七二
並みよろう　天　二三五
なめらかに
　秋まだはやき　海　二一一
　玄関あくる　や　三六九
　閉じひらきする　鼓　一八四
軟《なよ》らなる　海　一一三
竣《な》らざりし　海　一三六
均《なら》されし　海　一二八
なれのからだの　ナ　二二
汝の問う　海　一二一
汝の瞳の　ナ　二二
汝を率て　海　一二三
軟骨の　花　四八四
南天に　ナ　二二
何の熱か　水　二六三
何の備忘の　赦　四四六
難破船　つ　三〇八

に

新年《にいどし》の　つ　二九七
新藁《にいわら》の　水　二七六
犠として　海　一四三
賑わいの　天　二三六
にぎわえる　海　一五二
肉厚き　木　三五
肉色の　木　五七
肉眼に　つ　三一六
にくしみの　海　一四二
肉食恐竜の　つ　三〇三
肉親を　花　四九三
濁り川　鼓　一六八
にごりたる　海　一三七
にごり水　海　一四四
にごり水の　海　一四六
虹色の　花　四八〇
虹消えて　花　四七九
虹たちて　花　四七九
虹の根と　海　一一九
西低く　花　四九一
虹鱒の　や　三七八
二十代　木　五三
日常の　花　四九六
日韓の　花　四八八
日本の　流　三三七
日本画の　木　四三
日本橋　水　二五六
入院時の　や　三八二
入院の
　妻の身支度　赦　四六六
　義母を悩ます　い　四三二
入眠の　赦　四六九
柔和なる　や　三六三
にわかにも
　字の巧くなる　ナ　一八

　春となりたる　赦 四五一
庭くまに
　あかるく枯葉　星 八二
　実生の八つ手　水 二七六
庭隈の
　落ち葉隠《がく》りに　花 五〇二
　闇危《あや》ぶめど　や 三九三
庭すみに　海 一一八
にわとりの　ナ 一八
庭の土　海 一二〇
庭の槇　流 三三〇
人形の　流 三四〇
人間の　ナ 一九
人間は　鼓 一八〇

ぬ

額《ぬか》近く　い 四二九
ぬかるみに　星 九三
ぬかるみの　つ 二九三
ぬくき雨　ナ 一〇
ぬくとさに　つ 三〇七
ぬばたまの　赦 四五五
沼はしろく　星 一〇〇
沼ひとつ　海 一一四
塗りこめて　水 二五三
ぬるみたる　赦 四五九
ぬれている　海 一四一
濡れて香を　水 二五八

ね

寝返りを　赦 四四三
ねぎの香の　星 九六
葱坊主の　天 二一五
猫よけの　流 三四八
ねそべれば　ナ 一四
熱線を　赦 四四六
熱帯魚　花 四九二
熱の身に　流 三三〇
根津の杜《もり》　鼓 一六七
眠らんと　つ 三〇一
ねむり草　海 一五五
ねむりたる
　子が呟けば　星 七二
　子より離れて　木 五七
ねむりたるまま　星 九一
眠りより　花 五一〇
ねむれざる　海 一五三
眠れざる
　明けの講義は　い 四二三
　子の性《さが》よ夜半　星 八五
年賀状　木 四二
年単位　や 三七一
粘土製　い 四〇四
年年の　水 二七四
年輪を　流 三四三

の

納骨に　や 三八七
脳死法案　や 三八二
脳出血に　や 三五五
脳症の　や 三五九
凌霄花　赦 四四三
脳の中　や 三五七
濃霧より　星 七九
能面の　天 三三一
のがれきし　ナ 一五
遁れきし　星 八七
軒ちかく　海 一一六
残りたる　や 三六五
残り花　つ 二九〇
野末なる　花 四八七
咽喉仏　や 三九六
野にひらく　ナ 二四
野のしめり　水 二四七
野のはしに　海 一一三
野のはたて　つ 二九五
野の祠　天 二一一
野の虫の　ナ 二五
野の虫を　鼓 一七一
野鳩をば　ナ 一七
伸びあがり　水 二六九
暢《の》びやかな　や 三六三
野ぼたんの　天 二一八
野仏の　つ 三〇九
登りごこち　や 三九三
のぼり路の　星 八九
のぼりゆく　星 九二
咽喉《のみど》より　赦 四六二
飲むべしと　や 三八八
野良着また　ナ 一八
糊かたく　海 一三一
宣長《のりなが》の　鼓 一七六

は

パーティーに　天 二〇四
掌《パーム》椰子　流 三三六

廃橋に　赦　四四四
背景に　や　三七二
廃坑の
　咽喉《のみど》にふかく　海　一四九
　闇にねむれる　海　一五〇
背後より　海　一五一
敗衄《はいじく》の　花　四八〇
歯医者床屋に　や　三六一
廃住居　海　一五〇
背信の　木　四七
排水が　木　三五
廃船の　星　八六
廃村の　水　二五九
廃道に　天　二三〇
パイプ椅子　い　四一六
肺葉に　い　四一七
肺葉を　ナ　一三
葉隠りに　赦　四六七
墓なべて　水　二四六
鋼《はがね》研ぐ　水　二六四
はがねなす　海　一三九
図らずも　や　三七五
剥がれたる　星　九八
萩けむる　海　一四九
萩焼の　鼓　一八一
吐く息に　流　三三九
白磁にて　水　二四七
白秋の
　草庵あとの　つ　三一七
　銘ある鐘を　天　二一八
　ゆきし起伏と　つ　三一七
白濁の　水　二五七
白天に　つ　二九二
白灯油　つ　三〇二
白木蓮
　こまかき花に　つ　二九三
　空の半ばに　天　二一三
爆薬と　流　三四七
剥落の　水　二六一
白龍に　い　四一〇
励まして　や　三七二
羽子板を　天　二一〇
箱庭の　水　二七六
運ばれて　天　二二四
函一つ　水　二五五
葉ざくらと
　なれる重さを　花　四七七
　なれる夜の雨　海　一〇八
葉ざくらの　つ　三〇四
葉桜の
　繁りに偲ぶ　い　四二〇
　枝垂《しだ》るる影に　花　四九五
稲架《はざ》の影　鼓　一六四
橋あらば　鼓　一八三
橋あれば　水　二六〇
橋いまだ　海　一五三
弾かれて　つ　三一四
はじけ飛ぶ　花　四八三
橋づくし　花　四八八
橋に佇ち　ナ　一三
箸によく　い　四二四
初め偕《とも》に　い　四二三
創《はじ》めより　花　四九一
恥じらいの　天　二〇九
弄《はし》りつつ　星　六七
橋をこえ　木　五九
橋を吊る　い　四二八
蓮田の泥《ひじ》　流　三四八
バス停に　つ　三一六
バス天蓋の　ナ　一七
弾みつつ　星　六九
バスを待つ　ナ　一〇
櫨《はぜ》うるし　水　二四八
裸木《はだかぎ》と
　なりたる苑の　天　二一九
　なりたる欅《けやき》　水　二三九
はたてまで　星　六七
畑なかを　ナ　一六
鰰《はたはた》の　鼓　一七九
斑雪　天　二一〇
鉢植えの　天　二〇七
ハチ公は　花　四七八
蓮葉《はちすは》が　花　四七八
鉢を割れば　星　八三
羽づくろう　天　二一五
発酵し　水　二四九
初島の　流　三四〇
初島を　天　二二三
はつ夏の
　気流に抱かれ　水　二四二
　空の深さに　や　三七一
　日射しあかるく　星　七七
　日差しに木槿《むくげ》　赦　四四三
　和田村の駅　鼓　一七五
初の雪
　得たる盆梅　花　四八三

　地に着くまでに　水　二六四
発破孔　木　五五
はつ春の
　帰る山河　水　二五八
　日ざしに玻璃戸　水　二五一
発病後　花　四七八
はつ冬の　流　三一七
涯あらぬ　つ　二九二
パトカーの　花　五〇一
パトカーを　水　二七四
鳩の軀の　天　二一八
花明かり　や　三八七
花馬酔木《あしび》　い　四一六
花虻の　水　二七三
花あれば
　その一本《いちぼく》を　水　二六七
　ほてる頬《ほ》の色　水　二七三
花筏《はないかだ》　花　四七七
花植えて　水　二七四
花得たる　天　二一四
花覆《おお》う　や　三六三
花殻を　水　二四一
花首の　流　三三二
花ごしに　水　二五三
鼻先に　赦　四六二
花鎮《しず》め　花　五〇二
花しべの　星　九一
花蕊の
　朱《あけ》に降り積む　つ　二八八
　片寄り厚く　水　二七三
花蕊《はなしべ》を　つ　二八八
花菖蒲
　つぶつぶの雨　水　二四三
　見る賑わいの　い　四〇七
花大根　花　四九五
花束は　つ　三一五
花疲れ　水　二五二
花つけし　海　一二五
花つけず　天　二二一
花旋風《つむじ》
　空に捲きあげ　花　五一一
　地にはあれども　や　三七〇
放つより　木　四一
花時計　い　四〇五
花とじし　木　四六
鼻長く　ナ　二六
花韮《はなにら》と　や　三六三
花の丘　い　四二八
花のおく　赦　四五〇
花の香の　い　四〇五
花の首　海　一四七
花の坂　つ　二八七
花の散る　天　二三五
花の苗　い　四一六
花のなか　流　三四七
花の名を　い　四一一
花の隙《ひま》　い　四〇一
花畑　水　二六八
花蜂は　ナ　三・木　四一
花冷えの
　いまだ残れる　や　三八八
　身を襲いくる　鼓　一六五
花冷えは　い　四三三
花ひらく　鼓　一七五
花弁《はなびら》に　赦　四四二
花びらの
　一つ厚らな　い　四一六
　開くたちまち　鼓　一六八
葩《はな》びらは　天　二二四
花房を　水　二六〇
花舞台　い　四二八
はなみずき　海　一三九
花水木
　風に揉まるる　花　五一三
　白のそよぎに　花　五〇五
花満つる　水　二五三
鼻眼鏡　赦　四五三
花芽噴く　花　五〇四
花屋敷
　その遊園の　海　一五六
　ふかき思いを　鼓　一八五
放れ犬　水　二七二
埴輪片　つ　二九四
歯の虚《うろ》を　赦　四四九
葉の蔭に　や　三八二
歯の治療　い　四一五
歯の骨の　海　一五七
母親の　つ　三一五
母おらぬ　木　五九
母すでに　天　二一九
幅狭き　花　四八五
羽ばたきを　流　三二五
義母《はは》眠る　い　四二七
義母の応《いら》え　い　四三二
母の日に　花　四七九
幅広く　つ　三一八

蔓延《はびこ》れる　い　四〇三
浜にふる　海　一四六
破魔矢受け　い　四三五
破魔矢ほど　水　二六六
浜木綿《はまゆう》の　つ　二八四
歯磨きも　赦　四六八
ハミングを　木　四九
ハモニカの　海　一四三
早送り　つ　二八五
早駕籠《はやかご》の　花　五〇一
林より　海　一一二
囃《はや》すもの　花　四七八
はやばやと　流　三三七
逸り吹く　水　二七七
払い下げの　い　四一八
薔薇垣の
　風に仆るる　海　一四三
　楉《しもと》たちまち　海　一二四
薔薇の黄の　や　三六〇
薔薇の名は　や　三七一
はららかに　水　二六七
はららげる　い　四三一
張られたる　い　四〇四
はらわたに　ナ　二二
腸《はらわた》を　ナ　一六
玻璃厚き　星　八五
張り堅き　天　二三三
パリ時刻　水　二六六
はりはりと　つ　二九〇
春あさき　水　二六五
春浅き
　風を集めて　や　三六三
　信濃札所の　流　三四一
春あらし　赦　四四二
春一番　い　四三五
はるかなる　鼓　一七七
杳《はる》かなる
　おもい拒みて　鼓　一六五
　桜しみらに　海　一〇八
春近き　や　三六三
春ちかく　木　五四
春近み　赦　四五〇
春となる
　きわの積雪　鼓　一八〇
　季《とき》のひずみに　つ　二九九
春楡は　流　三四一
春の魚　や　三六二
春の雪　水　二五九
春疾風《はやち》　い　四一五
春疾風《はやて》　い　四一七
はるばると
　参加の人も　や　三七六
　山の麓の　天　二〇九
春彼岸　や　三八八
春やがて　鼓　一七二
馬鈴薯の　鼓　一六五
パレードの　や　三八三
晴れ男　赦　四四四
霽《は》れざれば　鼓　一八〇
霽《は》れしのち　星　七五
歯を治し　や　三九六
叛意なお　海　一一〇
半月を　つ　三〇一
反照に　海　一一六
阪神の　や　三九二
半身を　星　七四
帆船が　天　二〇五
帆船を　花　四九〇
半歳も　や　三八六
晩年の　水　二四九

ひ

陽あたれる　星　七四
贔屓チーム　赦　四六六
燧石《ひうちいし》　海　一二四
冷えしるき　天　二三〇
ひえびえと　海　一三五
灯が入りて　星　七六
日かげれば　鼓　一六七
光への　星　六九
引かれたる　花　五一三
緋寒桜の　赦　四五〇
ひがんばな　星　一〇一
抽斗《ひきだし》に　つ　二九〇
蟇《ひき》の子の　海　一四六
曳き訣れ　天　二三五
日暮れつねに　星　七七
日暮れ待ち　や　三八三
飛行機雲　花　五〇七
膝抱きて　鼓　一六九
膝近く　花　四九七
拉《ひし》がれて　つ　三一〇
肘《ひじ》のべて　海　一三〇
ひしめきて

　水平線に　鼓　一八六
　眠れる鶴の　流　三三八
　尾灯赭《あか》らむ　海　一二四
毘沙門天　い　四二七
比重あわき　鼓　一六五
美術館
　ひとつに寄るを　い　四〇八
　めぐる裕《ゆと》りの　や　三八六
ビスク・ドールの　流　三四〇
ひそやかに　つ　二九六
乾反葉の　天　二三三
額《ひたい》より　海　一三一
ひたすらに
　貨車を溜めおる　海　一二六
　陳《の》ぶる詫びごと　天　二〇七
ひたぶるに　海　一一四
ひた向けば　水　二四三
左脚　花　五一〇
左側に　や　三六五
左手に　や　三八〇
左手を　い　四〇四
左また　鼓　一七五
左指　い　四〇一
未草《ひつじぐさ》
　くびのままにて　海　一二〇
　みずに映りて　鼓　一六七
ひつじ雲　星　九〇
蹄跡　つ　三〇四
比定して　つ　三〇五
ひといろの　星　七一
ひと色の　ナ　一〇
一枝の　い　四一五
人形《ひとがた》は　流　三三九
一塊《ひとくれ》の　星　九〇
ひとけなき　鼓　一八六
ひと煙り　天　二〇九
人声を　鼓　一九〇
人ごみを　水　二六二
人さわに　海　一二四
ひとしきり
　青葉もみきし　鼓　一八八
　ぼくのなかにて　ナ　一〇
人質の　赦　四四七
ひとしれず　流　三三八
ひとすじに　星　九一
ひとすじの　星　九八
一筋の　や　三八五
人すべて　ナ　一五
人住まぬ
　島のゆかしく　水　二五六
　別荘の階　や　三七二
人棲めば　木　五三
一束の　星　六九
一つ渦　鼓　一八八
一つずつ
　人間界との　つ　三一九
　星の光《かげ》消し　天　二三五
ひとつ敵意　星　九九
一つ家《や》に　つ　三〇五
人という　鼓　一六三
ひとところ　ナ　二四
ひととせの　海　一五六
人波と　天　二〇五
一握りの　木　五〇
人の営み　つ　三一一
人の心　花　四九九
人の死を　ナ　二九
他人《ひと》の爪　や　三五八
人の訃に　花　四九一
一掃きの　水　二三九
人はたやすく　海　一二〇
一鉢の
　皐月の終わり　海　一五七
　山野草《さんやそう》ちさき　つ　三〇九
人退《ひ》きて　水　二七六
ひとびとに　水　二六一
人人の　や　三六六
ひとひらの　星　一〇一
一片《ひとひら》の　い　四〇九
一叢の　木　六一
人迎うると　海　一二二
灯ともしし　星　九二
灯ともせば
　抜きたるままの　星　九六
　ひかりに脆く　海　一一五
ひともとの　水　二六七
人逝くと　花　五二三
ひとら去りて　海　一三一
ひとりきて　海　一二八
ひとり食う　ナ　一五
ひとり子を　海　一一七
ひとりぼっちの　天　二一八
ひとり見る　鼓　一六五
人を犯しし　鼓　一七九
雛あられ　花　四八四
雛道具　赦　四五二

避難所に　や　三五八
ビニールの　い　四一二
陽に風に　赦　四五五
日に白き　鼓　一八二
灯にしろき　海　一五三
火には火を　花　四七七
火に灼けて　つ　二八九
日野あたり　や　三九一
日の没《い》りて　天　二二八
日の落ちて　海　一三〇
碑のおもて　流　三三九
日の翳り　つ　三一九
ピノキオに　や　三五六
灯のくらく　鼓　一六三
陽のくろき　星　六八
火の粉もて　海　一三六
陽の射さぬ　花　四八九
日の射せば　海　一三〇
陽の高き　鼓　一六五
灯の連ね　鼓　一六四
日の照れば　天　二二三
陽のなかに　木　三五
陽の中に　星　七八
陽のなかを　星　七二
日のぬくみ　流　三四一
日の残る　海　一四五
日のひかり　天　二一四
碑の文字の　海　一〇九
日のもとに　つ　二八八
陽の緩び　い　四二九
ひびきあう　木　四一
ひびき合う　い　四一三
響《ひびき》とう　赦　四四八
ひびきなき　海　一二九
日日業務に　星　九六
日日敵意　天　二二〇
日日見つつ　ナ　二九
罅《ひま》割れて　天　二〇六
蓖麻《ひま》に似し　海　一〇九
ひまわりの
　種子の縦縞　流　三三二
　花蕊の底　流　三三一
　花目庇《まびさし》に　流　三三一
　振りこぼしける　流　三三二
向日葵の　天　二〇八
ひまわりは
　キク科の巨人　流　三三一
　兵士の屍《かばね》　流　三三三
　みずから狩らね　流　三三二
ヒマワリを　流　三三二
姫君を　水　二六〇
ひめゆりの　花　五〇三
白毫《びゃくごう》を　赦　四四九
栢槇《びゃくしん》の　赦　四五六
百三《ひゃくぞう》の　海　一五四
飛躍なき　鼓　一六七
ヒヤシンス　花　四八四
ビュッフェの蝶　水　二三九
冷ゆるきわ　木　五八
病院に　赦　四六三
病院の
　中庭に梅　や　三五六
　迷路を妻は　や　三五九
病院へ　や　三五九
評議委員会　や　三六四
「氷原」の　花　五一二
病妻と　木　四〇
表札の　や　三八一
拍子木と　天　二一九
病室に
　電話機あるを　赦　四六六
　富士の先端　赦　四六七
　まどろむような　ナ　一三
病室の
　遠陽炎《かぎろ》える　や　三七九
　窓にほのけく　や　三六〇
氷雪に　天　二〇三
氷枕《ひょうちん》の　水　二六三
氷壁に　赦　四四一
氷壁の　花　四九二
飛来せる　流　三三六
ひらきたる　水　二六二
展《ひら》くべき　星　七七
ひるがえる　赦　四五三
昼地震《ない》に　赦　四四八
ビルの壁　水　二六二
ビルの間に　花　四九七
昼の間を　い　四三三
昼寄席の　鼓　一八四
昼をふる　海　一四七
拾い読み　鼓　一六七
ヒロインを　ナ　二八
ひろからぬ　星　七〇
展がりし　木　五三
広場には
　風ひかりおり　ナ　二六

ボール蹴りあう　い　四一八
ひろびろと　星　九三
広間の灯　木　四六
灯を入れて
　木組みの籠の　つ　三三三
傍観の玻璃　海　一二四
三人《みたり》の城と　海　一一六
灯をかざす　ナ　一六・木　五六
火を消すに　星　六九
灯を消せば　星　七〇
火を焚くは　星　八二
火を付くる　海　一五七
火をつけて　水　二七四
火を点せば　ナ　二一
賓館の　つ　二九二
貧相の　花　五〇二
瓶のガラス　や　三九五

ふ

ファックスに　赦　四四七
風化せで　鼓　一七三
風景の　天　二三一
風景は　ナ　一九
風神は　赦　四五五
風知草　花　五二二
風鳥《ふうちょう》の　い　四二三
ブーメラン　木　四五
不易なる　海　一二三
不死鳥樹《フェニックス》　赦　四五五
笛吹きの　い　四一一
深川の　鼓　一八一
深爪は　赦　四七〇
ふかぶかと　海　一四九
吹かれきし　木　四八
噴き出でて　水　二四二
不機嫌な　海　一三三
ブキテマの　流　三三六
蕗の薹　海　一三一
蕗の薹の　や　三八九
蕗の葉を　水　二四五
吹き棒に　流　三三三
吹きよする　海　一五五
福笹に　花　五〇二
フクシアの　や　三七一
噴く水の　鼓　一六四
複葉機　水　二四八
複葉の　流　三四八
ふくよかな　星　六八
膨らみの　つ　二九〇
膨れたる　木　五九
塞がれて　つ　二八四
房毛重《おも》く　や　三九四
富士あらぬ　い　四二九
藤あらば　海　一三七
藤棚は　赦　四五三
不治の子を　星　七九
藤の蔓　天　二〇七
藤の花
　風にくずるる　海　一五六
　たぐりきたれる　海　一四七
富士見ゆと　い　四一〇
浮腫の脛　木　五五
不条理に　天　二〇四
舞台には　海　一一八
ふた親の　つ　二八九
二子山　水　二五〇
二条《ふたすじ》の　流　三三四
ふたたびを
　咲《ひら》かぬ鉢と　天　二〇七
　用いるなけん　つ　二九七
双つ掌《て》に　水　二七五
双葉なる　海　一四一
双葉にて　海　一四一
二日ほど　海　一三八
仏手柑　水　二五一
筆執《と》れば　赦　四四六
不逞寝《ふてね》には　や　三八〇
太からぬ　つ　二九五
ふとき雨　天　二一五
太杉の　つ　三〇七
ふと粗野な　木　五二
太柱《ふとばしら》
　烈く稲光　花　四九六
　滑るにいのち　流　三三七
ふとぶとと
　樹の根かたより　星　六八
　星走りたり　木　六〇
肥り肉《じし》の　赦　四五二
船底に　木　三六
橅《ぶな》林　鼓　一六九
船べりに　ナ　一七
海蛆《ふなむし》の　海　一二六
譜のしめす　木　四一
部分蝕
　かがやきながら　水　二七〇
　知らず過ぎつつ　つ　二八五

踏み出だす い 四二九
踏切に
　火車小心と つ 二九三
　堰かれ見さくる 鼓 一七八
犇めく車 赦 四五四
待つ気動車の い 四一九
踏切りの ナ 三
踏みしめて
　山の湿りの つ 三〇九
　雪の深さを 鼓 一七二
踏み乱れ 流 三三九
冬海、 木 四四
冬海の 流 三三八
冬堅き 木 六二
冬ごもり つ 三〇八
冬越ゆる 天 二三〇
冬曝《ふゆざ》れの 海 一二五
冬空に
　触れしガラスの 海 一四二
　雲一片《ひとひら》を 水 二五七
冬空の
　踏みごたえかな 流 三四六
　降り零しける 流 三四五
冬ちかき 海 一二三
冬づけば 天 二一九
冬とみに
　味の濃くなる 花 五〇〇
　花に溢るる 天 二二七
冬の汗 水 二五〇
冬の水 水 二五五
冬の雷《らい》
　そらを渡れば 海 一三九
　われの思わぬ 星 八三
冬北斗 赦 四四一
冬水に 流 三三八
冬水の 水 二五七
冬もなお 海 一三五
冬山の つ 二九八
腐葉土の 鼓 一八九
部落より 木 五三
天象儀《プラネタリユウム》 水 二四八
振り返り や 三八〇
振り零す い 四一八
ブルータス や 三八二
フルートを 赦 四四七
古き時間 つ 三一〇
古き世の や 三七二
古着より 木 六〇
古寺の 星 九五
ブルドーザの 海 一三三
降るとしも 水 二五三
古利根に 水 二六八
フレームの 天 二二七
プログラム い 四三二
風呂場まで つ 二九〇
プロペラの い 四一九
文学碑 天 二〇六
分限を ナ 二七・木 四一
文庫本 花 四九六
焚書《ふんしよ》のための 天 二〇五
噴水に 木 四五
噴水を い 四一一
扮装の 星 六九
分別《ふんべつ》の つ 二八六

へ

閉山の
　なごりの径に 海 一四九
　日を浅くして 海 一四九
兵舎裏 流 三四七
兵士らの や 三八九
兵にあらば 流 三三四
塀の裾 い 四三六
平板の 星 九二
平野より 水 二五八
壁面に 星 八一
北京市の つ 二九〇
ベゴニアの 天 二〇四
へし折ると 花 四八一
へだたりて 木 三九
別館へ 赦 四五七
紅薔薇が ナ 二
紅桃《べにもも》の 流 三三〇
蛇姫の 鼓 一七七
部屋ぬちを や 三八一
ヘリコプター 花 五〇四
ペルシア猫 流 三四一
ベルリンの つ 二九六
編集者 や 三九〇
編集の 天 二三〇
ペンションを 流 三四三
返事をば ナ 二九
変節を 海 一二三
ペンの会に つ 三一四
弁髪を い 四二六
遍路道 い 四三六

ほ

防火用　花　四九三
　箒草《ほうきぐさ》　流　三三一
方形に　赦　四五七
惚けたる　水　二四〇
某県立　や　三七五
咆哮を　つ　二八六
方丈の　赦　四五五
宝泉寺　天　二一六
法善寺　天　二二六
牡丹《ぼうたん》の
　崩れ流るる　水　二四一
　蕾の鉢を　水　二四一
放胆を　木　五八
膨張を　い　四一三
帽のまま　い　四一二
暴発の　鼓　一七九
棒氷菓　海　一二三
茫茫と　海　一四八
飽満の
　圧おのずから　木　五〇
　いく日ぞつづく　星　八三
法要の　や　三八八
崩落に　い　四二三
飽和せる　赦　四四六
頰あてて　ナ　二七
頰刺《ほおざし》の　花　五〇〇
朴葉鮓《ほおばずし》　い　四二七
ほおばれば　星　七四
ホームとの　い　四〇八
ホームの灯は　ナ　一九
ホーン一つ　天　二一一
解《ほぐ》されて　海　一二一
解《ほぐ》したる　木　四六
ぼくの体内を　木　四四
北陸を　鼓　一七二
ポケットに　つ　二九八
埃して　海　一二八
埃茸《ほこりだけ》　赦　四五九
ほこり積む　ナ　一五
乾されいし　海　一二三
星仰ぐ　い　四二六
星一番　水　二四六
星いでて　水　二五二
ほしいまま　海　一四九
星屑を　い　四一三
星空を　や　三六四
星の楽《がく》　鼓　一七一
星の砂は　花　五一〇
星ひとつ
　捺して都会の　星　八四
　滝の頂《いただき》　水　二四七
保線区の　や　三九〇
舗装路を　い　四二一
細枝を　天　二〇三
細杖の　つ　三〇五
細幹の　つ　二九五
細割りの　木　五四
ほたほたと　水　二五八
ぼた雪の　天　二二四
ぼた雪は　星　八四
ほたる火の　つ　二八九
蛍火の　つ　二八九
ほたる火を　つ　二八九
ホチキスの　赦　四六九
墓地の坂　赦　四五〇
点《ぽち》袋　花　五〇二
北極星　水　二四五
ほつほつと　鼓　一六四
ほとほと、　つ　二八四
頰《ほ》に痛く　海　一〇九
穂に出でし　花　四九〇
穂にいでて　つ　二九五
ポニーゆく　や　三九三
穂にくろき　星　一〇一
骨組みの　海　一二八
骨は地に　赦　四六三
仄あかく　海　一四四
ほのぼのと　水　二七〇
匍匐枝を　星　八三
ほむらだち　赦　四七一
ほむらだつ　海　一一二
洞のなか　つ　二九五
鯔《ぼら》はねて　鼓　一九〇
滅びいよよ　水　二五六
滅びとは　鼓　一七六
頰《ほ》を搏《う》ちし　海　一三七
帆を巻けば　水　二五五
盆栽は　や　三六八
本所　天　二一九
本堂の　い　四二六
雪洞に　や　三八九
奔流に　つ　三一〇

ま

マイ・カーの　い 四二五
マイク持ち　や 三九一
舞茸の　花 四八〇
まえをゆく　鼓 一八三
巻煙草　赦 四四七
マクベスの
　韻こそ良けれ　鼓 一八〇
　森の動きや　鼓 一八七
マグマ溜り　花 五〇九
幕をペンキで　つ 三〇五
孫すでに　や 三八七
まこと空気の　花 五〇八
真蒼なる　ナ 一八
摩擦熱　赦 四六三
まさびしく　海 一二五
マジシャンが　つ 三〇三
麻酔医の　花 五〇九
まず撃たれ　水 二六四
木天蓼《またたび》が　や 三一三
まだ夭《わか》く　や 三八七
待ちくるる
　車に手をあげ　花 四八一
　人あればこそ　い 四三
街ふかく　海 一一〇
マチルデと　ナ 二四
マチルデに　ナ 二五
マチルデの
　歩めばあとに　ナ 二四
　肩にとまれる　ナ 二五
末端の　星 九八
待乳山　天 二三六
松の葉の　鼓 一六九
まつぶさに　つ 二九六
まつわりし　星 九九
窓あけし　木 三四
惑いなお　木 五八
まどいなく　鼓 一八九
窓掛けを　ナ 一三
窓框《がまち》　や 三七三
窓際の　花 五一一
窓ごとに　赦 四四九
窓下は　い 四一〇
窓近く　花 四八三
窓のそと　海 一一二
窓拭きの　鼓 一八四
まどろめば　や 三八九
窓枠の　海 二一六
窓枠を　木 四七
目交《まなかい》を　流 三三八
まなこなき　海 一三一
真夏日の　海 一一九
マニュアルを　や 三八一
麻痺側の　い 四三五
麻痺の腕　い 四一二
麻痺の手に　赦 四四一
麻痺の手の　や 三七七
麻痺の手を　や 三七〇
麻痺の身に　い 四一五
まぶしくば　海 一三六
まぼろしに　つ 三〇六
まぼろしの　鼓 一六八
ままならぬ　や 三八〇
豆凧の　赦 四七〇
瞻《まも》る者　星 一〇〇
護るもの　海 一五〇
眉月の　つ 二九八
眉に皺　つ 二八六
眉ほどの　や 三六八
　檀《まゆみ》の実
　うす桃色の　水 二六九
　はじけ初めたる　天 二一七
マラッカの　流 三三六
毬となり　鼓 一六六
マリンスノウ　木 五六
海の雪《マリン・スノー》　水 二四八
丸善の　花 四八五
まるまると　ナ 三・木 四〇
丸まれる　流 三三一
まろやかに　水 二六八
回されし　ナ 二五
まわり道　や 三五五
万あまり　天 二三一
満月に　い 四二六
満月の
　面《おもて》に描かむ　赦 四五五
　面《おもて》を花火　水 二六二
曼珠沙華
　機上ゆ望む　天 二三四
　咲き暗みゆく　天 二〇九
万の燭　水 二四六
万の白　や 三六九
万平ホテルの　や 三一三
幔幕を　つ 二九九
万両を　天 二三三

み

見あぐれば　天　二一二
見あげおる　つ　三〇二
見えざれば　い　四二九
見えている　ナ　一五
見おろしに
　意識吸わるる　海　一四九
巣箱かかりて　つ　三〇五
めぐり泡だつ　天　二二四
みがかれし　ナ　二〇
御影石　木　五五
三笠艦　つ　三〇二
三日月に　花　四九二
右腕の　い　四一四
幹姿《なり》に　水　二四四
右のみの　花　五一二
右の眼に　花　四九三
右の目の　天　二二四
右は一歩　花　五一〇
右肘を　や　三六五
右左《みぎひだり》　花　五一二
身ごしらえ　鼓　一九〇
みごもれる　天　二〇九
岬まで　海　一三〇
岬みち　流　三三九
岬より
　根扱《ねこ》ぎ来たれる　鼓　一六六
　岬に渡す　水　二五八
陵《みささぎ》に　天　二一七
陵は　天　二一七
陵《みささぎ》ゆ　つ　二九五
身じろぎに　や　三八一
身じろぎの　木　六一
水色と　花　五〇六
水打って　い　四〇四
湖《みずうみ》に
　流れ入る湯の　水　二四四
　臨む丘辺に　い　四〇二
　展けたる空　い　四〇二
みずうみの　星　六七
湖《みずうみ》の
　五つ空しく　い　四二一
　おもていちめん　星　六七
　回帰を地図に　星　八〇
みずうみを　鼓　一七四
湖《みずうみ》を　い　四〇五
水かげろう　赦　四六六
みずからの
　たてたる声に　い　四一〇
　橋断たんかな　鼓　一八三
水清き　流　三三六
水車《みずぐるま》　海　二一一
水芸の　や　三七一
水けむり　海　一三三
水苔の　赦　四六一
水注《さ》せば　水　二七一
水霜の　星　七二
みずすまし　海　一二五
水馬《みずすまし》　水　二四二
水と水　流　三四一
みず楢の　流　三四四
水濁る　や　三九三
みずひきの　つ　三一七
水引《みずひき》草の　天　二三〇
水増せる　ナ　一三
水をよび　星　七四
溝川に　天　二一一
溝の水　星　九四
みそはぎの　い　四三一
みそはぎは　流　三三一
みぞれ降る
　池のほとりの　水　二六七
　ひと日を庭の　赦　四四九
満ち来たる　い　四〇九
満ち潮の　鼓　一八三
道筋に　い　四〇九
満ちたれば　水　二六三
「道なりに」　や　三七二
みちのくの　つ　三〇五
導かれ
　仰げる旗の　流　三三五
　歩む流れに　水　二六二
道普請　い　四一二
道を得て　星　八一
道を越え　い　四二四
道を問う　い　四〇二
水漬くまで　つ　三一二
密度ある　水　二七二
三成《みつなり》の　い　四三四
三叉《みつまた》の　流　三四〇
三椏の　つ　二九三
蜜を吸う　や　三九〇
御堂筋　天　二二六
水戸藩主　赦　四五三
緑色の　星　八九

みどり木の　つ 二八四
緑濃き　花 五〇七
みどり児の
　欠伸に通う　い 四一六
　薄き湯垢を　木 五二
　声おさまれば　木 五二
みどり藻の　海 一四三
張《みなぎ》りて　花 五一五
水底《みなそこ》に　天 二一九
水底《みなぞこ》を　天 二一二
ミニ・パトの　花 四九五
身に帯びし　海 一一六
身に近く　花 四八一
身に纏う　天 二一五
峰までの　や 三九六
見のかぎり
　シミュレーションの　流 三四三
　蓮田《はちすだ》つづく　流 三四八
簑羽に　流 三一八
水張田の　鼓 一七六
瞠《みひら》きて　流 三三一
聾《みみしい》の　海 一四三
身みずから
　角質化して　流 三四九
　枯株に寄り　つ 二八七
木菟《みみずく》の　つ 三一七
みみなりの　星 九一
耳鳴りの
　ごとく木の葉の　星 九五
　潜む高きを　木 三八
　身に低気圧　鼓 一八二
耳にしぶき　海 一〇九
耳寄せて　鼓 一七六
耳を垂れ　や 三九四
未明より　木 五七
宮島の　い 四二六
み社《やしろ》の　つ 二八六
明王の　い 四二六
未来にも　ナ 九
身を傾《かし》げ　花 四七九
身を緊めて　海 一三一
身を狭め　や 三八〇
身を責めて　や 三五八
身を損ね　鼓 一八七
実を成らし　水 二六四
身を揉みて　海 一一四
民間の　花 五〇五
眠剤と　花 五一五
民衆の　水 二四八
民宿の
　炬燵に足を　流 三一七
　玻璃戸は鶴の　流 三一八

む

昔ながらの　花 五一一
昔風　や 三七三
むかしみち　つ 三一七
向きあえる　花 五〇五
むくつけき　や 三九一
椋鳥の　赦 四六九
むくどりは　星 八九
椋の木の　い 四一六
向う嶺《ね》に　つ 二九八
武蔵野の
　疎林かがやく　水 二五五
　太古のしめり　水 二五五
　茗荷の花を　赦 四六五
無慚やな　天 二〇八
むし暑き　天 二三〇
虫の声　つ 三〇五
虫の音《ね》の　い 四二〇
虫柱《ばしら》　水 二四九
息子押す　赦 四四八
むぞうさに　鼓 一八一
鞭ひとつ　花 五〇二
むなしくば　海 一四一
胸ぞこに　つ 二九七
胸いまだ　鼓 一七四
棟瓦《むねがわら》に　や 三八四
胸しろき　鼓 一八六
むねにあつる　海 一三四
胸にかならず　鼓 一六九
胸の汗　い 四一六
胸ふかく　水 二四一
胸までの　花 五一五
胸を張れ　水 二四三
夢寐《むび》に出で　水 二五一
無名なる　鼓 一八〇
群るる　水 二四三
村ざとの　流 三三七
村を沈め　つ 三一八
蒸れし夜を　星 七六
群鳥の　木 四八

め

明治生まれの　い　四一四
明治帝　水　二四五
名水を　つ　三一八
明眸《めいぼう》の　ナ　二五
明滅の　つ　二八九
目薬の　い　四一四
恵まれて　や　三六五
繞《めぐ》らせて　ナ　一八
めぐらせる　星　九八
めくるめく　海　一五二
目眩《めくる》めく　花　四八五
目黒不動　花　五〇七
めざましの　星　九八
飯粒の　海　一一七
目尻痒きを　つ　三〇三
メソポタミア　い　四〇四
目にみえぬ　流　三四八
目に見えぬ　水　二七二
目の痛く　ナ　一八
目のふちに　星　九二
目の縁《へり》に　天　二一二
眼の見えぬ　や　三五九
メビウスの　赦　四四二
芽ぶきせる　星　一〇一
芽吹くもの　海　一四五
目を凝らし　や　三六三
眼をむけて　木　五五
免許証　い　四三〇

も

毛語録　つ　二九一
盲目と　や　三五九
朦朧と　鼓　一八八
燃え落つる　鼓　一八三
モーターを　ナ　二〇
最上川　天　二三〇
茂吉の里に　や　三九五
木柵に　天　二二四
木星が　流　三四三
李太郎
　胃癌に逝ける　流　三四〇
　育ち浜も　流　三四〇
目的地
　周辺とカーナビ　い　四二六
　周辺なりと　花　五〇四
目録に　赦　四四一
文字盤に　花　四八六
文字もたぬ　水　二四四
持ち重り　や　三七〇
持ち時間　や　三七五
木工《もっこう》の　つ　三一三
縺れつつ　海　一四七
もどかしき　花　四九九
もどかしく　水　二七一
戻し藁　天　二一七
戻り鰹《かつお》　い　四二五
戻り来ん　ナ　一〇
戻り咲く　天　二〇七
戻り着き　い　四三五
モニターに
　音なき炎　つ　三一六
　一色美《ひといろは》しき　赦　四六二
もの書きて　天　二三八
藻のなかの　木　六一
ものなべて　星　九二
物のあり処《ど》　や　三七七
もの燃ゆる　つ　二九七
モノレール　水　二五五
モノレールの　花　四八七
ものを書く　や　三八〇
ものを大事に　つ　三二〇
ものを読む　鼓　一八四
揉まれつつ
　気流の隙《ひま》を　水　二七三
　紙片とびゆく　花　五〇四
樅《もみ》落葉　つ　三〇九
もみじせぬ　花　五〇三
もみの木の　つ　三一〇
百鳥《ももどり》の　天　二一七
桃ならば　流　三四八
靄隠《もやがく》り　い　四二一
貰いたる　星　八三
盛りあげて　木　五六
森の端《は》に　い　四一八
モルタルの　木　四三
もろ腕の　赦　四七〇
モロトフの　赦　四四八
もろ羽を　水　二四三
文殊菩薩　い　四二六
モンスター　星　七一
門灯に　花　四八三
門衛《まも》る　流　三三六

や

八重桜
　ちりがたく身の　鼓　一六五
　ひらく背《そびら》の　鼓　一六四
野猿《やえん》らの　天　二三〇
やがて、　木　四四
やがて路上に　星　七八
焼芋を　や　三七四
薬袋紙　花　四九六
厄除けの　流　三四五
矢車を　や　三六四
焼け跡に　流　三三三
焼けあとの　海　一二三
火傷跡《やけどあと》　赦　四六七
火傷《やけど》せる　赦　四六六
野犬きて　星　八三
夜光貝　つ　三〇六
八坂なる　水　二六三
矢狭間《やざま》より　海　一一九
椰子の実の　流　三三六
泰衡《やすひら》の　つ　三〇六
やすやすと　ナ　二八
やどかりの　赦　四七〇
簗《やな》のうえの　鼓　一七〇
脂《やに》いろの　赦　四四七
家ぬちに　木　五九
屋根釘を　赦　四四五
屋根越しに　い　四三四
屋根という　つ　三二三
屋根屋根が　天　二二一
藪がくり　星　一〇一
やぶれがさ　水　二五四
破れたる　鼓　一七四
敗れては　海　一一四
山あらず　流　三三七
山兎　天　二〇九
山駕籠の　つ　三〇四
山くだり　天　二三一
山ぐにの　鼓　一七一
山越えて　海　一二三
やま笹の　流　三四四
山里は　鼓　一七〇
山棲みの　い　四二九
山菫《やますみれ》　流　三三〇
大和なる　つ　二九五
山に嚙む　海　一四七
山に樹を　天　二二三
山に噴く　水　二四六
山の雨　星　六七
山の木木　水　二六九
山の霧　い　四三六
山の草　つ　三〇三
山の湿り　水　二四六
山の頭《ず》を　天　二三〇
山の町　鼓　一七六
山の水　天　二二四
山の雷《らい》　流　三四四
山肌の
　緻密なる土　木　五四
　雪の斑を　鼓　一七一
山膚の　海　一五〇
山鳩の　海　一一五
山は雪　花　四七七
山襞に　鼓　一八〇
山襞《やまひだ》の
　ふかき一筋　鼓　一六四
　雪せばまれば　水　二六五
　雪ほうほうと　水　二五二
山ひとつ　鼓　一七二
山ふかき　つ　三一八
山深き　や　三五七
山ふかく
　何の滑車か　天　二二九
　孤《ひと》りの声を　い　四〇九
山深く　木　五四
山吹の　や　三九〇
山みえず　つ　二九三
山径が　木　五四
山道の　や　三七二
やま道を　流　三四四
山みゆる　天　二二六
山姥の　流　三四一
暗もたぬ　星　八五
闇やがて　天　二〇九
病みやすき　海　一五一
病むおさな　星　八四
病むことを　木　六〇
病む夫と　い　四二四
病む妻に　木　三九
病む妻の　海　一一五
病む肺を　ナ　一三
疾《や》める肩より　天　二三一
やや虚構　流　三三五
やや地軸　鼓　一六四
やや粘る　水　二六二

夜来なる　水　二四〇
遣水《やりみず》の　つ　三〇五
やわらかき
　青の日ざしを　水　二六七
　泥《ひじ》のごとくに　海　一一八
　闇のふかさと　水　二四八
やわらかく
　穏《おだ》しき性《さが》を　や　三九三
　なりしハンカチ　星　九〇
　眠りに落ちる　ナ　一一

ゆ

湯あがりの　星　七六
遺言の　花　四八九
遊園に　星　七六
有縁を　海　一五四
遊園を　流　三一九
夕風に　い　四〇五
ユーカリを　鼓　一七四
夕刊の
　「素粒子」欄に　や　三七九
　はや解かれゆく　星　九四
ゆうぐれに　ナ　一〇
夕ぐれに　星　八九
夕暮に　木　三九
夕暮の　流　三一九
「夕暮」の　花　四九五
夕桜　水　二六七
有刺線　海　一二七
遊水池　海　一四八
夕菅の　赦　四六一
夕菅《ゆうすげ》は　や　三六五
悠然と　木　四五
ゆうつかた　星　九三
夕づきし　星　八一
夕づける　花　四八二
夕星の　木　六二
夕つ闇　水　二四七
夕映に　海　一二七
夕映《ゆうばえ》の　星　八五
夕映えの　流　三三八
郵便物　花　四八八
ゆうまぐれ　流　三一九
夕まぐれ
　目鼻もたざる　つ　三〇二
　森のはずれの　海　一一三
遊民に　つ　二八四
夕焼の　花　四九八
夕闇に　い　四一九
夕やみの　つ　三一九
ゆえ分かず　海　一四一
ゆかりある　水　二六三
雪蒼き　鼓　一八〇
雪落ちて　星　七三
雪掻きに　天　二一〇
雪が舞う　木　四三
ゆき来せる　星　八二
雪雲と　天　二二一
雪雲の
　くろき重ねを　水　二五八
　犇めく沖の　天　二一三
雪けむり　鼓　一七一
雪しぐれ　鼓　一八〇
雪しずれ　流　三四一
雪積めば　つ　二八七
雪積る　天　二三〇
雪吊に　鼓　一七九
雪吊の　鼓　一七九
雪吊りの　い　四二一
雪どけの　つ　二九八
雪に立つ　天　二二三
雪残る
　浅間の斑《まだら》　や　三七二
　岬の村を　天　二〇三
雪の底　水　二六九
雪のやみ　い　四〇五
雪迅《はや》き　海　一一五
雪早る　つ　二九八
雪晴れの
　朝を啄む　鼓　一七三
　庭に手重り　や　三六八
雪片《ゆきひら》の　水　二五八
雪ひらの　花　四七七
雪ふかき　天　二一一
雪まじり　や　三五八
雪道の　海　一三九
雪結び　星　八四
雪めぐらす　鼓　一七九
ゆきやめば　星　八四
雪をもて　鼓　一七一
ゆく末の　海　一三九
ゆくりなく　流　三四四
ゆけども　水　二四五
湯気のぼる　い　四〇二
柚子の木が　つ　二九五
柚子の実の　水　二五九

ゆすらうめ　水　二七二
山桜桃《ゆすらうめ》　海　一四一
ゆずりはの　海　一四六
ゆたかなる
　女《おみな》の限り　水　二六四
　毛の人形を　木　五三
　湯に抗いて　木　五二
　湯ぶね虚飾と　星　七二
茹蟹を　天　三二一
湯の花の　木　三六
湯の山の　天　二三三
ゆびさきに　天　二三八
指さきに　星　九六
指先に　ナ　一九
ゆびさきの　星　六八
指絞り　木　三四
指鳴るは　流　三三一
指にさして　木　四四
指のさき
　寒気流るる　鼓　一九〇
　ほどの蟇《ひき》の子　海　一四〇
指ほそく　木　五八
夢にして　や　三六〇
夢にては　ナ　二四
夢のなか　や　三八五
湯屋までの　水　二六六
揺らぎつつ　赦　四四六
ゆらゆらと　や　三九三
ゆりかもめ　天　二〇六

よ

夜明け方　い　四一六
酔い醒《ざ》まし　い　四三四
酔い果てて　水　二五八
佯狂の　赦　四四八
洋裁店　つ　二八三
夭折を　海　一三三
洋凧の　流　三三九
幼鳥を　流　三二六
酔うて渡る　天　二〇六
妖として　つ　三〇〇
葉肉の
　厚らを保ち　い　四一二
　折れ口の露　赦　四五四
幼年の　鼓　一八五
葉脈の　鼓　一八一
ようやくに　海　一一七
ヨークシャーテリアの　や　三九四
佳き一首　花　五〇六
よき辞世　や　三七九
夜着のまま　ナ　二三
よく眠り　星　六七
抑揚なき　つ　三〇一
横顔の　花　四八一
横ざまに　花　四八五
邪《よこしま》な　海　一〇八
義家公　つ　三〇四
葭簀《よしず》越し　い　四〇九
葭簀《よしず》巻く　赦　四五七
義経の　つ　三〇六
佳《よ》しという　赦　四六二
装いの　星　九四
四日ほど　星　九〇
よどみなく　ナ　二三
夜に入りて　ナ　一五
世に逸《はや》り　水　二五二
夜には夜の　天　二三一
夜のうちの　木　五一
夜の海を　つ　三二一
夜の河に　や　三五五
夜のカンナ　海　一二九
夜の降《くだ》ち　い　四一二
夜の隈《くま》に　鼓　一八七
夜の時雨《しぐれ》　花　五〇九
夜の繁み　鼓　一六六
夜の驟雨《しゅうう》　花　五〇九
夜の速度　水　二六六
夜の底に　流　三四九
夜の波の　や　三八三
夜の早き　い　四一九
夜のみぞれ　星　七四
夜の道の　天　二二八
予報では　木　四二
甦り　鼓　一八四
読みがたき　海　一五五
読みつぎて　ナ　二六
読むものを　海　一四二
夜目遠目　花　四九四
蓬餅《よもぎもち》　水　二四一
寄り添える　花　四九七
縒りふとき　鼓　一六六
夜となる　木　五八
夜ながら　星　八四
夜の貨車　鼓　一七七
夜の樹の　星　九五

夜の橋　海　一三四
夜もなお　木　四三
喜びごと　水　二四〇
夜半なれど　鼓　一七三
夜半にふと　水　二七一
夜半目覚め　花　五一四
夜半を覚め　流　三一八
夜を音し　天　二三三
夜をこめて
　地の水汲むと　つ　三三三
　道路工事の　水　二六四
夜をしのび　水　二四二
夜を削《そ》ぎて　海　一二六
夜を低く　海　一三三
夜をふかく　海　一〇八

ら

雷《らい》鳴ると　ナ　一〇
羅漢さま　赦　四五五
落日に　赦　四五四
落下せる　水　二四六
薙の　天　二〇三
蘭亭の　つ　二九四
ランナーの　海　一一二
ランナーを　つ　三一五
蘭の根の　天　二三三
蘭の鉢　い　四一二
蘭の花　や　三七一
蘭犇《ひし》めく　水　二六六
爛爛の　海　一二四

り

リズムよく　赦　四六八
陸橋は　鼓　一八〇
立冬の　つ　二九六
立方体　水　二七四
リハビリの
　アンケートにわれは
　や　三六五
　医師への信頼　や　三五六
のち麻痺の膝　花　四八九
行く手に咲くは　い　四一〇
龍王の　水　二五三
琉金が　赦　四四二
竜穴と　天　二二三
流行の　木　四四
流星雨《う》
仰ぐと妻と　花　五〇〇
そそぐ暁《あかとき》　赦　四四五
流灯の　流　三五〇
竜のひげ　い　四一七
流木の　赦　四五九
両足を　や　三七九
両岸に　星　八七
料金所　い　四〇七
稜線の　流　三一九
緑銀に　鼓　一六七
離陸機の　ナ　一三
隣家より　や　三八三
林檎の花　や　三六四
林檎片《へん》　天　二三四
林中の　天　二〇三

る

硫《る》の池の　星　七四

れ

冷却の　星　七九
茘枝《れいし》の実　や　三九四
令嬢ら　赦　四五六
冷凍庫　海　一一三
冷凍の　赦　四六七
冷房の　鼓　一七五
黎明を　鼓　一八九
歴史のなかに　鼓　一八五
列島の　い　四三三
レリーフの　つ　二八三
連休を　赦　四五二
連翹の
　枝痩せながら　天　二二三
　花の一叢《ひとむれ》　つ　二九九
連帯の　海　一一〇
レントゲン　赦　四六九

ろ

老いちょう　赦　四五七
琅玕の
　丹後の冬の　水　二四〇
　冬波の秀《ほ》に　天　二〇三
漏刻の　水　二七七
老残の
　一軀《いっく》と管《くだ》に　水　二七五
　迅《と》くこそ至れ　海　一二五
労働の　星　七五
蠟人形　海　一三一
老木と　つ　三一〇

老木の　水 二四一
ロープウェイ　つ 二九二
蘆花《ろか》旧居
　くらき内部に　海 一四八
　ひとかげなけれ　鼓 一八八
六千の
　鶴ことごとく　流 三三五
　鶴のねむりを　流 三三七
ロケットの　星 七六
路地奥の　つ 三二一
路地に打つ　水 二七一
路地のおく　つ 三〇三
路線バス　つ 三一六
六本木　い 四三三
路辺工事　水 二六六
論じつつ　ナ 一四
論争の　花 五〇一

わ

ワイエスが　つ 二八八
矮小の　木 四七
矮生《わいせい》の　流 三三二
わが歩みに　い 四三一
わが家の
　香のララバイに　花 五二一
　排水孔の　木 五〇
わが生《いき》の　鼓 一八五
わが生ける　や 三八二
わが意識
　挙《こぞ》りて人を　天 三二一
　みな向かいしに　ナ 二四
わが命　や 三五七
わが歌を　や 三五六
わがうちの
　涸渇をちかごろ
　　ナ 二三・木 四二
　白布《はくふ》はためき　海 一二四
　脆き部分に　星 七七
わが裡《うち》の　赦 四四一
わが腕に　星 七一
わが書きし
　戯曲にきみは　ナ 二五
　迷子札など　花 四七九
若きおみな
　一人《いちにん》まじり　つ 三一二
　声惜しみなく　水 二七一
若き女《おみな》は　つ 三一一
若き剣士の　や 三七五
わかき声音　水 二五七
わが汽車が　ナ 一五・木 五四
わかき日の　つ 三一〇
若きらの
　囲む部屋ぬち　海 一一
　とよみに遠き　水 二五八
若きらは　水 二六三
わが金魚　木 四〇
わが靴と　ナ 二五
わが声の　や 三六八
わがこころ　赦 四四三
わがこころの　鼓 一八八
わが坂に　赦 四四九
公魚《わかさぎ》の　流 三四八
輪飾りの　花 四八三
わが視野の　星 八八
わが宿酔　つ 三一二
わがすがた　海 一四五
わが生に　ナ 二三
わが生の　海 一四一
わが咳に　天 二三四
わが背筋　赦 四六六
わが戦後　海 一三九
わが体力　花 五一〇
わが太郎　星 九二
わが展開　木 六二
わが都会　天 二三四
わが寝床に　木 五七
わが歳に　赦 四七一
若鶏ら　ナ 一九
わが亡きあと　つ 二八四
わが庭に
　動くものあり　や 三九〇
　ひそけく白を　天 二一四
わが額《ぬか》に
　雨はすずしく　天 二二七
　斑《ふ》をなして日は　星 七三
わが額《ぬか》の　い 四〇八
わが残す　水 二四九
わが一生《ひとよ》　海 一五〇
わが浮沈　海 一五八
わが蒲団　い 四一四
わが船のみ　ナ 一三
わが触れし　木 四九
わが歩幅　木 四六
わが町の　木 三五
若松の　花 四八三
わが胸に　ナ 一六

わが繞りに　星　八二
わがもてる　木　五八
わがものか　や　三五六
若ものは　つ　二九一
わが家とて　星　九九
わが山の　星　一〇〇
わがゆくて　水　二五一
わが指に　海　一〇七
わが幼時　星　六七
わが幼児期と　木　五九
わが早稲田　鼓　一八一
湧きいでし　鼓　一八九
湧水に　赦　四六一
湧き水の
　皺おりおりに　流　三三七
　たえざる勢《きお》い　流　三三七
谷のはずれの　流　三三七
わずかなる
　金をおろしに　星　九六
　睡りなりしが　ナ　一四
僅かなる　星　六九
微かなる　水　二六八
忘れいたる　つ　三一一
忘れ傘　や　三五九
わたされし　海　一三
渡し舟　い　四三六
綿菅《わたすげ》の　や　三七七
洋中《わだなか》に
　海女《あま》が笛吹く　い　四一一
　風ある方の　天　三三四
　きらめく島ゆ　海　一一七
　一つ立ち岩　天　三三四
渡良瀬《わたらせ》の
　ほそくはげしき　海　一四九
　渡しを守り　海　一四八
渡りきて　鼓　一八二
鰐口を　赦　四七〇
環のなかの　木　四七
詫び状の　や　三七四
藁しべを　鼓　一六四
わらじ虫　つ　三〇八
藁塚に　天　二一八
藁苞《わらづと》に　花　四八〇
わらべうた　や　三五五
童らは　水　二七六
割箸が　花　四八〇
割り箸に　い　四二四
われ特に　ナ　二一
われにくる　ナ　三・木　四二
われに肖《に》し　星　七一
われに肖《に》せ　水　二五四
吾亦紅《われもこう》
　秋の弾みの　花　四九八
　いつか実となり　い　四一三
われら捲きて　星　七〇
われをまつ　ナ　一一
われを守る　星　七一
腕章の　い　四三五
湾にいま　海　一二六
湾をへだて　ナ　三

検印
省略

平成二十八年三月三十一日　印刷発行

石《いし》本《もと》隆一《りゅういち》全《ぜん》歌集《かしゅう》

定価　本体一〇〇〇〇円
（税別）

著　者　石《いし》本《もと》隆《りゅう》一《いち》
発行者　堀山和子
発行所　短歌研究社
郵便番号一一二-〇〇一三
東京都文京区音羽一-一七-一四　音羽YKビル
電話〇三（三九四四）四八二二・四八三三
振替〇〇一九〇-九-二四三七五番
印刷者　豊国印刷
製本者　牧　製　本

ISBN 978-4-86272-487-8 C0092 ¥10000E

石本隆一全歌集　栞

短歌研究社

目次

ナルキソス断章
反骨と瀟洒な感覚　来嶋靖生　3
新鮮さと迫力　五島美代子　5
木馬騎士
撥ね返る光のごときもの　大岡信　5
星気流
見ることの重さと深さ　本林勝夫　7
海の砦
海の砦の人　越智治雄　8
鼓笛
新たなロマン　八杉龍一　10
天狼篇
地にある天狼　山下一海　10
水馬
ふかき閃光　栗木京子　12
壮の小春日、静かに温し　松平盟子　14
つばさの香水瓶
時間のつばさ　江畑實　15
流灯
輝く音数律の木霊　田野陽　17
やじろべえ
溢れる幸福感　橋本喜典　18
いのち宥めて
抗いと受容の交錯　松田慎也　19
赦免の渚
深い響き　伊藤一彦　20
花ひらきゆく季
『花ひらきゆく季』に寄せて　小島夕果　22
あとがきに代えて　石本晴代　24

ナルキソス断章

反骨と瀟洒な感覚

来嶋靖生

昭和二十年代後半、同じ時期に早稲田にいたわけだが、石本さんと私とは学生時代に顔をあわせたことはない。しかし「早大短歌」というガリ版刷りの会誌があって、そこにははやくから石本隆一の名が載り、その存在は非常に色濃く印象づけられていた。その頃の早大短歌会は「槻の木」「まひる野」などいわゆる空穂系一色といってもよい状態で、石本さんはそういう空気に対する反撥があったのだろうか、一度も顔をみせなかったように思う。

『ナルキソス断章』は、いうまでもなく青春歌集であり、ロマンの香り高い歌が全篇を覆っているわけだが、そういう歌の合間合間に鋭い刃物のような光りがきらめくのが特色の一つである。それは早大短歌会になじもうとしなかった石本隆一の反骨精神に通じるもので、いまに続くその骨っぽい気概は、すでにこのころから明らかなのである。

　檻におる獅子は眼《まなこ》をしばたたく温和なるものは侮られいて

　ひとしきりぼくのなかにて脈搏《う》てり無法一代あらそいの場面

　論じつつ神にはなれし痛烈を消灯ののちのベッドに置けり

　にわかにも字の巧くなる時期を経て少女らの便り遠のきにけり

「温和なるものは侮られいて」が非凡である。これが作者の青春であり、反骨のあらわれである。字が巧くなる少女の歌は、うらがなしい抒情と作者の鋭敏な感覚とが一つになった歌だが、前の二首ともあわせていずれにも易きにつこうとしない作者の面目がありありとうかがえる歌である。

　語りつつ白いレースを編んでいるぼくの言葉もあみこむつもりか

　なれのからだの部分部分をひとつずつ汝にもどして帰しやりぬ

　わが靴と掌に載るほどのきみの靴ならびてありし玄関を辞す

　かわいらしいグリンピースを片よせてスパゲッティを食べおえしきみ

　読みつぎて薄くのこりしページにはアンナの死せる描写もあらん

　愛欲にかかわらぬ文章たとうればThis is a dog. というを読みたき

これらの青春歌数首はこの集の核心ともいえる佳い歌

である。清潔感、女性へのおもいやり、青年らしい含羞と懐疑。こういう風情は、いうまでもなく青春歌の属性として誰の歌にもあるものではあるが、この作者でなくては歌えない詩情が読み進むうちにしだいに鮮明になってくる。まず素材として白いレースとか掌に載るほどの靴とかグリンピースとかが採り上げられ、もっとも効果的に一首のなかに位置を占めているが、それは外国文学に明るい作者の体内からごく素直な形で生み出されたものである。また素材というものは、本来平等であるわけだが、その素材をいかに選ぶか、選択の系列を追ってゆくと、おのずから一つの思想が浮び上がってくる。そしてその選ばれた素材の処理のしかたを見ると、さらにくっきりと作者の個性があらわれてくる。この場合「ぼくの言葉も編みこむつもりか」「部分部分をひとつずつ汝にもどして」「玄関を辞す」「片よせて」「アンナの死せる描写」「愛欲にかかわらぬ文章」などがそれである。こういうフレーズが選ばれた素材と融けあい、それをたどって行くと「石本隆一の青春」が明らかな実像となって迫ってくる。

石本のこれらの歌と相前後して寺山修司のデビューがあり、やや遅れて小野茂樹の登場があった。年代を確かめつつ読み返してみると、石本の歌の新鮮さは寺山を凌ぐ。寺山にあるのは土の匂いであり、才分で詩を捏ねあげた趣の歌が少なくないが、石本の場合は身についた瀟洒な感覚があり、クールな知性をもった都会性がある。時代に先駆ける青春の息吹きといった点で評価するなら、石本の青春歌のほうが寺山のそれより鮮度が高い。そして小野茂樹の初期の歌を見ると、小野茂樹は石本の弟分であったなあということが感じられる。ここで私は二十年も前のある時期を思い出す。昼食をとりに地下の食堂へ行くと、そこで同じく昼食をとっている石本・小野の二人の姿としばしば顔をあわせた。会釈をかわし、声をかけあうのみで歌の話など一度もしなかったが、小野茂樹の歌はやはり暗々裡にここにある石本の歌の影響を受けているように思われるがどうであろうか。

　短命の詩人となるな光る空に見えかくれする言葉を追うな

　地上なるものを信じて悔ゆるまじそはひき継ぎて継ぎてゆかれん

　ここにして生の拠りどをきずかんか必ずわれは孤高なるべし

青春歌はしばしば決意の歌集である。右の最後にあげた歌は、この歌集の巻末に据えられた歌で、作者の青春がこの一首に集約されているといってもよい。これら三首とも青年らしい客気に満ちた歌だが、この昂然たる想いを、知性によって裏打ちし、愛によって養い、純情をもって貫いたのがこの『ナルキソス断章』の作者である。「ここにして生の拠りどをきずかんか」という想いは、作者石本の決意であるとともに、あの時代に青春＝学生生活を過したものに共通する想いであって、言葉をはさむ余地はない。

　久保山さん久保山さんとわが祖母は縁者のように日
　　日口にする

最後に一首。この歌は原水爆の恐怖を世界に知らしめる歌として多くの本に引用されてきた。いま、久保山さんの名も第五福竜丸の名もしだいに遠い記憶になりつつあるが、決して風化させてはならぬことである。その意味で、この一首が本集に収められていることはうれしい。『ナルキソス断章』は断章であるなしに拘らず、今に生き続けているのである。

「氷原」昭和六十二年三月号

木馬騎士

新鮮さと迫力

五島美代子

今から思えば九年前になる昭和三十年の四月三日、本紙の朝日歌壇が開設されて第一回の掲載歌に、筆者選第一位に採ったもの、

　未来にもわれに向かいて走りつつとどかぬ星の光あ
　　るべし

これが『木馬騎士』の著者石本隆一氏の学生時代の作であった。時間空間をさし貫いて迫力ある感動とその時感嘆し、求めていた新鮮さにあいえたよろこびに選者の心もおどったものであった。

ジュラルミンの光に似た天稟《てんぴん》と著者をたたえながら、「地中海」主宰の香川進氏は「かれにおいて成長などというものは、ほとんど問題ではないらしい」といわれているが、九年の月日のあたえた年輪は見すごしがたい。

　耐えがたし急ぎ抱けばエプロンのかくしに鳴れる洗
　　濯挾

　子が指にその尖端の痛み言う塔ありき雪のあくる朝
　　に

のほほえましさ、初旬のいささかの弱さから、

　掌のなかに遙かな凧の位置ありておもわず乗れば竦《すく》
　　みたり子と

の二首へのひらきなど、目をみはらせるものがある。

「朝日新聞」昭和三十九年九月二十一日

星気流

撥ね返る光のごときもの

大岡　信

　この日ごろ瞋らぬ日日とおもいしが線の静かに張ら
　　れしばかり

歌集『星気流』はむつかしい手応えの集である。繊細

で、そしてかたくなな詩心が、予感の中空にピンと張られた綱の上を、だれ一人見物人もいないのに、とめどなく綱渡りしつづけている。「この日ごろ」の一首は、この歌集に対する石本隆一の自註のように私には響く。

かたくなな、と私はいった。自恃によって、と付け加えよう。石本さんは『星気流』と同時に、第一歌集『木馬騎士』をも読ませてくれたが、私の印象は変らない。この人は、何かはじめから思い定めた面構えで短歌の世界に入った人のように思われる。私が石本さんを知ったのは、たまたま編集者と筆者という間柄によってであったが――窪田空穂先生没後、「短歌」の空穂追悼号に、私としては最初の空穂論を書いてみないかと強くすすめてくれたのも石本さんであった――この人の寡黙さには何か堅い核がある、という印象が最初からあった。私は石本さんが歌人であることを、比較的最近になって知ったのである。歌集を読んで、石本隆一の寡黙さの核の形が、ややはっきりと感じとれたように思う。けれどもそれは、理屈にパラフレーズすることのむつかしいもので、されば私はこの歌集を、手応えのむつかしい集といおう。

しかし、この手応えについて、理屈抜きに語ることはできる。私にはそれは明確なイメージとしてある。石本隆一の歌の本質は、弓の弦であれ、砲身であれ、すべて物が発射され、あるいは打撃された直後に、反動で元の位置にぐんと撥ね返ってくるあの振動の、最初の力に満ちた揺り戻しを、その瞬間にぴたりと取り押さえるところにある。それは、物をうつことそのものにもなければ、また最初の揺り戻しに引きつづいて生じる、しだいに減衰してゆく無数の振動の持続の中にもない。正確に、最初の揺り戻しの、瞬間的な定着なのである。これが私に映じる石本隆一の歌の本質である。

なぜ、物をうつことそのものを歌わないのか。またなぜ、最初の揺り戻しであって、第二、第三……の振動まで含めたものではないのか。それらについて説明することはかなりむつかしい。資質の問題さ、と割切っていってておけばすむことでもあろう。感じうる人は感じるであろう、と無愛想にいい捨ててもいいことである。しかし一言つけ加えれば、われわれが物と接触する際、物と私とのあいだの緊張関係ならびに一体感が最も明瞭に実感されるのは、われわれが物に向かって力をふるった直後、物から等量の力で揺り戻しが来るあの瞬間なのである。その最初の揺り戻しをとらえることに専念することは、おそろしく困難で緊張を強いられる作業といわねばならない。なぜなら、詩歌の世界では、物と私との接触は、ハンマーで鉄をうつように明瞭な可感性、可視性はもたないからである。物を見つめているつもりで、心という、この決して姿を顕わさない機能にむかって心そのものが目を凝らしてしまうという事態は、すべての詩人をたえず待ち構えている板子一枚下の世界なのである。

　石本隆一の歌が、ゆっくり読まれることをとりわけ要求しているのも、そのためである。単なる私の世界でもなく、単なる物の世界でもなく、また単なる行為の世界でもなく、すべて行為が物質（人間をも含めて）の世界に触れたとき、その最初に撥ね返ってくる光のごときものの不断の組織化ということが、石本隆一の詩的世界なので、読者はこの光のごときものを、一首ごとにとらえるべく誘われているのである。

　紙数があまりないから論証抜きにいうが、このような詩的生理にとって、短歌という詩形は非常に便利であるだろう。しかしまた、石本隆一の場合、歌人がしばしばその功徳をうけるあの、何々調という、大量生産のきく一種の「型」を作り出すことは困難だろう。これもまた、この歌人独特の詩的生理に由来する事情である。

『星気流』の題名は、陶淵明が不惑の歳を目前にして作ったあの有名な詩「飲酒」の中に見える言葉であること、作者あとがきにのべられた通りである。同じ年齢に達しての感慨をこの「冉冉星気流　亭亭復一紀」の句に託したものと思われるが、原詩の意味に忠実に訓ずるなら、「星気流」は、「冉冉《ぜんぜん》として星気流れ、亭亭としてまた一紀なり」となるだろう。名詞止めで読ませたいらしい石本さんの命名は、この言葉をいささか現代風に理解させることになるかもしれないと、余計なことだが心配する。これを「ホシ・キリュウ」と読むかもしれない読者に、差出口をするゆえんである。

　好きな作を五首挙げる。

硫《る》の池の白濁のなかに魚飼えりうおは沈みてうごか
ず太し
夜のみぞれ空にもどれる気配して泊《は》つれば親し冷え
の暮りも
川に沿いのぼれるわれと落ち鮎の会いのいのちを貪
れるかな
川折れてつくれる闇の濃きところなお街にして水息
づける
断崖《きりぎし》に紗を透くごとき陽をあつめつ、つじ、しだいにお
もたくなりぬ

家庭生活を歌った作は省く。

「短歌」昭和四十五年十月号

海の砦

見ることの重さと深さ

本林勝夫
（共立女子大学教授・近代文学）

日常と詩とのあわいを捉え、そこに独自の言語空間を構築する——この困難な詩境にあえていどんでいるところに『海の砦』の世界があるだろう。「困難な」と言ったのは、このきわどい一線をふみ外すときに、歌は日常

の世界に癒着するか、あるいはあざとい観念の自己満足に堕ちかねないからである。石本隆一氏の歌は、従来一種の技巧派のそれと目されることが多かったように思う。たしかに氏の繊細な感覚や、みがかれた言葉の処理、濃密な表現には、底光りのする詩人的稟性と技法のてだれとを思わせるに十分なものがある。例えば、

杳《はる》かなる桜しみらに開くとき橋のひとつは包《くる》まれてゆく

咲きおくれ一つ躑躅《つつじ》の白点《とも》るかたに寄りゆくひとひらの蝶

などは、一つの様式の円熟を示すものであろう。しかし、同時にその感受性には技法云々を越えた、あるいはそれ以前の重い手ごたえがあり、私はそれを氏の歌の本質的な特色と考える。

かぎりなき泡にゆれつつ水槽の魚《うお》の疲れを身に受くるかな

窓のそと水のごとくに人動く人は重たき頭《ず》をもちながら

有縁を離れんと来し年の暮れ吸わるるごとく寺の門あり

鞦韆《しゅうせん》のきしみを漕ぎて老年の時すごさばや恋得たるがに

たとえば濾過紙をとおして来る一滴一滴のような言葉の濃密さがここにあり、それが作者の重い生そのものの調べとなっているとでも言えようか。内部感覚の深みにおいて受けとめられた見ることの重さ、それがこれらの歌から感じとられるのである。とくに「有縁」の歌のごときには、人はしたたかな衝撃を受け、ときに凝然として立ちどまらざるを得ないものがあるだろう。

七年前自らの「場」として「氷原」を創刊した著者は、雑誌の持続に覚悟を据えてこう言う。「仏教でいう結界《けっかい》ほどの意図があるわけではないが、私の容量はみずからの領域を固め、そこを間断なき出発点としてゆくよりしかたがないのである」（跋）。容易ならぬ覚悟だが、「容量」そのもののもつふかい深度は、既に『海の砦』一巻によってあきらかであろう。

芯澄みてのち生まれたる意《こころ》とも独楽はもやがて頭《ず》をふりはじむ

「氷原」平成八年三月号

海の砦

海の砦の人

越智治雄
（東京大学教授・近代文学）

石本隆一氏とは仕事の関係で出会った。仕事が終わるとさらっと気持よく別れてしまう人もあるし、それはそれでよい。しかし、石本氏とのつきあいはそれ以来つづいていて、私は氏の短歌の読者となって今日に至ってい

る。詩歌に無縁の私だから、氏の人柄に魅せられたのがまずその因であろう。

石本氏はあたりが極めて柔かい。やさしい人である。しかし、芯は大変強いことがやがて分かってくる。『海の砦』という題名を見て最初に感じたのは、著者のイメージにまことにふさわしいということだった。跋をみると、「対岸に峙つ大都市の賑々しい変貌にあえてひとり抗」って立つ「湾中の孤島」という、イメージを触発した具象的なものがあったらしいが、それはそのまま石本氏の抱懐する心象と重なっている。たとえば、

抗いてすごす一生《ひとよ》とうちつけに回す木独楽の部屋隅に立つ

芯澄みてのち生まれたる意《こころ》とも独楽はもやがて頭《ず》をふりはじむ

整えし息にてひとり見んものか夜をかぎりなく鎮みゆく独楽

などの短歌に、私は同じ石本氏の像を見いだして親しみを持つ。

「氷原」誌上で接したおりからひきつけられているものに、「島へ」がある。中でも、

しばしばも雨ふり零《こぼ》す島のそら島の人らは傘もたずけり

島ありて眼下のくろき波ぎわに家かたまれり寄りそうごとく

などの作にみられる作者のまなざしには、国木田独歩の「小民」の営みにそそいだやさしさを連想させずにはおかぬものがある。

しかし、このやさしさを少しでも甘いものに考えたら誤りだろう。石本氏のきびしさがやさしさと表裏していることは、

仆すべき敵多かれど灯を消して妻病む今宵やさしく眠らな

の一作からもうかがえる。あるいはまた、

おのおのの荷風をもちて独りなり破倫は人に告ぐべくもあらず

という短歌にしても、寡黙のうらに秘められている氏のきびしさを、思わせずにはおかない。ほしいままな私の引用は、石本氏の本意にそむくかもしれないが、歌集の題意に通ずる「砦」から、最後に引く。

期するものあれ言挙げのむなしきに一樹に夏の水打ちており

海に打つパイルの響きわがめぐり耐えつつちさき拠りど築かな

石本隆一氏の短歌自体については、別に論ずる人があろうし、もとより私の任ではない。電話の声だけで接している夫人やお子さんを含め、私は自分の知る氏の像を歌集に捜し求め、あらためて親しく氏に接しただけである。それでも歌集の中の氏の像は、私の気づかなかった

きびしさも見せてくれたし、何よりも読後、私の「ちさき拠りど」はどこにあるのかを考えずにはいられなかった。

「氷原」平成八年三月号

鼓笛

新たなロマン　八杉龍一

（生物学者）

天空へわが見抜けゆく花の白仰げば惜しき過去五十年　石本隆一

作者が主宰する歌誌「氷原」のある記念号で接してから、私の心を去らぬ一首となった。誦《しょう》するごとに、花の白さがいっぱいに広がる。どこに。視野の全面にであり、歌の全体にである。しかも一方、天と地の静かな共鳴からわれ自身の存在感へと、歌を伝って思想は流れる。時空的に渺《びょう》たる一点でありながら、その存在は消しがたい。「惜しき」は「愛《お》しき」と同義でもある、その「惜しき」と解してよいであろうか。

いま科学は宇宙の構造と歴史を、その果てまで究めつくそうとしており、惑星探査ロケットは太陽系をつらぬいて走っている。一面では過去のロマンが崩されることへの感傷がもたれ、他面では現代の科学と技術に新たなロマンが感じられる。そのことは短歌の世界にどんな姿であらわれるのか。おそらく作者たちの胸に葛藤《かっとう》を起こさせることも多くあろう。同じことは、宇宙とは対極的な微視の世界を主な対象とする生命科学、生命工学についてもいえる。もちろん科学と技術を社会的事件として歌材とすることはつねにある。そうではなくて、人間ほんらいの存在空間というべき常宇宙（メディオコスモス）を超えた両極の世界を、いかに感性的に捉《とら》えて短歌に載るロマンとすべきか、という問いなのである。

「読売新聞」昭和六十年九月三十日夕刊

天狼篇

地にある天狼　山下一海

（俳文学者）

書名の天狼はシリウスの漢名である。天上遥かな天狼星は、林中の枝々をぬけ、雪を照らしながら、著者の網膜に到達する。

林中のシリウス雪を照らしつつ滑りくるなり目にささるまで

天狼を眼窩に収めて、著者みずからが天狼と化す。銀の鬣かがやかして、いまは地に在る天狼である。

銀婚の銀の鬣かがやかせ征《ゆ》くか堕つるか堕ちて息《やす》むか

巻末のこの一首、「征くか堕つるか」と、ことばはためらいにも似るが、それはその身がまだ堕ちていないことの、そして今後もたやすくは堕ちないことの、矜持であろう。地に在りながらも天狗なのである。

地に在る天狗は、久恋の天へ向って遍歴する。ときには「鬱のひそかな饒舌」におちいり、「薄刃のごとき紙」を惧《おそ》れる著者にとって、とりあえず天とは、現実に復るすべもない青春である。すべがなければ歌の中でなすほかはない。

　青年の髪は雷雨を浴びるべく羨《とも》し裸体のうえの鬣

「羨し」と思いつめることによって、作者はみずからを「青年」の中に嵌入する。銀婚の銀の鬣は、天の賜物である雷雨を浴び、幻の裸体の上に濡れる。雷雨という自然に洗われて、鬣はひととき漆黒に光る。さらに、

　細枝をしずるる雪に甦るわれの背筋という縦の線

と、雪という自然の中でその背筋も青年として甦る。この著者にとっての天路歴程は、まず自然の中を旅することであった。

　氷雪に軀《み》を固められ山の死を死せる人あり羨しかり
　しか

非日常の旅から、永遠に日常に戻らなくていいのなら、それは最高の旅であろう。氷雪という完璧な自然に固められて行われた最高の旅を、著者は羨望もする。しかし地に栖む天狗にとって、よりふさわしいのは、日常めいたつつましい旅である。

　曼珠沙華咲き暗みゆく磧《かわら》とも一日弛《たゆ》みて夜のバス
　を待つ
　最上川くだれる舟の絶えしより白鳥の群れ呼びて鳴
　かしむ
　曳き訣れゆく夜《よ》のきわみ濁り酒《しゅ》の香こそ残れり高山
　は雨

これらの一首一首はたしかに実際の旅だが、この書一冊の中で読むと、それぞれが自然とのバランスをとりながら、心の旅路をたどっていることがわかる。だから旅といっても、かならずしも遠くへ行くことはない。東京の町の中も、ときにはそのまま旅路である。

　人波と車くぐらせ海辺より直線にあり芝増上寺大門
　鬱の時期とく渡れよと信号の青点滅す須田町あたり
　錆厚くおもく零《こぼ》るる橋の裏くぐり鷗と海にいでゆく

など、見なれた町の中に旅情が匂う。この一冊の全体が、挙げて旅の書であるようにも思われてくる。

といってこの著者の、日常そのものが旅であったというつもりはない。旅はあくまでも、日常からの逸脱であった。日常の中で、たえず日常から叛こうとするものを、ときにこの著者はもてあましているようにも見える。そのもてあましたものが滲み出て、かぐわしい旅情となる。

旅は人生であり、人生は旅であるともいうが、この著者にとっての旅は、人生と等しいものではない。旅はときに人生に叛き、人生から逸脱する。むしろ旅は、人生

であるよりも前に文芸である。だから著者は旅の中で、しばしば文芸の先達と問答をする。

御堂筋よるは芭蕉の枯野かな地下鉄までの雨に濡れゆく

旅と人生を等しいものとして重ね合わせた人に芭蕉がある。この著者は一つの共感をもって芭蕉終焉の地を訪ねるが、小さな違和感をもってその地を離れる。「地下鉄までの」というところに、その違和感の由来する知の働きが見える。

こころ萎えて行く北陸の港町あらあらと詩人の妻擲ちし町

ここでは、日常を離れて三好達治を旅する一つの共感と、日常に叛くゆえの違和感が、「あらあら」のことばにあらわれている。萎えたこころはそのことによっていっそう萎え、萎えつくすところに慰藉が得られる。

並みよろう山とこそきく長崎の町のめぐりを朝靄匂う

茂吉の詠んだ並みよろう山にも、一つの共感と小さな違和感がある。「とこそきく」という伝聞のかたちの中に、作者のその気持ちがこめられている。作者にとっての真実は、並みよろう遠くの山ではなく、町のめぐりに匂う朝靄である。朝靄が、旅と日常、文芸と生活のあわいをとりつくろい、新しい独自の境域をかたちづくる。

峠より平らに出でて夜となる雪の一茶の一日の道

一茶の故郷の柏原あたりの地形と、そこを行く情感が、ここにはたくみにとらえられている。峠にまで高まった道は、もうそこから下ることはない。そのまま峠から平らに出て行く。それは、日常と非日常の間に、不思議に知的な旅情を紡ぎ出すこの人の文芸の世界を、象徴しているようにも思われる。

日常の中でおのずからに高まり、その高度のままに自然の中を遍歴する。この一冊にはそういう眼が感じられる。おそらくそれが、地に在る天狗の眼なのであろう。その高みからでなければわからない真実が、詩の真実なのである。

「氷原」昭和六十二年五月号

水馬

ふかき閃光　栗木京子

近詠抄　栗木京子選

老いぬれば若やぎあると思いつつ川辺の花火妻と見て来つ（短歌新聞・85・9）

剝落のそのたまゆらを空に見ん齢のくだりに花火咲かせて（短歌研究・85・10）

打揚げの花火の火の粉反転しやがて消えつつも物書かな明日は（同右）

声に出だし嘆く単純などありや夜半のテレビに詠唱《アリア》

流れつ　　　（短歌公論・86・6）

『石本隆一評論集Ⅳ』「短歌時評集」収載の一文の中で『〈I miss you.〉における miss は頻用度の高いことばだが〈いつもの……が足りないのを寂しく思う〉の語釈もある』という構文に寄せて、氏は次のように述べている。

歌は、そこに存在しないものへのあこがれにほかならない。あるいは満たされないものへのひそかな充塡作業といってもよい。私は、したがって歌は畢竟、埒もないものの範囲を出てはならないものと観じている。欠落への愛惜、非在へのかなしみ、これらこそが、作者をして表現へと向かわしめる源泉である、と言い切る氏の潔い論調に、衿を正される思いがした。

氏の心象の原風景には、暗く深い迷宮《ラビリンス》がひろがっている。さらにその底には、一枚の、磨き上げられた鏡面が置かれていると思う。迷宮を一途につき進んだ真の感動のみが、鏡面に到達することができる。そして、氏の魂に感応し、照り返されてはじめて、表現となって一首の短歌の上に閃光をもたらすことができるのである。（中略）

掲出の一首目。「老いぬれば若やぎあると思いつつ」の表白こそ永遠の美の追求者石本隆一の真骨頂であろう。

また、その一方で、二首目の「剝落のそのたまゆらを空に見ん」の対象との一回性の熾烈な切り結びにも、表現者石本隆一の気迫を見る思いがする。

三首目。打揚げられた花火の鮮烈な開花から火の粉の反転へ、そして消光へと移る歌の流れのダイナミズム。その過程を、人生の光芒に投影させながら、結局「物書かな明日は」へと収斂する感慨は、説得力をもって読者の胸を打つ。

掲出掉尾の、詠唱《アリア》の歌は、私にとっては、いささか謎の部分の残る一首である。謎の所以は上句にある。「声に出だし嘆く単純などありや」は私流の解釈でゆけば〝声に出して嘆くなどという単純な嗟嘆があろうか、いや真の嘆きはもっと沈潜したもののはずだ〟という反語の疑問になる。テレビから流れる朗々としたアリアを苦い思いで聴く作者像が浮び上がるのであるが、どうも単にそれのみではわり切れない心理の屈折が感じられてならないのである。「単純などありや」と疑問をつきつけながらも、その反面で氏は、身も世もない嘆きに溺れてしまいたい衝動にも駈られているのではなかろうか。錯綜した心情の襞が不思議な尾を曳く作品である。

氏本来の明晰さの中に寂寥の味わいを交えつつあるこれらの近詠に、ふかき閃光の新たな魅力を感じるのである。

「ぽあ」昭和六十一年十二月

水馬

壮の小春日、静かに温し　松平盟子

歌集『水馬』の表紙には、美しい薄紫色の馬の軽やかに走っている姿が描かれている。その馬の、みずみずしくのびやかな命の張りは、歌集のめぐりを漂っているようだ。『水馬』には「すいば」とルビがある。

ところで「水馬」と書いてミズスマシと読むことは、あまり知られていない。針金のような足で水の上をすいすい泳ぐ、あのミズスマシ。それにしても「水馬」は、細身の著者の風貌や雰囲気をなにがしか伝えているのではないか。

この歌集は昭和五十九年秋から六十三年冬までの四年余の作品が収められているという。この間、長らく勤務していた出版社を辞して歌人として独立したこと、肉親の死を迎えたことなどが身辺に起こったとも「あとがき」に記されている。いわば人生上の一つの岐路に立って、さまざまな運命の偶然と必然を味わったころが背景になっている。集名の由来ともなった歌、

　水馬《みずすまし》ひとつ来て搏つ水の膜ふかく撓みておれど破れず

は、運命の境に立って足を踏ん張る著者の姿と見てとることもできるのではないか。「あとがき」には「ミズスマシによって知らされる水の弾力を詠った」歌とあり、また「水からあがって艶々と輝く獣の膚の躍動性をその二字に想い憧憬したい」とはあるが。

作品はそれぞれ、端正な詠みぶりとバランスのとれた言葉の斡旋という、著者の初期からの特徴が充分に表されたものばかり。たとえば、

　おのずから開く力に揺れており月下美人のひとときの白

　新月の若き闇こそ芳しと音なき一日《ひとひ》夜に入りゆく

しかし、ときに洗練さのないアクのようなものを求めるのは私のわがままだろうか。

　帆を巻けば安らぐかなや尾を巻けばさらにやすらぐ壮の小春日

は、無職となったころの感慨を詠んだ歌。

「尾を巻けば」には相当の思いが託されているはずなのに、どこかサラリとしている。東京生まれの著者のシャイな一面が、こうしたところに反映されているのだろうか。

そういえば東京の下町などを歌った作品が多いのもこの歌集の特徴といえる。私はこうした作品に、著者が長らくなじみ親しんできた土地の空気と水の温かさを感じる。

日本橋木屋《きや》の刃物のずっしりと重たき「明日」を喚

びさますべく

天現寺広尾に逸れて入りゆくは団栗ここだ零《ふ》りし幼児期

喧噪とカタカナの溢れるしゃれた街も、かつてはしっとり落ち着いた風情があった。ＴＯＫＩＯでない東京。それを知る著者の目には、半世紀前の映像と現在とがオーバーラップする。「壮の小春日」にあって見えるものの静かな温かさこそが、『水馬』の大きな魅力と思うのだ。

「俳句とエッセイ」平成四年二月

つばさの香水瓶

時間のつばさ

江畑　實

『つばさの香水瓶』は、多様なイメージを抱かせる歌集である。この歌集表題は、おそらく冒頭の「意匠」、それに続く「ガレの壺」の章を成す作品に因むものだろう。ここには、

小部屋ごと闇と夏日の暈たがう邸《やしき》に香水瓶を見めぐる

つばくらめ光のつばさ凝《こご》りたれルネ・ラリックの小瓶のつまみ

といった作品がみられる。ルネ・ラリックやエミール・ガレなどのガラス工芸の極みの作品を前にして、それらに陶然とする作者の姿がある。これは前歌集『水馬』とはかなり趣きが異なる。『水馬』には江戸の文人趣味を思わせる作品が数多く含まれていた。

歳晩の小江戸川越《かわごえ》日の熟れて傾く見れば鐘ひびきけり　（『水馬』）

打揚げの花火の火の粉反転しやがて消えつつも物書かな明日は　（同）

『つばさの香水瓶』でもまた、こうした江戸文人趣味を思わせる作品が少なくない。ガラス工芸に対する感慨を述べた章に続き、ものを書く作者の日常を浮き彫りにした作品がならぶ。

遊民に一生《ひとよ》似たるかくぎりなく朱筆運びていそしむものを

『広辞苑』落とすひびきは階下なる妻の驚く声のぼらしむ

早送り画面の雲の揉まれゆく眩《くるめ》きにあり校正の日日

歌詠むは懈怠のさまに玻璃ごもり狂つのらすと家人《かじん》知れれど

ここにはやはり、作者の〝文人〟としての日常、姿勢ともいうべきものが明確に表われている。気紛れな引用に過ぎないにもかかわらず、これらには二つの明確な傾向がみられる。引用二首目と四首目とは、それぞれに秀歌である。ただ二首目の諧謔味に満ちた作風と、底ごも

る執念を感じさせるような四首目の作風との間には大きな隔りがある。一貫して江戸文人風な作歌姿勢を持している作者は、自己を表現する場合に、二つの視点から描こうとしている。一つは諧謔性の視点であり、これは言い換えれば己れを突き放して客観視するものであり、もう一つは完全に主観的な視点からの自己像を描き出そうとする立場である。

　短歌は一人称の表現型式であるとされる。その意味で〝われ〟は、この詩型にさまざまな形で頻出するが、その多くは自己への愛着を核とする主観的な視点からのものではないかと思われる。諧謔性、つまり自己を客観視し戯画化する表現は、この詩型においては非常に少ない。しかも「広辞苑」の一首のように平明な情景描写をもって諧謔味を醸し出すケースは、一層少ないように思われる。それに反して今、我々は露悪的なまでに自己を戯画化する作品には事欠かないのだ。

　歌人石本隆一の作歌におけるスタンスは、おそらくこれまで述べたような、市井にあって社会を、自己を凝視する江戸文人風の姿勢にある。それはもちろん前歌集『水馬』においても濃厚に認められた特質であり、『つばさの香水瓶』ではそのバリエーションとして現われている。一方、作品の素材という点からみると、前歌集が多く江戸、東京を舞台としていたのに対し、『つばさの香水瓶』では、より多様な広がりをみせている。

燕京に近き丘丘燕山となべて呼称し屈託のなし
三輪の自行車背《せな》に箱を積み窓あり窓に幼の瞳《ひとみ》
街頭に小冊子わずか並べ売る長閑《のど》なる時間売るごとくして
朝粥の朧ろを掬い運ばれて雲に湿れる長城に立つ
涯あらぬ路撻《う》たれつつ騾《ら》の行けり潤沢に時間まといながらに

「鐘楼」「燕京好日」「茶館」「烽火三月」「杭州」など、中国旅行詠の章が続く。抄出した以外にも興味深い作品は数多い。漢詩、漢文を初めとする中国への興味は、江戸文化の基底をなすものでもあった。ここで作者の江戸文人趣味は、さらにその根源を求めて中国にまで歩を進めたように思われる。そしてこれら中国旅行詠の作品群には、中国の風俗との文化的なギャップの大きさが契機となってなされたものが多いようだ。しかしここに引用した三首目、五首目は単なる風俗に対する違和感を作品化したのではなく、〝時間〟の概念の違いを作品化している。建築や造形芸術、文学、音楽などその国の文化を表象するものは様々だが、ここで作者は時間概念に日本と中国の文化のギャップを集約させ、表現した。形がなく、最も見えにくいものにこそ、文化の本質は現われるのかもしれない。そうした思いをもって読み返すとき、三首目は時間が売られるものとして、五首目は「まとう」ものとして、見えないものをできるだけ形象化する努力を払いながら表現していることに気付く。このような視点、表現のうちに、新しい旅行詠を模索する作者の姿が窺われる。

『つばさの香水瓶』は多面体のように様々のテーマ、問題を提示しており、これがこの歌集のテーマだという風に断定することは難しい。ただ私がいま中国旅行詠に関連して述べた〝時間〟というテーマは、思いのほか根が深いようである。

朝《あした》より古代コインの重みなどあこがるるべきいとまのあれよ

権力者つねに馬上に描かれてマケドニアよりコインに打たる

ここでは古代コインに時間の概念を形象化している。作者の密かではあるがまことの願いは、あるいは思うさま時間を往き来することなのではないか。そのように考えると表題にみえる「つばさ」とは、もしかすると時間を自在に飛びたいという願望の形象化されたものかも知れなかった。

「氷原」平成五年九月号

流灯

輝く音数律の木霊

田野 陽

多摩川の精霊流しをタイトルに、石本美学の粋をこめて放たれた第九歌集である。緊密度の高さは定評のあるところだが、巻頭を飾る出水の鶴一連の大作を嚆矢に、続く秦野弘法山の夕暮歌碑を訪ねた作品が、早くも冒頭の山として純度高く聳えている。

朝光《あさかげ》の共《むた》もどりくる鶴の群れくろき丘よりさながらに湧く

碑のおもて風になじめば解きがたし雪虫ほどの晩年の字や

意欲充溢した鶴の三章四十二首、かなり主情の濃い部分と、美しく清麗な部分とが交響を奏でるのも作者らしい。また、原点への心が汲み取れる、夕暮への嘆声にも注意を引くものがあるだろう。

作者の歌は、詠うべき対象それぞれに、己の精神性を裏打ちする、熱い想念を焼き付けると言った手法がとられる。辛みの利いたアイロニー、一挙に凝縮する直喩、またさりげない中に存在する恐怖など、さまざまな多様性をもちながら、あの独自の飛翔に翼を輝かせる。

飢餓遊び難民あそび米買いの傘はなやかな列の春雨

炎天のきわみの黒をふかめつつ金環蝕にひまわり稔る

年齢の渋みを垣間見せた、諧謔の歌や言葉遊びの歌もみえる。更に山の宿の湿った布団を大蒟蒻に見立てたり、台風の逸れた夜空に昴の震えを見取ったりするのである。一筋縄で括れない深く味わうべき世界だが、やはり看過してならぬものは、戦争の最中に育った世代だけに、海外の旅のマレー半島も、氏にとっては戦時を偲ぶ対象の意味をもち、人間魚雷の回天基地や、核ミサイルも一望のうちに置くのである。

ブキテマの名のみの傷み丘陵はスコールの雲が掃きゆくところ

終戦日なれば音熄《や》むいっさいの腑抜けの町をゆく新しさ

正統を行く端正な詩韻をみせるかと思えば、観念的な思想なぞ笑い飛ばす痛烈な皮肉があり、沈黙の底から鮮烈に言葉を発する厳しさも覗かせる。類を峻拒する移り身の早さは、読者を弾き飛ばすような勁さの秘密でもあるだろうか。

李太郎胃癌に逝ける六十歳すぎける迂闊《うかつ》迂愚さらしゆく

夏風邪の弛《たゆ》き身に歌詠まんかな叙情とはついに負《ふ》の営みに

還暦をこえた真情は飾りがない。長年携わる短歌に対して、「負」と言い切る心のうちに並々ならぬ覚悟が覗く。歌歴四十余年の恐れ、自侍するものを持ちて尚、愛する叙情詩の本質を甘く見てはいないのだ。

流灯の一つとなりていつの夜かかぼそき燭に岸離《か》るるかな

命の行方に思いをいたす巻末の一首、本歌集の代表歌と言ってよいが、この作品をつくった直後に氏は病に倒れた。現在車椅子の日常だが、そうした中でこのように優れた一冊が刊行されたことは喜ばしい。境地は既に容喙を許さない。

「短歌新聞」平成五年七月

溢れる幸福感
やじろべえ

橋本喜典

平成六年秋、著者は思いも寄らぬ脳卒中に襲われ自宅で倒れた。本歌集はその頃から平成十年十二月頃までの作品を収める。著者の第十歌集である。ごく初期の歌に、

わが歌を読まざりし子と思いしに歌作の機能の無事をまず言う

がある。著者の長い歌歴とその輝かしい業績を知る者は、この歌に思わず頷くだろう。「歌作の機能の無事」を喜ぶ子と共に、もう一つの意外を喜んでいる著者の思いが伝わってくるからだ。

さまざまに汗ふり絞りリハビリをなす老い人らわれの戦友

地に踵つかばアキレス追い越してゆかむ願いに腱《けん》切り伸ばす

苦しい手術やリハビリを詠んでも発想は決して後ろ向

きにならない。「朝寒に今日の一日を生きなむと気力はむしろ敵より貰う」と詠むように気張りもしない。そこに溢れるものはむしろ幸福感である。生を得た歓びを一木一草に、あるいは日常の飲食《おんじき》に確かめる。

下り坂杖に難儀と見るまえに並木の花の重なりを見よ

飲むべしと調《ととの》えられし茶の温度舌のつけ根のあたりに甘し

木はまこと生きてやさしも神経の通わぬ足に踏む床《ゆか》となり

幸福感の基底にあるものは愛、とりわけ夫人への感謝である。

手を取られかつがつ妻と歩む身を冬夕光《ゆうかげ》はMの字描く

一首のみを引いた。明晰・清韻による折々の愛の歌は読む者の心を限りなく優しくさせてくれる。

「短歌新聞」平成十五年二月

いのち宥めて

抗いと受容の交錯

松田愼也

石本隆一氏の第十一歌集『いのち宥めて』は、平成十八年三月に角川書店から出版された。収録歌数は三百六十六首、作品の制作年代は平成十一年から十七年にかけてと推定されるので、病魔に倒れてより五年目より十一年目までの七年間ということになる。制作年代的には翌年二月刊の第十二歌集『赦免の渚』も同時期（「あとがき」）とのことゆえ、そこに収録された三百十四首も加えた六百八十首がこの期間の成果ということになろう。いずれにせよ、リハビリの効果にも限界が見え、左半身不随の身に生きゆくことが日常化した中での作品群である。

左指効《き》かねば枇杷の食べがたし巨いなる種さていかがせむ

混みあえる郵便局に椅子一つ空《あ》くと導きくれし人あり

それでも必死に支えてくれる妻がおり、また指導を待ち望んでいる歌仲間のいることがなによりの励みである。

十年は生きくれませと妻言いき今に羞《やさ》しみ髪刈らせおり

歌会《うたかい》の部屋に声まず差し入れぬ待ちくれし人と日和を嘉《よみ》し

とは言いながら、健康回復への願いは消しがたい。願いは夢となって現れる。

蔓延《はびこ》れる鬱の凶草《まがぐさ》喰べ尽くす馬頭尊今宵も夢に出でませ

全きものでありたかった、あり続けたかったという思いは、また外界に投射される。投射の対象とされているのは富士山である。巨大でありながら均整な美を保つ富士、それは全きものの象徴である。それとの出会いに救済を求める。ところが、歌集中程に置かれた一連「靄隠る山」は、その富士が姿を見せぬことがテーマなのだ。

岩肌の富士の胸板厚ければ叩かむ希《ねが》い抱き来たるに

湖《みずうみ》の五つ空しく経《へ》めぐれりせめても富士の断片《かけら》映せよ

しかし、富士はとうとう姿を見せない。そして、今はもう帰らなければならない。

胸奥に憶えばむしろ清冽に容《かたち》整う富士背《そびら》にす

見えぬ富士のテーマは歌集後半の「樹海」一連にも出てくる。一連最後の一首

見えざれば再び訪《と》わむ冠雪の富士ある限り生きざらめやも

には、どうしても今一度出会いたいのだとの強い思いが満ちている。

このような切ない願望の歌がある一方で、それもこれも運命として甘受していこうとする歌も見られる。

抗《あらが》わず鰐の歯噛みに沈みゆく羚羊ひとつに河渡る群れ

砂地獄砂に力のなき怖れ地軸に向かうひたすらの渦

テレビ等の映像で見るだけだが、捕食者に捕らわれた動物はある時点までいくと急に観念したように抵抗をやめる。二首目は蟻地獄であろうか。陥れば恐怖だろうが、重力がある限りは逃れる術のないものである。なるようにしかならないのが生命であるのかもしれない。

何はともあれ生きるとは、できることを精一杯やって、それが終わったら静かに退場していくことなのだろう。

渾身に水車軋ませ終えし水さり気なく澄み流れゆきたり

遍路道ほとりの草の青みたれ鈴振りにつつこの世罷らむ

そう思う。そうであるべきだと思う。だが、真実のところ、まだそこまでは思い切れない。そんな思いが氏をして『いのち宥めて』との題を選ばせたのではないだろうか。

〈書き下ろし〉

深い響き　伊藤一彦

赦免の渚

『赦免の渚』は、石本隆一氏の第十二歌集である。「短歌研究」誌上の連載作品を中心にまとめられているが、歌集中の構成は新たなところがある。

古稀ということば赦免《しやめん》のひびきあり近づくほどにす

ずしき渚

『赦免の渚』という思い切った歌集のタイトルはこの歌からとられている。これまでの人生に対する苦い思いがさまざまにあったにしても、いやあるがゆえに「赦免のひびき」の語が用いられているのであろう。そして、「近づくほどにすずしき」には氏の深々とした人生観が感じられる。

「依然として手足が拘縮したままの日常」（前歌集『いのち宥めて』あとがき）と石本氏は記していた。

その日常の中で歌われた『赦免の渚』の作品は生きいきとした気息に満ち、伸びやかで明るい歌が少なくない。

わが裡《うち》の逸《はや》り昂り解《ほぐ》す黄の錠剤なればまず掌《て》に遊ぶ
頭髪の薄くなりつつ露《あら》わるる手術《オペ》痕《あと》十年経《へ》たる峡谷
海老寝して朝の囀り聴きしのちやおら起き出ず反動をつけ
メビウスの輪のランニング裏返り首出でざれば助け呼ぶなり
琉金が青粉《あおこ》に染まる水槽に映る門辺を目指すリハビリ

歌集の初めの方にある作品を引いてみた。

たとえば一首目、結句は「掌に遊ばす」ではない。錠剤自らが掌に遊んでいる。それも「まず」であるから、次は体内に入って遊ぶ。その錠剤の遊びが作者の心を解《ほぐ》すという歌である。作者の親友もしくは分身のような錠剤という捉え方が面白く印象深い。

二首目の「峡谷」、四首目の「メビウスの輪のランニング」といった表現も同じく印象に残る。シリアスな自己凝視を重ねた後に、まさに自分自身を「解《ほぐ》」している作品であり、そこに読者の私は魅力を感じる。

そして「黄の錠剤」と同じ働き、いやそれ以上の働きをして氏を支え、励まし、解《ほぐ》してきたのが他ならぬ短歌だったことは、氏の旺盛な作歌活動から十分に想像できる。

夫人の登場する歌が多い。「水かげろう」の一連から引いてみる。

入院の妻の身支度なしくるる息子と嫁の声手順よき
水かげろう白壁移りゆくに似る妻入院のわれの立居は
病室に電話機あるを援《たす》けとし妻の指示受く義母《はは》の服薬
老義母と麻痺の身われの支え合い妻入院の危機管理どき
点滴に細りておらむ妻の腕われはも脚を確《しか》と鍛えむ

家を支えていた妻の入院という大変な場面である。その場面を説明としてでなく臨場感をもって簡潔に表現すると同時に、揺れ動く心をややユーモアも感じさせる表現で歌っている。

もちろん、「水かげろう」の歌にしても、妻の入院という大事に何の働きもできない（と思える）自分を悲しく「水かげろう」に喩えたと読んでもいいのだが、作者が敢えて諧謔味をまじえてかく歌ったと解する方が私にはより深い悲しみが感じられるような気がする。

石本氏は積極的に外に出かけ、作品も多く詠んでいる。

「潮来舟」の一連から引いてみる。

立ち踏みの乙女の脛《はぎ》を幻に菖蒲の苑に水車朽《く》ちおり
車椅子に低めたる身に聴かむとす菖蒲畑の花より葉の香
おもむろに棹に蓄《た》まれる手力《たぢから》に潮来《いたこ》舟ゆく緩急も良し
妻が乗る底平舟《そこひらぶね》の水の揺れ届く畔《ほとり》に手庇《てびさし》をなす
丈高き海芋の葉かげ挟まれる水路に妻の舟遅きかな

どの歌も見どころがあり、読む者に読む喜びを与えてくれる。そして、二首目をのぞけば作者が「手足が拘縮」していることは分らない。分らなくても魅力があるが、その作者の事情を知れば一段と魅力がます、そんな歌い方がなされている。

冒頭に錠剤が「遊ぶ」歌を引いたが、私の好きだった「遊ぶ」の歌をもう一首。

泡ひとつ玉とし抱《いだ》き水面に浮かぶ遊びをやめぬ虫おり

「短歌研究」平成十九年六月号　22

『花ひらきゆく季』に寄せて　小島夕果

花ひらきゆく季

石本先生が病を得られてから幾年か、もどかしく思われた日々の重さは計り知れない。それを支えられたのは勿論奥様であり、病み疲れのない歌の心であろう。十全の身ではなくなった御自身の身を客観視され、言葉にされた強さをひしひしと感ずる。

歌を詠む心はさまざまで、詠嘆が、喜びが、諦念が、禱《いの》りが歌を生ませ、一筋の光明となる。人の意志の力は時に燃え上り、時には挫ける。歌を詠む心は挫折をも支えるのだ。

この一巻を編まれる中で、先生の心に刻まれている種々の景観が甦る。渋谷などの手近な街、かき鍋など日常の飲食《おんじき》、桜ほか親しんだ植物、時には戦時の経験。それも戦争という命題によるのではなく、祖国の緑、傘、塔といった詩的視野の中で起ち上ってくる情景に基づく。先生の歩まれた時代がおのずから読み取れると共に、その心情も当時の悲憤のままでなく、若人に差し伸べる、哀悼の意のこもった温かい手を感ずる。

特攻機飛びたちてすぐ見納めの指宿《いぶすき》の山祖国の緑

ひめゆりの塔立つ壕の壁粗《あら》く少女ら伸べし手偲ぶよしなし

先生独自の歌の世界である宇宙望景も詠まれている。

太陽系弾《はじ》き出されし惑星とならずや晩年を託せる地球

パトカーの駆り立てゆける音頻《しき》り空には地球の影抱《いだ》く月

日常の細事に埋もれ、目を上げる余裕を持ち辛い私のくぐもった姿勢を、一八〇度転換させて下さる視野の拡がりである。

先生の視野の広さは大にも小にも普くゆき渡る。

単線に軒をくぐらせ岬町ひとかたまりに人は生きゆく

下肢の端《はし》脱ぎ得で羽化をしくじりし昆虫の死に幸不幸ありや

羽化をしくじれば死、という昆虫の哀れさ、一方、都市の外れに生活する人々を、一かたまりに生きる、と視る感性の振幅の大きさ。その振幅の大きな感性をもって先生は、御自身の身に起る生の働きを視つめておられた。

横臥《おうが》せば筋ゆるみたる隙《ひま》に風起《た》てや骸骨踊れ骸骨

時の移りを身体上の思わぬ変容に見取り、その驚きを明らさまに、しかも音楽的軽妙さをこめて歌った強烈な一首である。腕、脚の不如意に率直に目を向け、人間の晩年に辿る道程を誌しながら大らかさがあって、その心の構えに森《しん》とせざるを得ない。そして何よりも、奥様との日常を詠まれた歌のうちにこめられた温情が、天上の音楽のように心に沁みわたる。彼岸に渡る人と残される人との間の切なくも濃密な感情が、み仏の慈光のように滲み出ているのだ。

一生を舞い納め、連れ舞いの女性を花の樹の脇に残して、一人静かに橋懸りを去って行く姿。寂寞とした中にも華のある、幻想的な能を見るような陶酔感に私は包まれた。

樹樹こぞり花ひらきゆく季《とき》としも一人はわれと視ることなけむ

「氷原」平成二十三年四月号

*引用歌は、本全歌集の表記に揃えたこと、また、文中の表記を統一したことをお断わりします。

あとがきに代えて

予てより石本の七回忌に合わせて全歌集を編み、供えたいとの願いがここに叶いますことを嬉しく思います。また、この栞文を整えるに当たり、多くの先生方のご文章をあらためて読ませていただき、折々に寄せてくださいました温かいお筆に、感謝の気持ちでいっぱいでございます。

石本が創刊し愛着のある歌誌「氷原」は、三年前に解消しましたが、その遺志を継ぎたいと集まってくださる人たちのもと、現在「鼓笛」として、月々、未来につながる歌誌の刊行が続けられていますことも大きな喜びです。

最後になりましたが、当初は及びもつかないほど大変な手間をおかけし、全面的にお力添えを賜りました短歌研究社の堀山和子様、装丁をお引き受けくださいました田宮俊和様に、心より深く御礼を申し上げげます。

平成二十八年二月二十八日

石本晴代